G. A. Aiken

LONG ISLAND WITCHES

Zwei Novellen aus der Welt der Lions

Aus dem Amerikanischen
von Michaela Link

PIPER

Entdecke die Welt der Piper Fantasy:
Piper Fantasy.de

Von G. A. Aiken liegen im Piper Verlag vor:
Dragons (Serie)
Lions (Serie)
Wolf Diaries (Serie)
Call of Crows (Serie)
Wildes Feuer, scharfe Krallen
Honey Badgers (Serie)
Long Island Witches. Zwei Novellen aus der Welt der Lions

MIX
Papier aus verantwortungsvollen Quellen
FSC® C083411
FSC www.fsc.org

Deutsche Erstausgabe
März 2020
ISBN 978-3-492-28215-4

Titel der amerikanischen Originalnovellen:
»My Kind of Town« und »The Wolf, the Witch and Her Lack of Wardrobe«
bei Kensington Publishing Corp., New York 2007 und 2009

Umschlaggestaltung: Guter Punkt, München
Umschlagabbildung: ksi/Adobestock
Satz: Satz für Satz, Wangen im Allgäu
Gesetzt aus der Caslon
Druck und Bindung: CPI books GmbH, Leck
Printed in the EU

AUF SAMTIGEN PFOTEN

KAPITEL 1

»Hier ist überall Blut.«

Kyle Treharne beugte sich über den Beifahrersitz des umgekippten Autos, dessen Fahrerseite so schwer beschädigt war, dass sich eigentlich niemand durch das zerbeulte Metall aus dem Wagen hätte befreien können. Auch nicht die Frau, deren Angst er roch. Angst und Panik … und noch etwas anderes. Etwas, das er nicht ganz benennen konnte.

»Siehst du irgendjemanden?«, fragte sein Boss. Kyle rückte das Headset zurecht, um den Mann besser hören zu können. Die Stimme des Sheriffs war so tief, dass es oft schwer war, genau zu verstehen, was er sagte.

»Nein. Ich sehe niemanden. Auch keine Leichen, aber …« Er schnupperte und senkte den Blick. »Eine Blutspur.«

»Geh ihr nach. Und gib mir Bescheid, wenn du etwas findest. Ich schicke die Sanitäter los.«

»In Ordnung.« Kyle legte auf und folgte der Blutspur, die direkt zum Strand führte. Er ging schnell, weil er befürchtete, die Frau könnte verbluten, doch gleichzeitig machte er sich auch Sorgen, dass diese menschliche Frau etwas sehen würde, das er niemals würde erklären können.

Kyle lief zwischen den Bäumen hindurch, bis er an den Strand kam. Wie erhofft, lungerten dort weder Leute aus der Stadt noch Besucher der Hotelanlage herum. Der Strand lag an diesem heißen Augusttag glücklicherweise völlig verlassen da. Kyle ging weiter der Blutspur nach, die in einem kleinen Bogen durch den

Sand verlief. Sie führte in den Wald zurück, etwa sechs oder sieben Meter von der Stelle entfernt, wo er selbst hineingegangen war.

Er war kaum ein paar Schritte weit gekommen, als ein greller Lichtblitz und der Geruch der verschwundenen Frau ihn trafen, Sekunden bevor *sie* ihn traf. Er hätte eigentlich schneller sein müssen. Normalerweise wäre er es auch gewesen. Aber ihre Fährte hatte ihn total aus dem Konzept gebracht, und er konnte sich nicht schnell genug berappeln, um der Frau auszuweichen, die jetzt direkt in ihn hineinkrachte.

Sie prallte so heftig gegen ihn, dass sie ihn, wäre er vollkommen menschlich gewesen, vielleicht sogar getötet hätte.

Kyle war aber kein Mensch. Er war anders auf die Welt gekommen, wie fast alle in seiner kleinen Stadt. Sie mochten nicht alle derselben Gattung entstammen, doch sie waren alle von derselben *Art.*

Trotzdem bedeutete seine nicht ganz menschliche Natur keineswegs, dass er keinen Schmerz spürte. Gerade jetzt, als er flach auf dem Rücken landete und die Frau sich auf ihn setzte, fühlte er jede Menge Schmerz.

Doch er ließ nach, als die Frau sich bewegte und ihr schmaler Körper über seinen streifte. Sie stöhnte und Kyle umfasste sanft ihre Schultern.

»Hey, Schätzchen. Geht es Ihnen gut?«

Sie antwortete nicht. Stattdessen klatschte sie ihm eine Hand aufs Gesicht und drückte seine Nase platt, weil sie sich mit ihrem ganzen Gewicht daraufstützte und hochstemmte.

Durch ihre Finger hindurch konnte er die Verwirrung in ihren Augen sehen, während sie sich umschaute. Blut, das aus einer tiefen Platzwunde auf ihrer Stirn sickerte, verklebte ihr dunkelbraunes Haar und bedeckte einen Teil ihres Gesichtes. Blutunterlaufene, leicht mandelförmige braune Augen schauten sich suchend um. Kyle hatte nicht die leiseste Ahnung, wonach sie suchte. Ihre Oberlippe war ebenfalls aufgeplatzt, und obwohl sie nicht länger blutete, hatte die Stelle angefangen, sich außenrum schwarz und blau zu verfärben.

Verdammt, die Kleine ist süß.

»Ähm ...« Er klopfte ihr auf den Arm. »Könnten Sie die Hand wegnehmen, Schätzchen?« Er stieß die Frage hervor, als hätte er die schlimmste Erkältung im Universum. »Ich kann nicht richtig atmen.«

Sie sah ihn nicht einmal an, sondern starrte stattdessen in den Wald. »Verdammt. Es ist weg.« Die Frau übte noch mehr Druck auf seine arme Nase aus und stieß sich schließlich von ihm ab. »Verdammt. Verdammt. Verdammt.« Sie stolperte in Richtung Wald und Kyle rappelte sich schnell hoch.

»Das ist nicht meine Schuld. Wirklich nicht«, platzte die Frau heraus.

Armes Ding, vollkommen im Delirium wegen des starken Blutverlusts. Sie brabbelt vor sich hin wie eine Irre, dachte Kyle.

Dann blieb sie stehen. Abrupt. Beinahe so, als sei sie gegen eine Wand gelaufen. »Verdammt«, wiederholte sie.

Da er wusste, dass er sie ins Krankenhaus schaffen musste, bevor sie ihm wegstarb, legte Kyle ihr eine Hand auf die Schulter und drehte sie sanft zu sich um. »Es ist alles gut, Liebes. Ich bringe Sie von hier weg, okay?« Er legte ihr einen Arm auf den Rücken, schob ihr den anderen unter die Knie und hob sie hoch.

Hmm. Sie fühlt sich gut an.

Kyle schaute lächelnd auf sie herunter und für einen Moment sah sie ihn vollkommen verwirrt an.

Dann fing die Verrückte an, um sich zu schlagen und zu treten, und versuchte, aus seinen Armen herauszukommen. Obwohl sie über keinerlei Technik verfügte – sie tat kaum mehr, als wild mit den Armen zu rudern –, konnte er nicht glauben, wie stark sie trotz des großen Blutverlustes war. Schnell merkte er jedoch, dass noch jemand ihre Fährte aufgenommen hatte und direkt auf sie zukam.

Kyle packte die kämpfende Frau um die Taille und drückte ihren Rücken mit einen Arm an sich. Ohne auf den Schmerz zu achten, den ihre kleinen Fäuste und Füße ihm zufügten, drehte er sich so, dass sie in die entgegengesetzte Richtung schaute.

Mit seiner freien Hand holte er zu einem Haken aus und donnerte seine Faust gegen das Maul des schwarz-orangefarbenen Yankee-Bastards, der wild entschlossen schien, die Frau in seine Tigerpfoten zu bekommen. Tigermännchen brauchten nur einen Hauch von einem Weibchen zu erschnuppern, um sich – so sicher wie das Amen in der Kirche – darauf zu stürzen. Die Tatsache, dass diese Frau vollkommen menschlich und zudem von außerhalb war, schien für einige Idioten keine Rolle zu spielen.

Ein überraschtes Aufjaulen, und die Yankee-Katze flog zurück in den Wald. Kyle verdrehte die Augen. Er liebte seine Stadt, doch die Yankees, die häufig aufkreuzten, konnte er weiß Gott nicht leiden. Alle durch die Bank unhöflich, anmaßend und verdammt nervig.

Kyle ging mit der Frau, die er immer noch festhielt, weiter, bis sie anfing, ihn zu ohrfeigen.

»Hände weg! Hände weg! Lassen Sie mich los!« Bei all dem Blutverlust schien sie vollkommen klar, wenn auch ziemlich irre zu sein.

Schlimmer noch. Er hätte diesen Akzent überall erkannt. Ein Yankee. Ein *verdammter* Yankee.

Kyle ließ sie fallen, sodass sie unsanft auf ihren süßen Hintern in den Sand knallte.

Nach einem Moment benommenen Schweigens funkelte sie ihn plötzlich mit ihren großen braunen Augen an ... und da wusste Kyle Treharne, dass er im schlimmsten Schlamassel seines Lebens steckte.

Nein, nein. *Das* war kein normal großes menschliches Wesen. Weit gefehlt. Ihr Zirkel hatte sie gewarnt: »Im Süden sind sie ziemlich groß, Süße«, aber sie hätte nicht gedacht, dass sie *so* groß waren.

Oder so attraktiv. Sie hatte noch nie so schwarzes Haar gesehen. Nicht braun. Schwarz. Aber wenn das Licht auf eine bestimmte Weise darauf fiel, konnte sie noch andere Farben *unter* dem Schwarz ausmachen. Helle Rot-, Gelb- und Brauntöne.

Dann noch seine Augen. Der Blick heller, *heller* goldener Augen flackerte über ihr Gesicht und nahm jedes Detail auf. Seine Nase, an der Spitze abgerundet. Seine vollen Lippen, die zum Darüberlecken einluden.

»Werden Sie sich jetzt beruhigen, Schätzchen? Oder soll ich Sie noch mal auf ihren hübschen Hintern fallen lassen?«

Emma Lucchesi – Anhängerin der Dunklen Mütter, elementare Macht des Zirkels der Dunkelsten Nacht, Meisterin des neunten Levels des Traumreichs und Steuerberaterin auf Long Island für die Kanzleien Bruce, MacArthur und Markowitz – wusste nicht, was sie dazu sagen sollte. Was sie zu *ihm* sagen sollte. Vor allem, weil sie nicht aufhören konnte, den Mann anzustarren, der über ihr stand.

Routine. Das hier hätte reine Routine sein sollen. Die simple Suche nach einer Machtquelle, nötig, um sich keine Sorgen um Blutopfer machen zu müssen. Ihre beiden letzten Machtquellen waren schnell versiegt. Schneller als gewöhnlich, daher hatten sie sich außerhalb ihrer Heimatstadt auf die Suche gemacht. Aber sie hatten nicht vorgehabt, *dermaßen* außerhalb ihrer Heimatstadt danach zu suchen. Und irgendwie hatte der Zirkel eine Tür geöffnet, die sie jetzt in aller Eile wieder hatten schließen müssen. Es führte zu allen möglichen Problemen, wenn man die Tür zwischen den Dimensionen zu lange offen ließ.

Mithilfe einiger Auffindezauber und ein paar wirkungsvoller Runen, die sich im Besitz des Zirkels befanden, hatte Emma die Stelle irgendwo an der Küste der Carolinas entdeckt. Normalerweise machte Emmas Rolle es lediglich erforderlich, den betreffenden Ort zu finden, und irgendjemand anderes aus dem Zirkel löste das Problem.

Genau wie in ihrem Job, mit dem sie sich ihren Lebensunterhalt verdiente, kümmerte Emma sich um die Einzelheiten. Die Details. Die kleinen Dinge. Jemand anders regelte die dramatischeren oder interessanteren Sachen. Und diesmal wäre es nicht anders gewesen, hätte es da nicht ein kleines Problem gegeben …

»North Carolina? Im Süden? Oh. Ähm. Nun, weißt du, ich kann mir wirklich nicht so lange freinehmen.« Wenn sie London oder Paris oder sogar San Francisco oder Chicago gesagt hätte, hätte es ein Riesengeschrei gegeben, wer fahren dürfte. Selbst Jamie Meacham, ihre Hohepriesterin, hätte sich zumindest mit ihrer Cousine Mackenzie Mathews darum geprügelt.

Aber so blieb es schließlich an Emma hängen, diesen kleinen Ausflug zu machen, weil niemand sonst bereit war, in den Süden zu fahren, um sich um eine so unbedeutende Situation zu kümmern.

Natürlich war Emma sich immer noch nicht ganz im Klaren darüber gewesen, dass sich ihre »unbedeutende Situation« binnen Sekunden in eine ausgewachsene Katastrophe verwandeln würde. Erst hatte sie sich typischerweise verfahren, außerstande, die Stadt namens Smithville irgendwo in ihrem Navigationsgerät zu finden, obwohl eine riesige Tafel, auf der »Willkommen« stand, ihr sagte, dass sie am richtigen Ort war. Dann war dieses Etwas wie ein streunender Hund aus dem Nichts aufgetaucht und direkt vor ihren beigefarbenen Mietwagen getreten. Sie hätte rechtzeitig bremsen können, aber anders als ein streunender Hund hatte es sie angegriffen. Mit einem Hechtsprung. Dieses Etwas war in die Motorhaube ihres Autos gekracht und hatte es um sie herum zusammengedrückt. Sie darin eingeklemmt. Und es hätte sie getötet, wenn sie nicht schnell gehandelt hätte. Während das Metall um sie herum unter schrillem Kreischen eingedellt worden war, hatte sie nach ihren Schwestern gerufen. Hatte nach ihnen gerufen, ihre Macht an sich gerissen und sich damit umgeben. Hatte die Macht der Dunklen Mütter durch sich hindurchfließen lassen.

Schließlich war sie außerhalb der zusammengedrückten Überreste ihres Mietwagens erwacht, ohne eine Ahnung davon, wie sie dorthin gelangt war, und lag in einer Lache ihres eigenen Blutes. Doch sie spürte bereits, dass ihre Kräfte zurückkehrten, spürte, wie die schützende Macht ihres Zirkels die offenen Wunden verheilen ließ und den Blutverlust wieder ausglich.

Sie musste allerdings dringend wieder ganz zu Kräften kommen, denn auch wenn die Tür jetzt geschlossen worden war – was Emma in die Arme dieses unzufriedenen Hünen geschleudert hatte –, rannte dieses Etwas, das sie zu töten versucht hatte, immer noch frei herum. Sie musste es erwischen, bevor es jemanden umbrachte. Sie wusste nicht, ob ihr Zirkel es beim Öffnen der Tür entfesselt hatte, aber verdammt, sie konnte dieses Ding nicht hier in der winzig kleinen Südstaatenstadt herumlaufen lassen wie in einem Horrorfilm.

Emma schluckte und stieß mühsam »Ich muss los« aus ihrer Kehle hervor. Es war das Äußerste, was sie während ihres innerlichen Selbstheilungsprozesses gerade zustande brachte.

»Jep. Das müssen Sie wirklich.« Er hockte sich vor sie hin, und sie stieß einen stummen Seufzer der Erleichterung aus, als sie endlich den Schriftzug des Sheriff's Departement von Smithville County auf seinem T-Shirt sah. Zuerst hatte sie nur einen wunderschönen Mann in schwarzen Jeans, schwarzen Stiefeln und einem perfekt sitzenden schwarzen T-Shirt gesehen. Mitten im August ergab Schwarz in ihren Augen zwar keinen Sinn, aber er sah gut aus.

Als er seine große Hand ausstreckte, schreckte sie sofort zurück. Er blinzelte überrascht und sagte: »Keine Sorge, Schätzchen. Niemand wird Ihnen wehtun. Ich muss mir nur Ihren Kopf ansehen. Und dann müssen wir Sie ins Krankenhaus schaffen.«

»Nein«, brachte sie hervor und klang dabei viel energischer, als sie sich fühlte. »Nicht ins Krankenhaus.«

Er grinste, und sie merkte, wie ihre Haut zu kribbeln anfing.

»Ich finde es entzückend, dass Sie denken, Sie hätten da ein Mitspracherecht, Liebes.«

Große, starke Hände, die ihr wahrscheinlich ihren schmalen Hals umdrehen konnten, schoben ihr sanft das Haar aus dem Gesicht. Sie zog die Brauen zusammen, nicht weil er sie berührte, sondern weil er vielleicht bemerken würde, *wie* schnell die Platzwunde an ihrem Kopf heilte. Erheblich schneller, als sie es eigentlich tun sollte.

Sie schlug nach seiner Hand. »Fassen Sie mich nicht an!«

Als er seufzte, verstand sie nicht recht, warum er dabei so verärgert klang. Wurden Cops nicht dazu ausgebildet, mit schwierigen Opfern klarzukommen? Jamie und Mac waren auf jeden Fall dazu ausgebildet worden. Eine Polizistin und eine Feuerwehrfrau, und die beiden konnten mit den meisten Situationen umgehen, vor denen Emma und der Rest des Zirkels schreiend davongelaufen wären.

»Werden Sie weiter solche Schwierigkeiten machen?«

»Ja«, antwortete sie schlicht.

»Na schön.« Ohne ein weiteres Wort legte er die Arme um sie und hob sie beim Aufstehen mit in die Höhe.

»Wa...was machen Sie da?«

»Ich bringe Sie zu meinem Wagen, damit ich Sie ins Krankenhaus fahren kann. Ich will nicht weiter auf die Sanitäter warten. Und hören Sie auf zu zappeln.« Sie hörte nicht auf, aber er zog sie einfach fester an sich. »Was habe ich gerade gesagt?«

Sie funkelte ihn an, außerstande, ein weiteres Wort hervorzubringen.

»Oh, gut. Sie können Anordnungen befolgen.«

Oh, dieser Mistk...

»Und beschimpfen Sie mich nicht in Gedanken.« Unheimlich helle goldene Augen schauten ihr ins Gesicht. Sie hatte noch nie in ihrem Leben Augen von dieser Farbe gesehen. »Denn ich weiß, dass Sie das tun.«

Sie verdrehte die Augen und er zog eine rabenschwarze Braue hoch. Nachdem sie sich fast eine Minute lang stumm angestarrt hatten, nickte er und ging weiter, und Emma schmollte.

Schmollte, weil sie einfach zu schwach war, um noch länger zu kämpfen. Aufgrund des Blutverlustes und dessen, was sie bereits getan hatte, um die Tür zu schließen, konnte sie kaum die Augen offen halten. Tatsächlich wäre ein kleines Nickerchen ...

»O nein, das tun Sie nicht. Sie müssen wach bleiben, Liebes.«

Seufzend zwang sie sich, die Augen zu öffnen. »Hören Sie auf, mich Liebes oder Schätzchen zu nennen.«

Er kicherte und zog sie fester an seinen wunderbar warmen Körper. »In Ordnung. Ich werde Sie als genau das bezeichnen, was Sie sind …«

Emma war darauf gefasst. Sie wusste genau, wie er sie nennen würde, wenn sie zu Hause wäre. Wie man sie schon früher genannt hatte, wenn sie einen betrunkenen Unbekannten auf der Straße ignoriert hatte oder bei einer Ampel, die rot wurde, nicht schnell genug vom Gaspedal gegangen war. Aber das nächste Wort, das aus seinem Mund kam, bewirkte, dass sie sich in seinen Armen versteifte.

»… Yankee.«

Und was sie am meisten ärgerte, war der Abscheu, der in seinen Worten mitschwang.

KAPITEL 2

»Du weißt, dass sie eigentlich tot sein müsste, oder?«

Kyle nickte. »Ja. Ich weiß.«

Dr. Dale Sahara, ein in Harvard ausgebildeter Arzt, dessen Kopf Kyle in eine Toilette gedrückt hatte, als er erfahren hatte, dass dieser Bastard mit seiner kleinen Schwester rumknutschte, zog seine Latexhandschuhe aus. »Und doch scheinen ihre Verletzungen ziemlich schnell zu verheilen.«

»Wie schnell?«

Der große, schwere Mann mit dem Wuschelkopf zuckte die Achseln und warf seine Handschuhe in einen knallroten Mülleimer. »Ihre Stirn musste ich lediglich mit zwei Stichen nähen, und ihre Lippe brauchte nicht einmal ein Pflaster, nachdem ich das viele Blut abgewischt hatte.«

»Wie ist das möglich? Ihr Wagen war voller Blut. Sie auch. Und ihr Auto ist schrottreif.«

»Das hast du schon erwähnt. Ich sage dir nur, was ich nach der Wundreinigung festgestellt habe.«

»Was ist mit inneren Verletzungen?«

In Saharas Kinn zuckte plötzlich ein Muskel, und Kyle wusste, dass er dem selbstgefälligen Bastard eine Frage zu viel gestellt hatte. Gut. Er hatte Dale Sahara schon in der Highschool nicht gemocht und jetzt mochte er ihn mit Sicherheit immer noch nicht.

»Glaubst du, ich hätte das nicht untersucht?«, blaffte Sahara.

Kyle zuckte lässig die Achseln. »Ich überzeuge mich nur davon, dass du gut aufgepasst hast und deinen Job richtig machst, Doc.«

Der Mann ballte die Hand zur Faust, aber er schien trotzdem nicht die Kontrolle zu verlieren. Doch Kyle musste zugeben, dass er es liebte, ihn zu piesacken. Löwen machten es einem immer so leicht.

»Ich weiß nur, dass die Verletzungen der Frau schneller heilen, als es normal zu sein scheint, Deputy.«

»Aber sie ist kein ...«

Sahara ließ ihn nicht aussprechen. »Nein. Sie ist vollständig menschlich.«

»Das dachte ich mir.«

»Also wenn du mal keine kluge Straßenkatze bist.«

Kyle kniff die Augen zusammen. »Bring mich nicht dazu, deinen Kopf noch mal in die Toilette zu drücken, Doc.«

»Ich würde gern sehen, wie du es versuchst«, knurrte Sahara, dessen Reißzähne unter seinen Lippen hervorlugten.

Kyle warf seine halb leere Coladose quer durch den Raum in den Mülleimer und ging auf Sahara zu, doch eine der Krankenschwestern trat zwischen sie.

»Ihr beide hört jetzt sofort auf damit. Ihr führt euch auf wie zwei Hunde, die sich um einen Knochen zanken.« Sie deutete mit dem Kopf auf Kyle. »Du solltest besser nach ihr sehen, Kyle. Dein kleiner Mensch wird schrecklich hibbelig. Zickt ständig rum, dass ihr Handy nicht funktioniert und dass sie wegwill.«

Kyle nickte. Ihr Handy würde hier niemals funktionieren. Die Stadt besaß schließlich Satelliten, um genau dafür zu sorgen. »Ich kümmere mich um sie.« Er stolzierte um die beiden herum, um zum Zimmer der Frau zurückzugehen, im Vorbeigehen schlug er Sahara jedoch mit der flachen Hand auf den großen Löwenkopf.

Wenn die Krankenschwester den Doc nicht gepackt und sich an ihm festgeklammert hätte, wäre es zu einem hässlichen Kampf gekommen.

Emma ging nicht viel nach draußen, das war ihr bewusst. Das gab sie auch offen zu. Wenn sie sich doch einmal aus dem Haus wagte, war sie aber eine wirklich gute Beobachterin. Sie beobachtete und sie studierte und sie fixierte. Allerdings nur, wenn es niemand bemerkte.

Doch in all den Jahren, in denen sie andere beobachtet hatte, hatte Emma noch nie so viele gut aussehende Leute auf einem Fleck gesehen. Die Krankenschwester ... umwerfend. Der Arzt ... umwerfend und verdammt süß. Und dieser Typ, dieser Deputy ... nun, er war mehr als umwerfend, aber er war alles andere als süß.

Allerdings störte es sie, dass er sie immer wieder anstarrte, was unverständlich war, wenn man bedachte, wie zauberhaft die Krankenschwestern waren. Ganz davon abgesehen, dass sie von oben bis unten voller Blut gewesen war, hätte Emma für diese Leute eigentlich genauso unsichtbar sein müssen, wie sie es für alle anderen auf der Welt auch war.

Emma, stets Realistin, war nicht perfekt. Sie war halb Italienerin, halb Chinesin und alle bedachten sie mit demselben Blick, wenn sie ihnen ihren Nachnamen nannte, als erwarteten sie samt und sonders, dass er »Ling« oder »Chen« lautete. Aber davon abgesehen war Emma einfach bloß ein nettes Mädchen aus Long Island. Als Steuerberaterin, die auch bei ihren eigenen Steuern nie mogelte, obwohl sie wusste, wie man das meiste rausholte, hatte sie einen schönen, sicheren Job in einem großen Bürogebäude mit vielen Anwälten und Steuerberatern, die nicht einmal ahnten, dass es sie überhaupt gab. Sie verdiente anständig und hatte keine nennenswerten Schulden. Sie fuhr sogar einen sicheren beigefarbenen Toyota und lebte ein sicheres beigefarbenes Leben. Eine ihrer zickigen Cousinen hatte einmal gesagt: »Du könntest Langeweile zu einer olympischen Disziplin machen.«

Nein. Sobald sie es einrichten konnte, musste Emma raus aus dieser Stadt. Sie kriegte hier Komplexe. In einem Land voller schöner Leute wollte niemand ein Mauerblümchen sein. Darum würde man sie auch niemals in Southbeach, Florida, oder in irgendeinem heißen New Yorker Club erwischen. Es gab nichts Schöneres, als von schönen Leuten ignoriert zu werden.

Emma ließ sich vom Bett gleiten und schnappte sich ihre Jeans. Sobald sie aus dem Krankenhaus raus war, würde ihr Handy wahrscheinlich wieder funktionieren. Sie bekam einfach keine Verbindung und niemand wollte ihr ein verdammtes Telefon geben. Sie hatte noch nie in ihrem Leben so viele Male ein Nein zu hören bekommen, und das immer auf die denkbar netteste Weise. Bisher hatte sie noch kein einziges ungehaltenes Wort von irgendjemandem gehört.

Emma schlüpfte mühevoll in ihre Jeans und zog sie unter ihrem viel zu großen Krankenhaushemd hoch. Stirnrunzelnd griff sie nach ihrem T-Shirt, das voller Blut war. Sie hätte es lieber nicht angezogen, doch sie hatte keine Wahl. Also fasste sie das Krankenhaushemd am Ausschnitt und zog es herunter. Sie hatte es schon beinahe über ihren Busen gezogen, als die Worte »Was machen Sie denn da?« sie innehalten ließen.

Emma hielt sich das Hemd vor die Brust, wirbelte herum und sah den Deputy dastehen, die Arme vor dem Oberkörper verschränkt. Er lehnte an der Tür, die Füße lässig überkreuzt. Emma hatte das beunruhigende Gefühl, dass er schon die ganze Zeit dort gestanden hatte, während sie damit beschäftigt gewesen war, ihre Jeans anzuziehen.

»Würden Sie mir eine Antwort geben?«, fragte er gedehnt, seine Stimme ruhig, seine verrückten hellgoldenen Augen auf ihren Körper gerichtet.

»Nein.«

Leise lachend stellte er sich gerade hin und lockerte seine Arme und Beine. Dann kam er auf sie zu und Emma konnte nicht anders: Sie machte einen Schritt nach hinten und sah sich nach einem anderen Weg aus dem Raum um.

»Na, na, Schätzchen, Sie werden doch jetzt nicht versuchen, mir auszuweichen?«

Wenn Emma daheim in New York gewesen wäre und irgendein hünenhafter Typ ihr genau dieselbe Frage gestellt hätte,

hätte sie »Feuer« geschrien – denn da, wo sie herkam, ließ ein herausgeschrienes »Hilfe« oder »Vergewaltigung« kaum jemanden auch nur eine Augenbraue hochziehen –, und sie hätte versucht, ihm die Augen auszukratzen. Aber irgendetwas an diesem Typen … etwas, das sie nicht ganz verstand … ließ sie erstarren. Wie damals, als ein wütender Rottweiler sie hinter der Pizzeria ihres Vaters in die Enge getrieben hatte. Sie hatte damals gewusst, dass er ihr, wenn sie sich rührte, an die Kehle gehen würde.

Erschreckenderweise hatte sie bei diesem Typen das gleiche nervöse Gefühl.

Sein imposanter Körper ragte über ihr auf und er starrte ihr mit seinen hellgoldenen Augen ins Gesicht. »Sie bestehen darauf, Schwierigkeiten zu machen, was?« Er kam einen weiteren Schritt näher und sie spürte seine Körperwärme, roch seinen Duft … und ups, das war angenehm.

Emma schluckte. »Schwierigkeiten?«

»Ja. Schwierigkeiten.« Er nahm ihr das T-Shirt aus der Hand und warf es zurück auf den Stuhl, auf den sie es ursprünglich gelegt hatte. »Indem Sie versuchen zu verschwinden, bevor der Doc grünes Licht gibt.« Seine großen Hände packten mit festem Griff ihr Krankenhaushemd, und Emma hörte plötzlich auf zu atmen, während sie abwartete, was er noch tun würde. Obwohl sie wusste, was sie gern gehabt hätte … doch das kam ihr falsch vor. Sie kannte diesen Mann kaum ein paar Stunden. Sie und ihr letzter Freund waren erst drei Monate nach ihrem ersten Date miteinander ins Bett gegangen. Als sie das bei einem zwanglosen Abendessen ihrem Zirkel gegenüber erwähnt hatte, hatten alle sie nur angestarrt, als spräche sie plötzlich kantonesisch. Aber Emma kannte dieses plötzliche Aufwallen von sexueller Leidenschaft eben nicht – bis jetzt.

Behutsam zog der Deputy ihr das Hemd aus den Fingern und streifte es ihr langsam wieder über die Schultern. Sein Gesicht war vollkommen ausdruckslos, als er sie umdrehte und sie spürte, wie seine Finger das Hemd wieder zuknoteten. Sie dachte, dass er es dabei bewenden lassen würde, doch dann stieß sie ein leises Quieken aus, als ihr klar wurde, dass er sich hinter sie gehockt und ihre Jeans gepackt hatte.

»Halt!« Sie hielt seine Hände durch das Hemd hindurch fest. »Was zur Hölle tun Sie da?«

»Ich will Ihnen nur helfen.«

»Ich brauche Ihre Hilfe nicht«, stieß sie mit schriller Stimme hervor, während er sich aus ihrem Griff löste und ihre offene Jeans herunterzog, um dann jeden Fuß einzeln anzuheben und aus dem Hosenbein zu befreien.

»So. Ist das nicht besser?«

Sie drehte sich um und funkelte ihn an, ihr Gesicht hochrot. »Nein!«

Er grinste sie an, und sie hätte beinahe zurückgelächelt. Beinahe.

»Nun«, fuhr er fort, während er immer noch vor ihr hockte, ihrer Pussy gefährlich nah. »Ich will nichts mehr davon hören, dass Sie gehen. Sie bleiben, bis ich und der Doc etwas anderes sagen.«

»Was?« Panik. Sie wurde von einer tiefen, markerschütternden Panik erfasst. »Sie können mich nicht hier festhalten, wenn ich nicht bleiben will.«

»Oh, und ob wir das können, Liebes. Hab ich recht, Doc?«

Emma riss den Kopf hoch, und tatsächlich, der extrem umwerfende Dr. Sahara stand in der Tür und lächelte sie an. Sie gewann den Eindruck, dass er schon die ganze Zeit da gestanden hatte, während der Deputy mit ihrer Jeans tat, was er wollte. Machten diese Leute denn gar keine Geräusche? War das etwa so ein Südstaaten-Ding? Wie Maisgrütze und Eisbein?

»Also, Miss Emma«, tadelte Dr. Sahara sie mit zuckersüßer Stimme, »wir müssen sichergehen, dass Sie okay sind, bevor wir Sie entlassen.«

»Sie … Sie haben doch gesagt, ich sei okay. Sie haben gesagt …«

»Ich habe gesagt, dass nichts Offensichtliches vorliegt. Aber wir möchten Sie noch zur Beobachtung dabehalten. Wir wollen schließlich nicht, dass Ihnen etwas zustößt, nachdem Sie uns verlassen haben. Nicht wahr, Deputy?«

»Nein. Wir wollen, dass sie gesund und munter ist.«

Emma senkte den Blick und begriff, dass, der Deputy diese Worte genau auf Höhe ihres Schritts gesagt hatte. So etwas war ihr noch nie passiert. Diese Nähe zu zwei Männern voller Testosteron, die sie behandelten, als fänden sie sie heiß. Niemand behandelte sie so, dazu war sie viel zu unscheinbar. Niemand bemerkte Emma. Das war schon immer so gewesen. Und um ehrlich zu sein, sie hatte sich ziemlich daran gewöhnt, und es war ihr lieber so.

Sie drängelte sich an dem Mann zu ihren Füßen vorbei. »Ich weiß Ihre Sorge zu schätzen, Gentlemen. Aber ich denke wirklich …«

»Das steht nicht zur Debatte, Liebes.«

Emma hielt inne und drehte sich zu dem Deputy um. Der Mann ließ sich Zeit damit aufzustehen. Sein Körper war ein einziger sich anspannender Muskel, als er sich langsam zu seiner vollen Größe aufrichtete. Beinahe hätte sie gestöhnt. So ein schöner Typ war ihr noch nie untergekommen. Aber da war noch etwas an ihm. Etwas, das sie nicht recht zu deuten wusste.

Doch eines wusste sie. Er würde es bereuen, wenn er sie richtig sauer machte.

Er würde es sehr bereuen.

Eine schwarze Braue zuckte nach oben, als er vor ihr stand und ihr grinsend ins Gesicht schaute. »Hören Sie auf, mich in Gedanken zu bedrohen. Denn wir wissen beide, dass Sie das tun.«

Emma wollte gar nicht wissen, wie zur Hölle er das machte.

KAPITEL 3

Der letzte Löffel des feinen belgischen Schokoladenpuddings schwebte vor ihrem Mund in der Luft. Ihr Blick klebte auf dem von Minute zu Minute seltsamer agierenden Deputy. »Was?«

»Ich habe gefragt, wie viele Brüder und Schwestern Sie haben.«

»Warum?«

»Warum was?«

»Warum fragen Sie mich das?«

Er blinzelte und starrte sie an, als verstünde er sie nicht recht. »Weil das höfliche Unterhaltung ist.«

Vielleicht im Süden, aber da, wo sie herkam, bedeutete es einfach nur, dass man neugierig war – und etwas im Schilde führte.

»Bekomme ich eine Antwort?«

Emma kniff die Augen zusammen. »Einige.«

Der Deputy blinzelte wieder, dann lächelte er. Aber es war definitiv ein »Dieses Mädchen ist mir unheimlich«-Lächeln. »Sie haben einige Brüder und Schwestern? Ihre Eltern haben Ihnen keine konkrete Zahl genannt?«

»Doch, haben sie. Ich bin nur nicht bereit, sie Ihnen zu verraten.«

»Ist es immer so schwierig, mit Ihnen zu reden?«

»Ja.«

»Na schön.« Er warf frustriert die Hände in die Luft. »Keine persönlichen Fragen mehr.«

»Danke.« Sie betrachtete den Löffel voll Pudding, der darauf wartete, verzehrt zu werden, und begriff, dass sie ihn nicht länger wollte. Bedächtig legte Emma den Löffel zurück auf das Tablett und der Deputy starrte ihn an.

»Essen Sie das noch?«

Emma kratzte sich am Kopf, wobei sie Beulen oder schmerzende Stellen vom Unfall mied. »Ähm ... nein.«

Kyle schnappte sich den Löffel, schob ihn sich in den Mund, lehnte sich auf seinem Stuhl zurück und leckte ihn lässig ab. Er tat das so beiläufig, dass sie das Gefühl hatte, als würden sie sich schon seit Jahren kennen. An dem Punkt hätte sie eigentlich längst das Weite suchen müssen. Oder die State Police verständigen, damit sie sie aus dieser Irrenstadt in North Carolina retteten.

Stattdessen wäre Emma zum ersten Mal in ihrem Leben am liebsten auf den Schoß des Mannes gesprungen, um den Löffel wegzuwerfen und ihn durch ihre Zunge zu ersetzen. Sie wollte ihn. Sie wollte einen Mann, der sie ständig entweder »Yankee« oder »Liebes« oder »Schätzchen« nannte.

Nein. Nein. Es wurde Zeit zu verschwinden. Sofort. Bevor sie sich zu einer absoluten und totalen Närrin machte, noch dazu vor einem Haufen schöner Menschen.

»Ich glaube, ich werde mir morgen früh einen neuen Mietwagen besorgen und zum Flughafen in Wilmington fahren. Zurück nach Hause.« Damit hatte sie die ganze Nacht Zeit, ihren kleinen »Freund« zu finden und zu töten und sich diese Sache von der Seele zu schaffen, bevor sie aus dieser verrückten Stadt verschwand.

Der Deputy zog langsam den Löffel aus dem Mund, leckte mit seiner unnatürlich langen Zunge einige Male darüber und sagte: »Nein.«

Emma wartete auf mehr, doch da kam nichts. »Was soll das heißen ... was meinen Sie mit ›Nein‹?«

Er zuckte die Achseln. Langsam, lässig ... aufreizend. »Ich meine: Nein, Sie gehen nirgendwohin.«

»Sie können mich nicht gegen meinen Willen hier festhalten.«

»Warum nicht?« Er wusste, dass es falsch war, aber es machte ihm einen Mordsspaß zu beobachten, wie sie in Rage geriet und unleidlich wurde, wenn sie nicht bekam, was sie wollte.

»Was meinen Sie mit: ›Warum nicht‹? Es verstößt gegen das Gesetz.«

»Ich bin das Gesetz, Kleines«, verkündete Kyle entspannt und wünschte, sie hätte ihm ein wenig mehr von diesem Pudding übrig gelassen. Für ein Krankenhaus hatten sie hier wirklich ausgesprochen gutes Essen. Aber seinesgleichen, vor allem die snobistischen Löwenrudel, erwarteten nur das Beste, belgischen Schokoladenpudding inklusive, für ihre seltenen und für gewöhnlich kurzen Krankenhausaufenthalte. »Zumindest bin ich das hier in der Gegend.«

Sie musterte ihn einen Moment lang, dann blinzelte sie und schaute schnell weg, vermied es krampfhaft, ihn direkt anzusehen.

»Ich bin mir relativ sicher«, stieß sie zwischen zusammengebissenen Zähnen hervor und sah sich dabei im Zimmer um, »dass das Kidnapping ist.«

»Wohl kaum.« Kyle konnte sich keinen Reim auf sie machen. Sie schien keine Angst vor ihm zu haben, sich aber definitiv auch nicht wohlzufühlen. »Es geschieht zu Ihrem eigenen Wohl. Der Doc hat gesagt, er wolle nicht, dass Sie irgendwohin gehen, bis er sich sicher sein kann, dass mit Ihnen alles okay ist.«

»Für wie lange?«

Bis ich bereit bin, dich gehen zu lassen. »Ein paar Tage.«

Ihre Augen wurden riesig und Kyle wünschte sich nichts mehr, als ihr die unordentlichen Locken aus dem Gesicht zu streichen. Als sie aus der Notaufnahme in ihr Zimmer gekommen waren, hatte sie sich ihr Haar mit den Fingern so ins Gesicht gekämmt, dass er ihre zauberhaften Augen kaum sehen konnte. Das gefiel ihm nicht.

»Ein paar Tage? Ich kann nicht für ein paar Tage hierbleiben.«

»Warum nicht? Sie haben dem Doc erzählt, Sie seien im Urlaub. ›Ich gehe einfach dahin, wo mich die Sonne hinführt‹, waren Ihre Worte, glaube ich. Also, was kümmert es Sie, ob Sie einige Tage hierbleiben oder nicht?«

Das schien sie aus der Fassung zu bringen. »Ähm …«

»Sind Sie so in unserer kleinen Stadt gelandet, Emma? Weil Sie dahin gefahren sind, wo die Sonne Sie hingeführt hat?«

Sie schob ihr Essenstablett von sich. »Ja. Klar.«

»Lügen Sie mich nicht an, Emma.«

Sie funkelte ihn an. »Ich lüge nicht.«

Kyle seufzte. »Na schön.«

»Ich muss meine Freunde anrufen«, verkündete sie entschieden. »Ich bekomme mit meinem Handy hier keine Verbindung.«

Ihre Freunde? Warum nicht ihre Familie? Jetzt, da er darüber nachdachte, wurde ihm bewusst, dass sie kein einziges Wort über ihre Familie verloren hatte. Die meisten Leute, egal ob Menschen oder andere, wollten nach einem Unfall ihre Verwandten sehen. Allerdings hatte sie auch keinen festen Partner oder Ehemann erwähnt, was er sehr beruhigend fand.

»Sicher. Ich werde Ihnen erlauben, Ihre Freunde anzurufen. Sobald Sie mir sagen, warum Sie hier sind.«

»Ich mache Urlaub.«

»Einen Gesetzeshüter zu belügen ist nie eine gute Idee, Miss Emma.«

»Es ist nie eine gute Idee, jemanden gegen seinen Willen festzuhalten, Deputy. Und doch scheinen Sie kein Problem damit zu haben.«

Für jemanden, der ihm kaum Blickkontakt gewährte, gab sie nicht gerade klein bei. Kyle stand auf und beugte sich über die Metallstreben ihres Krankenhausbettes. »Lassen Sie uns das Ganze noch einmal probieren. Erzählen Sie mir, warum Sie hier sind.«

Sie schaute zu ihm hoch, den Blick fest auf seine Augen gerichtet, während sie langsam die Arme vor der Brust verschränkte. »Ich. Mache. Urlaub.«

Kyle nickte und trat zurück. »Also schön. Ich hoffe, dieses

Zimmer gefällt Ihnen. Sie werden es noch ein ganzes Weilchen zu sehen kriegen.«

»Was soll das heißen?«

»Es soll heißen, dass Sie nirgendwohin gehen, bis ich eine ehrliche Antwort von Ihnen bekomme. Also, machen Sie es sich gemütlich.«

Er ging zur Tür. »Ich werde ein paar Bücher und Zeitschriften aus dem Laden holen, zur Unterhaltung.«

Sie antwortete ihm nicht, sondern wandte nur den Kopf ab und schaute aus dem Fenster.

Emma schloss die Tür ihres Krankenhausbadezimmers. Sie stöhnte, als ihr klar wurde, dass die Tür kein Schloss hatte, und wusste, dass sie keine Zeit verschwenden durfte.

Sie tippte schnell eine Nummer in das Handy, das sie dem Deputy aus der Jeanstasche geklaut hatte, als er sich über sie gebeugt und Emma ihre persönliche Freiheit verweigert hatte, und wartete.

Ihre Hohepriesterin nahm ab. »Meacham.«

»Hi, Jamie. Ich bin's.«

»Em.« Die Frau atmete vor Erleichterung tief aus. »Du hast mir Sorgen gemacht, Mädchen.«

»Ich habe *dir* Sorgen gemacht?«

»Aber dir geht es gut, richtig?«

»Ja. Es geht mir gut. Im Krankenhaus.«

»Oh, Süße ...«

»Nein. Nein. Nichts dergleichen. Der hiesige Deputy hat mich gefunden und darauf bestanden, mich herzubringen. Ich denke, sie sind alle ein wenig aufgescheucht, weil meine Verletzungen so schnell heilen. Du weißt nicht zufällig etwas darüber, Boss?«

Jamie stieß ein leises Kichern aus. »Ich versuche lediglich, dir zu helfen.«

Als Emma sie gerufen hatte, hatte sie nur Jamies Schutz benötigt. Die plötzliche Fähigkeit ihres Körpers, schnell zu heilen, war lediglich Angeberei vonseiten der Hohepriesterin. »Schön, du hast mir geholfen. Aber jetzt sind sie höllisch misstrauisch. Und um ganz ehrlich zu sein …«

»Ja.«

»Diese Leute hier machen mir Angst. Sie sind alle so nett. Vielleicht ein wenig *zu* nett. Und alle sind *riesig*. Also überdimensional groß. Außerdem findet sich der Ort auf keiner Karte. Ich meine, ich habe alles durchforstet, und … nichts.«

»Was willst du damit sagen?«

»Nur so viel: ein Experiment der Regierung.«

»Hast du dir den Kopf ein wenig zu heftig am Lenkrad angeschlagen, Schätzchen?«, fragte Jamie. »Vielleicht hast du einen Schädelbruch?«

»Mir gefällt dein Sarkasmus nicht.«

Jamie lachte. »Sieh mal, ich habe dich doch vorgewarnt, dass die Leute dort unten nett sind. Und erinnerst du dich an meine Cousins und Cousinen aus Alabama? Die sind ebenfalls riesig. Im Süden werden sie eben groß. Und die meisten dieser Käffer sind auf keiner Karte verzeichnet.«

»Käffer? Welches Kaff hat auf seiner Dorfstraße Gucci-, Versace- und Prada-Läden?«

»Keine Ahnung. Vielleicht ist das ja wie in den Hamptons von North Carolina?«

»Warum lässt man mich dann nicht gehen?«

»Moment mal. Wer lässt dich nicht gehen?«

»Der Deputy und der Arzt. Sie sagen, ich darf nicht weg.«

»Okay, noch mal zum Mitschreiben: Nach einem schweren Autounfall, bei dem du ohne deinen Zirkel ums Leben gekommen wärst und du außerdem blutüberströmt warst, wollen der Arzt und der Deputy dich nicht aus dem Krankenhaus entlassen? Diese *Bastarde*!«

Emma knirschte mit den Zähnen. »Ich höre da schon wieder diesen Sarkasmus.«

Kyle fasste nach einer Ausgabe der Zeitschrift *Elle* und überlegte, ob Emma diesen Kram las. Sie wirkte nicht gerade »modebewusst«, wie seine kleine Schwester es nannte. Jeans und T-Shirt, die sie getragen hatte, als er sie gefunden hatte, waren ausgeleiert und ziemlich langweilig. Gleichzeitig wirkte sie aber auch nicht so, als wäre ihr das Aussehen egal.

»Warum kannst du keinen Porno kaufen wie der Rest von uns?«

Kyle seufzte und machte sich gar nicht erst die Mühe, sich umzudrehen. »Was machst du hier?«

Tully Smith, sein Stiefbruder und der Bürgermeister von Smithville, trat vor den Zeitschriftenständer und griff nach einer Ausgabe der *Architectural Digest.* Es war ein düsterer Tag in Smithville gewesen, als Kyles Daddy Tullys Mom geheiratet hatte. Aber Kyle und Tully waren damals sieben gewesen und außerstande, es zu verhindern, auch wenn sie es versucht hatten. Trotzdem, Kyle liebte seine Mom mehr, als er es je für möglich gehalten hätte. Vom ersten Tag an hatte sie die Vorsilbe »Stief« in ihrem Haus nicht geduldet. Sie waren eine Familie, pflegte sie zu sagen. Ungeachtet der Unterschiede. Ungeachtet der Spezies.

»Die ganze Stadt redet davon, dass ein Mensch in der Nähe des Strandes einen Autounfall hatte. Und dass du einen unserer Besucher verprügelt hast.«

»Ich habe ihn nicht verprügelt, ich habe ihm die Nase gebrochen. Wenn ich ihn verprügelt hätte, wäre viel mehr Blut geflossen. Außerdem hat er sie angegriffen. Ich musste etwas tun.«

»Da will ich dir gar nicht widersprechen. Ich weiß, wie diese blöden Großkatzen sein können.«

Kyle funkelte ihn an, und Tully tat so, als sei er entsetzt. »Natürlich habe ich nicht dich gemeint, kleiner Bruder.«

Bei einem Altersunterschied von drei Monaten bestand der Mann immer noch darauf, ihn »kleiner Bruder« zu nennen.

Kyle schnappte sich einen Stapel x-beliebiger Zeitschriften

vom Ständer und ging zur Kasse. »Du hast meine Frage immer noch nicht beantwortet. Was machst du hier, Hund?«

»Ich würde gern unsere kleine Besucherin kennenlernen.«

Nicht in diesem Leben. Tully entsprang einer langen Ahnenreihe von Alphamännchen. Manchmal schien es, dass das alles war, was die Smiths zeugten. Doch um das Alphamännchen irgendeines Smith-Rudels zu werden, die überall in den Staaten verteilt waren, musste man etwas haben, das der Rest der Hunde nicht hatte. Sicher, sie waren alle zäh, stark und rudelorientiert. Aber Tully war schlau. Gewieft. Die Art Wolf, die während einer Dürre immer irgendwie Wasser und Nahrung fand, während andere Rudel um jeden Tropfen kämpften und langsam verhungerten. Auf keinen Fall würde Kyle den hinterhältigen Bastard in Emmas Nähe lassen.

»Vergiss es. Sie erholt sich noch von dem Unfall. Ich will nicht, dass du sie belästigst.«

Tully folgte ihm zur Kasse. »Na, na, kleine Miezekatze. Nicht nötig, so besitzergreifend zu werden. Ich mache nur meinen Job. Wir wissen beide, wie seltsam ihre Anwesenheit hier ist. Und dennoch ist sie hier. Also wollen die Ältesten, dass ich sie kennenlerne.«

Die Ältesten repräsentierten jedes Rudel, jede Rotte, jeden Clan und alle anderen, die in ihrer Stadt herumlungerten. Ungeachtet ihrer Differenzen arbeiteten sie zusammen, wenn es darum ging, die Stadt zu beschützen.

»Im Moment ist es meine einzige Sorge sicherzustellen, dass sie nicht einfach durch die Gegend spaziert. Sie scheint wirklich neugierig zu sein.«

»Die Stadt ist in höchster Alarmbereitschaft, weil ein Mensch zu Besuch gekommen ist. Also solltest du dir keine allzu großen Sorgen machen. Ich bezweifle, dass du Randy Cartwright idiotisch kichernd die Hauptstraße entlanglaufen sehen wirst, während er versucht, eine blutende Antilope zu erwischen.«

Die Brüder schauten einander an und schnaubten unisono: »Hyänen.«

»Hör mal, Emma, warte noch ein oder zwei Tage, bis sie sicher sind, dass es dir gut geht, und dann komm nach Hause.«

»Ich kann nicht. Noch nicht.«

Jamie hielt inne, dann fragte sie: »Was verschweigst du mir?«

Emma zuckte zusammen. »Gar nichts?«

»Emma …«

»Okay. Okay. Ich glaube, irgendetwas hat versucht, mich zu töten. Möglicherweise.«

»Das ist doch nicht wieder diese Regierungsexperiment-Theorie, oder?«

»Nein. Auch wenn ich, was das angeht, trotzdem recht habe«, brummte sie.

»Was war es denn für ein Irgendetwas?«

»Es hat ausgesehen wie ein Hund. Ein Old Shuck vielleicht?«

»Die hab ich nicht mehr gesehen seit … ich weiß nicht … sechshundert Jahren?«

»Ich erzähle dir nur, was ich glaube gesehen zu haben. Es sah aus wie ein großer, zotteliger Old Shuck.«

»Bist du in Gefahr? Wenn jemand Dämonenhunde aus den Höllengruben beschwört …«

»Mir geht es gut«, antwortete sie schnell. »Alles bestens. Ich werde mich darum kümmern.«

»Ich habe das Gefühl, du willst nicht, dass ich komme.«

»Du bist mal wieder paranoid.« Nein, Jamie war nicht paranoid, aber es hatte keinen Sinn, sie aufzuregen. Wenn die Frau zu Hochform auflief, war sie echt gefährlich; nicht nötig, eine ganze Stadt diesem Risiko auszusetzen, wenn Emma die Situation selbst bereinigen konnte.

»Ich habe alles unter Kontrolle.«

»Obwohl du gegen deinen Willen von bösen Regierungskräften festgehalten wirst, die fleißig riesige, freundliche Südstaatentypen erschaffen?«

»Ich lege jetzt auf.«

»Okay. Okay.« Jamie lachte. »Bevor du Schluss machst, die anderen wollen dich sehen. Heute Nacht.«

»Warum?«

»Um sich davon zu überzeugen, dass es dir gut geht. Und hör auf, so überrascht zu klingen. Davon bekomme ich Komplexe. Später bei dir. Okay?«

Endlich lachte Emma. »Ja, in Ordnung. Bei mir.«

»Gut. Wir sprechen uns.«

»Okay.« Emma griff nach dem Türknauf und blinzelte, als sie feststellte, dass der Name des Krankenhauses darin eingraviert war. Das schien ihr für ein örtliches Krankenhaus ziemlich kostspielig. »Bis später, Jamie.« Sie legte auf und öffnete die Tür und im nächsten Moment stand sie unmittelbar vor einer überdimensionalen Brust. Das Telefon wurde ihr aus der Hand gerissen, und Emma entfuhr ein seltsames kleines Quieken, bevor sie den Blick an einem Astralkörper emporwandern ließ, um in das hübsche Gesicht des Deputys zu schauen.

»Diebstahl«, sagte er gelassen, »ist in Smithville ein Vergehen, für das man gehängt wird, Schätzchen.«

Und Emma wusste, dass er es todernst meinte.

»Das können Sie nicht mit mir machen!«

Er schaute nicht einmal von seinem Radsportmagazin auf, das er in den Händen hielt. »Doch. Kann ich.«

Emma starrte auf die Handschelle, mit der ihr rechtes Handgelenk am Metallgestell des Bettes fixiert war. Sie konnte immer noch nicht ganz glauben, was hier passierte, und schlug mit der Handschelle gegen das Bettgestell, was dem Deputy ein veritables Knurren entlockte.

»Lassen Sie das bleiben. Es nervt mich.«

Zu wütend, um darauf irgendetwas zu geben, schlug Emma erneut mit der Handschelle gegen das Metall.

Er riss den Kopf hoch und seine hellgoldenen Augen richteten sich auf sie.

Hui!

»Ich habe gesagt, Sie sollen das bleiben lassen.«

»Und ich habe gesagt, sie sollen mich gehen lassen.«

Feixend wandte der Bastard sich wieder seiner Zeitschrift zu. Also ließ Emma die Handschelle klimpern.

Sein Knurren verwandelte sich in ein Fauchen. »Sie wissen, dass ich das hier noch viel schlimmer für Sie machen kann?«

»Und Sie wissen, dass ich Sie verklagen kann – Sie, dieses Krankenhaus, diese merkwürdige Kleinstadt und jeden anderen, der mir einfällt? Wissen Sie das?« Sie hatte keine Ahnung, wo sie plötzlich den Mumm hernahm, aber sie musste zugeben, dass sie es genoss.

»Und ich kann Sie wegen Diebstahls anklagen. Vielleicht hoffen Sie ja, unsere Gefängnisse von innen kennenzulernen.«

»Sie würden mich ins Gefängnis stecken?« Sie konnte den Schock nicht verbergen. Sie war Emma Lucchesi, die langweilige Emma Lucchesi. Bis auf ihren Hang, mit überhöhter Geschwindigkeit über den Long Island Expressway zu rasen, hatte Emma noch nie irgendwelche Probleme mit dem Gesetz gehabt. Und Teufel noch mal, im Gefängnis war sie ganz bestimmt noch nie gewesen!

»Ich habe mit dem Gedanken gespielt.« Er lehnte sich auf seinem Stuhl zurück. »Doch Sie können mir auch verraten, warum Sie hier sind, und wir vergessen Ihren Diebstahl einfach.«

»Erstens habe ich mir dieses Handy lediglich *ausgeborgt*. Und zweitens bin ich im Urlaub. Außerdem hätte ich in dieser Stadt gar nicht haltgemacht, wenn ich mich nicht verirrt und meinen Wagen zu Schrott gefahren hätte.«

»Wobei mir einfällt ... wie ist das eigentlich passiert? Der Autounfall, meine ich.«

»Hund.«

»Hund?«

»Ein Hund ist mitten auf die Straße gerannt. Ich bin ihm ausgewichen.«

»Sind Sie sich sicher, dass es ein Hund war?«

»Ja. Ich bin mir sicher, dass es ein Hund war.« Aus dem siebten oder achten Höllenkreis, aber ein Hund.

Er stritt nicht mit ihr, was sie nervöser machte, als wenn er es getan hätte.

Stattdessen legte er den Kopf schräg und musterte sie. »Warum kämmen sie sich die Haare so ins Gesicht?«

Aufs Neue erschrocken fuhr Emma zurück. »Wie bitte?«

»Warum tragen Sie Ihr Haar auf diese Weise? Können Sie überhaupt etwas sehen?«

»Natürlich kann ich sehen!«

»Wirklich? Denn Sie erinnern mich an einen dieser Hirtenhunde, aber ich habe gehört, dass die nichts sehen können, es sei denn, jemand kümmert sich um ihr Haar.«

Sie holte tief Luft und antwortete: »Können wir jetzt aufhören zu reden?«

»Warum? Ich habe unsere Unterhaltung genossen.« Und sie hatte das Gefühl, dass er das ehrlich meinte.

»Nun, ich nicht. Tatsächlich fangen Sie an, mir auf die Nerven zu gehen. Und ich sage das den Leuten normalerweise nicht, selbst wenn sie es tun. Aber Sie? Sie müssen es einfach hören.«

»In Ordnung.« Er wandte sich wieder seinem Magazin zu und sagte kein Wort mehr.

Emma nahm sich eine der Zeitschriften, die er für sie mitgebracht hatte. Sie verdrehte angesichts des Models auf dem Cover die Augen.

»Nicht Ihr Ding?« Und ihr wurde eines klar: Selbst wenn sie dachte, dass der Mann sie nicht beachtete, tat er es.

Sie schüttelte den Kopf, warf die Zeitschrift beiseite und durchsuchte den Rest des Stapels. »Nein.« Sie griff nach *U.S. News & World Report* und lehnte sich in die Kissen.

»Mmh. Eine Denkerin«, murmelte er, und Emma hätte beinahe gelacht. Um sich gleich darauf fast zu verschlucken, als er hinzufügte: »Ich mag Denkerinnen.«

KAPITEL 4

Kyle hörte sie einmal zu oft im Schlaf seufzen. Er konnte es nicht mehr ertragen. Also stand er auf und verließ Emmas Zimmer. Wenn er heute Nacht überhaupt noch mal Schlaf finden wollte, musste er sich einen anderen Ort dafür suchen, denn wann immer diese verdammte Frau seufzte, wurde er härter und härter, bis er sich fast sicher war, dass er gleich explodieren würde.

Er konnte nicht weit weg gehen, da sie offensichtlich ziemlich durchtrieben war. Noch immer kam er nicht dahinter, wie sie sein Handy aus seiner Jeans hatte ziehen können, ohne dass er es bemerkt hatte. Sollte sie entwischen, würde er höllische Probleme haben, sie wieder aufzuspüren. Und dann würde er mit jedem verdammten Raubtier in der Stadt kämpfen müssen, um sie zu beschützen. Nur der Anflug von ihrem köstlichen Geruch, und sie würden sie alle umlagern. Das duldete er einfach nicht. Und das war auch einer der Gründe, warum er sie mit einer Handschelle ans Bett gefesselt hatte. Außerdem sah sie damit verdammt lecker aus.

Kyle trat nach draußen, atmete die frische Luft ein und spürte, wie die Knoten in seinen Schultern sich ein wenig lösten. Er konnte sich ein Lächeln nicht verkneifen. Wie sehr er diese Stadt liebte. Immer geliebt hatte. Touristen kamen und gingen. Stets in ihren schnieken Autos, mit ihrem nervigen Yankee-Akzent, und sie brachten gutes Geld mit. Aber nichts an ihrem Leben außerhalb von Smithville hatte Kyle je interessiert. Denn alles, was er wollte oder brauchte, war direkt hier.

Noch während ihm dieser Gedanke durch den Kopf ging, kam ein Reh vorbeigelaufen, dicht gefolgt vom Smith-Rudel, Tully an der Spitze.

Sobald er die Fährte seines Bruders witterte, blieb Tully stehen und ließ das Rudel ohne ihn weiterlaufen. Er kam auf Kyle zu, mit diesem blöden Ohrring an der Spitze seines Hundeohrs. Er war einer der wenigen Gestaltwandler, die Kyle kannte, die unbedingt in ihrer Tiergestalt Schmuck tragen mussten, mit dem man sie mühelos identifizieren konnte. Ihre kleine Schwester nannte ihn Piratenhund. Tully ließ sich mit den Vorderpfoten zu Boden, während sein Hintern in der Luft schwang. Kyle schüttelte den Kopf, aber er konnte sich das Lächeln nicht verkneifen. »Ich kann nicht. Vergiss es.«

Tully stürmte kurz vorwärts, knabberte an seinen Jeans und sprang wieder zurück.

Nun, ein Mann musste essen.

»Na schön. In Ordnung.« Kyle zog sein T-Shirt aus. »Aber wir dürfen uns nicht zu weit vom Krankenhaus entfernen. Ich muss das kleine Problem da drin im Auge behalten.«

Kyle schlüpfte aus seinen restlichen Sachen und warf sie in einen gesicherten Eimer neben der Eingangstür. Das Krankenhauspersonal benutzte ihn, wenn es laufen gehen oder jagen wollte. Nachdem er seine Gestalt gewechselt hatte, lief er als schwarze Katze hinter seinem Bruder her, rang ihn nieder und warf ihn drei Meter weit, bevor er hinter der warmen Mahlzeit herjagte, die vor ihnen floh.

Emma schlief. Sie wusste, dass sie schlief, weil sie in ihrer Traumlandschaft aufgewacht war. Da sie ihre eigenen Träume kontrollieren konnte, hatte sie ihre Traumlandschaft von Grund auf selbst erschaffen, und sie liebte sie. Ein perfektes azurblaues Meer, blauer Sand, ein tief hängender und riesiger bordeauxroter Mond und Palmen. Sie kam nicht jede Nacht her, aber wenn sie gestresst war, begab sie sich an den einen Ort, an dem sie zur Ruhe kam.

Natürlich erlaubte ihr der Rest ihrer Zirkelschwestern noch nicht, sich auszuruhen. Sie wollten sie sehen, um sich davon zu überzeugen, dass es ihr wirklich gut ging. Also riefen sie immer wieder nach ihr, was dieselbe Wirkung hatte, wie wenn jemand den Finger nicht von der Türklingel nahm. Grollend zerrte sie mithilfe ihrer Macht ihren Zirkel aus deren Reich in ihres.

»Emma!« Seneca Kuroki schlang die Arme um Emma und zog sie fest an sich. »O Gott! Ich bin ja so froh, dass es dir gut geht. Ich habe mir solche Sorgen gemacht.«

Emma gab Sen noch zwei Sekunden, bevor sie sich sanft, aber energisch aus den Armen der Frau befreite. »Es geht mir bestens, Sen. Wirklich.«

»Wow, Em. Du hast diesen Ort echt toll hergerichtet«, bemerkte Kendall Cohen leise, während sie sich in Emmas Traumlandschaft umsah.

»Danke.«

»Ich sehe, der Titel *Meisterin der Träume* war wohlverdient.« Jamie grinste sie an. »Du siehst gut aus.«

»Es geht mir auch gut. Aber dieser Provinz-Deputy hat mir das Telefon weggenommen.«

»Wahrscheinlich weil du es ihm vorher geklaut hast.«

»Ich habe es mir geborgt. Aber meinst du, er hört zu? Nein. Er kettet mich einfach mit Handschellen ans Bett wie eine gewöhnliche Kriminelle.«

Ihr Zirkel drehte sich geschlossen zu ihr um, offensichtlich nicht länger an der Schönheit des Ortes interessiert, den sie erschaffen hatte.

Sie erwiderte die Blicke. »Was?«

Jamie legte den Kopf schräg, und Emma sah, dass sie verzweifelt versuchte, nicht in Gelächter auszubrechen. »Er kettet dich mit Handschellen ans Bett?«

»Ja. Na und?«

Kenny stemmte die Hände in die Hüften. »Ist das nicht eine Spur pervers, Em? Du weißt schon … in deinen Augen.«

Bekleidet mit einem T-Shirt mit der Aufschrift »Ich *bin*

der Herr der Ringe« war Kenny der größte Computerfreak, den Emma kannte. Mit ihren zweiunddreißig Jahren schien Kenny sich mit ihrer burschikosen Art wohlzufühlen – nicht nur, was ihren kurzen, wuscheligen Haarschnitt und das Computerfreak-T-Shirt anging, sondern auch ihre sehr abgetragenen Jeans, ihre knöchelhohen Turnschuhe, auf die sie lauter Drachen gemalt hatte, und das Lederarmband, mit dem Ken sich fühlte wie die »totale Krieger-Braut«, wie sie mal zugegeben hatte, als sie betrunken gewesen war. Kenny hatte sogar das eine vergeudete Jahr am Massachusetts Institute of Technology – mit einem Notendurchschnitt von unglaublichen 1,7 – in eine Computerspielkarriere verwandelt, die ihr bisher mehr Geld eingebracht hatte, als menschenmöglich schien. Es erstaunte Emma noch immer, dass es in Europa und Asien Computerspiele mit Kennys Namen auf der Verpackung gab. Und Emma hätte bares Geld darauf gewettet, dass Kenny mit ihrem Viertausend-Dollar-Computer auf dem Schoß auf dem Sofa eingeschlafen war. Von den fünf Frauen war Kenny die einzige, die voll bekleidet war, statt Nachtzeug zu tragen.

»Wenn es um dich ginge, Kendall, vielleicht. Aber wir reden von mir. Ich und pervers … schließen uns gegenseitig aus.«

Sie sahen alle Seneca an, die hübsche Kellnerin aus Manhasset und das nötige gute Gegengewicht in ihrem finsteren kleinen Zirkel, die um sie herumwirbelte. Buchstäblich. »Ich fühle mich hier so frei!« Mehr als dreizehn Jahre waren vergangen, seit Sen ihre alte Highschool als Cheerleader angeführt hatte, und noch immer benahm sich die Frau, als seien dauerhaft Pompons an ihr befestigt.

Seufzend verdrehte Kenny ein wenig die Augen. Wenn sie nicht im selben Zirkel gewesen wären, hätte Kenny Seneca wahrscheinlich schon vor langer Zeit totgeschlagen. Sens eingefleischte Munterkeit ging Kenny schrecklich auf die Nerven. Doch Emma hatte nichts gegen Sen. Sie war einfach so verdammt niedlich, dass es schwer war, sie nicht zu mögen.

»Komm schon, Em, spuck's aus. Machst du da mit deinem

Deputy etwas moralisch Verwerfliches mit den Handschellen?« Mackenzie Mathews, bekleidet mit locker sitzender Jogginghose und einem Tanktop, stand neben ihrer Cousine. Tatsächlich überragte sie sie. Bis auf die Tatsache, dass beide Frauen eine dunkle Hautfarbe hatten und über ihre Mütter verwandt waren, hatten sie nicht sehr viel gemeinsam. Mac, die barfuß über eins neunzig groß war, verlor nie den Kopf. Sie geriet selten in Panik, wurde niemals hysterisch und hielt ihre Cousine in Schach. Ihr glattes schwarzes Haar reichte kaum bis zu ihren Schultern, und das blaue Tanktop, das sie trug, brachte die großen und kräftigen Muskeln zur Geltung, die ihre harte Arbeit ihr beschert hatte. Jamie dagegen war gute zwölf Zentimeter kleiner als ihre Cousine, ihr langes Haar war lockig und für gewöhnlich bei der Arbeit zu einem Pferdeschwanz zurückgebunden. Etwas hellhäutiger als Mac und erheblich kurvenreicher, blieb Jamie ein »wandelndes Pulverfass«. Die Frau hatte ungeheure Macht und wusste, wie man sie benutzte. Aber es war ihr Zirkel, der sie davon abhielt, etwas Dummes zu tun. Nur ihr Zirkel hinderte sie daran, auf die Seite des Bösen zu wechseln und zu versuchen, die Weltherrschaft an sich zu reißen.

»Wie ihr seht« – Emma wollte in Ruhe gelassen werden, daher war es an der Zeit, die Sache voranzutreiben –, »geht es mir gut.«

Als niemand etwas erwiderte, kniff Emma die Augen zusammen. »Was?«

»Glaubst du wirklich, wir waren das?«, fragte Jamie.

»Ob ich glaube, dass wir die Tür geöffnet haben? Ja. Ob ich glaube, dass wir dieses Ding entfesselt haben … das weiß ich nicht. Aber wenn ich Glücksspiel mögen würde, würde ich wahrscheinlich Geld darauf setzen.«

»Jamie denkt, irgendjemand wollte uns hier unten haben.« Mac stellte die Füße etwas näher zusammen und rieb sich den Rücken. Die Wunde dort schmerzte selbst nach fünf Monaten noch, obwohl Emma langsam den Eindruck bekam, dass es eher ihre Psyche war und kein echter körperlicher Schmerz. Nicht besonders überraschend. Nach allem, was passiert war. Nach dem Angriff.

»Ist irgendjemand an dich herangetreten? Oder hat jemand etwas gesagt?« Jamie ging zu ihrer Cousine und legte die Hand flach auf die Stelle, wo ihr brutal ein Messer zwischen die Rippen gestoßen worden war. Ihre Hand leuchtete für einen Moment, dann fügte sie leise hinzu: »Bitte. Das müsste gegen die Schmerzen helfen.« Erst in jener schrecklichen Nacht im Krankenhaus, als sie darauf gewartet hatten, dass Mac aus dem OP geschoben wurde, war dem Zirkel klar geworden, wie viel Mac Jamie bedeutete. Ganz gleich, wie sehr Jamie es auch abstritt.

»Nein.« Emma beantwortete endlich Jamies Frage. »Ich hatte es nur mit diesem idiotischen Cop und dem Krankenhauspersonal zu tun. Aber sie scheinen wirklich neugierig zu sein, warum ich dort bin. Als stünden sie nicht besonders auf Fremde.«

»Moment mal«, unterbrach Kenny sie. »Versuchst du zu sagen, dass sie ›keinen Gefallen an Leuten von außerhalb finden‹?«

Emma lachte. »Ja. Das trifft es so ziemlich.«

»Nun, du bist eine bessere Frau als ich, Em.« Kenny beobachtete, wie Seneca wieder an ihr vorbeiwirbelte. »Ich würde echt ausflippen, wenn ich in North Carolina festsitzen würde.« Ken streckte den Fuß aus, und Seneca sprang anmutig darüber, drehte sich um und zeigte Kenny den Mittelfinger. Dann ließ die kleine Göre auch noch einen Tanz sehen, der jedem Hip-Hopper alle Ehre gemacht hätte.

Emma rieb sich über die Augen. »Warum sollte sich irgendjemand mit uns anlegen?« Es stimmte, für den Rest der Welt war Emma unsichtbar. Sie existierte nicht. Sie war genauso beige wie ihr verlässlicher Toyota. Aber ihr Zirkel … nun, das war eine andere Geschichte. Die meisten Hexen gingen ihnen aus dem Weg. Ob gut oder böse, alle machten einen großen Bogen um den Zirkel der Dunkelsten Nacht. Ihrer Meinung nach störte die Tatsache, dass Emmas Zirkel nicht klar auf einer Seite spielte, wie die meisten anderen. Vor allem nach diesem Zwischenfall, der sie auf Lebenszeit vom Green Man Festival ausschloss.

Aber für Emma und ihre Schwestern war es nicht einfach ein Fall von Schwarz oder Weiß, Gut oder Böse. Denn manchmal, wenn alles schieflief, tat man, was man tun musste. Emmas Zirkel hatte keine Angst davor, im Kampf unfaire Mittel einzusetzen. Himmel, das konnten sie gut.

Also, welcher Idiot wäre bescheuert genug, sie in diese langweilige Stadt mitten im Nirgendwo in North Carolina zu locken? Und warum zur Hölle war sie dumm genug gewesen, tatsächlich zu kommen?

Kyle rammte Tully die Pfote gegen die Schnauze und riss ihm die Krallen durchs Fell. Tully machte einen Salto rückwärts, ging dann aber sofort wieder auf ihn los. Kyle wartete nicht ab. Er zog sich auf den höchsten Baum zurück und hievte beim Hochklettern seine Beute mit hinauf. Sobald er einen bequemen Ast gefunden hatte, legte er sich zum Essen hin. Die Wölfe kreisten unten um den Baum, beobachteten ihn, warteten darauf, dass er ein Stückchen fallen ließ, und schmiedeten Pläne. Wie schnell hatte sich doch die Jagd von lockerem Spaß in tödlichen Ernst verwandelt, sobald ihre Beute in Sichtweite gewesen war. Gestaltwandler von außerhalb lernten schnell, dass Smithville keine besonnene Stadt war, wenn es ums Jagen ging. Es wurde hier oft richtig fies und bösartig bei so vielen unterschiedlichen Gattungen, die um die Beute kämpften. Aber Kyle liebte gerade das. Jetzt genoss er seine warme Mahlzeit – vor allem als sie endlich aufgehört hatte zu zappeln –, kaute und hielt nach anderen hungrigen Raubtieren Ausschau. Einmal war einer von den Tigertouristen hochgesprungen, hatte Kyle das Essen direkt vor der Nase weggeschnappt und war dann wieder auf dem Boden gelandet, als sei nichts geschehen. Und mehr als ein Löwe war ihm schon auf den Baum hinterhergeklettert. Er hatte seine Beute hergeben müssen, da diese Arschlöcher so groß waren – allerdings kamen sie dann nicht wieder runter von den Bäumen, was Kyle ungemein amüsant fand.

Schon bald rannte ein anderes Beutetier vorbei und Tullys

Rudel heftete sich ihm an die Fersen und ließ Kyle mit seiner Mahlzeit allein. Er aß, bis er satt war, dann ließ er seine Beute liegen und sprang vom Baum. Da er sie nicht ganz aufaß, hätte er theoretisch teilen können ... aber er teilte nie. Wölfe teilten. Sogar Löwen teilten, wenn genug für alle da war. Er jedoch teilte nicht, es sei denn, er befand sich in seiner menschlichen Gestalt – und seine Mom gab ihm einen Schlag auf den Hinterkopf und sagte ihm, dass er sich anständig benehmen solle.

Kyle schlenderte zurück zum Krankenhaus, das nur ungefähr eine Meile entfernt war, und sichtete einen weiteren Baum direkt vor dem Zimmer der Yankee-Frau. Er suchte sich einen Ast nicht allzu weit vom Boden entfernt, machte es sich bequem und beobachtete die Frau. Er sah sie im Bett liegen, schlafend und mit Handschellen angekettet. Der Gedanke ließ ihn schnurren und dann schlief er auch schon ein.

Emma lag wieder auf ihrem blauen Sand und schaute zu dem Himmel hoch, den sie erschaffen hatte. Eine Spur zu grell. Sie schraubte die Helligkeit ein wenig herunter, bis der Himmel eher von einem blassen Blauton als von einem leuchtenden Azurblau war.

Emma hatte zwei Tage. Zwei Tage, um zu vernichten, was immer sie zu töten versucht hatte, und wieder nach Hause zu fahren. Danach würde ihr Zirkel auftauchen und das wollte sie lieber vermeiden. Alle fünf zusammen konnten jede Menge Probleme verursachen. Seit sie sich in der neunten Klasse im Gemeinschaftskundeunterricht kennengelernt hatten, waren sie eine funktionierende Einheit gewesen. Beinahe wie Geschäftspartner. Jede von ihnen hatte ihre Funktion und erfüllte eine spezielle Rolle. Doch Emma hatte immer gewusst, dass sie, wäre der Zirkel nicht gewesen, wahrscheinlich nie Freundinnen geworden wären. Sie waren zu unterschiedlich und hatten – abgesehen von der Hexerei – nur sehr wenig gemeinsam.

Jamie sagte immer, sie seien eher wie Verwandte statt wie Freunde. Freunde suchte man sich aus, während Familie einem aufgedrängt wurde. Trotzdem, Emma mochte sie alle und ertrug sie ziemlich gut. Und es gefiel ihr, dass sie, was auch geschah, aufeinander aufpassten. Sie behandelten Emma definitiv besser, als ihre eigenen Geschwister es taten. Nie wäre Emma es in den Sinn gekommen, nach dem Unfall ihre Blutsverwandten zu verständigen. Sie fanden sie seltsam und sagten das auch oft, vor allem wenn bei Familienessen der Wein zu fließen begann. Ihre Eltern versuchten, es ihr leichter zu machen, aber allen war bewusst, dass sie nicht richtig dazugehörte. So wie das kleinste, schwächste Junge eines Wurfs.

Emma schüttelte den Kopf, weil sie nicht weiter darüber nachdenken wollte. Sie kam in ihre Traumlandschaft, um sich zu entspannen, um einfach da zu sein, und genau das hatte sie jetzt auch vor.

Ein Kaninchen flitzte an ihr vorbei und Emma beobachtete es mit einem Lächeln. Sie liebte Kaninchen. Sie waren die einzigen Haustiere, die sie jemals gehabt hatte. Hunde waren viel zu schmutzig und Katzen machten sie panisch. Sie starrten sie immer an, als wüssten sie, dass sie etwas ausgefressen hatte. Wenn man bedachte, dass sie normalerweise überaus wenig im Schilde führte, war das wirklich eigenartig. Kaninchen dagegen waren süß und flauschig und hatten keine Krallen. Man musste nur auf ihre scharfen Zähne achtgeben und mit ihren Pfoten konnten sie einen ziemlich fest treten. Es war jedoch ihre einzige Möglichkeit, sich gegen jene Tiere zu verteidigen, die in der Nahrungskette über ihnen standen.

Wie beispielsweise diese riesige schwarze Katze, die an ihr vorbeirannte.

Emma blinzelte und richtete sich auf. Warum zur Hölle war in ihrer Traumlandschaft ein Panther? Sie hatte nie Katzen in ihrer Traumlandschaft. Nicht dass sie sie hätte stoppen können, wenn sie hereingewollt hätten. Tiere konnten in die Träume von jedem kommen und sie auch wieder verlassen, aber sie hatte noch nie erlebt, dass eine große Dschungelkatze in ihren heiligen Ort eindrang.

Noch beunruhigender war, dass die Katze jetzt das Kaninchen hatte, es schüttelte, in die Luft warf, wieder auffing und dann erneut schüttelte. Emma kreischte entsetzt, und die Katze fuhr herum, das arme Kaninchen immer noch im Maul. Sie starrte Emma an und Emma starrte zurück. Von der Schnauze bis zum Hintern musste sie weit über einen Meter achtzig lang sein und wog locker mehr als zweihundert Pfund. Ihr Schwanz allein sah aus, als sei er einen Meter zwanzig bis einen Meter fünfzig lang. Trotzdem, wie die meisten in diesem Universum hatte sie sie nicht bemerkt, bis sie diesen dummen Laut von sich gegeben hatte.

Sie würde nicht weglaufen. Das hier war ihre Traumlandschaft, Herrgott noch mal! Sie erschuf sie. Sie kontrollierte sie.

Der Panther spuckte das Kaninchen aus und das Häschen hoppelte davon. Dann kam die große Katze auf sie zu, setzte ihre massiven Krallen in den Sand, während sie sich immer näher und näher schob. Emma wich keinen Zentimeter zurück und weigerte sich wegzulaufen. Doch kein einziger der Gesänge, die sie versuchte, funktionierte. Sie setzte all ihre Tricks ein, um das verdammte Ding aus ihrer Traumlandschaft und aus ihrem Kopf zu vertreiben, aber nichts klappte. Schließlich stand der Panther vor ihr. Kalte hellgoldene Augen musterten sie, beobachteten sie mit einer intensiven Neugier, bei der sie sich extrem unbehaglich fühlte.

Emma funkelte die Katze an. »Geh weg«, befahl sie. »Du bist hier nicht willkommen.«

Der Panther gab ein ziemlich rüdes Schnauben von sich, als glaubte er das keine Sekunde lang. Dann trat er näher an sie heran, sein glattes schwarzes Fell strich über ihre Haut, als er sich an ihr rieb, und sein großer Kopf drückte sich an sie, während er um sie herumstrich. Er schnurrte und presste die Schnauze in ihren Nacken, sein Atem warm und süß auf ihrer Haut.

Emma fühlte sich nackt. Da es ihre persönliche Traumlandschaft war, war sie nach dem Aufbruch ihres Zirkels in einen dunkelroten Bikini geschlüpft. Einen, den sie in der realen Welt zu tragen niemals den Mut gehabt hätte. Jetzt versuchte sie, einen Parka und eine Ganzkörperrüstung heraufzubeschwören, irgendetwas, um ihre weiche, entblößte Haut vor diesen *wirklich* riesigen Krallen zu schützen. Sie konnte sich jedoch nicht konzentrieren. Nicht wenn sie den Blick nicht von der Bestie abwenden konnte, die sich noch enger an sie drückte.

Die Katze streifte ihr Bein und dann ihre Seite, schob sich um sie herum und rieb sich wieder an ihr. Sie schluckte den panischen Kloß herunter, als der Schwanz des Panthers über ihre Beine und hinauf über ihre Brust strich, bevor er sich um ihren Hals legte. Die Spitze berührte ihren Hals direkt unterhalb ihres Ohres. Und überraschenderweise fühlte sich das irgendwie gut an.

Nachdem er sich hinter sie gesetzt hatte, kuschelte er sich an sie und bettete den Kopf behaglich auf ihren Oberschenkel. Dann schnurrte er.

Oh! Ein *interessantes* Gefühl.

In dem Bemühen, ihre Atmung unter Kontrolle zu bringen, sah Emma die große Katze an. »Bequem?«

Zur Antwort rieb die Katze den Kopf an ihrem Oberschenkel und leckte dann die Kniekehle ihres anderen Beins.

»Okay, du kannst ruhig damit aufhören.«

Zur Antwort schob der Panther den Kopf an ihrem Schenkel nach oben, und Emma legte ihm eine Hand auf die Schnauze, um ihm Einhalt zu gebieten. »Denk nicht einmal daran, deine Nase da hinzustecken. Ein Mädchen hat seinen Stolz.«

Ein Knurren kam aus der Brust des Panthers, und sie fragte sich, ob das sein Lachen war.

Die Tatsache, dass er nicht versuchte, ihr den Arm abzureißen, entlockte ihr ein schwaches Lächeln und Emma strich sanft mit den Fingern über seinen Kopf. Als er sich daraufhin umso enger an sie kuschelte, grub sie sie tief in sein Fell. Seine Muskeln spannten sich unter ihren Fingern an und das Schnurren wurde entschieden lauter. Sie kitzelte ihn hinter den Ohren und kraulte ihm seinen dicken Hals.

»Du bist unheimlich niedlich, weißt du?«

Alles schien gut zu laufen … bis er sich an ihrem Körper hinaufbewegte. Emmas Hand erstarrte, als der Panther den Kopf über ihren Bauch und ihre Brust schob, während er sich lang machte und sich langsam über sie gleiten ließ.

Emma schlug mit beiden Händen gegen seine Schultern und versuchte, ihn wegzudrücken. Bedauerlicherweise wollte der große Bastard keinen Zentimeter weichen und Panik breitete sich genüsslich in ihr aus.

Sie hatte wirklich keine Ahnung, wie sie mit dieser Situation umgehen sollte. Abgesehen von dem, was sie, wenn sie zu faul war umzuschalten, in Dokusendungen über Dschungeltiere im Fernsehen mitgekriegt hatte, wusste Emma praktisch nichts über das Tierreich und was sie tun sollte, wenn eine große Katze beschloss, ihren Körper als Kratzbaum zu benutzen.

Die Katze stand jetzt über ihr und schaute auf sie herunter. Der Ausdruck in diesen Augen gefiel ihr ganz und gar nicht.

Sie stand kurz vor einer ausgewachsenen Panikattacke. Sie hatte keine mehr gehabt, seit Jamie den Zirkel in der elften Klasse »versehentlich« in die Hölle geführt hatte – etwas, das sie ihrer Hohepriesterin immer noch nicht ganz verziehen hatten.

Bevor sie jedoch ganz die Nerven verlor und zu schreien anfing, zogen sich die Furcht einflößenden Katzenmuskeln unter ihren Fingern zusammen und das Fell … ging zurück, verschwand einfach im Körper der Katze. Dann verwandelte sich das Katzengesicht über ihr genau wie der Katzenkörper, der sich zwischen ihre Beine geschoben hatte.

Und dann war er da. Der gute alte Deputy schaute jetzt auf sie herab, sein nackter Körper behaglich zwischen ihre Beine geschmiegt. Das Einzige, was sich nicht verändert hatte … waren diese Augen.

Er schenkte ihr sein entspanntes, unbefangenes Grinsen und sagte: »Hallo, Liebes.«

»Ähm … Deputy.«

»Wenn ich schon von dir träume, könntest du mich zumindest Kyle nennen.«

»Kyle.« Wie jämmerlich. Jetzt beschwor sie in ihrer Traumlandschaft schon fremde Hinterwäldler herauf. War es wirklich *so* lange her, seit sie das letzte Mal flachgelegt worden war? War sie wirklich so jämmerlich?

Er schaute weiter auf sie herunter. »Mir *gefällt* der Bikini, Emma.« Und es hörte sich so an, als würde er dieses Kompliment irgendwie knurren. »Er steht dir wirklich gut.«

Sie verdrehte die Augen. Jep, sie *war* so jämmerlich.

Was sonst sollte ihr Traum-Kyle sagen? Vielleicht würde er ihr jetzt noch erzählen, wie heiß sie sei und dass er sie die ganze Nacht lang vögeln wolle. Oh. Oder vielleicht würde er sagen: »Ich habe mein Leben lang auf dich gewartet, Emma Lucchesi.«

Jämmerlich. Jämmerlich. Jämmerlich.

Kyle stützte sich mit seinem ganzen Gewicht auf einen Arm, hob die andere Hand und strich mit seinen kräftigen Fingern über die entblößte Haut ihrer Schulter und an ihrem Arm entlang.

»So weich«, murmelte er.

Sie lachte schnaubend, und er sah sie an, immer noch mit einem breiten Lächeln im Gesicht. »Was ist so komisch, Liebes?«

»Ich. Meine Träume. Ich meine, wenn ich schon total ausflippe, hätte ich wenigstens Ares oder Thor beschwören sollen. Oder euch alle drei!« Sie nickte. »Also, das nenne ich träumen, mein Freund.«

»Glaubst du wirklich, du würdest mit uns allen dreien fertig?«, neckte er sie.

»Hey. Das ist meine Traumlandschaft. Ich bin hier eine verdammte Liebesgöttin.«

»Ich hatte ja keine Ahnung, dass Yankees so witzig sein können. Vor allem ihr New Yorker Typen.«

»So überleben wir auf den rauen Straßen von Long Island.«

Okay. Sie musste zugeben, dass das hier seltsam und amüsant zugleich war. Sie erinnerte sich nicht, wann sie das letzte Mal von einem anderen menschlichen Wesen geträumt hätte. Aber es war definitiv eine Ewigkeit her, seit sie mit einem Mann zusammen gewesen war, und um ganz ehrlich zu sein – sie war ein wenig erregt. War es schon, seit sie den Deputy am Strand über sich hatte stehen sehen.

Herrgott, wogegen kämpfte sie hier eigentlich an? Es war lediglich ein dummer feuchter Traum. Sie konnte ihn genauso gut genießen, bevor sie – wie immer – in ihrem leeren Bett aufwachte.

Emma schlang ihm die Arme um den Hals und schaute ihm lächelnd in sein überraschtes Gesicht.

Sie seufzte. »Ich muss sagen, Sie sind wirklich heiß, Deputy.«

»Nun, danke, Ma'am.«

»Gern geschehen.« Sie räusperte sich und sagte: »Küss mich, Kyle.«

Er grinste, langsam und träge, senkte den Kopf und seine Lippen schwebten direkt über ihren. »Da, wo ich herkomme, versuchen wir immer zu tun, was die Lady wünscht.«

Emma schloss die Augen, als sein Atem über ihre Lippen wehte. »Gut zu wissen.«

Er zielte nicht direkt auf ihre Lippen, wie sie es erwartet hatte. Stattdessen streifte er mit seiner Stirn ihre, stupste mit der Nase ihr Kinn an und rieb die Wange an ihrem Kiefer. Er bewegte sich langsam und ohne Hast, als hätte er alle Zeit der Welt.

Dann dämmerte Emma, dass sie keine Kontrolle über den Traum-Kyle hatte, was irgendwie seltsam war. Sie hatte die Kontrolle über alles in ihrer Traumlandschaft, bloß nicht über die Tiere. Vielleicht lag es daran, dass sie ihn sich zuerst als Panther vorgestellt hatte, jedenfalls schien sie ihn nicht zur Eile drängen zu können. Schien ihn nicht zu irgendetwas, das sie wollte, zwingen zu können.

Als seine Lippen endlich ihre berührten, war es nicht mehr als eine sanfte Liebkosung. Ihr Atem vermischte sich kaum miteinander.

Sie bewegte sich unter ihm in dem Versuch, näher an ihn heranzukommen, und spürte die Feuchtigkeit, die sich zwischen ihren Beinen zu bilden begann. Frustriert legte sie ihm die Arme fester um den Hals und versuchte, ihn enger an sich zu ziehen, doch er lächelte nur.

»Immer mit der Ruhe, Liebes. Es gibt keinen Grund zur Eile.«

»Ich komme aus New York. Da machen wir alles viel schneller.«

»Das ist wirklich eine Schande«, murmelte er, als er sie herunterdrückte, um sich mit ihr in den Sand zu legen. »Ihr wisst gar nicht, was euch entgeht.«

Bevor sie reagieren konnte, küsste er sie. Aber jetzt war es nicht mehr nur eine bloße Berührung der Lippen. Nein, in diesem Kuss lagen echtes Verlangen und Hunger, und Emma öffnete ihm sofort ihren Mund. Seine Zunge berührte ihre und sie stöhnte und sehnte sich verzweifelt nach mehr. Wünschte sich verzweifelt mehr von ihm. Während seine Zunge ihren Mund erkundete, löste er ihre Arme von seinem Hals, packte sie mit seiner großen Hand um beide Handgelenke und drückte ihr die Arme über den Kopf.

Im echten Leben hätte sie schreckliche Angst gehabt, wenn ein Mann, den sie kaum kannte, sie auf diese Weise auf den Boden gepresst hätte, aber, wie Kenny sagen würde, »scheiß drauf«. Sie war hier in ihrer Traumlandschaft, und wenn Traum-Kyle das Alphatier rauskehren wollte – weshalb sollte sie dagegen protestieren?

Außerdem … gefiel ihr das.

Kyles freie Hand wanderte an ihrem Hals hinab über ihre Schulter und verweilte auf ihrer Brust. Er drückte sie und Emma wölbte sich seiner Hand entgegen. Ein leises Stöhnen kam aus ihrer Kehle. Starke Finger spielten mit ihrer Brustwarze, bis sie sich hart und erregt aufrichtete. Das war der Moment, in dem Kyle aufhörte, sie zu küssen. Keuchend starrte sie zu ihm hoch.

Kyle massierte ihre Brustwarze zwischen Daumen und Zeigefinger. Emma keuchte wieder und kämpfte verzweifelt darum, ihre Hände freizubekommen, und sei es bloß, um sich selbst einen Orgasmus zu verschaffen.

Kyle senkte den Kopf, und sie beobachtete, wie seine Lippen sich um ihre vom Bikini bedeckte Brust schlossen. Er saugte fest daran, und Emma spürte, wie sie die Kontrolle verlor. Sie presste die Schenkel zusammen und versuchte, Reibung zu erzeugen, versuchte, sich zum Höhepunkt zu bringen. Aber dann war Kyles freie Hand da und bahnte sich einen Weg zwischen ihre Beine und unter ihre Bikinihose. Er schob zwei seiner langen Finger in ihre Pussy und sein Daumen spielte unbarmherzig mit ihrer Klitoris.

Alles in Emma entflammte und sie drehte den Kopf und vergrub das Gesicht an ihrem Oberarm. Sie biss sich fest ins eigene Fleisch, um ihren Aufschrei zu ersticken, als der Orgasmus sie überwältigte. So intensiv, dass sie versuchte, sich von Kyle zu lösen, aber er ließ sie nicht los. Seine Hand spannte sich fester um ihre Handgelenke, sein Mund lag fester auf ihrer Brust, und seine Finger fanden eine Stelle in ihr, die er wieder und wieder liebkoste.

Sie wusste nicht, ob sie immer wieder aufs Neue kam oder ob es einfach immer weiterging. Emma wusste nur, dass sie noch nie so etwas gespürt hatte.

Weder im Traum noch sonst wo.

Aufgrund des heftigen Orgasmus biss sie mit ihren Zähnen so stark in ihren Oberarm, dass der Schmerz sie aus ihrem Traum hinaus direkt wieder in ihr Krankenzimmer katapultierte.

Als sie aus dem Schlaf hochfuhr, blickte Emma in ein Paar unbekannte haselnussbraune Augen.

»Wer … wer zur Hölle sind Sie?«, keuchte sie.

»Ihnen auch einen guten Morgen, Sonnenschein. Ich hoffe, ich habe Sie nicht erschreckt.« Langsam breitete sich ein unbefangenes Grinsen auf seinem gut aussehenden Gesicht aus. »Ich bin Tully Smith, Kyles größerer und viel attraktiverer Bruder.«

KAPITEL 5

Kyle fuhr aus dem Schlaf hoch, und zum ersten Mal in seinem Leben verlor er den Halt auf dem Ast, auf dem er lag – und fiel mit einem heftigen Aufprall zu Boden, keuchend und gottverdammt geil. Ihm flimmerte es vor den Augen, während er verzweifelt versuchte, seine Orientierung wiederzufinden.

Als er aufschaute, blickte er in die Gesichter zweier Krankenschwestern, mit denen er und Tully sich bei einem der alljährlichen Grillfeste der Stadt einmal recht gut amüsiert hatten.

»Hi Kyle«, sagte eine von ihnen und lachte, als sie um ihn herumgingen. »Nur gut, dass es heute Morgen warm draußen ist, was, Süßer?«

In dem Moment begriff Kyle, dass er sich irgendwann im Laufe der Nacht in einen Menschen zurückverwandelt hatte. Das war ihm noch nie passiert. So wie er einschlief, so wachte er gewöhnlich auch auf.

Es musste daran gelegen haben, dass ihm dieser verdammte Traum so real erschienen war. Irgendwie kam es ihm immer noch so vor, als spürte er die klebrige Feuchtigkeit von Emmas Pussy an seinen Fingern.

Wie er nach der Jagd dazu gekommen war, einer heißen, entzückenden Emma Lucchesi einen Höhepunkt zu verschaffen, war ihm schleierhaft. Es gefiel ihm auch nicht, dass der verdammte Traum zu Ende gewesen war, bevor er die Gelegenheit gehabt hatte, in die Frau einzudringen.

Der Bikini. Der Bikini war sein Untergang gewesen. Sobald er sie in diesem verdammten roten Bikini gesehen hatte, hatte er die Pfoten nicht von ihr lassen können. Himmel, welcher echte Mann hätte das schon gekonnt?

Außerdem war sie ausnahmsweise einmal nicht panisch oder verschreckt oder schüchtern gewesen. Stattdessen hatte sie total entspannt und gelassen gewirkt. Es war sogar so, dass sie ihn angemacht hatte. Das war auch der Grund, warum er wusste, dass es nur ein Traum gewesen war. Also, warum sollte er gegen einen guten feuchten Traum ankämpfen?

Gott im Himmel, er fand schon die Geräusche, die sie im Schlaf von sich gab, sexy. Doch das war gar nichts gegen die Laute, die sie beim Sex machte.

Noch nie hatte Kyle es so sehr bedauert, dass ein Traum zu Ende war. Vor allem weil er das Gefühl hatte, Emmas Haut noch immer zu schmecken.

Nichts hatte je süßer geschmeckt.

Kyle blinzelte heftig, um wieder zu sich zu kommen, und setzte sich auf. Er musste sich ablenken, bevor er etwas Dummes tat. Wie zum Beispiel in Emmas Zimmer zu stürmen und sie gleich dort in ihrem Krankenbett zu nehmen.

Nein, nein. Schlechte Idee. Er würde zuerst ein warmes Frühstück einnehmen, zum Beispiel den Elch, den er in der Nähe witterte, und dann war er sicherlich wieder tipptopp in Form und in der Lage, sich einer Emma Lucchesi zu stellen – die dann hoffentlich nicht mit diesem verdammten Bikini bekleidet war.

Wenn sie diesen Bikini trug, würde er das nicht überleben.

»Wir sind nicht blutsverwandt. Ich und Kyle. Sein Daddy hatte beschlossen, meine Mom zu besudeln. Ihre Unschuld zu ruinieren.«

Lachend fragte Emma: »Ähm … sie hatte bereits Sie. Also, wie unschuldig konnte sie …«

»Sie war unschuldig und ich will nichts anderes hören. Meiner Meinung nach handelt es sich bei dieser Sache um nichts weiter als eine unheilige Allianz.«

Aus irgendeinem unerfindlichen Grund mochte Emma Kyles Bruder. Sie mochte ihn definitiv viel lieber als Kyle. Tully konnte mit jedem reden, so schien es. Emma fiel es immer schwer, Gespräche in Gang zu halten. Small Talk war nie ihr Ding gewesen, doch Tully Smith machte es einem leicht, auch wenn sie zugleich wusste, dass seine Anwesenheit nicht reiner Nächstenliebe geschuldet war.

Außerdem wurde sie in Tullys Gegenwart nicht so ... zappelig.

»Aber haben Sie nicht noch eine kleine Schwester wegen dieser unheiligen Allianz?«

»Das einzig Gute, das dabei herausgekommen ist, wenn Sie mich fragen.«

»Was ist mit Ihrem richtigen Vater?«

»Ah, ja. Mein richtiger Vater. Nun, Miss Emma, er ist das, was man früher als Bastard bezeichnet hätte. Und wir gehen einander, so gut es geht, aus dem Weg.«

Tully schaute zur Tür des Krankenzimmers. »Willst du den ganzen Tag da draußen stehen, du Bulle, oder kommst du rein?«

Emma runzelte die Stirn und schaute zur Tür. »Mit wem reden Sie ...«

Die Tür wurde geöffnet, und der größte Mann, den Emma in ihrem ganzen Leben je gesehen hatte, kam mit der Reisetasche herein, die sie von New York mitgebracht hatte.

Der Mann war so groß, dass er beinahe die Decke berührte, und so breit, dass sie sich fragte, wie er durch die verdammte Tür passte. Weit im Dreihundert-Pfund-Bereich, jedoch ohne ein Gramm Fett, wirkte sein Körper trotz seiner Größe nicht grobschlächtig. Stattdessen war er perfekt proportioniert.

Wie Kyle trug dieser Mann schwarze Stiefel, schwarze Jeans und ein schwarzes T-Shirt mit dem Schriftzug des Sheriff's Department von Smithville County, der in weißen Buchstaben auf der Vorderseite prangte. Zudem trug er eine schwarze Baseballkappe mit demselben Schriftzug.

Braunes Haar, braune Augen und bis auf dieses offenbar dauerhafte Stirnrunzeln unglaublich gut aussehend.

»Miss Emma, das hier ist Sheriff Bear McMahon. Und ja, Bear ist sein richtiger Name. Bear, das ist Emma Lucchesi, unsere unfreiwillige kleine Besucherin.«

Der Sheriff berührte den Schirm seiner Kappe. »Ma'am.«

Heilige Scheiße. Emma hatte noch nie eine so tiefe Stimme gehört.

Sag irgendetwas, du Idiotin. Starr den Mann nicht einfach nur an. »Freut mich, Sie kennenzulernen.«

»Ich bin froh, dass du hier bist, Bear.« Tully stand auf. »Ich würde gern mit unserer Miss Emma in der Cafeteria frühstücken, aber dein Deputy hat das unmöglich gemacht.«

»Was?«

Tully fasste nach Emmas Hand und hob sie hoch, sodass Bear die Handschellen sehen konnte.

»Und«, fügte sie ein wenig verzweifelt hinzu, »um ganz ehrlich zu sein, muss ich dringend wohin.«

Bear ließ ihre Reisetasche auf einen leeren Stuhl fallen, und stellte sich seufzend vor Emma.

»An manchen Tagen macht mich dieser Junge wirklich ratlos.«

»Kann ich mir vorstellen«, pflichtete Tully ihm mit einem schmalen Lächeln bei, das so gar nicht brüderlich wirkte. »Mir ist schleierhaft, wie du ihm ein Menschenleben anvertrauen kannst.«

Als Bear sich vorbeugte, um sie zu befreien, zwinkerte Tully ihm träge zu, und sie hätte beinahe gezittert. Gefährlich. Dieser Mann war sehr nett und sehr gefährlich.

»Bitte schön.« Bear nahm ihr die Handschellen ab und schob sie sich in die Gesäßtasche seiner Jeans.

Emma rutschte vom Bett herunter und griff nach ihrer Reisetasche. »Danke.«

»Wir warten draußen, bis Sie fertig sind«, bot Bear an.

Tully schnaubte. »Tun wir das?«

Mit einem tiefen Grollen packte Bear Tully im Genick und stieß ihn zur Tür hinaus.

Emma hastete ins Badezimmer und benutzte dankbar die Toilette, während sie sich große Mühe gab, ihr erleichtertes Seufzen zu unterdrücken. Sobald sie fertig war, ließ sie die Tasche auf die geschlossene Toilette fallen und griff hinter sich, um das Nachthemd aufzubinden. In dem Moment spürte sie es. Ein heftiges, schmerzhaftes Stechen. Panik durchzuckte sie, und sie riss sich das Nachthemd vom Leib. Sie stellte sich vor den Spiegel über dem Waschbecken und hob den linken Arm.

Dann riss sie die Augen auf.

Sie starrte auf den unübersehbaren Zahnabdruck auf der Innenseite ihres Oberarms. Genau an der Stelle, wo sie hineingebissen hatte, als Traum-Kyle sie hatte kommen lassen. Was allerdings im Schlaf gewesen war, während ihr Arm ans Bett gefesselt war, physisch also unmöglich, es sei denn …

Okay, irgendwie ist das Ganze hier ziemlich gruselig.

Als Kyle gesättigt, frisch geduscht und umgezogen Emmas Krankenzimmer betrat, musste er feststellen, dass die Frau und seine Lieblingshandschellen verschwunden waren.

Dass sie weg war, irritierte ihn ein wenig. Der immer noch im Raum hängende Duft seines Bastard-Bruders und dieses von Flohbissen übersäten Bären machten ihn jedoch fuchsteufelswild.

»Mistkerle.«

Kyle konzentrierte sich auf Emmas Fährte statt auf die von Tully oder Bear und fand sie so alle drei ohne Schwierigkeiten. Sie saßen an einem langen Tisch in der Cafeteria und verzehrten ein für Smithville typisches großes Frühstück.

Kyle blieb an der Tür stehen und beobachtete Emma, deren volles Haar immer noch teilweise ihr Gesicht bedeckte. Wie ein unerwarteter Schlag in die Magengrube kamen die intensiven Gefühle aus dem Traum wieder in ihm hoch und nahmen ihn sowohl körperlich als auch mental gefangen.

Zur Hölle mit dieser Frau. Verdammt sollte sie sein.

Ohne ein Wort stürmte Kyle an den Tisch und setzte sich auf

den Stuhl, der Tully direkt und Emma schräg gegenüberstand. Bear brauchte wegen seiner schieren Größe immer mehr Platz, daher saß er drei Stühle weiter.

»Kaum dass ich mich mal zehn Sekunden lang umdrehe«, bemerkte Kyle, während er sich ein Würstchen von Emmas Teller schnappte, »und Sie verschwinden einfach.«

Emma griff nach einer Scheibe Toast und biss hinein, während sie ihn die ganze Zeit über anstarrte, ohne ein Wort zu sagen.

»Mein Gott, kleiner Bruder, du bist ja an diesem schönen Sommermorgen wirklich reizbar.«

Ohne den Blick von Emma abzuwenden, erwiderte Kyle: »Halt die Klappe, Tully.«

»Ich frage mich, weshalb du so angespannt bist. Könnte es der alltägliche Stress im Job sein? Sitzt deine Hose zu eng? Ist der Stock in deinem Arsch gewachsen?«

Emma lachte und Kyle drehte sich zu Tully um wie eine Klapperschlange zu einem Mungo.

»Hau ab und jag deinem Schwanz nach, Mischling.«

»Hau ab und kletter auf einen Baum.«

»Hau ab und kau an einem Spielzeug.«

»Hau ab und spiel mit einem Wollknäuel.«

Keine zehn Sekunden, und sie hätten sich mit ihren Reißzähnen und Krallen aufeinander gestürzt, ganz gleich, ob die Vollmensch-Emma da war oder nicht, doch das geknurrte »Ihr da« brachte sie sofort zur Ruhe. Nur Bear besaß diese Fähigkeit. Der Mann konnte »Ihr da« wirklich sehr, sehr beunruhigend klingen lassen.

Kyle schaute seinen Boss an. »Hey, Bear.«

»Kyle.«

Und das war alles, was Bear sagte. Als Mann der wenigen Worte sorgte Sheriff McMahon in der Stadt für Sicherheit und hielt alle in Schach, einfach indem er war, was er war … ein großer Bär. Bären waren die perfekte Gattung für das Sheriff-Amt. Sie fühlten sich niemandem verpflichtet außer ihrer eigenen Familie. Es gab bei ihnen keine nennenswerten Rudel oder Clans. Sie mochten eigentlich niemanden, nicht einmal einander, daher war Vetternwirtschaft nie ein Problem. Und ob Mensch oder Bär, sie waren riesig, sodass es sich manchmal selbst Tiger von siebenhundert Pfund, wenn sie verwandelt waren, genau überlegen mussten, ob sie sie herausforderten. Bears Talent, Raufereien zwischen Löwen und Hyänen zu entschärfen, war legendär.

Solange man ihnen nicht in die Quere kam und in ihrer Nähe nicht viel Lärm machte, gaben Braun- und Schwarzbären großartige Gesetzeshüter ab.

Bear hatte seinen Posten vom Mom McMahon übernommen, und eines Tages würde Luke, Bears fünfzehnjähriger Sohn, wahrscheinlich das Gleiche tun. Das war vielleicht auch der Grund, warum die McMahons nicht wirklich das Bedürfnis hatten, irgendwo anders hinzugehen, um dort noch einmal neu anzufangen. Bären mochten es, wenn es in ihrem Leben simpel und ruhig zuging. Und Kyles Boss stellte da keine Ausnahme dar.

Bear tunkte sein Brötchen in die Soße und fragte: »Kannst du mir erklären, warum Miss Emma heute Morgen deine Handschellen anhatte, Deputy?«

»Sie hat mein Handy gestohlen.«

»Geborgt«, quiekte sie. »Ich habe mir Ihr Handy *geborgt.*«

Bear kaute stumm mehrere Sekunden lang auf seinem Brötchen herum, dann sagte er zu Emma: »Sie wissen, dass Diebstahl hier ein Vergehen ist, das mit Erhängen bestraft wird?«

Emma warf die Hände in die Luft. »Das war kein Diebstahl! Und hören Sie auf damit. Sie machen mir Angst.«

Bear wandte sich wieder seinem Brötchen und der Soße zu und brummelte: »Ich mein ja bloß ... es hätte schlimmer für Sie kommen können.«

Obwohl sie verärgert die Augen verdrehte, lächelte Emma. Ein Lächeln, das dazu führte, dass Kyle sie wie ein liebeskrankes Kätzchen anstarrte. Er merkte es nicht einmal, bis Tully ihm unter dem Tisch einen Tritt versetzte, um ihn zur Räson zu bringen.

Die vollkommen ahnungslose Emma nahm einen Schluck von ihrem Orangensaft und bat Tully: »Erzählen Sie ihre Geschichte zu Ende.«

»O ja. Wie dem auch sei, ich war zarte fünfzehn. Sie eine kesse Achtzehnjährige …«

»Nicht die.« Emma lachte. »Ich meinte die von ihrer Familie.«

»Oh. Nun. Da haben wir also die Carolina-Smiths. Nord und Süd. Die Alabama-Smiths. Die Tennessee-Smiths. Die Kentucky-Smiths. Und die Texas-Smiths, aber die sind nicht wirklich nett. So wie die Smiths aus Florida, Detroit und natürlich die aus West Virginia.«

Kyle sah Emma an und zuckte die Achseln. »Natürlich.«

Emma kicherte und Tully sprach weiter.

»Aber angefangen hat alles hier, als der erste Smith an diesen Gestaden ankam. Das ist jetzt ungefähr vierhundert Jahre her.«

»Können Sie ihre Familie so weit zurückverfolgen?«

»Die meisten von uns hier können das.«

Emma zuckte die Achseln. »Ich weiß, dass ich eine Großtante väterlicherseits habe, die in Sizilien lebt, und einen Cousin aufseiten meiner Mom, der wegen Waffenschmuggels in Jiaoling im Gefängnis sitzt.«

Kyle seufzte. »Nun, wenn das keine entzückende Geschichte ist, die Sie eines Tages ihren Enkeln erzählen können.«

Emma hob den Arm, sodass Kyle ihr Handgelenk sehen konnte. »Ist Ihnen das aufgefallen? Von Ihren blöden Handschellen habe ich blaue Flecken bekommen.«

»Dann sollten Sie nicht stehlen«, sagte er, während er ein weiteres Würstchen von ihrem Teller klaute. »Also … haben Sie gut geschlafen, Emma?«

Emma verschluckte sich an ihrem Saft und scheuchte Kyle mit wedelnden Handbewegungen weg, als er Anstalten machte, ihr auf den Rücken zu klopfen.

Sie hatte den ganzen Morgen lang versucht, den Traum zu vergessen, und gebetet, dass er sich nicht daran erinnerte. Je länger sie darüber nachdachte, umso klarer wurde ihr, dass sie den armen Tropf offensichtlich mitten in ihre Traumlandschaft hineingezogen hatte. Gemessen an der Art, wie er sie ansah, hatte er jedoch nicht eine verdammte Kleinigkeit davon vergessen.

Sie wischte sich mit einer Leinenserviette, die mit dem Namen des Krankenhauses bestickt war, den Mund ab und murmelte: »Ich habe gut geschlafen. Die Betten hier sind sehr weich und bequem. Jedenfalls für ein Krankenhaus.«

»Wir legen großen Wert auf unser leibliches Wohl«, meinte Tully, nachdem er an seinem Kaffee genippt hatte. »Wenn Sie aus dem Krankenhaus entlassen werden, können Sie im *Smithville Arms* absteigen und ...« Tully brach abrupt ab und richtete den Blick seiner gefährlichen haselnussbraunen Augen auf Kyle. »Mach das noch mal und du verlierst ein Bein, Söhnchen.«

In dem Moment wusste Emma, dass Kyle seinen Bruder unter dem Tisch getreten hatte.

»Kümmere dich um deine eigenen Angelegenheiten oder ich reiße dir die Kehle auf.«

Emma hatte schon oft Streitigkeiten zwischen Männern miterlebt. Vor dem College hatte sie jeden Sommer in der Pizzeria ihres Vaters in Manhasset gearbeitet. Samstagabends nach acht Uhr und einigen Bieren hatte es immer Streit zwischen zwei oder mehr Männern gegeben. Jede Menge schwachsinniger Drohungen waren ausgesprochen worden. Gelegentlich wurden die Cops gerufen. Aber bei diesen beiden kam es ihr anders vor.

Es kam ihr ... tödlich vor.

»Ihr da«, seufzte Bear wieder. Er spürte die Anspannung entweder nicht oder scherte sich nicht darum. Und im Handumdrehen war der tödliche Augenblick vorüber, genauso schnell, wie er gekommen war.

Bear trank seinen Saft aus, stand auf und zog seine Baseballkappe aus der Gesäßtasche. »Ich bin fertig mit dem Essen. Ich gehe wieder ins Büro. War nett, Sie kennenzulernen, Miss

Emma. Ich sehe dich dann im Büro, Kyle. Kommst du mit, Tully?«

»Nein. Ich glaube, ich werde noch ein wenig Zeit mit unserer Miss Emma verbringen.«

Unserer?

Kyle war nicht mehr so sauer gewesen, seit ein Haufen Hyänen ihn umzingelt und sich mit seinem Reh davongemacht hatten. Er hatte es gejagt, zur Strecke gebracht und aufgerissen, und dann waren aus dem Nichts diese Aasgeier aufgetaucht, und da er allein gewesen war und sie ungefähr zwanzig, hatte er keine Chance gehabt. Er hatte seine Beute zurücklassen müssen.

Er wollte verdammt sein, wenn ihm das Gleiche mit Emma passierte. Und ganz bestimmt wollte er sie nicht Tully überlassen. Die Frau verdiente etwas Besseres als einen Hund.

Emma beugte sich vor, stützte den Kopf in die Hände und rieb sich offensichtlich verärgert über die Augen. »Hören Sie, Deputy, es geht mir wirklich gut, und ich denke …«

»Warum lassen Sie Ihr Haar immer so ins Gesicht fallen?«

Ihre Hände erstarrten und nach mehreren Sekunden schauten ihn braune Augen durch ihre Finger und durch all dieses Haar hindurch an. »Was ist das für eine Obsession mit meinem Haar?«

Er ignorierte ihre Frage und stellte selbst eine. »Sie wissen doch, dass Sie hübsch sind, oder? Sie sind deswegen doch nicht unsicher?«

Emma funkelte ihn an. »Ich glaube nicht, dass Sie das laut genug gesagt haben. In Utah hat man es nicht mitgekriegt.«

»Wenn Sie mir nicht glauben, fragen Sie Tully. Er wird ehrlich sein.«

Ein Ausdruck des Entsetzens breitete sich auf ihren Zügen aus und ein erstickter Laut kam aus ihrer Kehle. »Nein!«

Tully grinste. »Fragen Sie mich.«

Kyle drehte sich zu seinem Bruder um. »Findest du, Emma ist …« Er brach ab. Er hatte keine andere Wahl. Das große Stück Schinken, das ihn am Kopf traf, lenkte ihn ab.

Tully lachte schnaubend und schaute weg.

Kyle blinzelte Emma an. »Haben Sie mich gerade mit Schweinefleisch beworfen?«

»Ich musste.«

»Sie *mussten*?«

»Ja. Sonst hätten Sie nicht die Klappe gehalten«, quiekte sie.

Tully lachte noch heftiger und Kyle stimmte mit ein. Es war lange her, dass sie gemeinsam über etwas lachen konnten. Meistens ging es eher darum, territoriale Ansprüche zu wahren, um Beute zu kämpfen oder beim Thanksgiving-Dinner das größte Stück vom Pekanusskuchen ihrer Mom zu ergattern.

»Das ist nicht witzig«, jaulte sie.

»Eigentlich …« Die Brüder sahen einander an und sagten einstimmig: »Doch, ist es!«

Knurrend stocherte Emma in dem herum, was von ihrem Essen noch übrig war. »Halten wir Tully einfach da raus.«

»Warum? Was könnte er sagen, wovor Sie Angst haben?«

»Es geht nicht darum, was er sagen würde, sondern darum, was er nicht sagen würde. Es geht um die Pause.«

Kyle und Tully sahen einander an. »Die Pause?«, fragte Kyle. Er fand diese Frau wirklich unterhaltsam.

»Ja. Die Pause.«

»Und was ist das genau?«

Emma zog die Beine unter sich und setzte sich auf ihre Fersen. »Die Pause kommt dann auf, wenn jemand einem eine Frage stellt, die man ehrlich zu beantworten beginnt und dann begreift, dass man es nicht kann. Man steht da, starrt zwei Sekunden zu lange ins Leere, und die echte Antwort wird klar.«

Als keiner der Brüder etwas erwiderte, führte sie ihre Überlegungen näher aus. »Zum Beispiel: ›Schatz? Sehe ich fett aus in diesem Kleid?‹ Und die einzige Reaktion besteht darin, sie über fünfzehn Sekunden lang anzustarren, weil man mühsam nach einer Antwort sucht. So in etwa …« Ihr Gesicht wurde unter all dem Haar vollkommen ausdruckslos. Dann zuckte sie die Achseln. »Das ist die Pause.«

So viel auf einmal hatte die Frau noch nie gesagt, und er fand es … wunderbar. Ihre Verrücktheit stand ihr gut.

»Sie hatten also Angst, Tully würde mit der Pause reagieren, wenn ich ihn frage, ob Sie süß sind?«

»Es ist immerhin möglich. Und ich bin bereits zu traumatisiert, um mich damit auch noch zu stressen.«

»Schätzchen«, warf Tully gedehnt ein, »Sie sind nicht süß. Sie sind heiß. Das ist ein Unterschied. Und ich ziehe heiß jederzeit vor.«

Emma schnaubte. »Ja. Ich bin mir sicher, dieser Spruch bringt Ihnen jede Menge Beute ein, Tully, aber bei mir funktioniert das nicht.«

Tully lehnte sich auf seinem Stuhl zurück und lachte. »Mein Gott, Sie sind entzückend.« Er sah Kyle an. »Lass sie uns behalten.«

Kyle zuckte die Achseln. »Okay.«

»Moment. Moment. Moment.« Emma schüttelte den Kopf. »Ich dachte, wir hätten bereits darüber gesprochen. Sie können mich nicht einfach behalten.«

»Warum nicht?«, fragten Kyle und Tully wie aus einem Mund.

»Weil ich keine streunende Katze bin oder irgendetwas, das Sie am Straßenrand gefunden haben.«

Tully grinste. »Sie meinen, so was wie Kyle?« Tully beugte sich vor und fügte hinzu: »Sein Daddy redet nicht gern darüber, aber er hat Kyle drüben auf der Jessup Road gefunden, wo er sich unter einem Auto versteckt hatte.«

Normalerweise wäre Kyle wütend geworden, aber er konnte es nicht. Nicht in Emmas Gegenwart. »Ja, genau. Und deine Mom hat mir erzählt, sie hätte dich aus dem Tierheim. Da hat sie dich auch kastrieren lassen.«

Emma kratzte sich an der Stirn und schob ihr Essenstablett von sich. »Sie beide werfen sich die merkwürdigsten Beleidigungen an den Kopf.«

KAPITEL 6

Emma hielt inne, die Hand auf der Türklinke ihrer Krankenzimmertür, und drehte sich zu Tully um. »Verzeihung. Was?«

»Ich habe gesagt, dass ich zurück ins Büro muss.«

»Davor.«

»Dass es eine Menge Arbeit ist, Bürgermeister zu sein.«

Sie runzelte die Stirn. »Bürgermeister wovon?«

Kyle lachte so laut, dass sie wusste, dass jemand diese Frage schon mal gestellt haben musste.

Mit einem leisen Knurren antwortete Tully: »Von Smithville.«

»Oh, ich verstehe.«

»Komm schon.« Kyle versetzte Tully einen heftigen Stoß, aber der massige Mann bemerkte es kaum. Junge, diese Südstaatler waren ein zäher Haufen. »Ich muss dich draußen für eine Sekunde sprechen, Mr *Bürgermeister.*« Als die beiden ein Stück den Flur entlanggingen, warf Kyle über die Schulter zurück: »Und versuchen Sie nicht, sich davonzuschleichen, Liebes. Es sei denn, Sie haben Lust, von mir gejagt zu werden.«

Emma antwortete Kyle nicht, weil sie zu beschäftigt damit war, auf seinen Hintern zu starren, während er davonging.

Reiß dich zusammen, du Idiotin. Es war eine Sache, in ihrer Traumlandschaft mit einem Mann rumzumachen. Eine ganz andere war es, es auf dieser Existenzebene zu versuchen. Das Risiko einer Zurückweisung war zu groß. Sie verwarf die Idee sofort wieder. Emma konnte nicht gut mit peinlichen Situationen umgehen. Tatsächlich setzte sie sich ihnen gar nicht erst aus.

Mit einem resignierten Seufzer öffnete sie ihre Zimmertür und hielt abrupt inne.

»Ähm …« Sie schaute auf die Nummer an der Tür, um zu sehen, ob sie sich im Zimmer geirrt hatte. Nein. Es war das richtige.

Zwei sehr alte Damen starrten sie an und sie starrte zurück.

»Du musst Emma sein«, sagte eine von ihnen.

»Ja, die bin ich.«

»Ich bin Sophie Winchell, und das ist Adelaide, meine Schwester.« Diese nickte nur in Emmas Richtung, verspürte aber offensichtlich nicht den Drang, etwas zu sagen.

»Kann ich Ihnen helfen?«

»Oh, wir sind nur hier, um dir einen Besuch abzustatten. Wir haben gehört, dass du einen sehr schlimmen Unfall hattest.«

»Hier in der Gegend ist das eine große Neuigkeit.« Die andere Schwester ergriff endlich das Wort, und Emma wünschte, sie hätte es nicht getan. Es klang, als hätte jemand ihre Stimmbänder mit einem Reibeisen bearbeitet.

»Das ist sehr nett von Ihnen.«

»Nicht wirklich«, gestand Adelaide. »Wir wollten bloß einen Blick auf dich werfen.«

Und in dem Moment wusste Emma Bescheid. »Nun, danke für das Willkommen, Schwestern.«

Sophie lächelte, aber ihre Schwester grinste höhnisch. »Wir sind nicht deine Schwestern.«

Emma seufzte. »Ich verstehe.« Es gab so viel Licht und Liebe zwischen gewissen Zirkeln, und trotzdem konnten sie manchmal die größten Heuchlerinnen sein, wenn es um die ging, die den Dunklen Müttern huldigten. »Also, warum bin ich dann hier?«

Die beiden Schwestern sahen einander an, dann half Adelaide ihrer Schwester vom Stuhl. Sophie benutzte einen Gehstock, während ihre Schwester so stark wie ein Ochse wirkte, trotz ihres Alters. »Du bist hier, meine Liebe, weil wir dich brauchen. Weil wir euren Zirkel brauchen.«

Die beiden Frauen näherten sich der Tür, und Emma trat zur Seite, um sie vorbeizulassen. »Die anderen werden aber nicht kommen.«

Sophie blieb stehen, und ihre Schwester wollte etwas sagen, doch Sophie kam ihr mit einer erhobenen Hand zuvor. Adelaide mochte die Vollstreckerin ihres Zirkels sein, Sophie war jedoch definitiv die Hohepriesterin.

»Du solltest in unserem Hotel wohnen, dem *Smithville Arms*, wenn du hier rauskommst, meine Liebe. Ich denke, es wird dir gefallen. Ich denke, diese Stadt wird dir definitiv gefallen. Sie ist ein guter, sicherer Ort für unsereins.«

Sophie hob die Hand, um Emmas Wange zu tätscheln, aber Emma machte einen Schritt zurück.

Die alte Frau lächelte. »Wir reden, wenn du dich besser fühlst, meine Liebe.« Ohne ein weiteres Wort verließen die beiden Frauen das Zimmer.

»Sieht so aus, als hätte die große Miezekatze sich verknallt.«

Kyle bleckte die Reißzähne. »Halt dich von ihr fern, Tully.«

Tully stieß ein raues Lachen aus. »Ich bin keine Hyäne, mein Freund. Ich nehme mir nicht, was mir nicht gehört.«

»Wer hat gesagt, dass sie mir gehört?«

»Du. Du benimmst dich wie gestern Nacht, als du die Gazelle auf den Baum gezerrt hast, damit mein Rudel nicht herankommt. Außerdem« – Tully hob die Nase in die Luft und sah sich um –, »irgendetwas stimmt nicht in dieser Stadt, kleiner Bruder. Wir wissen es beide. Schon bald werden alle es wissen. Wir können es im Wind riechen. Und spüren, wie es unter unseren Füßen in der Erde bebt. Da gibt es etwas, das die Ältesten uns nicht sagen.« Kalte Wolfsaugen sahen Kyle an, und er begriff, dass kaum Verbindung bestand zwischen einem verspielten Hund und den Wölfen, die durch Smithville streiften. Obwohl er liebend gern zuschaute, wie Tully total mürrisch wurde, wenn Kyle ihn Fiffi nannte.

Während er die Straße entlangging, sagte Tully noch: »Wetten, dass das Ganze etwas mit deiner Miss Emma zu tun hat, kleiner Bruder?«

Emma schaute aus dem Fenster ihres Krankenzimmers in den sich schnell verdunkelnden Himmel. Es schien, als ob es eine stürmische Nacht werden würde. Der Himmel färbte sich rasch schwarz und ließ Emma beinahe vergessen, dass es noch nicht einmal später Nachmittag war. Die Bäume schwankten, als der Wind auffrischte, und sie betrachtete aufmerksam den Wald hinter dem Krankenhaus.

Mit den Händen an der Glasscheibe beugte sie sich weiter vor und kniff die Augen ein wenig zusammen in dem Bemühen, tiefer zwischen die Bäume zu schauen. Und dann sah sie es. Zwei brennende, leuchtend rote Lichtpunkte. Ihre Nase berührte die Scheibe, als sie sich noch mehr vorbeugte. Das Licht verschwand und tauchte schnell wieder auf. *Blinzelte da etwas?*

Heilige Scheiße. Emma starrte angestrengt in die rasch voranschreitende Dunkelheit, ihre Konzentration auf diese roten Punkte gerichtet, einen machtvollen Zauber auf den Lippen. Aber bevor sie ihn entfesseln – und möglicherweise dabei den ganzen Wald zerstören – konnte, griff ein starker Arm um sie, und die Finger berührten das Glas.

»Ich schätze, Sie werden eines unserer Unwetter miterleben, Liebes.«

Ihr ganzer Körper verkrampfte sich, und sie konnte gerade noch verhindern, herumzuwirbeln und zu schreien.

Kyles Hand fiel auf ihre Schulter. »Ist alles in Ordnung mit Ihnen?«

Sie schaute wieder zu der Stelle, wo sie die roten Augen bemerkt hatte, und sie waren – wenig überraschend – nicht länger zu sehen. *Verdammt.*

»Ja. Mir geht es gut.«

Er drehte sie zu sich um und schaute ihr forschend ins Gesicht. »Sind Sie sich sicher? Sie haben sich gerade schrecklich schnell verkrampft, als ich Sie berührt habe.«

Emma holte tief Luft, um ihre Nerven zu beruhigen, und begriff sofort, dass *das* ein großer Fehler gewesen war. Es verbesserte ihren Zustand nicht gerade, Kyle so nah bei sich zu haben. Er roch so ungeheuer gut.

Vielleicht musste sie sich einfach eingestehen, dass sie den Mann wollte. Sehr sogar. Und wenn sie wie die anderen in ihrem Zirkel wäre, hätte sie ihn inzwischen längst gehabt. Aber sie war nicht wie die anderen. Sie war Emma. Die langweilige, hausbackene, auf Sicherheit bedachte Emma. Gott allein wusste, dass sich daran in absehbarer Zeit nichts ändern würde, nachdem sich in den letzten einunddreißig Jahren nichts daran geändert hatte.

»Es geht mir gut, Deputy. Danke«, fügte sie ohne besonderen Grund hinzu. Emma machte Anstalten, um Kyle herumzugehen, aber er stellte sich direkt vor sie und versperrte ihr den Weg.

Verwirrt schaute sie zu ihm hoch. »Was?«

»Erzählen Sie es mir, Emma. Haben Sie gestern Nacht geträumt?«

Sie blinzelte und log. »Soweit ich mich erinnere, nein.«

»Habe ich erwähnt, Emma, dass ich es merke, wenn Sie lügen?«

Emma konnte nicht an sich halten, sie zog ungläubig eine Augenbraue hoch. »Ach ja?«

»Jep. Und ob ich das kann.«

»Ich lüge nicht«, log sie gelassen.

Er trat auf sie zu und Emma machte prompt einen Schritt zurück.

»Ich denke, Sie lügen.«

Emma zuckte die Achseln, wich dabei aber weiter zurück, während er sich weiter auf sie zubewegte. »Glauben Sie doch, was Sie wollen.«

»Das tue ich auch.«

Emma stieß mit dem Rücken an die Wand hinter sich und konnte Kyle nur anstarren, so wie er vor ihr stand und ihr mit seinem großen, wunderbaren Körper den Weg versperrte.

»Versuchen Sie, mich einzuschüchtern?« Denn irgendwie funktionierte es.

Kyle schüttelte den Kopf. »Nein.«

»Also, was dann?«

»Ich weiß nicht recht.« Er schob die Hand hinter ihren Nacken, und seine Finger massierten ihre verkrampften Muskeln, während er sie gleichzeitig festhielt. »Aber ich weiß, was ich gerne tun würde.«

Dann beugte er sich vor, den Blick fest auf ihre Lippen gerichtet. Emma wusste, dass sie handeln sollte, aber ihr Gehirn suchte sich ausgerechnet diesen Moment aus, um vollkommen abzuschalten. Am Ende sah sie einfach nur zu, wie Kyle sich vorbeugte, bis seine Lippen kaum mehr als einen Hauch von ihren entfernt waren.

»Wirst du mich stoppen, Emma?«, flüsterte er leise, während seine Lippen ihre fast streiften.

Emma war verwirrt. Heiß, erregt und verwirrt. Sie wusste nicht, wovon er redete, denn sie wartete schon die ganze Zeit auf diesen gottverdammten Kuss. »Wobei soll ich dich stoppen?«, fragte sie schließlich.

Kyle grinste. »Braves Mädchen.«

Er küsste sie, und Emma begriff, dass sie möglicherweise in den größten Schwierigkeiten ihres Lebens steckte.

Sie schmeckte genauso wie in dem Traum – umwerfend. Mit schmeichelnden Bewegungen seiner Zunge öffnete er sanft ihre Lippen und sie reagierte mit einem innigen Stöhnen. Eine Hand in seinem Haar vergraben, packte sie mit der anderen seine Schulter. Mit seinem freien Arm zog er ihren zierlichen Körper an sich.

Schüchtern berührte ihre Zunge seine, doch dann gaben seine Knie beinahe unter ihm nach, weil sie binnen Sekunden von schüchtern und zart auf heiß und fordernd umschaltete.

Kyle fing endlich an, etwas an seiner kleinen Emma Lucchesi zu begreifen. Sie war zwar definitiv schüchtern und vorsichtig, aber sobald man an diesen Mauern vorbeikam, die sie hochgezogen hatte … Gott, dann war man im Himmel.

Sie grub ihm die Finger in die Schulter und ins Haar, während ihre kühne Zunge seine streichelte. Sie wollte ihn. Und Kyle kam ihr da sehr gern entgegen. Wenn er sie zum Bett hinübermanövrieren konnte. Ein wenig klein, aber es würde für dieses erste Mal genügen …

»Und wie geht es unserer Miss Emma heute?«, fragte Dale Sahara und trat durch die Tür von Emmas Krankenzimmer.

Kyle löste sich von Emma, seine Reißzähne explodierten aus seinen Kiefern, und er knurrte Dale seine Verärgerung entgegen. *»Hau. Ab.«*

»Na schön, na schön«, sagte Sahara, drehte sich auf dem Absatz um und ging wieder hinaus.

Als Kyle begriff, dass seine Reißzähne ausgefahren waren, drückte er Emma an sich und bettete das Kinn auf ihren Kopf. Es gehörte einiges dazu, die Katze in ihm an die Leine zu legen.

Er wusste nicht, was diese Frau mit ihm gemacht hatte, aber ihm war sonnenklar, dass er sich unter Kontrolle bringen musste. Sie war ein Mensch. Ein Mensch, der nicht bleiben würde. Wenn sie bloß einen Blick auf seine Reißzähne und seine Krallen erhaschte, hätte er ein sehr großes Problem.

»Tut mir leid, Emma«, flüsterte er in ihr Haar und zwang mit knapper Not seine Reißzähne zurück.

Die Hände, die ihn noch vor wenigen Sekunden gepackt hatten, als hinge ihr Leben davon ab, landeten jetzt auf seinen Schultern, um ihn wegzustoßen.

»Sie brauchen sich nicht zu entschuldigen«, sagte sie, sah ihm dabei jedoch nicht in die Augen. »Es war keine große Sache.«

Sie versuchte, um ihn herumzugehen, aber er hielt sie am Arm fest und drehte sie zu sich um.

»Was ist los?«

Ohne ihn anzusehen und unter dem Vorhang ihres Haares antwortete sie: »Nichts.«

»Spielen Sie keine Spielchen mit mir, Emma.« Er hob ihr Kinn mit dem Finger an. »Sagen Sie mir, was los ist.«

Sie blinzelte einmal, dann log sie. »Ich muss zur Toilette. Ist das in Ordnung für Sie, Deputy?«

In diesem Punkt konnte er nicht direkt mit ihr streiten, daher ließ er sie los. Sie lief nicht weg, wie er es erwartet hatte. Stattdessen entfernte sie sich langsam von ihm und bemerkte sehr lässig über ihre Schulter hinweg: »Wenn ich wieder rauskomme, sind Sie nicht mehr hier.«

Das leise Geräusch, mit dem sich die Badezimmertür hinter ihr schloss, klang ziemlich endgültig.

KAPITEL 7

»Ich hab keine Ahnung, was ich getan habe, aber irgendwie habe ich es vermasselt.«

»Vielleicht hättest du deine Lippen bei dir behalten sollen, großer Bruder«, tadelte Katie Treharne-MacClancy ihn neckend. »Du weißt doch, dass diese schwachen, vollkommen menschlichen Frauen mit den mächtigen Männern von Smithville nicht umgehen können.«

»Du redest immer so einen riesigen Haufen ...«

»Außerdem«, fiel sie ihm ins Wort, »hast du sie vielleicht überrascht. Du solltest es noch einmal versuchen.«

»Nein. Sie hat klargestellt, dass sie nicht will, dass ich es noch einmal versuche.«

»Das tut mir leid, Kyle.« Und sie meinte es ernst. Aus diesem Grund liebte er seine kleine Schwester. Emotional vereinte sie das Beste von Katze und Hund in sich, und sie war zudem eine zauberhafte Frau. Bedauerlicherweise hatte ihr verwandeltes Ich nicht so viel Glück gehabt. Ihr Aussehen, eine merkwürdige Mischung aus Katze und Hund, die seiner armen kleinen Schwester durch seine Eltern aufgezwungen worden war, ließ sich nicht einmal mit *komisch* angemessen beschreiben. Es war vor allem ihr vorspringender Reißzahn. Dieser vorspringende Reißzahn brach ihm das Herz und brachte ihn gleichzeitig zum Lachen.

Doch weil er ein Deputy war, wagte es niemand, seine Schwester allzu sehr zu reizen. Im Gegensatz zu ihren Brüdern ließ sie sich ohnehin erheblich was gefallen und in der Stadt liebte man sie dafür. Im Gegensatz zu ihren Brüdern musste man jedoch auch sagen, dass Katie, wenn ihr der Geduldsfaden riss … nun, dann war es nie schön, obwohl er und Tully es oft äußerst unterhaltsam fanden.

»Es braucht dir nicht leid zu tun, Kit-Kat. Es ist nicht deine Schuld. Es ist *seine* Schuld.«

»Wessen Schuld?«

»Seine. Die Schuld dieses großen, verfilzten, aufdringlichen Bastards.«

Katie lachte. »Sprichst du von Dale?«

»Wäre dieser faule, zwanzig Stunden am Tag schlafende Hurensohn nicht gewesen, müsste ich nicht die Nacht in diesem gottverdammten SUV verbringen.« Er drehte sich wieder um und versuchte, es sich auf dem Vordersitz bequem zu machen.

»Das kommt mir ein wenig ungerecht vor, großer Bruder.«

Kyle hatte die Nacht in seinem SUV gesessen, auf das dunkle Krankenhaus gestarrt und gehofft, dass Emma ab und zu am Fenster ihres Zimmers vorbeigehen würde. Seiner Meinung nach war *das* das einzig Ungerechte hier.

»Der Mann ist ein Arschloch.«

»Kyle Treharne! Hör auf damit.« Aber er konnte heraushören, dass seine Schwester sich verzweifelt bemühte, nicht zu lachen. »Also, ich an deiner Stelle würde da wieder reingehen und diesem Yankee zeigen, was ein netter Südstaatenjunge für ein Mädel tun kann.«

»Das lasse ich besser, Kit-Kat. Sich mit einem Vollmenschen einzulassen, der nicht vorhat, hierzubleiben? Eine ganz schlechte Idee.«

»Woher weißt du, dass sie nicht bleiben wird? Vielleicht würde sie ja deinetwegen bleiben.«

»Ich kenne die Frau kaum fünf Minuten.«

»Und?«

»Wie meinst du das, und?«

»Ich meine, vielleicht ist sie ja genau die Richtige für dich, wenn du bloß mal für zwei Sekunden aufhören würdest, dich wie eine typische, gottverdammte Katze zu verhalten.«

Seine Schwester glaubte an Liebe auf den ersten Blick. Zu schade, dass Kyle und Tully es besser wussten.

»O ja, klar. Und wenn sie mich dabei erwischt, wie ich auf dem Esszimmertisch ein ganzes Reh verspeise, wird sie ganz bestimmt sagen: ›Oh, hey, hübsches Kätzchen. Lass mir auch was übrig.‹«

Katie seufzte lange und laut. »Kyle ...«

»Vergiss es, Kit-Kat. Ich werde meinen blöden Hinterwäldler-Hintern schön da lassen, wo er ist. Und ihren entzückenden Yankee-Hintern dort drinnen. Morgen werde ich sie dann ihrer Wege schicken.«

»Du bist mal wieder genauso dickköpfig wie Daddy. Aber – und nach diesen Worten werde ich dich allein lassen, Kyle, denn ich muss im Stadtzentrum einer kleinen Hyäne in den Hintern treten – es gibt mehr als ein oder zwei Menschen, die in dieser Stadt leben und die ziemlich glücklich mit ihren Partnern zu sein scheinen. Definitiv glücklicher als dein elender Katzenhintern. Aber keine Sorge, ich sage das mit Liebe.«

Lachend legte Kyle auf und steckte das Handy weg.

In der Tat, es gab Vollmenschen, die mit Gestaltwandlern liiert waren. Aber das war selten und die meisten dieser Vollmenschen waren in ihrem tiefsten Inneren mehr Tier als Mensch. Egal wie sie sich bewegten oder lebten, jedenfalls fühlten sie sich mit beiden Seiten ihrer Gefährten wohl.

Emma schien sich ganz und gar nicht wohlzufühlen, daher erwartete Kyle auch nicht, dass sie verstand oder akzeptierte, was er war und immer sein würde. Nein, er war besser dran, wenn er darauf wartete, dass das richtige Leopardenweibchen durch seine Tür spaziert kam. Er brauchte ein Raubtier in seinem Bett. Eine Frau, die mit einem Rudel Löwen umgehen konnte, das morgens an ihrer Haustür vorbeilief, und die nicht anfing zu schreien, wenn Tully blutverschmiert auftauchte, sein Rudel im

Schlepptau und auf der Suche nach kaltem Bier und dem Limettenkuchen ihrer Mom.

Da er wusste, dass das die beste Entscheidung war, lehnte Kyle sich in seinem SUV zurück und war sehr froh darüber, dass er nach Hause gelaufen war und seinen Jogginganzug angezogen hatte, um es bequemer zu haben. Denn es würde definitiv eine lange, einsame Nacht werden.

Er kam nicht zurück. Nicht dass sie es wollte, aber … er kam nicht zurück.

Du hast ihn rausgeworfen, du Idiotin.

Was hätte sie denn sonst tun sollen?

Seinen prächtigen Hintern aufs Bett schmeißen und diesen umwerfenden Typen fast zu Tode vögeln?

O ja. Klar. Emma verdrehte verärgert die Augen und warf die Zeitschrift an die gegenüberliegende Wand. Da zuckte draußen vor ihrem Fenster ein Blitz auf und erhellte das ganze Zimmer.

Die Explosion ließ sie zusammenfahren, und sie seufzte, als der Strom des Krankenhauses ausfiel. *Wie war es möglich, dass sie hier keinen Generator hatten?* Vielleicht hatten sie ja einen und er funktionierte nur nicht. Doch warum eigentlich nicht?

Mit einem tiefen Atemzug, um die Warnglocken, die in ihr schrillten, zum Verstummen zu bringen, nutzte Emma einen weiteren Blitz, um den Weg zum Fenster zu finden. Immer mehr Blitze zuckten, und selbst in ihrer gegenwärtigen Verfassung musste Emma zugeben, wie schön die natürliche Macht der Göttinnen sein konnte. Dort herrschten sie, und von dort kamen teilweise die Energie und die Macht, die ihr Zirkel sich zunutze machte.

Emma legte die Hand an die Scheibe und spreizte die Finger. Sie konzentrierte sich auf ihre Gedanken und ihre Energie und rief den Blitz zu sich. Vielfache Einschläge krachten draußen vor ihrem Fenster in den Boden und kamen ihr näher und näher, während ihr Zauber stärker wurde. Dann, als der nächste Einschlag nah genug war, rief Emma einen Blitz direkt zu sich.

Er traf auf das Glas und sandte Elektrizität durch die Scheibe hindurch in Emma hinein. Emma biss die Zähne zusammen und genoss es, wie die Dunklen Mütter durch sie hindurchströmten. Sie hob die Hand und betrachtete die weißen Funken, die zwischen ihren Fingern knisterten.

Mit einem weiteren tiefen Atemzug sammelte sie sich. Konzentrierte ihre ganze Energie und Kraft, ließ sie fließen und machte sie noch mächtiger. Dann wirbelte Emma herum und ließ diesen Blitz in das Etwas krachen, das gerade dabei war, sich auf ihren Rücken zu stürzen.

Das Etwas, das bereits einmal versucht hatte, sie zu töten.

Sein schwarzes, dreckverkrustetes Fell zischelte, als es durch die Luft flog und in die gegenüberliegende Wand krachte. Es bewegte sich und panisch attackierte Emma es erneut mit der verbliebenen Energie in ihrem Körper.

Als es zuckte, schrak Emma zusammen. Gütige Götter, das Wesen war nicht tot. Nach alledem war es immer noch nicht tot.

Es versperrte die Tür zum Flur, daher lief sie ins Badezimmer und schlug die Tür zu, sodass die Bestie dagegenknallte. Wenn es natürlichen Ursprungs gewesen wäre oder aus dieser Existenzdimension gestammt hätte, wäre es durch all die Blitze, die sie hatte hineinfließen lassen, sofort zerfallen. Stattdessen kämpfte dieses Geschöpf immer noch, auch wenn sein unheiliger Körper sich bereits auflöste.

Unheilig. Unnatürlich. Göttin, taten sie das wirklich? Beschwor ihr Zirkel dieses Etwas herauf?

Darüber konnte sie sich jetzt jedoch nicht den Kopf zerbrechen. Nicht, wenn es sich weiter immer wieder gegen die Tür warf und versuchte hereinzukommen. Sie wusste, dass es, solange es atmete, versuchen würde, sie zu töten.

Es gab nur einen Ausweg für Emma und den nahm sie. Sie stieg auf die Toilette und drückte das Fenster auf. Beim Hindurchzwängen rutschte sie allerdings auf dem Toilettendeckel ab, und plötzlich raste der Boden auf Emma zu, während sie kopfüber hinauskullerte.

Er wollte gerade die Handwerker kontaktieren, um mitzuteilen, dass der Generator im Krankenhaus wieder einmal ausgefallen war, als er den grimmigen Blitz direkt vor Emmas Fenster einschlagen und dann hinaufschießen sah – bevor er schließlich durch die Scheibe in Emmas Hand krachte, die sie dagegenpresste.

Kyle war bereits in Bewegung, als er sah, wie Emma sich umdrehte, schneller, als sie sich in seiner Gegenwart jemals bewegt hatte. Tatsächlich hatte er nicht gewusst, dass Menschen sich überhaupt so schnell bewegen konnten.

Und dann sah er es. Eine Art großer schwarzer Hund stand hinter ihr. Kyle hatte ihn noch nie zuvor gesehen. Er stammte nicht von hier. Ehrlicherweise wusste Kyle nicht, was zur Hölle das überhaupt für eine Kreatur war. Er wusste nur, dass sie sich Emma mit unheiliger Geschwindigkeit näherte. Doch mit dem Blitz, den sie in sich hineingezogen hatte, stieß sie das Ding von sich weg, einmal – zweimal. Dann rannte Emma los. Nicht zur Tür, sondern ins Badezimmer.

Kyle wechselte die Richtung und lief um das Krankenhaus herum. Er beobachtete, wie Emma kopfüber aus dem Fenster fiel, während das Ding in ihrem Zimmer tobte und gegen die Badezimmertür krachte, die es dabei fast aus den Angeln hob.

Kyle schlüpfte unter das Fenster und fing Emma auf, bevor sie schmerzhaft auf die harte Erde prallen konnte.

Sie schrie und wehrte sich gegen ihn.

»Emma! Ich bin es!«

Erschrocken schaute sie ihn mit ihren braunen Augen an. Dann verkrallten sich ihre kleinen Hände in seine Schultern.

»Wir müssen …«

»Ich weiß, Liebes.« Er stellte sie auf die Füße. »Laufen Sie.«

Das brauchte er ihr nicht zweimal zu sagen. Sie rannte los, um die Ecke des Krankenhauses.

»Rein mit Ihnen!«, überschrie er das Unwetter, das in den letzten drei Minuten noch schlimmer geworden zu sein schien.

Emma riss die Beifahrertür auf und warf sich auf den Vordersitz. Kyle stieg ein, schlug die Fahrertür zu und drehte den Schlüssel, den er im Zündschloss hatte stecken lassen. Der SUV erwachte grollend zum Leben und Kyle bog auf die Straße ein. Emma schaute durch ihr Fenster, dann kniete sie sich auf den Ledersitz.

»Es ist hinter uns.«

»Nicht mehr lange. Schnallen Sie sich an, Liebes.«

Sie gehorchte prompt, und sobald sie sicher neben ihm saß, riss er das Lenkrad herum und fuhr in den Wald. Eine kleine Hand packte die Armlehne zwischen ihren Sitzen, während die andere den Griff über der Tür umklammerte, den Tully immer den »Oh, Scheiße!«-Griff nannte.

Emma sagte nichts, was Kyle zu schätzen wusste. Er fuhr noch ein paar weitere enge Kurven, wohl wissend, dass er nicht stehen bleiben durfte, bis er es hörte. Wohl wissend, dass er nicht sicher war, bis er es hörte.

Sobald er aus seinem SUV gestiegen war, um Emma zu Hilfe zu kommen, hatte er gespürt, dass sie sich dem Krankenhaus näherten. Sie hatten gemerkt, dass jemand von außerhalb in ihre Stadt gekommen war. Nicht die süße kleine Emma, sondern etwas anderes. Etwas, das sie töten mussten.

Jetzt, da er Emma bei sich hatte, wusste Kyle, dass einige von ihnen sich absetzen würden, um ihm Rückendeckung zu geben, während die anderen weiter der Spur folgen und dieses Etwas töten würden. Als er es jetzt also trotz des starken Regens hörte, stieß er einen Seufzer der Erleichterung aus.

Tullys Heulen. Es beruhigte ihn, wie es ihn noch nie zuvor beruhigt hatte.

Als Antwort auf Tullys Heulen ertönte ein Brüllen. Lautes Löwengebrüll. Gefolgt von einem weiteren Gebrüll. Dem Grollen von Bären.

Kyle drosselte das Tempo und fuhr zwischen zwei Felsen hindurch, die zu seinem Haus führten. Darauf stand Tully, und sein kleiner Ohrring glitzerte, als in der Nähe ein Blitz zuckte.

Er nickte Kyle zu und senkte seinen Wolfskopf ein ganz klein wenig, um Kyle wissen zu lassen, dass sie auf ihn achtgaben und dass Emma in Sicherheit war.

Denn in dem Moment war das alles, was für Kyle wirklich zählte.

KAPITEL 8

Emma sah Kyle nicht an, als er die Beifahrertür öffnete. Sie konnte nicht. Stattdessen saß sie in seinem SUV und zitterte am ganzen Leib. Nicht vor Furcht, obwohl sie Frau genug war, um zuzugeben, dass sie eine Scheißangst hatte, sondern vor Scham. Was, wenn ihr Zirkel das tatsächlich getan *hatte*? Was, wenn sie auf ihrer Suche nach Macht dieses Etwas auf Smithville losgelassen hatten? Dann hätten sie all diese Leute in Gefahr gebracht. Bear. Tully. Dr. Sahara.

Kyle.

»Kommen Sie, Emma.«

Starke Arme schoben sich unter ihre Knie und ihren Rücken und hoben sie mühelos aus dem Wagen. Nach wenigen Schritten waren sie schon auf der Veranda eines kleinen Hauses, während Kyle sein Bestes tat, sie mit seinem Körper gegen den Regen zu schützen.

Er trug sie die Treppe hinauf und drückte die Tür auf. Ohne Schlüssel.

Sie stöhnte beinahe vor Verzweiflung. Kyle, der nicht gerade ein vertrauensseliger Typ zu sein schien, fühlte sich in seiner Stadt sicher genug, um stundenlang seine Tür unverschlossen zu lassen.

Kyle trat ins Haus und streckte die Hand aus, um einen Schalter umzulegen. Keine einzige Lampe ging an und er seufzte. »Wir haben hier auch keinen Strom.«

Er ließ Emmas Beine los und stellte sie vorsichtig auf den

Boden. »Warten Sie hier.« Sanfte Finger strichen über ihre Wange und er verschwand in der Dunkelheit.

Sie sollte nicht bleiben. Sie sollte gehen. Sie brachte Kyle in Gefahr, und sie würde es sich nie verzeihen, wenn ihm etwas zustieß. »Kyle, vielleicht sollte ich ...«

»Denken Sie nicht mal daran zu gehen«, ertönte seine tiefe Stimme aus der Dunkelheit, während er sich ohne einen einzigen Schimmer Licht mühelos durchs Haus bewegte.

Sie hasste es wirklich, wenn er diesen Ton anschlug. »Hören Sie, ich versuche nur, ihren egoistischen Arsch zu schützen. Wir sind hier nicht sicher.«

»Ich brauche Ihren Schutz nicht. Und Sie könnten nirgendwo sicherer sein.«

Emma schaute zur offenen Tür und fragte sich, ob sie einfach losrennen sollte. Dann hörte sie das Heulen.

»Wa...was war das?« War es dieses Etwas, das sie holen wollte?

»Wölfe. Kein Grund zur Sorge.«

»Sind Sie sich sicher?«

»Sehr sicher.«

»Sind Wölfe nicht gefährlich? Ich dachte, sie wären ... ähm ... Raubtiere oder so was.«

»Das denken Sie selbst gerne von sich, aber in meinen Augen sind sie eher Aasfresser.«

Nach mehreren Sekunden flammte ein Streichholz auf und im Kamin erwachte ein Feuer zum Leben. Emma schaute sich zum ersten Mal in dem Raum um, in dem sie stand.

»Wow«, murmelte sie, während sie ihren Blick schweifen ließ. »Das ist wirklich süß.«

Kyle stand auf und kam auf sie zu. »Süß? Das hatte ich eigentlich nicht im Sinn, Liebes. Ich hatte es eher rau und männlich geplant.«

Das überraschte Emma nicht. Alles bestand aus glänzenden, wunderschönen und sorgsam zusammengestellten Hölzern, und trotzdem sahen die Böden, die Decke und die Möbel außerordentlich robust aus. Ein großes Panoramafenster bot einen Ausblick auf den Wald, der Kyles Grundstück umgab. Das Haus war keineswegs groß: Das Wohnzimmer ging ins Esszimmer über, das wiederum in die Küche überging. Davon zweigte ein Flur ab, und sie vermutete, dass er zu Kyles Schlafzimmer führte. Die riesigen Sofas und Sessel waren gut gepolstert und luden dazu ein, sich auf ihnen auszustrecken und ein kurzes Nickerchen zu halten.

Ja, dieses Haus war nicht groß oder elegant, aber es war wunderschön.

»Nun …«, neckte sie ihn in dem Bemühen, die Stimmung aufzuhellen, die jeden Moment kippen konnte, »es ist Ihnen eindeutig gelungen, es süß zu gestalten.«

Grinsend ging er um sie herum und schloss die Tür. »Ihnen ist bestimmt kalt.«

»Nein. Nur ein wenig frisch.« Sie ging zum Kamin und betrachtete die Fotos auf dem Sims. Das Erste, das ihre Aufmerksamkeit erregte, war ein Foto von Kyle, der den Arm um eine junge Frau gelegt hatte. Da es immer noch ziemlich dunkel war, beugte Emma sich dichter vor und versuchte, besser zu sehen, ohne dabei in den Kamin zu fallen. Wer zur Hölle war diese Frau? Und warum zur Hölle interessierte es Emma?

»Das ist meine kleine Schwester«, erklang Kyles Stimme in ihrem Ohr.

Emma konnte nur mit Mühe verhindern, vor Schreck aus der Haut zu fahren. Der Mann bewegte sich, ohne einen Laut zu verursachen. Es war beunruhigend.

»Ähm … ja. Das sieht man«, log sie. »Sie sehen sich ähnlich.«

»Tatsächlich ähnelt sie eher Tully. Sie ist unsere Halbschwester. Geboren, nachdem meine Eltern geheiratet haben.«

»Sie ist wirklich niedlich.«

»Jep.«

Emma räusperte sich und betrachtete die anderen Fotos. »Wow«, rief sie aus. »Haben Sie das in einem Wildtierreservat aufgenommen?«

Sie nahm das Foto vom Sims und hockte sich vor den Kamin, um es genauer zu betrachten. So etwas hatte sie noch nie gesehen.

Zwei Wölfe. Zwei schwarze Panther. Und ein ... sie kniff die Augen zusammen. *Herrgott, was ist das für ein Riesentier?* Es wirkte wie eine große Katze, doch die Ohren sahen merkwürdig aus und es hatte einen seltsam hervorspringenden Reißzahn. Wie auch immer, sie standen dort alle zusammen. Kuschelten praktisch miteinander. Sie hatte noch nie Panther und Wölfe *kuscheln* sehen.

Kyle hockte sich neben sie und betrachtete lächelnd das Foto. »Reservat? Ja, so was in der Art.«

»Es ist einfach ... ich habe diese Tierrassen noch nie vereint auf einem Foto gesehen. Und dieser Wolf sieht aus, als würde er ... posieren?« Sie konnte ihn förmlich »Cheese!« knurren hören.

Ihre Augen verengten sich. »Was hat dieser Wolf da am Ohr? Ist das ein Ohrring?«

Mit einem verlegenen Lachen griff Kyle nach dem Bilderrahmen. »Ja. Sicher. Wie ein Piratenhund.« Er stand auf und stellte das Foto vorsichtig zurück auf seinen Platz.

»Also«, sagte er und schaute sie an. »Sie sind eine Hexe.«

Das war nicht wirklich eine Frage, oder?

»Was bringt Sie denn auf diese Idee?« Sie versuchte, es leicht und luftig klingen zu lassen, wie Seneca es getan hätte. Natürlich konnte dieses Mädchen sich aus jeder Situation herausreden. Mit ihrer Hilfe waren sie sogar aus der Hölle herausgekommen. Soweit sie wussten, sprach Satan immer noch in den höchsten Tönen von Sen.

»Was mich auf die Idee bringt? Ich habe Sie Blitze manipulieren sehen.«

»Oh.« Sie machte eine wegwerfende Handbewegung. »Das ist genau wie Jonglieren.«

»Jonglieren? Sie erwarten von mir, dass ich das glaube?«

Mit einem tiefen Seufzer ging Emma zu einem von Kyles

Sofas und ließ sich darauf fallen. »Nein. Ich erwarte von Ihnen nicht, dass Sie das glauben.«

Er hockte sich vor sie und berührte mit seinen großen Fingern sachte ihre Wange. »Dann verraten Sie mir, was los ist, Emma.«

KAPITEL 9

Kyle fuhr zurück. »Wie meinen Sie das, nein?«

»Ich meine, nein. Ich erzähle Ihnen gar nichts.«

»Warum nicht, zur Hölle?«

Emma stand auf und ging um ihn herum. »Weil es Sie nichts angeht.«

»Jetzt geht es mich etwas an.«

Sie rieb sich das Gesicht und sagte: »Kyle … machen Sie es mir nicht so schwer.«

Sie hatte ihn seit ihrem heißen Traum nicht mehr beim Vornamen genannt. Es gefiel ihm, wenn sie seinen Namen sagte. Selbst wenn sie ihn knurrte.

»Emma, ich wünschte, Sie würden mir vertrauen.«

»Sie vertrauen mir doch auch nicht.«

Er wand sich innerlich, besorgt, wohin dies führen könnte. »Wie meinen Sie das?«

»Oh, ich bitte Sie.« Sie drehte sich zu ihm um. »Mache ich einen dummen Eindruck auf Sie?«

»Nein, aber …«

»Ich weiß, was los ist.«

»Sie wissen es?«

»Ja.« Sie stellte sich auf die Zehenspitzen, um ihm wenigstens direkt auf den Hals zu schauen. »Regierungsexperiment.«

Er brauchte eine Sekunde, aber als er ihr ins Gesicht lachte … nein, da nahm sie das überhaupt nicht gut auf.

»Ich gehe.«

»Und wohin?«, fragte er, als sie die Haustür aufriss. Und sie genauso schnell wieder schloss.

»Vor Ihrer Veranda steht ein Wolf.«

Kyle räusperte sich. »Ach ja?«

Sie kniff die Augen zusammen und stieß zwischen zusammengebissenen Zähnen hervor: »Regierungsexperiment.«

»Das hier ist kein Regierungsexperiment. Wir sind hier im Süden. Da gibt es eine Menge Natur und … so.«

»Natur und so?« Nein. Sie hörte sich nicht so an, als würde sie ihm auch nur ansatzweise glauben. »Halten Sie mich für eine Idiotin?«

»Natürlich nicht.«

Kyles Handy klingelte und er zog es aus seiner Jeans.

Emma streckte die Hand aus. »Das ist für mich.«

Jetzt kniff Kyle die Augen zusammen und nahm den Anruf entgegen. »Hallo?«

»Hallo. Kann ich bitte mit Emma sprechen?«, erklang eine Frauenstimme.

Er reichte das Handy herüber und Emma nahm es und verließ den Raum. Die Badezimmertür schlug zu und er wollte gerade hinübergehen und sie wieder aufreißen – da er ohnehin keine Schlösser an seinen Türen hatte –, als es auf seinem Festnetzanschluss klingelte.

»Ja?«

»Hey, großer Bruder.«

Kyle lächelte. »Kit-Kat. Was liegt an, Liebes?«

»Bear hat mich gebeten, dir mitzuteilen, dass alles in Ordnung ist. Dieses Etwas … beim Krankenhaus. Sie hat es gegrillt.«

»Aber es hat immer noch gekämpft. Es ist hinter uns hergekommen.«

»Das stimmt«, pflichtete seine Schwester ihm bei. »Bis ich ihm mit einer Schaufel auf den Kopf gehauen habe. Wieder und wieder und wieder. Dann hat es endgültig aufgehört zu kämpfen. Miss Sophie und Miss Addie sind bereits auf dem Weg hierher, um sich um die Überreste zu kümmern, die, wie ich sagen muss ... verdammt eklig riechen.«

Kyles Lächeln verwandelte sich in ein Grinsen. Er liebte seine kleine Schwester heiß und innig.

»Du bist wirklich ein patentes Mädchen.«

»Das bin ich. Jetzt ist die Frage: Geht es dir gut? Ich habe gehört, du warst der weiße Ritter und hast unsere kleine Miss Emma gerettet.«

»So ungefähr.«

»Nun, du kannst ihr ausrichten, dass die Luft rein ist.«

Kyle runzelte die Stirn. Er wusste, wenn er es Emma sagte, würde sie gehen. Und er wollte nicht, dass sie ging. »Vielleicht. Klar. Aber sie ist im Moment nicht besonders freundlich gestimmt.«

Katie holte tief Luft. »Kyle, ich habe Gerüchte gehört.«

»Was für Gerüchte?«

»Nun, ich bin mir sicher, dass du inzwischen dahintergekommen bist, dass sie eine Hexe ist.«

»Ach nee.«

»Der Zirkel und die Ältesten fechten die Sache aus. Der Zirkel will, dass dein kleines hilfloses Opfer und ihresgleichen die Sache übernehmen.«

»Sie ist wohl kaum hilflos. Und was haben die Ältesten damit zu tun, wer übernimmt und wer nicht?«

»Das habe ich mich auch gefragt. Aber wie sich herausgestellt hat, huldigt der neue Zirkel nicht dieser Waldnymphengöttin. Artie irgendetwas?«

Kyle verdrehte die Augen. »Artemis?«

»Ja. Die.«

»Du hast in Mythologie nie aufgepasst.«

»Zu langweilig. Wie dem auch sei, sie beten anscheinend die dunkleren Göttinnen an. Was ich verdammt faszinierend finde.«

Natürlich. Katie liebte Schwierigkeiten.

»Die Ältesten sind nicht glücklich, aber der Zirkel lässt nicht locker.«

»Okay. Danke, dass du mich informiert hast.«

»Wirst du ihr die Wahrheit sagen?«

»Welche Wahrheit?«

»Warum diese Stadt einen Zirkel braucht.«

»Nein. Das liegt nicht in meiner Verantwortung.«

»Kyle …«

»Nein. Denn um ehrlich zu sein, kleine Schwester, ich glaube nicht, dass sie die Absicht hat zu bleiben. Und es wird ein kalter Tag in der Hölle sein, an dem ich einem Yankee irgendetwas erzähle, das meine Stadt gefährden könnte.«

»Wie du willst. Aber Tully sagt, du magst sie.«

»Du und Tully, ihr solltet euch verdammt noch mal um eure eigenen Angelegenheiten kümmern.«

»Schön. Mach nur weiter so.« Seine Schwester legte auf und Kyle seufzte.

Verdammte Familie.

»Warum bin ich so plötzlich aus dem Bett gefallen?«

Emma schloss die Badezimmertür. »Böse Träume?«

»Emma.«

»Okay. Okay. Dieses Etwas, das versucht hat, mich zu töten. Es hat es noch mal versucht. Ich denke, ich habe es erwischt, aber ich musste an eine ziemlich große Macht appellieren, um das hinzukriegen.«

»Was hast du benutzt?«

»Blitze.«

»Ooh. Du hast Natur benutzt. Gute Entscheidung.« Jamie konnte sich über die seltsamsten Dinge amüsieren.

»Aber ich weiß nicht, ob ich es getötet habe. Und ich weiß nicht, ob wir selbst dieses Ding heraufbeschworen haben.«

»Wie schlimm ist es?«

Emma holte Luft. »Ich würde sagen, nicht allzu schlimm, denn ich weiß, dass wir damit fertigwerden könnten, doch da ist noch eine Sache.«

»Nämlich?«

»Es gibt einen anderen Zirkel. Einen älteren, hier ansässigen. Sie sind ins Krankenhaus gekommen, um mich unter die Lupe zu nehmen. Und ich weiß nicht, warum.«

»Vielleicht wollten sie sicherstellen, dass du keinen Ärger machst. Du weißt schon, weil sie ihre Stadt schützen wollen.«

»Vielleicht. Nur hat es sich nicht so angefühlt. Ich könnte schwören, dass sie mich erwartet haben.«

»Wirklich?« Sie hörte das Interesse in Jamies Stimme. »Das gefällt mir nicht, Süße.«

Emma ächzte und erwiderte: »Du kommst her, nicht wahr?«

»Was denkst du?«

Emma überlegte einen Moment, dann nickte sie. »Es ist wahrscheinlich das Beste. Selbst wenn ich dieses Etwas getötet habe, Jamie, müssen wir sichergehen, dass es nicht noch mehr davon gibt.«

»Du machst dir Sorgen um diese Kleinstadt.«

»Es ist ein hübscher Ort. Seltsam. Aber hübsch. Wenn wir hier etwas entfesselt haben … müssen wir es wieder in Ordnung bringen.«

»Das werden wir. Versprochen. Halt morgen nach uns Ausschau. Wir werden da sein.«

»Ich weiß.«

»Geht es dir gut?«

Emma schloss die Augen. »Ich bin aufgewühlt. Zornig.«

»Das ist all die Macht, die du eingesetzt hast, kombiniert mit der Angst. Was du empfindest, ist ganz normal. Das wird schon wieder.«

»Wann? Denn es gefällt mir nicht.«

»Schwer zu sagen. Aber Joggen hilft. Manchmal mache ich auch Yoga.«

»Yoga? Hast du mir gerade Yoga empfohlen?« Noch während sie das sagte, konnte Emma selbst hören, wie sie immer lauter wurde, und sie verspürte mehr Zorn in sich aufsteigen als für sie üblich.

»Ähm … Em?«

»Glaubst Du ernsthaft, dass ich mich gern zu einer Brezel verbiegen würde? Das wüsste ich tatsächlich gern.«

»Nun, Süße, es war nur ein Vorschlag.«

»Ein *bescheuerter* Vorschlag.«

»Okay. Wenn das so ist, werde ich dir lieber ein wenig Ruhe gönnen, bevor wir noch in einen wirklich hässlichen Streit geraten und uns gegenseitig am Telefon verhexen.«

»Na schön. Wie auch immer.« Emma legte auf und versuchte, ihre überschäumenden Gefühle zu bändigen. Morgen würde sie sich bei Jamie entschuldigen müssen, aber wenn die Frau in diesem Moment vor ihr gestanden hätte, hätte Emma sie voraussichtlich k. o. geschlagen.

Emma, der dieser Gedanke viel besser gefiel, als er es hätte tun sollen, riss die Badezimmertür auf und sah Kyle vor sich stehen.

Das war der Moment, in dem sie völlig ausrastete.

Sie drängelte sich an Kyle vorbei und stürmte zurück ins Wohnzimmer. »Haben Sie mein Telefongespräch belauscht?«

»Nein«, antwortete er wahrheitsgemäß. »Ich wollte wissen, ob Sie vielleicht Hunger haben. Oder ob Sie trockene Sachen brauchen.«

Sie wirbelte zu ihm herum und drückte ihm sein Handy direkt an die Brust. »Lügen Sie mich nicht an!«

Kyle holte tief Luft. »Emma, ich weiß, dass Sie eine lange Nacht hinter sich haben.«

»Ja. Und?«

»Also sollten Sie sich vielleicht beruhigen.«

Emma baute sich dicht vor ihm auf, bohrte ihm ihren kleinen, aber überraschend kräftigen Zeigefinger in die Brust und unterstrich damit jedes Wort. »Sagen. Sie. Mir. Nicht. Dass. Ich. Mich. *Beruhigen*. Soll!«

»Brüllen Sie mich nicht an, und hören Sie auf, mich mit diesem verdammten winzigen Finger zu piksen.«

Emmas Auge zuckte, und Kyle beobachtete, wie sie den Zeigefinger langsam wieder auf seine Brust zubewegte.

Was zur Hölle tut sie da?

Nach einer gefühlten Ewigkeit bohrte sich Emmas kleiner Finger wieder in seine Brust. Sehr fest.

Kyle schlug sachte ihre Hand weg und war jetzt selbst sauer. »Hören Sie auf damit, Emma.«

Sie pikste ihn noch einmal.

»Ich habe gesagt, Sie sollen damit aufhören.«

Und noch einmal. »Wenn es Sie so sehr ärgert« – und noch mal –, »dann hindern Sie mich doch daran.«

Und noch mal.

Dann löste sich Kyles Selbstbeherrschung in Luft auf.

Ohne nachzudenken, aus rein animalischem Instinkt, packte er Emmas Hand und riss sie an sich. Sie stieß ein erschrockenes Keuchen aus, sagte aber nichts weiter. Er musste von ihr ein »Stopp« hören. Er musste es von ihr hören, bevor es keine Rolle mehr spielte, was zur Hölle sie sagte.

Stattdessen schaute sie ihn an, die Lippen leicht geöffnet.

»Emma.« Er knurrte ihren Namen. Fauchte ihn. Sie lief nicht weg. Versuchte nicht, sich von ihm zu lösen. Nein. Stattdessen stellte das verrückte kleine Yankee-Mädel sich kaum merklich auf die Zehenspitzen und starrte ihm direkt auf den Mund.

»Verdammt!«, war das letzte Wort, das er sagte, bevor er ihren Mund mit seinem eroberte. Wie alles zwischen ihnen war sogar ihr Kuss ein Kampf. Ihre Zungen wetteiferten um die Vorherrschaft, während Emma ihren weichen, kleinen Körper an seinen drückte und ihm die Arme um den Hals schlang.

Das Letzte, was er rational dachte, oder in diesem Fall betete, war: »Bitte, Gott. Mach, dass sie ihre Meinung nicht ändert.«

Arschloch, Arschloch, Arschloch. Kyle Treharne war so ein Arschloch.

Doch das hinderte sie nicht daran, diesen Mann zu begehren. Sie wollte ihn mehr als irgendetwas zuvor in ihrem Leben.

Vor allem wollte sie ihn so. Irgendwie wild und außer Kontrolle. Emma hatte noch nie erlebt, dass ein Mann sie so behandelte, als könne er es nicht erwarten, sie zu vögeln. Sie hatte immer höflichen, freundlichen Sex mit höflichen, freundlichen Männern gehabt, die sich benahmen, als könnten sie es nicht erwarten, ihre Mutter kennenzulernen. Es schien nur Formsache, sie ins Bett zu bekommen, nicht etwas, das sie unbedingt tun mussten, um nicht den Verstand zu verlieren.

Kyle löste mit einem zornigen Knurren ihren Kuss, einem Knurren, bei dem sie eigentlich die Flucht hätte ergreifen und ins Unwetter hinausrennen sollen. Stattdessen sorgte sie sich, dass er versuchen könnte zu kneifen. Er schob sie mehrere Schritte zurück, bis ihre Waden das Sofa berührten. Mit einem einzigen Stoß landete sie auf der großen Couch. Bevor sie eine Chance hatte, wieder aufzustehen, war er bereits über ihr, verschlang ihren Mund mit seinem, während seine Hände fast überall auf ihrem Körper waren. Sie fühlte sich vollkommen nackt, obwohl sie noch immer ihren zu großen Jogginganzug trug.

Riesige Hände glitten unter ihr Sweatshirt und schoben den dicken Baumwollstoff nach oben, bis ihre Brüste entblößt waren. Da sie ohnehin noch nie wirklich einen BH gebraucht hatte, hatte sie beschlossen, während ihres Krankenhausaufenthalts ganz darauf zu verzichten. Das war irgendwie Emmas Art, sich gehen zu lassen. Und Kyles anerkennendem Stöhnen nach hatte es sich absolut gelohnt.

Sein Mund streifte über ihren Oberkörper und seine raue Zunge hinterließ eine feuchte Spur auf ihrer erhitzten Haut. Kyles Nase kitzelte ihre bereits harten Brustwarzen und sie konnte sich ein Kichern nicht verkneifen. Als er eine davon in seinen so wunderbar warmen Mund saugte, japste Emma. Sie bog den Rücken durch, um näher an ihn heranzukommen. Ihre Hände, mit denen sie ursprünglich die Armlehnen des Sofas umklammert hatte, packten jetzt Kyles Hinterkopf, zogen ihn gewaltsam näher zu sich und verlangten, was zu geben er mehr als bereit zu sein schien.

Ein grollendes Schnurren drang aus seiner Brust und fuhr direkt in sie hinein, setzte ihren ganzen Körper in Brand. Sie schlang die Beine um Kyles Taille und drückte die Hüften an ihn, als würde er sie bereits vögeln. Als sei er bereits tief in ihr.

Er ließ eine ihrer Brüste los, richtete sich auf, küsste sie erneut und hielt nur inne, um ihr das Sweatshirt ganz auszuziehen. Dann widmete er sich ihrer anderen Brust, und Emma fragte sich, wie viel sie noch ertragen konnte. Ihr Verlangen zu kommen raubte ihr fast den Verstand, und doch spielte er weiter mit ihr.

Er ließ seine Finger an ihrem Bauch hinabgleiten, unter die Jogginghose und unter ihren Slip. Zwei Finger glitten in sie hinein und Emma schrie auf und klammerte sich fester an ihn. Bohrte ihm die Finger der einen Hand in die Kopfhaut und hinterließ mit den anderen Kratzspuren an seiner Schulter.

Seine Finger nahmen sie hart und nicht ansatzweise sanft. Und sie wollte auch nicht, dass er sanft war. Sie wollte, dass er sie so hart fickte, bis sie seinen Namen schreien würde. Sie wollte, dass der Hurensohn sie fickte, bis sie wund war. Und sie wusste, dass er genau das tun würde.

»Gott, Kyle!«

Ihr Flehen entrang ihm ein weiteres Knurren, und er ließ sie gerade lange genug los, um sich hinzuhocken und ihr die Jogginghose so weit wie nötig herunterzuziehen, dann griff er sofort wieder nach ihr.

Sie packte seine Hände und er knurrte sie an. *»Was?«* Seine Stimme mochte so klingen, als sei er sauer, aber seine hellen Augen bettelten sie an, ihn nicht aufzuhalten. Flehten sie an.

»Kon…Kondome«, stammelte sie.

Er blinzelte, als käme er plötzlich zu sich. Dann stieg er von ihr herunter und verschwand in der Dunkelheit des Hauses. Sie hatte noch nie einen Mann gesehen, der sich so schnell bewegen konnte – und, wichtiger noch, er bewegte sich so schnell für *sie*.

Bevor sie auch nur darüber nachdenken konnte, was sie vielleicht gleich tun würde und ob sie damit aufhören sollte, war

Kyle auch schon wieder da. Die Packung mit den Kondomen knallte direkt neben dem Sofa auf den Boden und dann war er bereits wieder auf ihr. Er küsste sie und leckte ihren Hals, dann biss er hinein.

Emma wimmerte und klammerte sich an Kyle. Nur noch wenige Sekunden und sie würde anfangen zu betteln. Nur noch wenige Sekunden und sie würde dem Mann absolut *alles* versprechen.

Kyle konnte ihr Verlangen nach ihm riechen, und es trieb ihn über den Punkt hinaus, an dem er menschlich war. Seine Katzenseite übernahm seinen menschlichen Körper mit der vollen Absicht, dieses heiße, kleine Ding so weit zu bringen, dass es ihm verzweifelt die Hose herunterzog.

Nackt und warm und so feucht, dass Kyle dachte, nicht nur sein Kopf würde gleich explodieren, brachte dieses kleine Mädchen eine Seite in ihm zum Vorschein, die er immer streng unter Kontrolle hielt.

Aber mit nur einer Berührung und einem Kuss hatte sie seine Deckung eingerissen und bloß das rohe Tier in ihm zurückgelassen.

Als seine Hose *weit genug* nach unten gezogen war, zerrte Kyle dieses blöde Kondom über seinen Schwanz und stieß Emma zurück aufs Sofa, bevor er sich über sie schob. Der letzte Rest seines menschlichen Ichs schrie ihm zu, das Tempo zu drosseln, es ruhiger angehen zu lassen, aber er konnte nicht. Vor allem, als sie mit beiden Händen nach seinem Schwanz griff und die Beine weit spreizte. Ihre Pussy glitzerte im Feuerschein, und er fauchte. Bevor Emmas Hände zugreifen konnten, packte er ihre Unterarme, zog sie ihr über den Kopf und drückte sie in das Polster. Der wunderbare Traum fiel ihm wieder ein. Er berührte mit der Spitze seines Schwanzes ihren feuchten Schlitz, und während sie beide zuschauten, stieß er hart in sie hinein.

»Verdammt!«, stöhnte er.

»Gott!«, schrie sie.

Er hielt inne. Himmel, er wollte ihr nicht wehtun. Sie sah ihn mit solchem Entsetzen an, dass er alle Willenskraft aufbrachte, um sich zu zügeln. Bis sie sagte: *»Was… was machst du da?«* Sie kämpfte gegen die Hände, die sie festhielten.

Kyle schaute ihr ins Gesicht, wo erste Tränen ihre Augen füllten. Da wusste er, dass er sie loslassen musste. Er würde Emma nicht wehtun. Um nichts in der Welt.

Dann sagte sie: »Bitte, Kyle. *Bitte.*« Er sah sie wieder an, und plötzlich begriff er, was er sah. Nicht Schmerz oder Angst … sondern Hunger. Hunger auf ihn. Den gleichen Hunger, den er auf sie hatte. Sie wollten das Gleiche, auf die gleiche Weise.

Das war alles, was er wissen musste.

Kyle ließ ihre Arme los und befahl: »Nimm deine Knie, Liebes, und heb sie an.«

Nach einem kurzen, erschrockenen Blick tat sie, was er angeordnet hatte, legte die Hände um die Knie und hob sie so weit an, dass ihre Schenkel um seine Hüften lagen. Er stützte sich zu beiden Seiten ihres Oberkörpers auf.

Dann schaute er auf sie herunter und betete, dass seine Reißzähne nicht herauskommen würden. »Bleib so.«

Mit diesen Worten stieß er so hart in sie hinein, wie er es wollte. Emma schrie, bog den Rücken durch, umfasste ihre Knie noch fester. Er stieß wieder und wieder in sie hinein. Beim vierten Stoß kam sie, und er war noch nicht einmal annähernd fertig.

Emma hätte diesen Orgasmus nicht aufhalten können, selbst wenn sie es versucht hätte. Noch nie im Leben war sie so hart gefickt worden, und wow … war das gut oder war das gut? Sie zog die Knie noch höher, ließ ihn noch tiefer in ihren Körper hinein, und ihr Orgasmus rollte einfach weiter über sie hinweg.

»Sieh mich an, Emma.«

Ihr war nicht bewusst gewesen, dass sie die Augen geschlossen und den Kopf abgewandt hatte, bis er es sagte. Emma schaute Kyle ins Gesicht und eine weitere Welle schlug über ihr zusammen.

Niemand hatte sie je so angesehen. Niemand.

»So ist es richtig, Liebes«, stöhnte er. »So ist es richtig.«

Seine Hüften arbeiteten wie Kolben und er stieß seinen harten und so verdammt großen Schwanz wieder und wieder in sie hinein. Sie hatte das Gefühl, innerlich zerrissen zu werden, und verflucht noch mal, noch nie hatte sich etwas so atemberaubend gut angefühlt.

»Noch mal«, befahl er. »Komm noch mal für mich.«

Oh, er machte wohl Witze. Sie schüttelte den Kopf, sprachlos.

»Noch mal, Emma. Sofort.«

Es war, als gehörte ihr Körper jetzt diesem Bastard. Und vielleicht tat er das wirklich, zumindest in diesem Moment. Nur so konnte sie sich erklären, wie es ihm gelang, einen weiteren Höhepunkt aus ihr herauszupumpen. Noch stärker und machtvoller als der vorangegangene.

»O ja, Liebes. Ja.« Dann wölbte sich sein Rücken, und er kam, sein Körper zitterte, als er in ihr explodierte. Er stieß noch zweimal mit den Hüften, bevor er eine Bruchlandung direkt auf ihr hinlegte.

Und Emma hatte nur eine einzige Frage im Kopf, während ihr Körper daran arbeitete, sich zu erholen …

Hat er mich gerade angefaucht?

KAPITEL 10

Er musste runter von ihr. Wirklich. Aber trotzdem … sie war so warm und weich. Und er fühlte sich so verdammt wohl.

»Krieg keine Luft.«

Verdammt.

Mit bloßer Willenskraft stemmte Kyle sich von Emma hoch und lehnte sich an das andere Ende des Sofas.

Schwer atmend, ihre Hosen bis zu den Knöcheln heruntergezogen, sahen sie sich eine Zeit lang einfach nur an – gefühlte Stunden, tatsächlich nur wenige Sekunden.

Dann beobachtete Kyle fasziniert, wie Emma sich das Sofakissen schnappte und es sich auf ihr hübsches, schweißüberströmtes Gesicht drückte. Da war sie wieder … Emma, die schmerzhaft Schüchterne. Er musste zugeben, sie war genauso süß wie Emma, die fordernde Zicke.

»Ich kann nicht glauben, dass ich das getan habe«, stöhnte sie. »Ich will, dass das klar ist zwischen uns« – sie spähte über das Kissen –, »ich mache so was nicht oft.«

Kyle nickte. »Das merkt man.«

Emma klatschte sich das Kissen auf den Schoß und verdeckte diese hübsche kleine Pussy. »Was zur Hölle soll das heißen?«

Okay, an welcher Stelle war dieses Gespräch aus dem Ruder gelaufen? Wie hatte er es geschafft, das so leicht mit ihr hinzukriegen?

Sie mühte sich in eine aufrechte Position, aber ihr Körper machte nicht richtig mit. »Nun?«

Achselzuckend sagte er: »Liebes, du warst ein wenig zu eng, um viel Übung zu haben.«

Sichtlich verwirrt starrte sie ihn an. »Hä?«

Außerstande, sich wegen irgendetwas gestresst zu fühlen, seufzte Kyle: »Deine Pussy, Schätzchen.« Er lehnte sich ans Sofa wie die große, zufriedene Katze, die er gerade war, und lächelte. »Eng und perfekt.«

Ein kleines Grinsen umspielte ihre Mundwinkel. »Oh. Nun, danke ... oder so.«

Sie sahen sich für einen weiteren Moment an, dann bedeckte sie mit einem leisen Quieken erneut das Gesicht mit dem Kissen und drehte sich mit dem ganzen Körper weg, als versuchte sie, sich in sich selbst zusammenzurollen.

Gott, wenn es nicht ihr Haar war, das dieses Gesicht verbarg, dann war es ein verdammtes Kissen.

»Was ist denn?«

»Nichts«, murmelte sie in das Kissen hinein.

Immer noch zu wohlig erschöpft, um sich über irgendetwas richtig Sorgen zu machen, streifte er das Kondom ab und wischte sich mit einem Papiertuch sauber, bevor er alles in den Mülleimer direkt neben dem Sofa warf. Mit einem weiteren, sehr entspannten Seufzer lehnte Kyle den Kopf an die Armlehne und schaute zur Decke hoch. Er und sein Bruder hatten dieses Haus zusammen gebaut, mit der gelegentlichen Einmischung seiner Schwester. Aber sie hatten ihre Sache gut gemacht, und es war höchstens zu fünf bis zehn ernsthaften Schlägereien gekommen in den zwei Jahren, die es gedauert hatte.

Emma bewegte sich, und er wusste – *wusste* –, dass sie ihm weglaufen würde. Selbst wenn sie dafür diesem albtraumhaften Unwetter trotzen musste.

Er legte einen Fuß auf die heruntergezogene Jogginghose, die sie gerade wieder verzweifelt hochziehen wollte, und richtete den Blick auf ihr Gesicht.

»Huh!« Zumindest war es das, wonach es klang.

»Was machst du da?«

»Ähm … ich … äh …«

»Du hast doch nicht etwa daran gedacht zu verschwinden, oder?«

»Also … weißt du …«

»Weil du nirgendwo hingehen wirst.«

»Nun, ich will dir keine Umstände machen oder so. Ich kann mir ein Zimmer in einem Hotel nehmen oder …«

»Wir sind noch nicht fertig, Emma.«

Bei seinen Worten verkrampfte sich ihr ganzer Körper und ihre kleinen Hände umklammerten erneut dieses verdammte Kissen. »Nein?«

»Nein.« Nicht einmal ansatzweise.

»Oh. Okay.«

Sie wandte den Blick ab, außerstande, ihm in die Augen zu sehen. Nein. So ging das nicht. In Sachen Sex wollte er nicht Emma, die schmerzhaft Schüchterne. Er wollte die Frau, die ihn direkt bei den Eiern packte. Er wollte die Frau, die ihm keine gottverdammte Kleinigkeit durchgehen ließ.

»Komm her«, befahl er.

»Ähm …«

»Sofort, Emma.«

»Hör auf, mich herumzukommandieren. Das ärgert mich höllisch.« Ahhh. Da war sie, die Frau, die ihn direkt bei den Eiern packte.

»Komm her, Emma«, schmeichelte er, »und ich werde dafür sorgen, dass es sich für dich lohnt.«

Sie biss sich auf die Unterlippe.

»Lass mich nicht warten, Liebes. Das hasse ich.«

Sie stemmte sich hoch, bis sie kniete. Dann rutschte sie auf ihn zu und er schüttelte den Kopf. »Lass das Kissen weg.«

Emma schaute tatsächlich auf das Kissen, als hätte er sie gebeten, ihren Sauerstofftank zurückzulassen, bevor sie auf einen Tauchgang ging. Doch schließlich ließ sie es fallen und rutschte wieder vor.

»Warte.«

Sie seufzte frustriert. »Was?«

»Zieh die Jogginghose ganz aus. Ich will, dass du nackt bist.«

»Oh.« Schon weniger zögerlich schlängelte sie sich aus ihrer Hose. Dass sie ihm dabei auf den Schwanz starrte, bewirkte, dass er wieder hart wurde, und ihre Augen weiteten sich, als sie es bemerkte.

»Jetzt komm her.«

Sie rutschte auf den Knien zu ihm hinüber, während er sein Sweatshirt auszog und es durch den Raum warf. Als sie bei ihm war, hatte er sich bereits die Hose weggerissen und ein weiteres Kondom übergestreift.

»Schaffst du noch einen Ritt?«

Mit einem Kichern wich sie seinem direkten Blick aus. »Deine Art zu reden ist ... ähm ... interessant. Die meisten Männer aus meiner Gegend sagen einfach: ›Willst du noch mal vögeln?‹«

»Vergleiche mich nicht mit Yankees. Außerdem hast du meine Frage nicht beantwortet.«

Emmas Brustwarzen versteiften sich, und sie nickte kaum merklich, den Blick konzentriert auf seinen Schwanz gerichtet.

»Einen harten?«, bedrängte er sie und genoss die Röte, die ihren ganzen Körper überzog.

»Jep. Sicher.« Sie schluckte und befeuchtete sich die Lippen, während sie noch immer mit ihren großen braunen Augen seinen Schwanz betrachtete, als könne sie es nicht erwarten, ihn zu bekommen. »Warum nicht?«, fragte sie *seinen Schwanz*, und nicht etwa ihn.

»Dann schwing deinen hübschen kleinen Hintern hier herüber.«

Emma kroch auf seinen Schoß, und er hielt seinen Schwanz fest und forderte sie wortlos auf, sich darauf sinken zu lassen. Sie tat es, ganz langsam, und sie stöhnten beide.

Sobald er sie genau dort hatte, wo er sie haben wollte, hob Kyle die Hand und tat das, wonach er sich schon schmerzlich sehnte, seit er ihr das erste Mal begegnet war. Er strich ihr das

Haar aus dem Gesicht. Sie wich ein wenig zurück, aber er ließ sie nicht los. Stattdessen zog er sie zu einem Kuss zu sich herunter, während er ihr Haar aus ihrem Gesicht weghielt. Zuerst würde er sie noch einmal vögeln. Dann würde er sie unter der Dusche vögeln. Beides beinhaltete, dass ihr Haar nass würde – Schweiß vom Work-out und Wasser vom Duschen –, sodass er es mühelos aus dem Weg schieben konnte, um einen wunderbar langen Blick auf dieses hübsche Gesicht zu werfen.

»Diesmal wird es langsamer sein, Emma«, sagte er zwischen zwei Küssen.

»Okay.«

»Und härter.«

Neue, heiße Feuchtigkeit bedeckte seinen in Latex steckenden Schwanz und sie keuchte. Sie streckte die Hände nach seinen Bizeps aus und bohrte ihm die Finger in die Haut.

»Bist du bereit dafür, kleine Emma?«

Sie stöhnte und antwortete: »Hast du vor, mir weiter Fragen zu stellen, oder willst du langsam zur Sache kommen?«

»Was immer du willst, Liebes. Absolut alles.« Und dann gab er ihr für den Rest der Nacht genau das, was sie haben wollte.

KAPITEL 11

Die ganze Nacht. Sie hatten es die ganze Nacht getrieben. Dass manche die ganze Nacht Sex hatten, war ihr schon mal zu Ohren gekommen, aber all ihre – wenigen – früheren Freunde hatten für gewöhnlich gegen ein oder zwei Uhr morgens schlappgemacht. Nicht Kyle. Er machte bis ungefähr sieben weiter, bis sie ihn während der gemeinsamen Dusche – bei der er sie von Kopf bis Fuß sauber leckte – schließlich anflehte, sie schlafen zu lassen.

Jetzt war es fünf Stunden später, und sie verspürte den überwältigenden Drang, die Flucht zu ergreifen. Vor allem da sie keine Ahnung hatte, wo Kyle im Moment war. Sie wollte keine verkrampfte Unterhaltung am Morgen danach. Und schon gar keine »Pausen«.

Ohne sich die Mühe zu machen, allzu viel darüber nachzudenken, schlüpfte sie aus dem Bett, um nach ihren Kleidern zu suchen, doch sie erstarrte, als sie das große Fenster über Kyles Bett sah.

Jetzt, bei strahlendem Sonnenschein, konnte sie einen lichten Wald mit Unmengen hoher Bäume sehen, die den größten Teil der Sicht versperrten, auf ihrer rechten Seite sah sie jedoch den Strand. Der Mann verfügte über Meerblick. Früher hatte sie davon geträumt, ein Haus mit Meerblick zu haben, auf Long Island würde sie allerdings einige Millionen brauchen, um diesen Traum wahr werden zu lassen.

Emma schüttelte den Kopf nach dieser kurzen Ablenkung

und erinnerte sich daran, dass ihre Kleider immer noch im Wohnzimmer auf dem Boden lagen.

»Scheiße, Scheiße, Scheiße«, murmelte sie vor sich hin, während sie leise in den Flur trat. Sie sah sich um. Von Kyle keine Spur. Also ging sie schnell und lautlos den Flur entlang und durchquerte das Wohnzimmer. Dort sammelte sie ihre auf dem Boden verteilten Sachen auf und legte sie sich nacheinander über den Arm.

Auf Zehenspitzen schlich sie zur Haustür und zog sie auf. Strahlendes Sonnenlicht machte sie beinahe blind und die Geräusche des nahen Meeres erfüllten das Haus. *Ich liebe diesen Ort*, dachte sie, und für einen Sekundenbruchteil durchzuckte sie Bedauern.

Sie schüttelte den Kopf. *Kein Selbstmitleid.* Sie würde sich anziehen, ins Krankenhaus zurückfahren und ihre Sachen holen, dann würde sie sich ein Zimmer in diesem Hotel, dem *Smithville Arms*, nehmen. Morgen früh würde sie schon mit ihrem Zirkel in einem Flieger zurück nach Hause sitzen und damit war der Fall erledigt.

Nickend trat sie einen Schritt zur Tür hinaus.

»Habe ich dir etwa gesagt, dass du dich anziehen sollst, Schätzchen?«

Emma fuhr herum und stieß direkt gegen Kyles Brust. Sie hatte ihn überhaupt nicht kommen hören. Ihr war nicht einmal bewusst gewesen, dass er sich im Haus befunden hatte, geschweige denn im selben Raum. Nur mit einer schwarzen Jogginghose bekleidet, die ihm tief auf den Hüften saß, starrte Kyle auf sie herab.

Und das war der Moment, in dem Emma klar wurde, dass sie tiefer drinsteckte, als sie eigentlich sollte. Viel tiefer. Denn nichts, absolut *nichts* war ihr je so verdammt schön vorgekommen wie dieser Mann in Jogginghosen.

Bevor sie eine Dummheit begehen konnte – wie sich ihm an den Hals zu werfen und ihm nie endende Liebe und Treue zu schwören –, brach es hektisch aus Emma heraus: »Ich hab mir gedacht, ich gehe wieder ins Krankenhaus oder nehme mir ein Hotelzimmer oder so.« *Damit ich um alles in der Welt diese spezielle Unterhaltung am Morgen danach vermeiden kann.*

Kyle betrachtete sie mit seinen hellgoldenen Augen ungefähr so, wie jemand einen Hummer in einem Aquarium beäugt, den er zum Dinner verspeisen möchte.

»Du willst also einfach gehen, Emma?« fragte er schließlich und zog sie dabei sanft wieder ins Haus. »Mich einfach sitzen lassen?«

»So würde ich es nicht ausdrücken.«

Er griff um sie herum und schlug die Tür zu.

»Wie würdest du es denn ausdrücken?«, fragte er und ließ die Finger über ihr Kinn und an ihrer Kehle hinabgleiten. Emmas Zehen verkrampften sich auf dem Dielenboden. »Du hattest deinen Spaß und jetzt schleichst du dich einfach so davon?«

Machte er Witze? »So ist das nicht.«

Langsam kam Kyle näher, und Emma wich zurück, während er sie von der Tür wegmanövrierte. »Meine Mom hat mich vor Stadtfrauen wie dir gewarnt.«

Emma presste sich ihre Kleider an die Brust und stolperte von ihm weg. »Tatsächlich … ist Long Island eher ein Vorort.«

»Sie hat gesagt, ihr würdet für ein bisschen Liebe mit einem anständigen Kerl herkommen und dann würdet ihr uns sitzen lassen. Allein und … mit gebrochenem Herzen.«

Ein ziemlich undamenhaftes Schnauben platzte aus ihr heraus und Kyle seufzte. »Jetzt lachst du mich auch noch aus?«

»Ich lache dich nicht aus. Es ist nur …« Sie sah zu, wie Kyle mit zwei Fingern nach ihrem Sweatshirt griff und es sich über die Schulter warf. »Hör mal, Kyle …« Als Nächstes kam ihre Jogginghose an die Reihe.

Emma stieß mit dem Hintern gegen etwas Hartes, und als sie sich umdrehte, sah sie den Esszimmertisch hinter sich. *O-oh.*

»Ich lasse mich nicht einfach wegwerfen, Emma. Nur benutzen wegen meines Körpers.«

Sie drehte sich um und klatschte ihm beide Hände auf die

Brust. »Hör auf damit. Sofort«, verlangte sie, auch wenn sie gleichzeitig lachen musste. Und sich innerlich wand.

»Wir sind noch nicht fertig, Emma.«

»Wir müssen fertig sein.«

Kyle schüttelte den Kopf und sein zerzaustes schwarzes Haar fiel ihm vor die Augen. »Nein. Tut mir leid. Geht nicht.«

»Was soll das heißen, geht nicht … hey!« Wie sie rücklings auf diesem Esszimmertisch landen konnte, war ihr schleierhaft.

Kyle warf sich ihre Beine über die Schultern und leckte die Innenseite ihres Oberschenkels. »Komm schon, Liebes«, neckte er sie. »Gib es dem guten alten Kyle.«

»Wenn du anfängst, von dir in der dritten Person zu sprechen, kriegen wir definitiv ein Problem miteinander.«

»Okay. Ich werde damit aufhören. Aber nur, wenn du versprichst, den Tag mit mir zu verbringen.« Er grinste sie an. »Du weißt schon, damit ich mich nicht so benutzt fühle.«

»Okay. Wenn du … oh!«

Bevor sie ihren Satz beenden konnte, drückte Kyle ihre Beine an ihre Brust und beugte sich herunter. Er strich mit dem Mund über ihre Pussy und sie wimmerte.

»Du bist schon so feucht, Emma.« Er schaute zu ihr hoch, und sie wusste nicht recht, wie sie diese Hitze in diesem gut aussehenden Gesicht einordnen sollte. Anscheinend galt sie allein ihr. »Hast du heute Morgen an mich gedacht?«

Hatte sie an irgendetwas anderes gedacht?

Sie nickte, weil sie sich nicht sicher war, ob sie das Risiko eingehen sollte zu sprechen.

»Hast du dich dabei selbst berührt? Hast du es dir gemacht?«

»Das habe ich nicht mehr getan, seit ich mir vor zwei Jahren eine Sehnenscheidenentzündung geholt habe.«

Er stand eine Sekunde lang da, sein Mund ihrer Klitoris so nah, dass sie dachte, sie würde gleich explodieren, wenn er sie nicht berührte oder sie streichelte oder *was auch immer*. Aber dann lachte er. So heftig, dass er schließlich den Kopf auf ihren Bauch betten und die Arme auf den Tisch legen musste.

Verwirrt starrte sie ihn an. Dann weiteten ihre Augen sich, und sie rief: »Nein, nein! Ich habe die Sehnenscheidenentzündung bekommen, weil ich bei der Arbeit zu viel getippt habe!«

Kyle lachte noch heftiger. Er hatte seit Langem nicht mehr so gelacht. Und mit einer Frau, mit der er schlief, noch nie. Kommen und sofort wieder abhauen war die Methode der meisten Bewohner von Smithville, sowohl der männlichen als auch der weiblichen.

Doch Emma ... Emma war anders. Es fühlte sich so gut an, mit ihr zusammen zu sein. Er konnte sich entspannen, und kein einziges Mal versuchte sie, ihm an die Gurgel zu gehen oder ihm sein Reh wegzunehmen. Und im Bett war sie alles andere als langweilig. Ein wenig schüchtern bisweilen, aber sobald er sie heiß genug machte – wozu nicht viel gehörte –, löste sich ihre Schüchternheit in Luft auf.

»Komm, Liebes.« Er wischte sich die Tränen aus den Augen, dann schob er die Hände unter sie und hob sie hoch. »Lass uns das hier ins Schlafzimmer verlegen.«

Sie vergrub das Gesicht an seinem Hals. »Gut. Ich brauche ein Kissen.«

Kyle hüstelte, um das Lachen zu stoppen, das schon wieder aus ihm herausbrechen wollte. »Es braucht dir nicht peinlich zu sein, Emma.« Auf dem Weg ins Schlafzimmer legte er sich ihre Beine um die Hüfte. »Du kannst mir sagen, was immer du willst. Vergiss das nicht.«

»Und du lachst auch nicht?«

»Doch. Wahrscheinlich werde ich lachen, aber aus Liebe.«

»Puh, vielen Dank, Kyle.«

Er ließ sie sanft aufs Bett gleiten und legte sich neben sie. »Also, Liebes, sei nicht sauer.« Sein Handy klingelte und er knurrte. »Da gehe ich nicht ran.«

Kyle beugte sich vor, um sie zu küssen, doch Emma legte ihm eine Hand aufs Gesicht. »Bist du nicht dazu da, um zu beschützen und zu dienen?«

»Emma ...«

»Du musst ans Telefon gehen, Kyle. Was ist, wenn es einen großen Bankraub gegeben hat oder so was?«

Er lachte abermals heftig, sie starrte ihn jedoch nur an, und er begriff, dass sie es offensichtlich ernst meinte.

Mit einem Seufzer sagte er: »Na schön. Dann gehe ich eben an das verdammte Telefon.«

Er beugte sich vor und schnappte sich sein Handy vom Nachttisch. »Ja?«

»Ich bin's, Bear. In einer Stunde findet eine Versammlung der Ältesten statt.«

»Na und?« Bear musste diesen Treffen gelegentlich beiwohnen, genau wie Tully, aber obwohl Kyles Dad ein Mitglied der Gruppe war, hatten sie noch nie Kyle darum gebeten, daran teilzunehmen.

»Sie wollen dich dabeihaben.«

»Bear ...«

»Hat sich das so angehört, als würde ich darüber diskutieren? In einer Stunde, Katze.«

Verärgert legte Kyle auf und sah die Frau an, die neben ihm lag. Die *nackte* Frau, die neben ihm lag.

»Du musst weg?« Sie klang halb enttäuscht und halb erleichtert.

»Ich habe in einer Stunde ein Meeting.«

Sie machte Anstalten, sich aufzurichten. »Dann sollte ich besser ...«

Er ließ das Handy fallen und legte die Hand auf die weiche Haut über ihren Brüsten. »Was genau führt dich zu der Schlussfolgerung, dass du aufstehen sollst?«

»Herrgott, du bist so ein verdammter Tyrann!«

»Jep.«

»Und das bringt mich wirklich auf die Palme.«

»Hab ich auch schon gehört.« Er beugte sich vor und leckte ihr beide Brustwarzen. Sie stöhnte, und er lächelte. »Eine Stunde, Emma. Wir haben eine Stunde Zeit zum Spielen.« Er drückte sie mit einem sanften Stoß zurück auf die Matratze. »Also, bleib mit deinem entzückenden Hintern genau da, wo du bist, bis ich mit ihm fertig bin.«

KAPITEL 12

Emma stieg aus Kyles SUV und schloss die Tür, beugte sich dann aber noch einmal durch das geöffnete Fenster.

»Ich werde schon klarkommen. Ich brauche dich nicht als Babysitter.«

Kyle runzelte die Stirn und betrachtete die fast verlassenen Straßen. »Bist du dir sicher, dass du nicht lieber bei mir zu Hause warten möchtest?«

»Ja. Ich bin mir sicher. Ich werde einfach zusehen, dass ich ein Frühstück bekomme oder vielleicht eher einen Brunch.«

»In Ordnung.« Diese Falte zwischen seinen Brauen schien immer tiefer zu werden, doch sie hatte keine Ahnung, warum. »Aber lauf nicht ohne mich durch die Gegend.«

»Warum?«

Er sah sie an. »Warum was?«

»Warum willst du nicht, dass ich ohne dich herumlaufe?«

»Du stellst verdammt viele Fragen.«

»Ja, und du beantwortest sie nie.«

Kyle schwieg für einen Moment, schaute die Straße entlang und schien endlich zu irgendeiner Schlussfolgerung zu gelangen. »Heute Abend.«

»Heute Abend was?«

»Heute Abend beantworte ich deine Fragen. Heute Abend werde ich dir alles erzählen, was du wissen willst.«

»O…kay.«

»Du musst nicht gleich wieder Panik kriegen.«

»Regierungsexperiment«, flüsterte sie.

Die Falte zwischen Kyles Brauen vertiefte sich noch weiter. »Das schon wieder?«

Sie schüttelte den Kopf. »Vergiss es.«

»Gut. Jetzt komm her und küss mich.«

Kichernd stemmte Emma sich hoch, sodass sie halb im Wagen hing. Kyle beugte sich über die Sitze und küsste sie, sein Mund warm und köstlich. Sie liebte es, wie er sie küsste. Als genösse er es tatsächlich. Als könne er Stunden damit verbringen, wenn sie ihn lassen würde. Was der Grund war, warum sie gute zwanzig Sekunden brauchte, um zu merken, dass er sie langsam zurück in den SUV zog.

»O nein.« Sie löste sich lachend von ihm. »Ich habe Hunger …« Eine seiner Augenbrauen zuckte in die Höhe. »Auf Frühstück!«

»Na schön. Dann mach nur so weiter.«

»Das mache ich.« Sie stand wieder sicher draußen vor dem SUV. »Fahr endlich zu deinem Meeting, du bist bereits spät dran.«

»Also gut. Du hast mein Handy?« Sie hielt das kleine schwarze Gerät hoch. Er hatte es ihr gegeben und ihr aufgetragen, Tullys Nummer zu benutzen, um sich mit ihm in Verbindung zu setzen. »Ruf mich an, falls du mich brauchst. Okay?«

Sie wusste, dass er es ernst meinte, und das fühlte sich wirklich schön an. Sie nickte. »Mach ich.«

Bevor Kyle das Klassenzimmer der Smithville Junior High betrat, wo die Ältesten ihre monatlichen Treffen abhielten, fühlte er sich verdammt gut. Emma mit ihrem schrägen Sinn für Humor und ihrer leicht zwanghaften Art entpuppte sich als ein ziemlich gutes Gegengewicht zu seiner mürrischen Katzenpersönlichkeit. Sie brachte ihn ständig zum Lächeln, und wenn sie ihn ärgerte, brachte sie ihn trotzdem noch zum Lächeln.

Kurzum, sie ergänzten sich auf wunderbare Art.

Wenn ihn die Gedanken daran, was er heute Nacht mit ihr

alles anstellen würde, nicht so rührselig gemacht hätten, hätte er es wahrscheinlich kommen sehen. Aber so trat er vollkommen unvorbereitet in diesen Raum.

»Nun, Junge?«, fragte sein Vater.

Kyle blieb in der Tür stehen und starrte ihn an. »Nun, was?«

»Hast du es getan?«

Besorgt darüber, wovon sein Vater eigentlich sprach, schaute Kyle von Tully zu Bear, die beide in einer Ecke standen. Bei dem Blick, den sein Bruder ihm zuwarf, stellten sich ihm die Nackenhaare auf, und Zorn regte sich in ihm, noch bevor er überhaupt wusste, warum.

»Was getan, Daddy?«

»Hast du die kleine Hexe ihrer Wege geschickt?«

Emma hielt den Kopf gesenkt, las in ihrer Zeitschrift und aß ihr Frühstück. Sie wusste, dass alle sie beobachteten, sie wusste nur nicht, warum. Hatten sie noch nie eine Halbchinesin gesehen? Oder vielleicht lag es daran, dass sie die kleinste Erwachsene in der Stadt war. Was auch immer der Grund sein mochte, es gefiel ihr nicht.

Die Faust, die auf ihren Tisch krachte, ließ Emma vor Schreck beinahe vom Stuhl fallen. Sie blickte in ein irgendwie vertrautes Gesicht. Vielleicht eine der Krankenschwestern aus dem Krankenhaus? Dann begriff Emma, dass die Frau mit der schwarzen Baseballkappe, dem T-Shirt und der Jeans die Uniform des Sheriff's Department der Stadt trug, auch wenn die Baseballkappe für ihren Kopf eine Spur zu groß war.

»Habt ihr nichts zu tun?«

Emma brauchte einen Moment, um zu begreifen, dass die Frau nicht mit ihr sprach, sondern mit jemandem hinter ihr. Emma schaute über ihre Schulter und erblickte die drei … ähm … Männer. Sehr feminine Männer.

»Wir versuchen nur, gute Nachbarn zu sein«, sagte einer, und die beiden anderen kicherten schrill, was Emma extrem beunruhigend fand.

»Verschwinde, Mary Lou Reynolds, oder ich bringe dich wieder zum Weinen.«

Heilige Scheiße! Das ist eine Frau?

Emma versuchte, nicht überrascht zu wirken, und dann versuchte sie, nicht zurückzuweichen, als die Frau sich ein wenig über ihren Stuhl beugte und ihr ein wirklich unheiliges Grinsen zuwarf. Das Grinsen schien breiter zu sein, als normal war.

»Also, erzähl es uns, Liebes. Ist es wahr, was man sich über Kyle Treharne erzählt? Ist er wirklich so ein wilder Hengst, wie man immer hört? Oder warst du ein wenig zu zahm für ihn?«

Also ehrlich. Sie wusste absolut nicht, was sie darauf sagen sollte. Emma geriet nie in Streitereien. Himmel, die Leute bemerkten kaum, dass sie atmete, und ließen sie meistens in Ruhe. Sie hätte jetzt einen Zauber raushauen können, aber die Befriedigung wäre nicht von Dauer gewesen. Vor allem wenn man daraufhin beschloss, sie auf dem Scheiterhaufen zu verbrennen oder Ähnliches.

Also starrte Emma sie nur an und wünschte, ihr Zirkel wäre da. Sie übernahmen sonst immer – wenn nötig – die Arschtritte und Emma log dafür bei der Polizei. Eine sehr nützliche Symbiose.

Aber während sie beobachtete, wie ein Pfefferstreuer an ihr vorbeiflog und der Frau mitten auf die Stirn krachte, wurde ihr klar, dass manchmal von den seltsamsten Seiten Hilfe kam.

Mary Lou kreischte und griff sich an die Stirn, während die beiden anderen Frauen – oder was auch immer sie waren – hysterisch kicherten.

»Also, hört zu«, blaffte der weibliche Deputy. »Erstens, legt euch nicht mit Touristen an. Und zweitens, sprecht nie wieder über meinen Bruder. Über keinen von beiden. Wagt es nicht einmal, in ihrer Nähe zu atmen. Oder man wird noch jahrzehntelang Körperteile von euch in der Stadt finden.«

Interessant. Basierend auf dem, was Emma über das Gesetz wusste, war die Androhung von körperlicher Gewalt vor Zeugen … nicht wirklich eine gute Sache. *Allerdings wird hier in der Gegend der Diebstahl eines Handys ja auch mit Erhängen geahndet.*

»Jetzt geht mir aus den Augen.«

Nachdem die drei Frauen noch ein wenig weitergestarrt hatten, verzogen sie sich. Und zwar definitiv eingeschnappt.

Der weibliche Deputy zog sich einen Stuhl heran und ließ sich darauf fallen. Buchstäblich. Wie ein Haufen Ziegelsteine landete sie auf der Sitzfläche. »Tut mir leid, Liebes. Manche Leute wissen es einfach nicht besser.«

»Ist schon gut«, brachte Emma schließlich heraus.

»Ich bin Katie Treharne-MacClancy. Kyles und Tullys kleine Schwester. Du siehst übrigens süß aus in meinen Sachen, auch wenn sie dir viel zu groß sind.«

Emma schaute an ihrem übergroßen weißen T-Shirt und den riesigen blauen Boxershorts herunter. Kyle hatte ihr diese Sachen gegeben, weil ihr Jogginganzug plötzlich unauffindbar verschwunden gewesen war. »Danke.« Sie deutete auf die jetzt leeren Stühle hinter sich. »Und danke auch dafür.«

»Keine Ursache. Das gehört zu meinem Job. Außerdem hasse ich diese Miststücke. Sie sind durch und durch gemein. Aber das ist diese Spezies immer.«

Emma blinzelte. Diese Spezies?

»Gott, du bist echt ein kleines Ding. Ich kann verstehen, warum Kyle dich bei sich behalten will.«

Emma, die sich einmal mehr nicht sicher war, was sie sagen sollte, zuckte kaum merklich die Achseln.

»Und dazu noch schüchtern, was? Ich war früher auch schüchtern. Mehr oder weniger. Okay, eigentlich gar nicht.« Katie grinste und Emma sah eine Mischung aus Tullys Grinsen und Kyles Augen. Eine sehr hübsche Mischung bei einer Frau.

»Also.« Katie nahm sich ein Würstchen von Emmas Teller, so wie Kyle es getan hatte. »Bist du in meinen großen Bruder verliebt oder so?«

Emma starrte die hübsche Frau an. Und starrte und starrte.

»Gott, Mädel. Du siehst aus wie ein Reh im Scheinwerferlicht.«

Emma räusperte sich. »Kyle und ich kennen uns kaum.«

»Hier in der Gegend bedeutet das nicht viel. Du wirst feststellen, dass die Bewohner von Smithville sich ziemlich schnell eine Meinung bilden. Wir sehen etwas und wir nehmen es uns einfach. Wie ein Gepard ein Zebra.«

Eine interessante Analogie, die den Männertisch nebenan zum Lachen brachte.

Katie zwinkerte den Männern zu und lächelte Emma an. »Komm, Liebes. Ich zeig dir unsere schöne Stadt. Du wirst sie vielleicht interessant finden.«

Emma, der der Appetit vergangen war, schob ihren Teller von sich. »Ich glaube, das tue ich bereits.«

»Du hast gesagt, sie seien böse.«

Miss Sophie seufzte. »Du hörst nie zu, oder, Jack Treharne? Ich sagte, sie huldigen den Dunklen Müttern. Ich habe nicht gesagt, dass sie böse sind.«

»Das ist ein Unterschied?«

»Vertrau mir, wenn ich sage, dass es ein sehr großer Unterschied ist.« Miss Sophie sah ihre Schwester an. »Ihr alle müsst euch der Sache stellen. Unser Zirkel existiert nicht mehr. Und Addie und ich werden jeden Tag schwächer.«

»Es gibt doch auch noch andere Zirkel«, warf Gwen, Bears Mom, ein. »Aus guten Südstaatenfamilien.«

»Wen denn?«, fragte Tully. »Die Hippies? Kannst du diesen Gestank ertragen? Ich kann es nicht.«

»Wir könnten sie bitten zu baden«, überlegte Miss Gwen optimistisch, »und sie bitten, dieses Pa-Dingsda-Öl nicht zu benutzen.«

»Patschuli, Mom.« Bear lachte. »Es heißt Patschuliöl.«

»Trotzdem«, nörgelte Kyles Daddy, »sind sie wahrscheinlich immer noch besser als diese Teufelsanbeterinnen.«

Schließlich schlug Miss Adelaide mit der Hand auf den Tisch.

»Keiner von euch hört zu. Die Sache steht nicht zur Diskussion. Es ist nichts, über das wir zehn Jahre nachdenken können, während ihr alle um Territorien und einen Haufen Zebrakadaver kämpft. Die Zeiten haben sich geändert, und diese Stadt muss sich ebenfalls ändern, wenn sie Bestand haben soll. Es befindet sich etwas Böses an unseren Außengrenzen und es wird hereinkommen. Der Zirkel könnte unsere einzige Hoffnung sein.«

Kyle seufzte. »Ich habe gesehen, wie Emma … sich selbst geschützt hat. Sie ist mächtig, aber ich denke nicht, dass sie so mächtig ist, wie Sie es zu glauben scheinen, Miss Addie.«

»Schon jede für sich ist mächtig, Kyle.« Miss Sophie rieb sich die Stirn, offensichtlich müde. Vor zwanzig Jahren war sie rüstig und stark gewesen, aber ihr Alter hatte sie eingeholt. »Doch im Zirkel als geschlossene Einheit sind sie genau die Verbündeten, die wir brauchen. Zusammen können sie diese Stadt vor jenen Zirkeln schützen, die ihr nicht in eurer Nähe haben wollt. Zirkeln, die diesen als geradezu verschmust erscheinen lassen.«

»Warum sollten die Yankees hierbleiben wollen?«, bedrängte Jack sie, offensichtlich nicht bereit, den Kampf schon aufzugeben. »Vor allem ein Haufen New Yorker.«

Miss Addie schnaubte. »Wie könnten sie all diesem Südstaatencharme widerstehen?«

»Und die ersten Siedler von Smithville landeten im Jahr sechzehnhundertzehn genau hier.«

Emma sah stirnrunzelnd zu Katie hoch. Sie musste hochschauen, weil die Frau einfach riesig war. »Sechzehnhundertzehn? Ich dachte, die ersten amerikanischen Siedler seien nicht vor sechzehnhundertzwanzig auf dem Plymouth Rock gelandet.«

Katie zuckte die Achseln. »Wir machen keine große Sache daraus, aber wir waren zuerst hier.«

Mit einem Nicken trottete Katie weiter durch den Sand. »Komm mit. Ich werde dich zum Museum von Smithville bringen.« Sie drehte sich zu Emma um und ging dabei rückwärts.

»Ich denke, da sind einige alte Fotos, die du sehr interessant finden wirst. Danach können wir shoppen gehen. Tiffany's hat gerade Sale.«

»In Smithville gibt es ein Tiffany's?«

»Klar. Habt ihr in New York keins?«

Sie kämpfte gegen den Drang zu antworten: »Doch, aber es ist ja auch *New York*«, weil sie wusste, wie snobistisch das klang. Stattdessen murmelte sie nur: »Oh. Doch.«

Emma wusste wirklich nicht, was zur Hölle abging, aber sie wurde Katie nicht los, ebenso wenig wie das Gefühl, dass Katie ihr etwas zeigen wollte. Dass sie etwas verstehen sollte. Als Emma versucht hatte, ihre Theorie vom Regierungsexperiment anzudeuten, hatte Katie sie nur angestarrt.

Sie gab ihr Bestes, mit den langen Schritten der wesentlich größeren Frau mitzuhalten, während sie sie genau betrachtete. Auch wenn sie sehr schön war, sah die Frau immer noch so aus, als könnte sie zum Spaß einen Hummer-Wagen über den Kopf stemmen. Emma hatte immer gedacht, dass Mac einen starken Körper hatte, aber zwischen Mac und Katie gab es einen großen Unterschied.

Mac machte Emma nicht nervös.

Nicht dass sie dachte, Katie würde ihr irgendetwas tun, doch das Potenzial dafür lag sozusagen direkt unter der Haut der Frau. Es entging Emma auch nicht, dass sie genauso empfunden hatte, als sie Tully und Kyle kennengelernt hatte. Da war etwas Wildes und Raubtierhaftes, auf das sie nicht recht den Finger legen konnte. Und je länger sie darüber nachdachte, umso mehr begriff sie, dass alle in der Stadt die gleiche Aura hatten.

Nach einer kurzen Spritztour zurück auf die Hauptstraße hielten sie in Katies Pick-up-Truck vor dem Smithville County Museum.

Wie alle anderen öffentlichen Gebäude in Smithville, das begriff Emma jetzt, stank das Museum nach altem Geld und großem Einfluss. Jede Menge Marmor und italienische Fliesen. Als Emma bemerkte, dass es hier einen ganzen Flügel mit Bildern von Monet, Pollock und Van Gogh gab – und zwar Originale –, wusste sie, dass in dieser Stadt finanziell weit außerhalb ihrer Liga gespielt wurde. Auch wenn sie an der Wand in ihrem Flur ein gerahmtes Monet-Poster hängen hatte.

»Also, man könnte locker zwei Tage damit verbringen, dieses Museum wirklich zu erkunden, aber ich dachte, ich zeige dir diesen Gebäudeflügel. Es ist mein Lieblingsplatz im Museum. Hier dreht sich alles um die Geschichte meiner Stadt.«

Höflich, wenn auch davon überzeugt, dass sie sich zu Tode langweilen würde, ging Emma den Flur entlang und betrachtete die extrem alten Fotografien. Einige datierten offensichtlich auf das späte neunzehnte Jahrhundert. Als ihr Blick über jedes einzelne Foto streifte, hielt sie plötzlich inne und trat einen Schritt zurück, um eindringlich die Aufnahme von sechs Frauen in zeremoniellen Gewändern zu betrachten. Sie erkannte das Emblem auf ihren Kleidern aus einem ihrer eigenen Bücher über die Geschichte der Hexerei. Es handelte sich dabei um einen mächtigen alten Zirkel, der vor allem Artemis anbetete und der etwa achtzehnhundertzweiundneunzig verschwunden war. Nur dass das Foto aus dem Jahr neunzehnhundertfünf stammte.

Doch selbst das war es nicht, was Emmas Interesse fesselte. Es war das große Löwenrudel, das im Hintergrund schlief. Emma beugte sich dichter vor, um zu sehen, ob man hier zwei Bilder übereinandergelegt hatte. Dann wurde ihr klar, dass einer der Löwen den Schwanz um den Knöchel einer der Hexen geschlungen hatte … und der Hexe schien es nichts auszumachen.

Emma, deren Herz gegen ihren Brustkorb hämmerte, ging mehrere Schritte weiter zum nächsten Foto, datiert auf das Jahr neunzehnhundertachtundfünfzig. Sie erkannte Miss Sophie und Miss Adelaide sofort. Extrem jung und gar nicht übel aussehend, saßen sie gemeinsam mit ihrem Zirkel auf einer Bank, und neben ihnen zwei Löwen, ein Gepard, ein Leopard und eine Hyäne. Wenig überraschend hatte die Hyäne den Kopf in Miss Adelaides Schoß gelegt, während einer der Löwen sein majestätisches Haupt an Miss Sophies Schulter gebettet hatte.

Dann kam ihr die Erkenntnis, traf sie wie eine Schaufel auf den Hinterkopf. Der Piratenhund.

Dieser Wolf auf Kyles Bild hatte posiert. Er hatte wahrscheinlich irgendwie »Cheese« gesagt.

»Hexen sind nicht die Einzigen, die Stillschweigen bewahren müssen, Emma.« Katie stand jetzt neben Emma und sprach sehr leise. »Geheimhaltung hat diese Stadt beschützt.«

»Warum erzählst du es mir dann?«

»Du kennst den Grund, Emma.«

Ohne ein weiteres Wort drehte Emma sich um und ging zum Ausgang.

»Emma, warte.«

Bei den Schreien in ihrem Kopf konnte sie Katies Stimme kaum hören. Plötzlich ergab alles einen Sinn. Jedes Knurren, Schnurren, Grollen ... und Fauchen.

Es erklärte auch, warum Kyle so verdammt mühelos in ihre Träume hinein- und wieder aus ihnen hinausspazieren konnte.

Emma stürmte aus dem Museum und lief blindlings die Straße entlang. Sie wäre auch noch weitergelaufen, direkt bis nach Long Island zurück, wenn nicht eine Hand nach ihrem Arm gegriffen und sie herumgeschwungen hätte.

»Hallo, hübsche kleine Emma.« Dieses unheimliche Kalb aus dem Diner. »Lauf doch nicht weg. Wir wollen nur mit dir reden.«

Emma verdrehte die Augen, entriss der anderen Frau ihren Arm und marschierte davon. Erneut wurde sie jedoch von Fingern gepackt.

Emma dachte nicht einmal darüber nach. Sie wirbelte herum und ließ einen Zauber los, wobei sie zu spät begriff, dass die Frau, die nach ihrem Arm gefasst hatte, Katie war. Voller Entsetzen beobachtete sie, wie Katie rückwärts gegen das Schaufenster eines Gucci-Ladens krachte.

Eine Glasscheibe explodierte und die Scherben prasselten auf den Gehsteig. Einige der Leute auf der Straße duckten sich, um den Splittern zu entkommen, doch keiner von ihnen rannte weg. Keiner von ihnen schrie. Sie warteten nur, bis die Scherben nicht mehr flogen, dann drehten sie sich alle um und starrten Emma an.

Doch es war das Knurren … das Knurren und Fauchen und der pochende Zorn, die um sie herum losbrachen. Und Emma davon überzeugten, dass sie gerade einen sehr schlimmen Fehler begangen hatte.

»Ich werde ihr heute Abend die Wahrheit sagen. Ich hatte es ohnehin vor. Und dann können sie und ihr Zirkel selbst entscheiden.«

Sein Vater warf verärgert die Hände in die Luft. »Ihnen mitteilen, wer wir sind, bevor wir herausgefunden haben, ob sie bleiben werden? Hast du den Verstand verloren?«

»Sie wird nichts sagen.«

»Woher weißt du das? Du kennst diese Frau kaum.«

»Ich kenne sie gut genug.«

»Hast du sie markiert, Kyle?«, fragte Miss Gwen leise.

»Nein. Das werde ich auch nicht tun, bis sie die Wahrheit kennt. Bis ich weiß, dass es das ist, was sie will.«

»Du bist ein Narr, Junge«, blaffte sein Vater. »Wegen einer einzigen Frau die Stadt und deine Familie in Gefahr zu bringen.«

»Genauso hast du es gemacht, als du hinter meiner Mom her warst«, murmelte Tully.

»Das ist nicht dasselbe.«

»Ach nein? Einige Smith-Rudel waren bereit, sie zu töten, weil sie sich mit dir eingelassen hat. Einer Katze. Gott weiß, ich war nicht glücklich. Meine Mom hat ihr Leben aufs Spiel gesetzt, um mit dir zusammen zu sein, alter Mann. Vergiss das niemals.«

Kyles Vater beruhigte sich schließlich und schien von Tullys Worten angemessen zerknirscht. Einige Splittergruppen der Smith-Rudel waren notorisch unberechenbar. Obwohl Tullys Mom keine gebürtige Smith war, hatte sie doch immerhin Buck Smith einen Sohn geboren. Einen gemeineren Alphabastard als

Buck kannte kaum einer von ihnen. Er hatte mehr als einmal gedroht, ihr Tully wegzunehmen, als er herausfand, dass Jack und Millie Gefährten und – noch schlimmer – verheiratet waren. Aber die Stadt hatte sie beschützt. Egal, was es für interne Kämpfe gab, die Stadt beschützte ihre Leute.

»Warum gehst du sie nicht holen, Kyle«, sagte Miss Gwen leise. »Hol sie, und wenn du bereit bist, sag ihr die Wahrheit. Dann werden wir entscheiden, wie es weitergehen soll.«

Kyle nickte. »Ja, Ma'am.«

Als Kyle zur Tür ging, Tully hinter sich, hörte er Miss Gwen blaffen: »Und du, Jack Treharne, warum schwingst du deinen störrischen Hintern nicht nach Hause? Vielleicht kann deine Frau dich ja zur Ruhe bringen.«

Kyle und Tully hatten genug Respekt vor ihrem Vater, um nicht laut loszulachen, ehe sie draußen waren.

Emma wich zurück, als sie auf sie zukamen. Sie hatten sich … verwandelt, waren innerhalb von ungefähr sechzig Sekunden von Menschen zu Raubtieren geworden und hatten ihre Designerklamotten abgeschüttelt, während die Schmuckstücke von ihren Handgelenken und Hälsen abplatzten und den Boden übersäten.

Nein, das hier waren keine verfluchten »Wer-Tiere« oder ein verrücktes Regierungsexperiment. Das hier waren eindeutig Hybriden aus Mensch und Tier, erschaffen von der Natur.

Erschaffen von den Göttern. Und von ihnen beschützt.

Ich bin so was von am Arsch.

Auf der Suche nach irgendeinem Ausweg aus diesem Schlamassel, der nicht beinhaltete, dass sie jemanden tötete oder selbst getötet wurde, zog Emma eine mystische Wand zwischen sich und den Tieren hoch. Sie hielten kurz inne. Nicht weil sie gegen die Wand liefen, sondern weil sie sie spüren konnten. Ein Löwe mit einer gewaltigen Mähne hob die Pfote und klopfte dagegen. Aber als seine Pfote direkt hindurchglitt, lief auch er hindurch.

Wieder näherten sich ihr die Tiere und wieder stolperte Emma rückwärts. Inzwischen war sie wirklich verzweifelt, vor allem als der Löwe brüllte und der Laut meilenweit widerhallte. Aber bevor er die nächsten Schritte tun konnte, um sie zu erreichen, versuchten drei Hyänen, um ihn herumzulaufen und als Erste an Emma heranzukommen.

Der Löwe knurrte, schlug nach zweien von ihnen und schleuderte sie zurück. Ein weiterer Löwe warf seinen gewaltigen Körper der dritten Hyäne entgegen, sodass sie direkt auf die Straße rollte. Doch die Hyänen kamen schnell wieder auf die Beine und versuchten noch einmal, sie zu erreichen. Die Löwen schleuderten sie erneut zurück – wie es schien –, nicht bereit, ihre Beute herzugeben. Mehrere Löwenweibchen stürzten sich nun ebenfalls ins Getümmel und mit ihnen ein paar Tiger.

Die Sache wurde schnell hässlich, und Emma riss erschrocken die Augen auf, als die Tiere übereinander herfielen, während die Löwen vor ihr standen. Sie wusste, dass sie weniger sie beschützten als ihr Abendessen.

Bevor sie daran denken konnte wegzulaufen oder sonst irgendetwas in der Art zu tun, legte sich eine Hand vor ihren Mund, und jemand zerrte sie um eine Ecke.

»Ich schwöre, Lucchesi. Kaum lässt man dich zwei Sekunden allein, brockst du dir alle mögliche Scheiße ein.«

Emma fiel fast um vor Erleichterung darüber, diese vertraute Stimme in ihrem Ohr zu hören. Sie drehte sich um und schlang die Arme um starke Schultern.

»Ich war noch nie so froh, dich zu sehen.«

Mackenzie Marshall schaute in Emmas Gesicht und schüttelte den Kopf. »Erst zettelst du den Grubenkampf in der Hölle an und jetzt das hier.«

»Ich glaube, sie streiten sich darum, wer welchen Körperteil von mir bekommt.«

»Sie werden gar nichts bekommen. Lass uns verschwinden.« Mac griff nach ihrer Hand und zog sie zu dem wartenden SUV, den der Zirkel gemietet hatte. Doch die Einheimischen hatten mittlerweile begriffen, dass sie verschwunden war, und folgten ihr – schoben sich wie eine Kampfeinheit um die Ecke herum.

Genau in dem Moment stieg Jamie aus dem SUV, und der Ausdruck auf ihrem hübschen Gesicht machte glasklar, dass sie die Stadt dem Erdboden gleichmachen würde, um ihren Zirkel zu schützen. Emma musste sich beeilen. Sie stellte sich vor Jamie, ergriff ihre Hand und entriss ihrer Hohepriesterin die Macht. Die Essenz dieser Macht schoss Emma durch den Körper und ihre Fülle schockierte sie geradezu. Kein Wunder, dass Jamie nie auch nur einen Moment lang an dem Weg zu zweifeln schien, den sie gewählt hatte. Wenn man über so eine Macht verfügte, hinterfragte man gar nichts mehr.

Jamies Knie knickten ein und Mac fing sie auf. »Emma!«

»Vertraut mir«, flehte Emma und hob ihre freie Hand, Fingerspitzen nach oben, die Handfläche gerade. Sie zielte auf die Straße vor ihnen und stellte sich vor, wie sie den Asphalt fasste, so wie sie vielleicht ein Laken fassen und es von einem Bett herunterreißen würde.

Der feste Asphalt wölbte sich und erhob sich wie eine Ozeanwelle fast sechs oder sieben Meter hoch … und erstarrte. Er bildete sogar einen Bogen wie eine Welle.

»Heilige Scheiße«, murmelte Mac, während sie Jamie an Kendall weiterreichte, die sie auf den Beifahrersitz des Wagens schubste.

Emma wollte Kenny gerade auf die Rückbank folgen, hielt aber inne, als sie einen Tiger auf den Asphaltbogen … und darüber hinwegspringen sah, direkt auf Mackenzie zu.

»Mac!«

Mac drehte sich um, hatte mit der Faust bereits ausgeholt und ließ sie gegen das Kinn des Tigers krachen. Der zusätzliche Feuerzauber tat sein Übriges und schleuderte das Tier wieder zurück auf die andere Seite der Straße.

»Zeit zu verschwinden«, jaulte Mac und sprang auf den Fahrersitz, während Emma ihre Tür zuschlug. »Haltet euch fest.«

Mac legte den Rückwärtsgang ein, schaute über ihre Schulter und trat aufs Gas.

»Hier, Schätzchen. Trink das.« Seneca drückte Emma eine Flasche kalten Apfelsaft in die Hand, wohl wissend, dass das, was sie getan hatte, an ihre Substanz gegangen war. Emma schenkte ihr ein dankbares Lächeln.

»Geht es dir gut?«, fragte Kendall schroff.

»Ähm ...« Sie hatte keine Chance zu antworten, da Mac den Wagen plötzlich herumwirbeln ließ, woraufhin sie sich alle schreiend an Armstützen oder Sicherheitsgurten festhielten. Dann brauste Mac den Highway hinunter.

Mac warf ihrer Cousine einen Blick zu und schlug ihr ins Gesicht. Fest. »Wach auf, Cousinchen.«

Jamie öffnete ein Auge und funkelte Mac an. »Schlag. Mich. Nicht.« Sie rieb sich die Schläfen, dann griff sie nach der Saftflasche, die Sen ihr hinhielt, bevor sie Emma anfunkelte. »Und was zur Hölle hast du dir dabei gedacht?«

»Ich musste irgendetwas tun. Du hattest diesen Ausdruck in den Augen. Diesen ›Ich werde die ganze Stadt zu meinem eigenen Vergnügen zerstören‹-Blick. Aber sie haben nur auf etwas reagiert, das ich getan habe.« Etwas, wovon sie wusste, dass Kyle es ihr niemals verzeihen würde.

Jamie widersprach ihr nicht, was nur bedeuten konnte, dass Emma richtiglag. »Wie auch immer. Alles okay bei dir?«

Emma nippte an ihrem Saft und zuckte die Achseln. »Es ging mir schon besser. Wie habt ihr mich überhaupt gefunden?«

»Wir haben dich gar nicht gefunden«, antwortete Mac. »Es war eher so, dass wir über dich gestolpert sind. Wir waren gerade auf diese Straße eingebogen, als wir gesehen haben, wie du mit Anwohnern um dich geworfen hast.«

Emma schloss vor Entsetzen die Augen. »Erinnere mich bitte nicht daran.«

»Mach dir keine Sorgen«, sagte Jamie leise. Emma gab ihrer Hohepriesterin noch zwei Minuten, bevor sie vor Erschöpfung ohnmächtig werden würde. »Wir werden das Problem lösen.

Dann können wir entscheiden, ob wir diese Stadt und all diese Irren vom Antlitz der Erde wegwischen wollen.«

»Das ist entzückend, Jamie«, seufzte Kenny. »Erinnert mich an ›We Are the World‹.«

»Ich bin mir sicher, dass sie es nicht so gemeint hat«, meldete Seneca sich zu Wort.

»Kichererbse glaubt nicht, dass du es so gemeint hast.«

Sen schlug Kenny auf den Arm. »Hör auf, mich Kichererbse zu nennen.«

Dankbar dafür, ihren zankenden Zirkel bei sich zu haben, trank Emma ihren Saft aus und schaute aus dem Fenster, während die Stadt Smithville an ihr vorbei und für immer aus ihrem Leben rauschte.

KAPITEL 13

Alle dachten, Jamie sei wieder eingeschlafen, bis sie plötzlich die Handbremse packte und hochriss. Der SUV drehte sich und blieb abrupt direkt neben einem Baum stehen. Wenige Meter weiter, und sie hätten sich um diesen Baum gewickelt.

Mac hatte das Lenkrad und ihre Emotionen fest im Griff … mit knapper Not. »Hast du den Verstand verloren?«

»Hast du es nicht gehört?«

Mac funkelte ihre Cousine an. »Was soll ich gehört haben?«

»Sie. Sie rufen nach uns.«

Und bevor irgendjemand fragen konnte, wer »sie« sein mochten, hatte Jamie bereits die Beifahrertür geöffnet und war aus dem Wagen getaumelt.

»Wo zur Hölle geht sie hin?«

Alle lösten ihre Sicherheitsgurte und folgten ihr, beobachteten, wie Jamie auf dem Weg nach wer weiß wohin durch den Wald stolperte. Für jemanden, der eigentlich schwach, wenn nicht sogar ohnmächtig sein müsste, war sie jedoch unfassbar schnell.

»Jamie, warte!« Es war aber, als könne sie sie nicht hören. Sie lief zwischen den Bäumen hindurch, bis sie über einen Hügel stapfte und aus ihrem Blickfeld verschwand.

»Gott«, murmelte Mac und lief hinter ihrer Cousine den Hügel hinauf, blieb auf dem Gipfel allerdings so abrupt stehen, dass Seneca und Kenny beinahe mit ihr zusammenstießen.

Als Emma es auch endlich den Hügel hinaufgeschafft hatte,

stand sie mehrere Sekunden lang sprachlos und geschockt da, bevor sie ihrem Zirkel dort hinunter folgte, wo Jamie war.

Ein Friedhof. Ihre Hohepriesterin stand mitten auf einem Friedhof und aus dem Boden strömte machtvolle Magie. In die Bäume, das Gras, die Blumen. Die Magie hing wie Eiszapfen von den Ästen und bestäubte den Boden wie Schnee. Emma hatte noch nie so viel konzentrierte Energie an einem einzigen Ort gesehen. Sie war fast geblendet.

Sogar die wenigen Sekunden, die Jamie sich von der Macht hatte einhüllen lassen, gaben ihr die Energie zurück, die sie durch Emma verloren hatte, was den plötzlichen Ausbruch von Kraft und Schnelligkeit bei ihr erklärte.

»Das ... das ist unglaublich.« Emma konnte nicht aufhören, sich umzuschauen. Eine Nichthexe hätte nichts anderes gesehen als einen gepflegten, aber sehr alten Friedhof. Doch der Zirkel sah sehr viel mehr. Vor allem Jamie.

»Die Macht kommt aus ihren Knochen«, erklärte Jamie, die jetzt wieder im Vollbesitz ihrer Kräfte war. »Sie sterben und werden begraben, und die Magie, die auf natürliche Weise in ihnen ist, kehrt in die Erde zurück.«

Mac warf Emma einen Blick von der Seite zu und schaute dann wieder ihre Cousine an. »Woher zur Hölle weißt du das?«

»Sie haben es mir erzählt.«

Und Emma sah sie. Diejenigen, die vor ihnen da gewesen waren. Die Hexen, die das Land und die Leute im Laufe der letzten vierhundert Jahre beschützt hatten. Und um ganz ehrlich zu sein, sie wirkten nicht besonders glücklich darüber, Emmas Zirkel zu sehen.

»Sollten wir lieber wegrennen?«, fragte Emma vorsichtig.

»Warum?«

So etwas konnte nur Jamie fragen. Nur sie würde vor einem Haufen toter Hexen, die um sie herumstanden und sie anstarrten, nicht erschrecken.

»Wir tun euch nichts«, sagte eine von ihnen. »Wir sind gekommen, um euch zu helfen, damit ihr versteht.«

Da Jamie herumlief, Blätter und Äste berührte und mit der sie umgebenden Magie spielte, stellte Mac die nötigen Fragen. »Was sollen wir verstehen?«

»Warum ihr hergebracht worden seid.«

»Nicht wir haben diese Tür geöffnet, oder? Wir haben dieses Etwas nicht heraufbeschworen, das versucht hat, Emma zu töten.«

Die Erscheinung, eine reizlose dunkelhaarige Frau, lächelte, aber das Lächeln war nicht einmal ansatzweise freundlich. »O doch, ihr habt diese Tür geöffnet. Wie gewöhnlich spielt ihr Damen dort, wo ihr nichts zu suchen habt. Doch die Tür, die ihr geöffnet habt, hat dunkleren Kräften – noch dunkleren Kräften, als ihr es seid, meine ich – erlaubt, diese unheilige Kreatur hervorzubringen und unsere Stadt zu terrorisieren. Sie musste Emma daran hindern, die Tür wieder zuzumachen. Andere waren auf dem Weg hierher.«

»Okay«, erwiderte Mac gelassen, »wir haben es vermasselt. Es ist weder das erste Mal, dass so etwas passiert, noch wird es das letzte Mal sein. Was wollt ihr von uns?«

Die Erscheinung ging um Mac herum und die anderen toten Hexen traten zurück und schauten zu. Hinderten den Zirkel daran, einfach abzuhauen. »Es geht nicht ums Wollen, meine Lieben. Es geht ums Brauchen. Wir brauchen eure Anwesenheit hier. Wir brauchen euch, damit ihr unsere Stadt beschützt.«

Kenny kratzte sich am Kopf. »Ihr seid tot. Was kümmert es euch?«

Und der Preis für Takt geht an …

»Als wir herkamen, hatten wir nichts. Nichts Richtiges. Unsere Familien hatten sich von uns losgesagt, unsere Nachbarn hatten versucht, uns zu töten. Aber nach unserer Ankunft hier … hat sich alles geändert.«

Eine weitere Erscheinung mit langen blonden Locken, die große Ähnlichkeit mit Sophie und Adelaide hatte, trat vor. »Wir haben jetzt Familien hier. Kinder, Enkel, Urenkel. Sie müssen vor denen beschützt werden, die sich ihre Macht aneignen und benutzen wollen. Die sie für ihre eigenen selbstsüchtigen Zwecke verraten würden.«

»Hattet ihr keine Töchter, keine Söhne, die euren Platz hätten einnehmen können?«

Die Schwester von Sophie und Addie grinste. »Die Macht des Tieres setzt sich immer durch. Jedes Kind, das wir gezeugt haben, ist ein Gestaltwandler geworden – die einzige Magie, die sie besitzen, ist die Fähigkeit, sich von einem Menschen in ein Tier zu verwandeln.«

Jamie drehte sich um und durchbohrte sie mit einem einzigen Blick, und Emma beobachtete, wie einige der anderen toten Hexen sich von ihnen entfernten. »Also, was bietet ihr uns an? Was wollt ihr von uns?«

»Das ist einfach. Ihr gebt alles auf, um alles zu bekommen. Die ganze Macht hier kann euch gehören, wenn ihr keine Angst habt, ein Risiko einzugehen.«

Mit einem kalten Lächeln auf dem Gesicht antwortete Jamie: »Aber wir müssten hierbleiben. Wir müssten diese Stadt zu unserer Heimat machen.«

Die Dunkelhaarige nickte. »Das ist der Preis, den ihr zahlt. Eine Entscheidung, die ihr werdet treffen müssen. Eine, die wir alle treffen mussten.«

»Bereut ihr irgendetwas?«

»Einiges. Nicht alles. Aber das muss jede Hexe für sich selbst entscheiden.«

»Aber ihr wollt uns hier gar nicht haben.«

»Nein. Ihr seid nicht unsere erste Wahl … aber unsere einzige. Unsere einzige Wahl, wenn wir diese Stadt beschützen wollen.«

»Wir sind keine Kriegerinnen«, gestand Emma.

»Wir brauchen keine Krieger. Die Stadt ist voll davon. Wir brauchen Hexen, die keine Angst haben, dunklere Mächte zu rufen. Die keine Angst haben zu töten, wenn es notwendig wird.«

Jamie blinzelte und schaute sich um. »Warum seht ihr alle mich an?«

»Ihr wart in der Hölle, Schwestern«, rief die Blondine ihnen ins Gedächtnis. »Und man hat euch wieder ausgespuckt. Das sagt viel aus.«

»So war das nicht«, erklärte Sen plötzlich. Und als alle sie ansahen, zuckte sie die Achseln. »War es eben nicht. Sie waren dort wirklich nett. Sie haben uns nur gebeten, nicht wiederzukommen.«

»Niemals«, ergänzte Mac. »Sie haben ausdrücklich betont, dass wir niemals wiederkommen sollen.«

Die Erscheinung ergriff abermals das Wort. »Man wird heute Nacht zu euch kommen. Mit einem Angebot. Ihr werdet entscheiden müssen, was ihr wollt und was ihr aufzugeben bereit seid.«

»Und wenn wir uns dagegen entscheiden?«, fragte Emma, die immer alle Optionen und den potenziellen Ausgang einer Sache in Erfahrung bringen musste.

»Dann kehrt ihr in euer altes Leben zurück.«

»Und wenn wir bleiben?« Jamie legte den Kopf schräg und musterte die Erscheinungen vor sich, ohne auch nur einen Anflug von Furcht. »Was dann?«

»Das kannst nur du entscheiden, Schwester.«

Eine weitere Erscheinung trat vor, den Blick auf den Wald gerichtet. »Sie kommen. Nicht um euch etwas zu tun, sondern um euch in die Stadt zurückzubringen. Damit sie euch das Angebot unterbreiten können.«

»Wählt weise, Schwestern. Es wird kein Zurück geben.«

Jamie lächelte kaum merklich. »Das gibt es nie.«

Wie Nebel lösten sie sich auf und Sekunden später trat eine Löwin unter den Bäumen hervor, ihr Rudel neben sich. Auf der anderen Seite Wölfe. Einige Hyänen. Ein paar Tiger. Sogar zwei Bären. Sie bewegten sich wie eine Wand vorwärts, umzingelten die fünf Frauen und machten die Sache vollkommen klar …

Der Zirkel der Dunkelsten Nacht würde Smithville in absehbarer Zeit nicht verlassen.

Kyle sah am erstarrten Asphalt empor. In jüngeren Jahren waren er und Tully im Sommer auf Wellen gesurft, die so geformt waren wie das hier.

»Nun, Miss Addie und Miss Sophie hatten recht.« Tully stand neben ihm und starrte ebenfalls nach oben. Die Asphaltwelle musste an die sieben Meter hoch sein. Anscheinend hatten Emma und ihr Zirkel nicht viel Zeit gebraucht, um die Hauptstraße vollständig zu zerstören.

Ich wusste, dass ich sie nicht allein hätte weggehen lassen dürfen.

Tully streckte die Hand aus, um sie zu berühren, aber Bear schlug sie weg. »Fass sie nicht an, du Idiot.«

Tully verdrehte die Augen, trat näher und berührte den Asphalt. »Er ist echt, so viel steht fest.« Und als er das sagte, begann der Boden unter ihren Füßen zu beben und zu grollen. Schnell traten sie alle zurück auf den Gehweg und schauten zu, wie die riesige schwarze Welle sich bewegte und glättete und in ihre alte Position zurückglitt.

»Gütiger Gott«, murmelte Tully.

Bear kratzte sich im Nacken. »Das würde ich nicht unbedingt sagen.«

Katie drückte sich an Kyle. Sie blutete nicht mehr und die Schnittwunden von den Glassplittern verheilten bereits. Sie hatte sich rundheraus geweigert, ins Krankenhaus zu gehen, daher waren sie beim Haus ihrer Mom vorbeigefahren, und die hatte sich um Katies Wunden gekümmert.

»Es tut mir so leid, Kyle.« Katies Kopf ruhte an seiner Schulter. »Ich hätte nichts sagen sollen, aber ich habe nicht verstanden, warum wir ihr die Wahrheit verschweigen sollten.«

Tully knurrte. »Es spielt keine Rolle. Sie hätte dir nicht wehtun dürfen.«

»Es war nicht ihre Schuld. Wirklich nicht«, gestand Katie. »Sie hielt mich für Mary Lou, was ich allerdings ein wenig beleidigend finde. Trotzdem … es ist nicht ihre Schuld.«

Mary Lou Reynolds. Dieses Hyänen-Miststück.

Kyle legte Katie einen Arm um die Schultern. »Ist schon gut,

Kit-Kat. Wir werden das in Ordnung bringen.« Er sah Bear an. »Wo sind sie?« Er musste zu Emma. Wenn sie ihn nie wieder sehen wollte, musste er es sie sagen hören.

»Wahrscheinlich bereits wieder auf dem Haupt-Highway in Richtung Flughafen.«

Tully schüttelte den Kopf. »Ich wette um fünfzig Mäuse, dass sie noch hier sind.«

»Was bringt dich auf diese Idee?«

Zur Antwort trat Tully auf die Straße. Sie hatte sich bereits wieder verhärtet, so als hätte sie sich nie bewegt. »Weil die Frau, die über so viel Macht verfügt, diese Stadt in absehbarer Zeit nicht verlassen wird, Yogi.«

»Nenn mich nicht so«, fauchte Bear.

»Fahr nach Hause, Kyle«, sagte Tully plötzlich. Er kam jetzt wieder zu ihnen. »Setz Katie ab und fahr dann nach Hause.«

»Nie und nimmer. Ich will sie sehen.«

Tully legte Kyle eine Hand auf die Schulter. Wahrscheinlich der einzige Mann neben seinem Vater, den Kyle so nah an wichtige Arterien heranließ. »Du wirst sie sehen, bevor die Nacht vorbei ist. Doch du musst mir vertrauen, kleiner Bruder.«

»Aber …«

»Wenn du jetzt zu ihr gehst, wird ihr Zirkel denken, dass sie sie vor dir beschützen müssen. So sehr mir dein Katzenarsch missfällt, fände ich es trotzdem schrecklich, meine Mom bei deiner Beerdigung weinen zu sehen. Also lass mich das regeln.«

Kyle nahm seine Baseballkappe ab und fuhr sich mit der Hand durchs Haar. Auch wenn er es hasste, es zuzugeben, Tully hatte recht. Wenn er jetzt Druck machte, würde er sie für immer verlieren. Menschen kamen nicht gut mit Druck klar. Vor allem Emma konnte so etwas nicht leiden.

»Na schön. Aber ruf mich nachher an und lass mich wissen, was los ist.«

»Darauf kannst du dich verlassen.« Tully zwinkerte ihm auf diese für ihn typische, wirklich nervige Weise zu. »Überlass das hier einfach dem großen Hund.«

Bear ging an ihnen vorbei und murmelte: »Du bist ein großer Idiot.«

Das *Smithville Arms* entpuppte sich als etwas ganz anderes, als sie erwartet hatten. Es war in keinerlei Hinsicht – weder in seiner Bauweise noch seinem Zustand nach – ein »malerisches« Hotel zweier kleiner alter Damen. Es war eine Hotelanlage. Eine riesige Hotelanlage mit riesigen Räumen und Suiten im Hauptgebäude und mit Familienblockhütten, die in der Nähe des Strandes auf dem Grundstück verteilt lagen. Wie gewöhnlich schickte der Zirkel Seneca hinein, um ihre Zimmer zu buchen, da sie immer gute Bedingungen aushandelte – und genau das tat sie auch. Zimmer umsonst waren einfach wunderbar.

Eine überraschende Wendung der Ereignisse, vor allem als sie ihre kostenlosen Zimmer sahen. Es handelte sich dabei um eine »Blockhütte«, die doppelt so groß war wie das zweistöckige Haus, in dem Emma mit ihren Eltern, vier Schwestern und zwei Brüdern aufgewachsen war. Die Hütte protzte mit einer voll eingerichteten Küche nebst gut gefülltem Kühlschrank, einem Wohnzimmer mit Ledersofas und Sesseln, einem riesigen Fernseher, einem Esszimmer, einem Spielzimmer, und für jede von ihnen gab es ein eigenes Schlafzimmer mit Bad.

Bei diesem Anblick fand Emma es gleich noch mal so gut, dass sie die Zimmer gratis bekamen, denn die Einzige von ihnen, die sich so etwas leisten konnte, war Kendall.

Natürlich mussten sie trotzdem einen Preis zahlen, denn der Zirkel konnte nicht einfach wieder fortgehen. Seit sie die Hütte betreten hatten, wurden sie von pelzigen Bodyguards umzingelt. Und wie ihnen ihre toten Schwestern versprochen hatten, tauchte schließlich ein Abgesandter der Stadt auf, um ihnen ein Angebot zu unterbreiten.

Tully.

Er und Jamie musterten einander wie zwei Alligatoren an einem Wasserloch und nahmen ihre Verhandlungen auf der Veranda auf. Die übrigen von ihnen blieben währenddessen in der

Hütte und taten sich an dem enormen Festmahl gütlich, das Mac zubereitet hatte, und an dem Merlot, den Kenny im Weinkeller der Hütte entdeckt hatte. Ja. Die Hütte hatte einen Weinkeller.

Flasche Nummer zwei, und Emma fühlte kaum noch die Schmerzen. Nur ein vages Gefühl von Verärgerung.

»Du hast zu viel gekocht, Mac.« Es war genug übrig geblieben, um noch tagelang davon zu essen.

»Ich konnte nicht widerstehen. Diese Küche macht mich wirklich an. Seit ich im Urlaub bin, konnte ich nicht mehr so kochen.«

»Worüber, denkst du, reden sie da draußen?«, fragte Kendall, den Kopf an die Rückenlehne des kunstvoll gefertigten Esszimmerstuhls gelehnt.

»Reden? So wie meine Cousine ihn in Augenschein genommen hat, kniet sie wahrscheinlich bereits vor ihm und besorgt's ihm.«

»Die enge Verbindung zwischen euch beiden wärmt mir das Herz«, murmelte Kenny.

Schließlich kam Jamie wieder herein, allein, mit einer riesigen Aktentasche aus Leder, die sie vor Emmas Füße fallen ließ. »Etwas leichte Lektüre für dich.«

»Hä?«

»Das sind Rechnungsbücher. Finanzielle Unterlagen für diesen Ort hier.« Jamie warf sich auf einen Platz neben Emma. »Das ist das Angebot. Das gleiche Angebot, das sie jedem Zirkel in den vergangenen vierhundert Jahren unterbreitet haben.«

»Und das wäre?«, fragte Mac nachdrücklich.

»Dieser Ort hier.«

Kenny grinste abfällig. »Die Hütte?«

Jamie schüttelte den Kopf und konnte sich das Lächeln nicht verkneifen. »Die Hotelanlage.«

Alle erstarrten und sahen einander über das übrig gebliebene Essen hinweg an.

»Das kann nicht dein Ernst sein«, rief Kendall. »Diese Hotelanlage muss ein Vermögen einbringen.«

»Emma wird es uns sagen, nachdem sie einen Blick in die Bücher geworfen hat. Anscheinend reichen sie sie von Zirkel zu Zirkel weiter. Das Geld, das wir verdienen, würde uns gehören. Die einzige Auflage ist, dass wir es an niemanden verkaufen dürfen, der nicht aus dieser Stadt stammt.«

»Und wir müssen bleiben?«

»Und wir müssen bleiben. Mit unserer Macht schützen wir ihre Grenzen, um das draußen zu halten, was immer versucht, hereinzugelangen, und im Wesentlichen regeln wir alles Mystische.«

»Und was bekommen wir von ihnen?«

»Außer dieser Hotelanlage? Einen heiligen Ort unserer Wahl, die Freiheit, unseren Glauben auszuüben, wie wir es wünschen, und ihren physischen Schutz. Der, wie ich vermute, ziemlich wirksam ist.«

Kenny setzte sich auf. »Du denkst doch nicht etwa ernsthaft darüber nach?«

»O doch. Ich denke ernsthaft darüber nach. Aber wir machen das zusammen oder gar nicht.«

Kenny wandte den Blick ab. »Wir alle wissen, dass du genug Macht hast, um es allein durchzuziehen. Wozu brauchst du uns?«

»Ohne euch bin ich nur eine verrückte Hexe auf einem Machttrip.« Jamie zuckte die Achseln. »Ihr beschützt mich vor mir selbst. Ihr werdet sie beschützen. Ich kann das nicht ohne euch. Und ob ihr es glaubt oder nicht, ich will es auch gar nicht. Wir mögen nicht die besten Freundinnen sein oder so, aber … ihr seid mein Zirkel. Meine Schwestern. Entweder wir gehen zusammen auf diese Reise oder wir lassen es.«

Jamie schnappte sich die halb leere Flasche Merlot vom Tisch und nahm einen Schluck daraus. »Aber darüber zerbrechen wir uns später den Kopf. Tully und der Rest der Dschungelmenagerie sind für heute abgefahren, also lasst uns morgen entscheiden, was wir tun wollen.«

Jamie beugte sich vor und füllte Emmas Glas wieder auf. »Komm, Em. Trink aus.«

Emma schüttelte den Kopf. Sie war groggy und fühlte sich ein wenig desorientiert. »Nein. Ich glaube, ich habe schon zu viel getrunken.«

»Nur zu«, drängte Jamie sie. »Lebe ein wenig. Was macht schon ein weiteres Glas?«

»Was tust du da?«, fragte Mac leise.

»Sei still«, sagte Jamie leichthin zu ihrer Cousine, bevor sie sich wieder zu Emma umdrehte. »Ich meine, ich an deiner Stelle bräuchte jetzt einen Drink. Nach allem, was dieser Deputy gemacht hat.«

Emma runzelte die Stirn. »Was er gemacht hat?«

»Er hat dich benutzt, Schätzchen. Er hat dich belogen.«

»Jamie«, murmelte Mac warnend, obwohl Emma sich nicht sicher war, warum. Alles, was Jamie sagte, entsprach schließlich der Wahrheit. Doch im Moment war sich Emma bei vielem nicht sicher. Vor allem wusste sie nicht, warum Jamie ihrer Cousine mit einem Brötchen auf den Kopf schlug.

»Er hat mich wirklich belogen, nicht wahr?«

»Und ob er das getan hat.« Jamie füllte Emmas Glas wieder auf. »Und ich an deiner Stelle würde jetzt da rüberfahren und ihm sagen, was ich denke.«

»Ach ja?« Irgendetwas klang nicht ganz richtig, aber als sie das nächste Glas Wein in einem Zug ausgetrunken hatte, war es Emma auch nicht mehr wichtig.

»Oh, das würde ich auf jeden Fall tun. Und wenn du willst, fahre ich dich selbst hin.«

Mac schüttelte den Kopf. »Woher zur Hölle weißt du …?«

»Der Hundetyp hat es mir erzählt«, sagte Jamie, während sie nach einem Schlüsselbund griff. »Komm mit, Em. Fahren wir dich da rüber, damit du ihm die Meinung sagen kannst.«

»Verdammt richtig«, knurrte Emma, stemmte sich hoch und erlaubte Jamie, sie am Arm festzuhalten, bevor sie auf dem Boden aufschlagen konnte. »Ich habe diesem Typen, diesem Karl, eine ganze Menge zu sagen.«

»Kyle.«

»Wie auch immer.«

Kyle knurrte, den Mund voller Limettenkuchen, den er gerade zu essen versuchte, als es wieder klopfte. Er wollte heute Abend niemanden sehen. Dann fiel es ihm ein – seine Familie klopfte niemals an.

Mit einer Gabel voll Limettenkuchen in der Hand ging er zur Tür und öffnete sie. Emma schaute zu ihm hoch, mit zornigem Gesicht und glasigem Blick. Hinter ihr stand eine dunkelhäutige Frau, die Kyle noch nie gesehen hatte. Hübsch. Groß. Und mit den Augen eines Raubtiers. Sie musterte Kyle eingehend und nach mehreren Sekunden des Schweigens grinste sie. »Emma ist hier, um Ihnen die Meinung zu sagen.« Sie schubste Emma zu ihm herüber. »Viel Glück.«

Dann ging sie, stieg in den blauen SUV, den sie mit laufendem Motor vor seinem Haus stehen hatte, und fuhr weg.

»Hey!« Emma versetzte ihm einen Stoß. »Ich will mit dir reden, Freundchen.« Sie stürmte ins Haus und Kyle schaute ihr verblüfft nach. Ihre Freundinnen hatten ihr offensichtlich neue Klamotten mitgebracht. Sie trug niedliche Shorts und ein winziges T-Shirt, das sich perfekt an ihre Brüste schmiegte. Davon abgesehen hatte sie weder Schuhe an noch eine Handtasche bei sich.

Kyle schloss die Tür, und als er sich umdrehte, stand Emma direkt vor ihm.

Sie boxte ihm mit ihrer kleinen Faust gegen die Brust. »Du hast mich angelogen, Karl Treharne!«

»Ich heiße Kyle.«

»Habe ich gesagt, dass ich fertig geredet habe? Hä?« Während sie einfach nur dastand, schaffte sie es irgendwie zu stolpern, sodass sie sich an ihm abstützen musste.

Gütiger Gott im Himmel, die Frau ist sturzbetrunken.

»Jamie meinte, ich solle herkommen und dir genau sagen, was ich empfinde. Also, hier bin ich.«

Was sollte Kyle von einer Frau halten, die ihre betrunkene Freundin mitten in der Nacht auf seiner Türschwelle aussetzte? Abgesehen davon, dass er dafür sorgen würde, dass sie für den

Rest ihres Lebens alles hatte, was sie brauchte, weil sie ihm seine Emma gebracht hatte.

»Und du wirst dir anhören, was ich zu sagen habe?«

»Jep.«

»Gut.«

Er hob seine Gabel. »Willst du mal kosten?«

Sie öffnete brav den Mund, und er hatte seine liebe Not, nicht laut zu stöhnen, als er sie mit einem Bissen vom Limettenkuchen seiner Mutter fütterte. Sie zuckte die Achseln. »Der ist gut.« Dann verdüsterte sich ihre Miene wieder. »Versuch nicht, mich abzulenken!«

»Entschuldigung. Sprich weiter.«

Sie stürmte direkt in sein Wohnzimmer. Und blieb dort stehen. Eine ganze Weile.

Kyle legte die Gabel auf dem Beistelltisch ab. »Emma?«

»Was?«

Er kratzte sich am Kopf und versuchte verzweifelt, nicht zu lachen. Sie war die entzückendste betrunkene Frau, die er je gesehen hatte.

»Hast du mir etwas zu sagen?«

»Hetz mich nicht, Freundchen. Ich sage es, wenn ich verdammt noch mal so weit bin.«

»Okay. Hast du Durst? Willst du etwas trinken?«

»Nein. Ich denke, die zwei … oder drei Flaschen Wein, die ich getrunken habe, sind genug.«

»Das scheint mir ziemlich viel zu sein, Emma.«

»Nun, Jamie hat mir immer wieder nachgeschenkt.« Sie machte einen Ausfallschritt, um nicht das Gleichgewicht zu verlieren. »Also schön. Was ich sagen will, ist … *wo bist du?*«

Da, wo er die letzten fünf Minuten auch gewesen war. »Hinter dir.«

Emma wirbelte herum und er fing sie mit knapper Not gerade noch rechtzeitig auf. »Hör auf, ständig so herumzulaufen. Das muss irgend so eine verdammte Tierangewohnheit sein.« Sie löste sich von ihm. »Wie dem auch sei, du bist ein Lügner,

Kyle Treharne. Sicher, ich habe dir auch nichts von meinem Zirkel erzählt, aber das ist mein gutes Recht. Du dagegen hättest mir von deiner Merkwürdigkeit erzählen müssen. Und von dieser Stadt, von der ich von Anfang an wusste, dass sie schräg ist. Niemand ist so nett!«

»Ich weiß, Emma. Es tut mir leid.«

»Wage es nicht, mir zu widersprechen.«

Kyle räusperte sich. »Natürlich nicht.«

Er griff nach Emmas Hand und setzte sich in Bewegung.

»Wohin gehen wir?«

»Wir bringen dich ins Bett, Liebes. Bevor du umkippst und dir deine hübsche Nase brichst.«

»Ich bin nicht betrunken«, verkündete sie genau in dem Moment, in dem sie gegen die Wand im Wohnzimmer lief. »Au! Verdammt! Hör auf, die Wände hin und her zu schieben.«

Kyle hob Emma hoch. »Entschuldige bitte. Absolut meine Schuld.«

»Da hast du verdammt recht, so ist es.«

Sie schlang die Arme um ihn und vergrub das Gesicht an seinem Hals. »Du riechst gut, Deputy.«

Er rannte praktisch in sein Schlafzimmer. Er musste sie dazu bringen, bald einzuschlafen. Vor allem da sie ihm jetzt den Hals leckte wie ein Kätzchen. »Du schmeckst auch gut.«

Kyle schmiss sie geradezu aufs Bett.

»Was?«, fragte sie und sah dabei so süß und sexy aus, dass er vermutlich nicht in der Lage sein würde, die Hände von ihr zu lassen, wenn sie weiterredete … oder atmete.

»Nichts. Nur dass du jetzt Schlaf brauchst, Liebes. Um meiner geistigen Gesundheit willen.«

»Okay.« Voll bekleidet schlüpfte sie unter die Decke und kuschelte sich ins Kissen. »Ich bin ein wenig müde.«

Gott sei Dank. Er wusste, dass er nicht viel mehr aushalten würde.

»Bleib bei mir, Kyle.«

»Emma …«

»Bitte?« Sie zappelte ein wenig. »Wir können Löffelchen liegen. Vorzugsweise nackt, bitte.«

»Okay. Aber vielleicht sollte ich meine Sachen anbehalten ...«

»Nackt!«, befahl sie.

Mit einem Seufzen streifte Kyle seine Jogginghose ab und stieg zu ihr ins Bett.

»Arm geben«, nuschelte sie. Er streckte den Arm aus und sie schlang ihn sich um den Bauch. »Näher. Schwanz an Popo bitte.«

»Du wirst mich umbringen, Emma.«

»Morgen früh ist das definitiv eine Option. Im Moment bin ich dazu, glaube ich, nicht imstande.«

Grinsend kuschelte Kyle sich an sie und hielt sie fest im Arm.

»Bist du das, der da schnurrt?«, fragte sie.

»Tatsächlich bin ich das nicht. Das bist du, Liebes.«

»Oh. Ich wusste gar nicht, dass ich solche Geräusche machen kann. Hey. Einen Moment mal. Diese Sache ist nicht übert... übertäg...überirgendwas?«

»Übertragbar? Nein. Ist sie nicht. Man muss so auf die Welt gekommen sein.«

»Bist du mit Fell auf die Welt gekommen?«

Kyle küsste sie aufs Ohr, um nicht über sie zu lachen oder gekränkt zu sein. »Schlaf jetzt, Emma. Wir reden morgen früh weiter.«

»O...« Sie kam nicht mehr bis zum »kay«, da sie bereits angefangen hatte zu schnarchen.

KAPITEL 14

Emma öffnete die Augen und schloss sie sofort wieder. Wer war so grausam, ihr auf diese Weise immer wieder ein Messer in die Stirn zu stoßen? Und war die Sonne etwa der Erde näher gekommen? Denn nur das konnte die Erklärung dafür sein, dass das verdammte Ding so gleißend hell war.

Weiche Lippen streiften ihren Nacken. Eine starke Hand knetete sanft ihre Brust.

Wenn das nicht Kyle ist, vergesse ich mein sonst so liebevolles Wesen.

»Kyle?«

Er stieß zur Antwort eine Art von Summen aus, und sie versuchte noch einmal, die Augen zu öffnen. »Warum bin ich nackt?«

Kyle hatte ihr einen Arm um die Taille gelegt, seine Hand ruhte auf ihrer Hüfte und er strich mit dem Finger darüber, was Emma ziemlich kitzelte.

»Du bist mitten in der Nacht aufgewacht, weil der viele Wein dich eingeholt hat. Unglücklicherweise hast du die Toilette irgendwie verfehlt.« Sie wand sich sichtlich. »Ich habe alles sauber gemacht, dir die Zähne geputzt und uns dann beide schön unter die Dusche gestellt. Danach hatte es keinen Sinn, dich wieder anzuziehen.«

»Das mit deinem Badezimmer tut mir leid.«

»Zerbrich dir darüber nicht den Kopf, Liebes. Tully verträgt auch keinen Alkohol, aber er kann es sich nicht verkneifen, trotzdem ab und zu Tequila zu trinken. Ich musste jahrelang für ihn sauber machen, damit unsere Eltern nicht mitkriegten, dass wir gefeiert hatten.«

»Das mit gestern Nacht tut mir so leid.« Sie gab Jamie die Schuld an allem. Die Frau hatte Emmas Glas immer wieder mit diesem überteuerten Wein aufgefüllt und Emma hatte ihn hinuntergekippt.

»Du brauchst dich nicht zu entschuldigen, Liebes. Ich bin einfach froh, dass du hergekommen bist. Aus welchem Grund auch immer.«

Emma schob Kyles Arme weg und drehte sich zu ihm um. Sie musste es einfach tun. Sein wirklich harter Schwanz bohrte sich ihr in den Rücken und lenkte sie die ganze Zeit ab.

»Also bist du ein ... ein ... was auch immer?«

Er stützte sich auf einen Ellbogen und lächelte sie an. »Gestaltwandler. Ja. Ich kann mich von einem Menschen in ein Tier verwandeln und wieder zurück. Ich entstamme einer langen Reihe von Was-auch-Immers.«

»Und welcher Art? Ich schätze, du bist eine Katze, da Tully dich ständig ›Miezekatze‹ nennt.«

Kyle stieß ein leises Knurren aus. »Ein schwarzer Panther.«

Emma räusperte sich, fest entschlossen, sich ihrer Angst zu stellen. »Darf ich mal sehen?«

Kyle betrachtete sie eingehend: »Bist du dir sicher, Liebes?«

»Ja. Ich bin mir sicher.«

Kyle zuckte die Achseln, und genauso wie er es in ihrem Traum getan hatte, nur in umgekehrter Reihenfolge ... verwandelte er sich von einem Mann in eine Katze.

Eine Katze mit großen Krallen und großen Reißzähnen.

Emma stieß ein panisches Quieken aus und bemerkte nicht einmal, dass sie ihr Gesicht hinter der Decke versteckte. »Verwandle dich wieder zurück! Verwandle dich wieder zurück!«

Nachdem sie sich wieder unter Kontrolle hatte, spähte sie unter der Decke hervor. Kyle – der menschliche Kyle – lag genau da, wo er zuvor gelegen hatte, und gab sich große Mühe, sie nicht auszulachen.

Sie schauderte ein wenig. »Nun ... das war interessant.«

»Ist schon in Ordnung, Emma.«

»Nein. Ist es nicht. Ich bin normalerweise keine so große Pu... ähm ... kein so großer Angsthase.«

»Du wirst dich daran gewöhnen.«

Würde sie sich daran gewöhnen? Würde sie lange genug hier sein, um sich daran zu gewöhnen? Anscheinend dachte Kyle das, und zu ihrer Überraschung war sie nicht geneigt, in diesem Punkt mit ihm zu streiten.

»Gefällt es dir, ein Gestaltwandler zu sein?«, fragte sie und versuchte, sich nicht in etwas hineinzusteigern, während sie mit einem attraktiven Mann nackt im Bett lag, der sie begehrte.

»Ich kann mir nichts anderes vorstellen. Was ist mit dir? Gefällt dir, was du tust?«

»Nun, das ist einfach eine religiöse Entscheidung. Es ist nicht so, als sei ich kein Mensch oder so.«

»Wirklich?« Er zog eine Augenbraue hoch. »Emma, ich habe gesehen, was ihr mit der Straße gemacht habt.«

»Das war eher Jamie. Ich habe lediglich ihre Macht an mich gerissen, damit es funktionierte.«

Kyle lachte. »Oh, *mehr* hast du nicht getan?«

»Mach dich nicht über mich lustig.«

»Das tue ich nicht. Es fasziniert mich nur immer wieder aufs Neue, dass du dich ganz anders siehst als der Rest von uns.«

Sie zupfte an der Decke, unter der sie beide lagen, und fragte leise: »Was siehst du denn?«

»Ich?« Er fasste sie um die Taille und zog sie auf seinen Schoß. »Ich sehe eine heiße kleine Hexe ohne jegliche Vorstellung von der Macht, über die sie tatsächlich gebietet. Eine Frau, die Blitze manipulieren und in eine tödliche Waffe verwandeln kann. Eine Hexe, deren Zirkel meinem eigenen Vater Angst macht, der noch nie im Leben vor irgendetwas Angst gehabt hat.« Er strich ihr das Haar aus dem Gesicht. »Ich sehe dich, Emma. Und mir gefällt, was ich sehe. Sehr sogar.«

Sie errötete. Niemand hatte das je zu ihr gesagt. Alle anderen sahen nur die verlässliche, vertrauenswürdige, langweilige Emma. Den Toyota. Aber es schien, als würde Kyle das sportliche knallrote, zweitürige Audi-Cabrio sehen, das sich darunter versteckte.

Kyle küsste sie auf die Stirn. Ließ seine Lippen über ihre Augen und dann an ihrer Nase hinabgleiten. Sein Mund näherte sich ihrem und sie platzte heraus: »Ich habe Kopfschmerzen.«

Blinzelnd zog Kyle sich zurück und sah sie an. »Oh. Okay. Tut mir leid.«

Sie musterte ihn verwirrt, dann begriff sie, dass er ihre Bemerkung falsch gedeutet haben musste. »Nein. Nein. Ich meine ... ich habe Kopfschmerzen.« Emma schluckte ihre Unsicherheit herunter. »Kopfschmerzen, habe ich festgestellt, gehen von ... ähm ... gewissen Aktivitäten manchmal weg.«

»Gewissen Aktivitäten?«

»Ja. Aktivitäten, die man normalerweise allein erledigt, aber ein Partner könnte tatsächlich eine große Hilfe sein, und es würde auch viel mehr Spaß machen.«

Nach einem kurzen Moment grinste Kyle. »Du meinst die Aktivitäten, mit denen du dir eine Sehnenscheidenentzündung eingehandelt hast?«

»Ich habe dir erklärt, dass ich das vom Tippen gekriegt habe.«

»Natürlich hast du das, Liebes.« Kyle drückte sie auf den Rücken. »Also, dann lass uns mal sehen, ob der gute alte Kyle ein bisschen was gegen deine Kopfschmerzen tun kann.«

Sie kicherte. »Du bist so ein Charmeur.«

»Das bin ich, Liebes. Das bin ich.« Er zog eine Spur von Küssen an ihr hinab und schenkte all ihren heißen kleinen Lieblingsstellen besondere Beachtung. Leckte und knabberte hier und da. Schließlich verschwand sein Kopf unter der weißen Decke und sie biss sich auf die Lippen. Sie hatte noch nie etwas Erotischeres gesehen als den Anblick dieses Mannes, wie er unter die Decke schlüpfte, um sie zu lecken.

Kyles heiße Zunge strich langsam an ihrer Pussy hinauf und mit der Spitze neckte er ihre Klitoris. Oh, und sie hatte noch nie etwas Besseres gefühlt. Herrgott, der Mann wusste mit seiner Zunge umzugehen. *Es muss daran liegen, dass er eine Katze ist.*

Emma griff hinter sich und umklammerte das Kopfteil des Bettes, während Kyle erneut langsam seine Zunge über sie gleiten ließ.

Er sagte etwas dicht an ihrer Haut und sie brachte ein keuchendes »Was?« heraus.

Nachdem er die Decke beiseite geworfen hatte, schaute Kyle sie von ihrem Schoß aus an und antwortete: »Du schmeckst fantastisch.«

Wieder errötete sie. »Danke.«

Große Hände schoben sich unter ihren Hintern und hoben sie ein wenig an, damit seine Zunge leichteren Zugang fand. »Hast du das nicht gewusst?«, fragte er zwischen zwei Zungenstrichen.

»Ähm, eigentlich nicht.«

»Das müssen wir in Ordnung bringen«, murmelte er und warf sich ihre Beine über die Schultern.

Emma umklammerte das Kopfende noch fester, wölbte sich seiner Zunge entgegen und drückte sich an sein Gesicht, während er ihre Pussy ausleckte. Oder es zumindest versuchte. Je mehr der Mann leckte, umso feuchter wurde sie.

Sie stöhnte laut auf, als Kyle einen Finger in sie hineinschob. Seine Zunge konzentrierte sich auf ihre Klitoris und ein zweiter Finger gesellte sich zu dem ersten. Er zog sie heraus und schob sie wieder hinein, raus, rein, dann stieß er hart zu, streichelte sie da drinnen, während er an ihrer Klitoris saugte.

Emma schrie ihren Orgasmus heraus, ließ das Kopfende los und klammerte sich am Bettlaken unter sich fest. Kyle hörte nicht auf. Er fuhr fort, an ihr zu saugen, zog ihren Orgasmus in die Länge, bis sie glaubte, buchstäblich vor Lust zu sterben.

Dann war Kyle plötzlich über ihr und presste seinen Mund auf ihren. Sie schmeckte sich selbst und Kyle, während seine Zunge drängend in ihren Mund glitt. Ihre Beine lagen noch immer auf seinen Schultern und wurden ihr jetzt an die Brust gedrückt. Er griff in die Nachttischschublade, um ein Kondom herauszuholen. Er brauchte weniger als sechs Sekunden, um es sich überzustreifen und wieder in ihr zu sein. Oder zumindest fühlte es sich so an.

Sein Tempo war hart und rau, genau wie sie es mochte. Als könne er es gar nicht erwarten, sie zu vögeln. Als mache sie, Emma Elizabeth Lan Lucchesi, ihn so verrückt, dass er die Kontrolle verlor. Bei dem Gedanken kam sie erneut und sie keuchte in seinen Mund und schlang ihm die Arme um den Hals.

Ohne in seinen harten Stößen nachzulassen, richtete er sich auf, umfasste ihre Beine und spreizte sie zu einem V. Er gab es ihr hart und sah ihr dabei die ganze Zeit über ins Gesicht, seine Finger fest um ihre Knöchel geschlossen, was höchstwahrscheinlich blaue Flecken hinterlassen würde.

Es kümmerte sie nicht. Sie liebte jede Sekunde. Emma überließ sich ihren Gefühlen und genoss in vollen Zügen, wie Kyles Schwanz wieder und wieder in sie hineinstieß.

Da sie nicht wusste, was sie sonst tun sollte, griff Emma erneut nach dem Kopfende des Bettes und befeuchtete sich unbewusst die Lippen.

Etwas in Kyle musste bei dieser kleinen Bewegung klick gemacht haben, und sie sah, wie sich seine Augen in einem Sekundenbruchteil von denen eines Menschen in die einer Katze verwandelten. Sie sah zudem Reißzähne, als er die Lippen zurückzog. Und sie spürte die Spitzen von Krallen auf ihren Knöcheln, dort wo seine Finger sie fest umklammerten.

Emma war das egal. Total. Sie lächelte und dann kam sie. Heftig. Kyle folgte ihr direkt nach. Sie schrien beide auf, als das Gefühl durch sie hindurchströmte und von einem zum anderen übersprang.

Kyle wölbte über ihr den Rücken, und sein zufriedenes Stöhnen ließ sie beinahe erneut kommen. Das Wissen, dass sie die Macht hatte, ihm diese Art von Befriedigung zu verschaffen, war das größte Aphrodisiakum, das sie je kennengelernt hatte.

Diesmal ließ er sich nicht auf sie fallen, sondern warf sich stattdessen auf die Seite. Sofort schlang er den Arm um Emma und zog sie an sich.

Sie brauchten eine Weile, um wieder zu Atem zu kommen, aber dann fragte Kyle sofort: »Wie ist es jetzt mit deinen Kopfschmerzen, Liebes?«

Emma lächelte und zog die Lippen über seine Brust, wohin er ihren Kopf gebettet hatte, damit sie sich ausruhen konnte. »Weg.«

»Nun, lass es mich einfach wissen, wenn du wieder etwas gegen Kopfschmerzen benötigst. Jederzeit. Ich werde dir sehr gern helfen.«

»Deine Selbstlosigkeit kennt keine Grenzen, Deputy.«

»Wie wahr. Mir geht es nur darum zu geben.«

Sie schnaubte an seinem Hals, ignorierte sein gespielt entrüstetes Aufkeuchen und beschloss stattdessen, wieder einzuschlafen.

KAPITEL 15

»Leute?«

»Hier hinten.«

Emma ging durch das Wohnzimmer und das Esszimmer der Blockhütte in die Küche und von dort aus direkt durch die Hintertür auf die Veranda. Ihr Zirkel stand am Geländer und schaute aufs Meer hinaus und auf den abnehmenden Mond darüber.

Jamie sah sie kurz an, bevor sie sich wieder umdrehte. »Wunderschön, was?«

»Bezaubernd.«

»Und?« Jamie feixte. »Hattest du eine gute Nacht?«

»Jep.«

»Wo ist denn der prächtige Deputy?«

»Vor dem Haus. Er redet mit Tully. Ich schätze, dass Tully hier ist, um unsere Antwort zu hören?«

»Wahrscheinlich.«

Seneca grinste. »Habt ihr den ganzen Tag zusammen verbracht?«

»Jep.«

»Ihr müsst diesen Mann sehen«, informierte Jamie sie. »Er ist zum Anbeißen.«

Emma trat neben ihre Hohepriesterin. »Findest du das wirklich?«

»O ja. Ich meine … *zum Anbeißen.*«

»Ich bin so froh, dass du ihn attraktiv findest, Jamie. Das bedeutet mir so viel.«

Jamie runzelte die Stirn. »Meinst du das ironisch?«

»Und wie.« Emma packte Jamie am Oberarm, riss sie nach unten und schlug ihr auf den Hinterkopf.

»Hey! Hey!« Jamie befreite sich, und als Emma ihr noch näher auf die Pelle rückte, griff sie sich Seneca und hielt die wesentlich kleinere Frau vor sich fest. »Du würdest mich doch wohl nicht schlagen, wenn ich Sen vor mir habe, oder?«

»Moment mal! Wie bin *ich* denn da hineingeraten?«

»Mac ist viel zu groß, die konnte ich mir nicht schnappen.«

»Wie konntest du mir das antun?«, fragte Emma scharf. »Du hast mich betrunken gemacht und mich mit einem wildfremden Mann allein gelassen.«

»Was redest du da?« Jamie spähte hinter der zappelnden Sen hervor. »Du bist verrückt nach dem Typen.«

»Das weiß ich. Aber *du* kennst ihn nicht. Du solltest deine Freundinnen nicht betrunken machen und sie Leuten ausliefern, die du nicht kennst. Hast du denn auf dem College gar nichts gelernt?«

»Hör mal, ich hab bloß versucht, einer Schwester zu helfen. Wenn wir es dir überlassen hätten, wärst du zurück nach Long Island gelaufen. Außerdem habe ich ihn der Meacham-Musterung unterzogen.« Sie lachte.

Emma ging in langen Schritten auf sie zu, doch Jamie hielt weiter die arme Seneca fest. Tatsächlich war Emma von Anfang an nicht richtig sauer gewesen, aber als Jamie Sens Stimme nachmachte und bettelte: »Bitte, tu Jamie nicht weh. Sie ist schwach und zerbrechlich«, konnte Emma nur in das Lachen ihres Zirkels mit einstimmen.

»Du bist eine Idiotin.«

»Ich dachte, das hätten wir schon vor langer Zeit geklärt?« Jamie stellte Sen auf die Füße.

»Mach das nie wieder mit mir«, warnte Emma sie und lehnte sich an das Geländer.

Mac drehte sich zu ihrer Cousine um. »Also, was ist der Plan, Cousinchen? Bleiben wir oder gehen wir?«

»Ich will nicht im Süden leben«, protestierte Kenny.

Jamie tätschelte ihr die Schulter. »Ich bin mir sicher, du gewöhnst dich an den Slang des Südens.«

Kennys Kopf fiel mutlos nach vorn.

Mac legte ihr einen Arm um die Schultern und zog sie kurz an sich. »Komm schon, Süße. So schlimm wird es schon nicht.«

»Ich sag bloß – Juden im Süden sind meiner Meinung nach eine schlechte Idee.«

Mac kicherte. »Und wann warst du das letzte Mal in einer Synagoge?«

»An dem Tag, an dem der Rabbi mich rausgeschickt hat, weil ich durch und durch böse sei. Ich schwöre, da stellt man nur eine einzige kleine Frage, und schon … Aber das ist nicht der Punkt. Ich glaube, wir gehören einfach nicht hierher.«

Jamie stieß ein heiseres Lachen aus. »Süße, ich glaube, dass wir auch sonst nirgendwo hingehören. Es gibt keinen Ort auf der Welt, an den wir passen würden. Und ausnahmsweise sind wir hier nicht die größten Freaks, was eine nette Abwechslung ist.«

Mac nickte. »Na, das ist doch mal ein Ziel, das wir anvisieren können.«

Kenny unternahm eine allerletzte Anstrengung. »Aber unser ganzes Leben spielt sich in New York ab.«

»Das ist wahr«, pflichtete Jamie ihr bei. »Und was für ein Leben, hm? Ich könnte dorthin zurück und mich mal wieder anschießen lassen, denn das macht immer Spaß. Mac kann zurück, um ihr Leben zu riskieren, indem sie mit dem Feuer tanzt, denn ich hoffe, meine Cousine zu begraben, bevor ich vierzig bin. Und natürlich werden wir beide als staatliche Angestellte wahnsinnig gut bezahlt. Sen kann wieder zu ihrem spaßigen Kellnerinnenjob zurück und sich von fremden alten Männern mit Beziehungen zur Mafia in den Hintern kneifen lassen. Emma könnte das saftige Stück Fleisch, das ich ihr gestern Nacht hingeworfen habe, aufgeben, um zu ihrem aufregenden Leben als Steuerberaterin in Merrick zurückzukehren. Und natürlich gibt es dann noch dich, die ohnehin nie das Haus verlässt.«

»Aber ich verlasse mein Zuhause in *New York* nicht.«

Mac rieb sich die Augen. »Bist du dabei oder nicht, Ken? Dabei oder nicht dabei? Entscheide dich.«

Kenny wollte schon etwas sagen, als sie bemerkte, dass Seneca sie angrinste. Ihre Augen verengten sich.

»Und«, fügte Jamie schnell hinzu, »sei nicht *nur* dagegen, um dich zu rächen.«

Ken knirschte mit den Zähnen. »Na schön. Ich bin dabei.«

Seneca quiekte und warf die Arme um Kenny. »Umarmen! Ich dachte, wir hätten über das Umarmen gesprochen?«

Emma zog Sen sanft von Kendall weg und erlaubte ihr, stattdessen einen Arm um ihre Schulter zu legen.

Jamie nickte. »Dann ist es entschieden. Wir machen es.«

Sie verstummten und schauten zum Strand, jede von ihnen verloren in ihre eigenen Gedanken, Sorgen oder Tagträume. Sie verharrten so lange stumm und reglos, dass eine kleine Rehfamilie ohne Scheu an ihnen vorbeiwanderte.

Mac seufzte staunend. »Mein Gott, Leute. Seht euch die Schönheit dieses Ortes an.«

»Die Schönheit der Natur, meine Damen«, fügte Jamie hinzu. »Genießt das Wunder, es ist die Macht der Götter.«

Sie taten es. Bis die Rehe plötzlich davonhuschten und ein Zebra aus dem Wald geprescht kam, drei Löwinnen ihm dicht auf den Fersen. Leider begriff das Zebra nicht, dass sie es direkt zu den drei anderen Löwinnen trieben. Diese waren größer und wirkten noch kräftiger. Sie kamen zwischen den Bäumen auf der anderen Seite des Strandes herausgeschossen und näherten sich dem schutzlosen Tier. Der Zirkel beobachtete, wie das Zebra eine wilde Drehung vollführte und versuchte, den Löwinnen davonzulaufen, doch es hatte keine Chance. Eine der größeren schlug dem Zebra die Pfoten in die Flanke und ließ es vornüberfallen. Eine andere große Löwin rang das Zebra nieder und rollte sich mit dem schwarz-weiß gestreiften Tier über den Boden, bis sie das Maul um seine Kehle schließen konnte. Sie drehte sich abermals um und hielt das Zebra zwischen den Kiefern fest, während das arme Ding mit den Hufen trat und ein gequältes Wimmern von sich gab. Schließlich erlahmten seine Kräfte. Doch es war noch nicht ganz tot, als die Löwinnen es schließlich aufrissen, um an die besten Stücke zu kommen.

Der Zirkel schaute voller Entsetzen zu, während die Löwinnen fraßen und sich direkt vor ihrer Veranda um den Kadaver stritten. Sie schauten zu, bis die großen Katzen sie plötzlich bemerkten und in ihrem Fressrausch innehielten, um zu den Frauen hinaufzuschauen, das goldene Fell ihrer Gesichter blutgetränkt. Die beiden Gruppen starrten einander fast eine Minute lang an.

Dann brüllte eine der Löwinnen.

Geschlossen schrien Emma und ihre Schwestern auf und rannten zurück in die Blockhütte. Mac und Jamie schlugen die Tür hinter ihnen zu.

Keuchend versuchte Emma, sich daran zu hindern, barfuß nach New York zurückzulaufen, und schaute auf. Kyle und Tully lehnten an der Theke. Die Männer hatten die Überreste von Macs Essen vom vergangenen Abend entdeckt und sich die Teller mit allen möglichen Speisen gefüllt, die sie nun emsig verschlangen.

Mit diesen für die Bewohner von Smithville typischen Augen sahen sie Emmas Zirkel an, und der Zirkel starrte zurück.

»Ich sag dir eins, kleiner Bruder«, bemerkte Tully schließlich, während er mit seiner Mahlzeit ins Esszimmer ging, »ich fühle mich jetzt schon viel sicherer.«

Emma blieb nur eine Sekunde, um Kyles Augenzwinkern zu bemerken, bevor sie Jamie eine Hand auf den Mund drücken musste, um sie daran zu hindern, den Zauber zu Ende zu sprechen, der Tully Smith in einen Pudel verwandelt hätte.

EPILOG

Fünf Monate später …

Kopfschüttelnd kam Emma aus dem Gästehaus und trat auf die Veranda. Sie ertrug es nicht länger. Die unablässigen Streitereien. Das ständige Gejammer. Es trieb sie in den Wahnsinn.

»Du konntest es nicht länger ertragen, was?«

Emma schaute zu ihrem Zirkel hinüber. Sie saßen auf der Veranda des Hauptgebäudes, Jamie und Kendall auf Stühlen, Mac auf dem Geländer der Veranda. Nur Seneca war noch im Haus und erledigte das Check-in von zwei Südstaaten-Jungs, die Jamie ernsthaft nervös machten. Emma musste zugeben, dass sie noch nie – niemals – so viele heiße Typen an einem Ort versammelt gesehen hatte. Gestaltwandler waren im wahrsten Sinne des Wortes eine Gattung für sich.

Trotzdem wusste sie, dass sie den Besten von dem ganzen Haufen ergattert hatte … selbst wenn er nervig war.

Emma verdrehte die Augen, als das Knurren im Haus lauter wurde.

»Bist du dir sicher, dass sie nicht blutsverwandt sind?«, fragte Kendall. Sie deutete auf Jamie und Mac. »Sie streiten sich genau wie die beiden da.«

»Manchmal frage ich mich das auch.« Körper stießen gegen die Fliegentür, und Emma trat beiseite, Sekunden bevor ein riesiger Ball aus knurrendem, schnappendem Fell auf der Veranda auftauchte und die Stufen hinunterrollte.

Leidenschaftslos schauten sie alle zu, wie Kyle und Tully übereinander herfielen. Emma zuckte nicht einmal mehr zusammen. Ihre ständigen Streitereien, bei denen Blut floss, waren für sie genauso normal geworden wie der warme Körper, der jede Nacht neben ihr lag. Natürlich genoss sie das eine mehr als das andere.

Als die beiden im Wald verschwanden, stieß Emma einen Seufzer aus. »Ich gehe nach Hause.«

»Irgendwelche Pläne für heute Abend?«, erkundigte Jamie sich.

»Eine lange, heiße Dusche und Fernsehen. Kyle geht heute Nacht auf Jagd.«

»Ich wette, du hättest nie gedacht, dass du das einmal über deinen festen Freund sagen würdest, was?«

Emma lachte. »Ich hätte nie gedacht, dass ich irgendetwas über einen festen Freund sagen würde. Oh, übrigens, an diesem Wochenende wird bei Kyles Mutter gegrillt, wenn ihr Lust habt ...«

Wie gewöhnlich konnten sie gar nicht schnell genug Nein sagen. Sie wurden nie gemein deswegen – nicht einmal Kenny –, sie hatten einfach noch nicht ihren Platz in Smithville gefunden. Emma, die genau wusste, wie es sich anfühlte, nicht dazuzugehören, bedrängte sie nicht. Ihr war klar, dass diese Frauen zu gegebener Zeit schon noch heimisch werden würden. Außerdem machte Seneca es für den Rest von ihnen wett. Vor allem bei den Männern von Smithville. Sie himmelten sie absolut an. Tatsächlich hatte Sen noch vor Kyle vom Grillabend am Wochenende erfahren.

Emma wandte sich zum Gehen, doch Sens erschrockenes Kreischen aus dem Gästehaus ließ die Frauen schnell zur Eingangstür eilen. Sen kam herausgestolpert und drängte den Zirkel zurück. Einen Moment später preschten zwei riesige Tiger – jeder mindestens fünfhundert Pfund schwer – aus dem Gebäude, die Verandatreppe hinunter und in den Wald hinein.

Emma legte Sen einen Arm um die Schulter. »Alles okay?«

»Ich muss mich nur an sie gewöhnen … wenn sie sich einfach so direkt im Gästehaus verändern.«

»Sie nennen es verwandeln«, sagte Jamie mit einem Lächeln und schwang ihre Beine über das Verandageländer.

»Nun, wie auch immer.« Sen setzte ein tapferes Lächeln auf. »Ich komme schon zurecht. Ich finde das alles einfach so aufregend!«

Kenny wartete, bis Sen wieder das Gästehaus betrat und bemerkte dann mit einem bösartigen Grinsen: »Die Lieferung Gazellen ist vorhin reingekommen. Jede Menge kleine Babys. Wirklich frisch … und saftig.«

Sen schlug mit der Hand gegen den Türrahmen. »Ich hasse dich«, zischte sie, bevor sie in die Lobby zurückstürmte.

Jamie schüttelte den Kopf. »Du kommst wieder in die Hölle, Ken. Und diesmal … behalten sie dich.«

Lachend ging Emma die Treppe hinunter. »Also, bis dann.«

»Nacht, Em«, riefen sie ihr nach.

Als Emma zu ihrem neuen Wagen ging – einem kirschroten Jeep Cherokee, in dem Kyle sie noch am selben Abend, an dem sie ihn gekauft hatte, gevögelt hatte – passierte sie einen Löwen, der gerade aus dem Wald kam.

»Hi, Dr. Sahara!«, rief sie gut gelaunt.

Er brüllte eine Begrüßung zurück und lief weiter. Sie hatte vor fast zwei Monaten aufgehört, bei seinem Anblick schreiend wegzulaufen, worauf sie sehr stolz war.

Ja, das Leben in Smithville war nicht direkt normal, doch sie konnte auch nicht behaupten, dass es keinen Spaß machte.

Nachdem er Tully umgehauen hatte, schaffte Kyle es in Rekordzeit nach Hause. Er hatte vorgehabt, mit Tully und seinem Rudel auf Jagd zu gehen, merkte jedoch, dass er viel lieber nach Hause wollte, um seine Emma zu sehen. Sie war allerdings noch nicht aus dem Gästehaus zurück, daher kletterte er auf seinen Lieblingsbaum und legte sich auf einen der unteren Äste, damit er sich die Wunden lecken konnte, die Tully ihm zugefügt hatte.

Das dauerte nicht lange, und er war gerade dabei einzunicken, als die Fensterläden des Schlafzimmers geöffnet wurden. Es war jetzt dunkel und er konnte mühelos in das hell erleuchtete Haus schauen. Und er hatte das Gefühl, Emma wusste das.

Vor allem als sie anfing, sich auszuziehen … langsam.

Gott, er liebte diese Frau einfach. Nun gut, an all diesen Hexenkram musste man sich erst gewöhnen. Vor allem als sie beim letzten Vollmond übersät mit blauen Flecken zurück nach Hause gekommen war, als hätte sie sich geprügelt. Sie hatte ihm nicht erzählen wollen, was passiert war, und ihm danach keine Gelegenheit gegeben, das Thema noch einmal aufzugreifen. Stattdessen hatte sie ihn praktisch auf den Esszimmertisch geworfen und mit ihm lauter schmutzige, geile Sachen gemacht. Nach dem »Zaubern«, wie sie es nannte, war sie immer total heiß. Hungrig und heiß.

Wie auch immer. Es spielte keine Rolle. Er liebte es. Außerdem stellte Emma diese Seite ihres Lebens nicht extra zur Schau. Es gehörte einfach zu ihr und er liebte diese Seite genauso wie alles andere. Natürlich ging Kyle sonntags allein in die Kirche, aber seine Mom hatte gelernt, das zu akzeptieren.

Das Komische war, dass Emma immer noch nicht »offiziell« bei ihm eingezogen war. Sie hatte sich in einem der Häuser auf dem Grundstück der Hotelanlage einquartiert, aber nicht einmal die Kisten ausgepackt, die sie von New York mitgebracht hatte, wo Kyle ihrer Familie vorgestellt worden war, die alles andere als freundlich war. Stattdessen verbrachte sie jede Nacht in seinem Haus und nannte es »Zuhause«.

Das muss irgendeine menschliche Angewohnheit sein. Sie sagte immer wieder, dass sie sich erst besser kennenlernen sollten, bevor sie zu ihm zog. Aber Kyle wusste alles, was er wissen musste. Sie roch gut. Sie schmeckte noch besser. Und sie brachte ihn zum Lachen. Die Katze war zufrieden, und das war alles, was die Katze wissen musste.

Was er ihr gegenüber nicht erwähnt hatte, war, dass er langsam begonnen hatte, ihre Sachen in sein Haus zu schaffen. Sie wollte die Zeitung lesen, und sie brauchte eine Sekunde, um zu begreifen, dass sie ihre eigene Lampe auf seinem Beistelltisch neben dem Sofa eingeschaltet hatte. Die Schubladen, die er ihr für ihre Kleidungsstücke überlassen hatte, füllten sich immer mehr. Das Gleiche galt für ihren Kleiderschrank. Und falls sie noch einmal, wenn sie ein weiteres Buch aus dem Bücherregal herauszog, ausrief: »Hey! Dieses Buch habe ich auch« –, dann würde er sie auslachen. Und das konnte sie überhaupt nicht leiden.

Kyle sah zu, wie sie sich zu ihrem weißen Spitzen-BH und dem passenden Slip vorarbeitete, der sich um ihren Hintern schmiegte wie eine enge Shorts. Er liebte es, wenn sie diese Slips trug. Sie drehte ihm den Rücken zu, öffnete die vordere Schließe und zog langsam den BH aus. *Meine schüchterne kleine Emma,* dachte er mit einem Lachen, das wie ein Bellen klang.

Ihre Daumen schoben sich in den Taillenbund ihres Slips, und sie beugte sich vor, um ihn langsam herunterzuziehen. Kyle stöhnte und genoss jede Sekunde. Dann verschwand sie, ohne aus dem Fenster zu schauen, ins Bad.

Kyle erhob sich und setzte zu einem kühnen Sprung vom Baum an. Er prallte gegen die Seite des Hauses und schlug die Krallen ins Holz. Dann streckte er sich zum Fenstersims und klammerte sich daran fest. Er schob die Pfote durch die kleine Öffnung zwischen dem Fenster und dem Sims und drückte das Fenster weit genug auf, um seinen großen Körper hindurchzuzwängen. Nachdem er lautlos auf dem Boden gelandet war, ging er zum Badezimmer. Er hörte fließendes Wasser und roch Emmas Duft, der sich mit dem Wasserdampf vermischte. Mit einem leisen Schnurren drückte er die Tür mit der Schnauze auf und kam herein. Er konnte sie hinter der Glastür sehen, wo sie ihren entzückenden kleinen Körper einseifte, und ihm lief das Wasser im Mund zusammen.

Die Duschtür ging nach außen auf, und da er als Panther keine Daumen hatte, stellte er sich auf die Hinterbeine und schlug mit den Vorderpfoten gegen das Glas. Emma drehte sich um und sah ihn an.

»Willst du irgendetwas, hübsches Kätzchen?«

Ungeduldig gab er ein Grollen von sich und kratzte an der Scheibe, was Spuren hinterließ.

»Okay. Okay. Beruhig dich.« Lachend öffnete sie die Tür und er sprang hinein zu ihr. Sie stand direkt unter dem Wasserstrahl, und er schmiegte seinen langen Körper an ihre Beine und leckte ihr die Kniekehlen, sodass sie kichern musste. »Lass das!«

Mit einem letzten Stupser gegen ihre Oberschenkel verwandelte Kyle sich von einer Katze in einen Mann.

Sie schaute lächelnd zu ihm hoch und sein hartes Katzenherz schmolz. Gleichzeitig verdoppelte sich die Größe seines Ständers.

»Ich bin froh, dass du zu Hause bist«, sagte sie leise.

Er strich ihr das Haar aus dem Gesicht. »Ich auch, Liebes.«

Mit einem Stück Seife und ihren weichen Händen machte sie sich daran, ihn zu waschen. Er schloss die Augen und überließ sich ihrem schmutzigen Willen, den er ohne Einschränkung genoss. Bis sie seinen Schwanz mit festem Griff packte und seine Knie beinahe einknickten.

»Hat das wehgetan?«

»Was?«, keuchte er, während sie seine Erektion streichelte.

»Diese Risse an deinem Arm von deinem Kampf mit Tully.«

Kyle schaute nach unten und sah die Kratzer auf seinem Unterarm. Er hätte sie nicht direkt »Risse« genannt, aber es gefiel ihm, dass sie sich um ihn sorgte. Vor allem wenn sie dabei seinen Schwanz streichelte.

»Das ist gar nichts, Liebes.« Er beugte sich vor und küsste sie auf die Stirn, die Wange und dann auf den Hals. »Tully kann mir gar nichts. Es gibt keinen lebenden Hund, der mir etwas kann.«

Er biss ihr in den Hals und sie stöhnte und schloss die Hand fester um seinen Schwanz. »Er mag es nicht, wenn man ihn Hund nennt, weißt du? Er hätte Jamie neulich fast den Kopf abgerissen, als sie ihn wieder Marmaduke genannt hat.«

»So nennt sie ihn immer wieder, und ich liebe es.« Kyle lachte.

Emma grinste und lehnte sich mit ihrem schlanken Körper an seinen, während er über ihre nasse Haut streichelte.

»Hör mal, Liebes, ich will nicht, dass du dir Sorgen machst wegen mir und Tully. Wir streiten uns einfach gern um dumme Dinge. Es ist ein Instinktding.«

Sie kicherte. »Wie Katzen und Hunde?« Er löste ihre Hand von seinem Schwanz, kniete sich vor sie, küsste sie auf den Bauch und fand es wunderbar, wie bei seiner Berührung aller Atem aus ihren Lungen wich. »Wie Yankees und Aufständische«, flüsterte er.

Sie krallte die Hände in sein Haar. »Das wirst du mich niemals vergessen lassen, nicht wahr?«, stöhnte sie.

»Nein.« Er leckte sie tief und ihre Hüften drückten sich an sein Gesicht. »Wer hätte das gedacht, Liebes? Ich und ein Yankee. Mom und Daddy versuchen immer noch, das auf die Reihe zu kriegen.«

»Es könnte schlimmer sein«, seufzte sie, während er ihren entzückenden kleinen Hintern knetete.

»Ach ja?«

»Ja. Ich könnte ja auch mehr der Hundetyp sein.«

Bevor sie ein weiteres Wort sagen konnte, drückte er sie an die gegenüberliegende Duschwand. Sie hatte die Beine um seine Hüften geschlungen, und sein Schwanz war tief in ihr versenkt. Er schaute in ihr wunderschönes Gesicht und knurrte. »Sag das *nie wieder*.«

Dann stellte Kyle unter Beweis, was für eine Katzenliebhaberin Emma tatsächlich war.

FUNKELN DER NACHT

PROLOG

Von dem Tag an, an dem die Erste von ihnen in die Stadt gestolpert gekommen war, geprügelt, gefoltert und gebrandmarkt, hatten Hexen zum Smithville County gehört. Diese Erste war ihren Kidnappern entkommen – religiösen Fanatikern, die fest entschlossen gewesen waren, die Namen der Frauen ihres Zirkels aus ihr herauszukriegen. Die Ältesten der Stadt, aus der sie geflohen war, hatten ihre stärksten Männer ausgeschickt, um sie zu suchen, und verfolgten ihre Spur bis nach Smithville. Die Männer fanden sie auch … und dazu den siebenhundert Pfund schweren Tiger, der sie vorsichtig beschnupperte. Daraufhin hatten sie den Rückzug angetreten, betend, dass die Bestie sie nicht bemerken würde. Der Tiger bemerkte sie tatsächlich nicht, da er zu sehr auf das hübsche kleine Ding konzentriert war, das ohnmächtig mitten auf der Straße lag. Aber das Löwenrudel bemerkte die Männer. Und auch der Hyänenclan. Und dann gab es da noch die Wölfe …

Keiner von ihnen mochte Fremde auf ihrem Territorium. Und Vollmenschen noch viel weniger.

Obwohl diese Hexe die erste war, sollte sie nicht die letzte bleiben, die nach Smithville kam. Wenn ein Zirkel zu alt oder zu schwach wurde, um die Stadt weiter vor dem Bösen außerhalb ihrer Grenzen zu beschützen, nahm ein anderer seinen Platz ein. Die meisten kamen freiwillig, und die Mächte, die sie anbeteten, gaben ihnen die Wegbeschreibung zu einem Ort, an dem sie sich frei und beschützt fühlen konnten. Sie tauchten eines

Tages auf, verwirrt und verloren, und fragten sich, wie sie an diesen Ort gelangt waren, und spürten, dass sie nie wieder würden fortgehen wollen. Das taten sie auch nicht. Die meisten machten sich nicht einmal die Mühe, es zu versuchen.

Jeder Hexenzirkel war einzigartig, seine besonderen Stärken zu diesem speziellen Zeitpunkt notwendig. Aber sie waren sich auch sehr ähnlich. Gute, einfache Frauen, die sich lediglich einen sicheren Ort wünschten, wo sie ihre Götter anbeten und ihre Kinder großziehen konnten. Fröhlich gaben sie sich an den frühen Abenden ihren Gesängen hin und tanzten nackt unter dem Vollmond.

Es war simpel, wunderschön und folgte dem Motto: »Wir sind eine Welt, lieben alle, retten Mutter Erde.« Und fast vierhundert Jahre lang hatte sich daran nichts geändert.

Bis jetzt. Bis zu dem Tag, an dem der Hexenzirkel der Dunkelsten Nacht in die Stadt kam und absolut alles veränderte.

KAPITEL 1

Eines konnte Tully Smith, Alphamännchen des Smith-Rudels von Smithville County und Bürgermeister der Stadt Smithville, mit Gewissheit sagen, wenn es um Jamie Meacham ging: Er liebte ihre großen Auftritte.

Kaum vorstellbar, dass er diese Zusammenkünfte der Ältesten früher verdammt langweilig gefunden hatte! Hauptsächlich, weil es dort immer jede Menge Gerede, Gejammer und nicht allzu subtile Drohungen gab, aber nie etwas daraus folgte. Und dann hatte vor zehn Monaten ein neuer Hexenzirkel in der Stadt Einzug gehalten. Sie nannten sich selbst Zirkel der Dunkelsten Nacht und kamen aus dem Norden, oder, wie sein Stiefbruder Kyle Treharne es nannte, aus »Yankee-Gebiet«.

Jamie – bekleidet mit ihrer abgetragenen Jeans, einem zehn Jahre alten T-Shirt und fünf Jahre alten Laufschuhen – betrat den Raum wie jedes Mal, indem sie die Doppeltür des Musiksaals der Junior High aufriss und hereinstolziert kam. Sie schien überallhin zu stolzieren. Für einen Vollmenschen war sie nicht besonders groß, ungefähr eins fünfundfünfzig oder so. Aber perfekt gebaut mit einem starken Körper, einem straffen und exquisit proportionierten Hintern und Brüsten, die definitiv mehr waren als eine Handvoll, selbst für ihn. Trotz dieser Hingucker gelang es ihm jedoch nicht, den Blick von diesen Augen abzuwenden. Wenn er nicht ganz sicher gewesen wäre, dass sie ein Vollmensch war, hätte er geschworen, sie sei eine von ihnen. Es spielte auch keine Rolle, welche Gattung. Es waren ihre Augen.

Sie hatte die Augen eines Raubtiers und, da hätte er gewettet, auch die Seele eines solchen.

»Seid gegrüßt, alle miteinander«, sagte sie gut gelaunt und mit breitem Grinsen. »Wie ist das werte Befinden an diesem wunderschönen Tag?«

Tully musste den Kopf einziehen und sich die Nase reiben, um sich das Lachen zu verkneifen. Gegenüber hörte er Jack Treharne, seinen Stiefvater, über Jamies aufreizende Munterkeit verärgert knurren.

Hinter Jamie kam der Rest ihres Zirkels. Als eine funktionierende Einheit waren sie gar nicht schlecht, obwohl es bei den fünf vollmenschlichen Weibchen mehr innere Zwistigkeiten zu geben schien als unter den fast fünfundfünfzig Mitgliedern des hiesigen Martoni-Hyänenclans. Aber jedes Zirkelmitglied unterschied sich sehr von den anderen, und es erstaunte ihn, dass sich die Frauen überhaupt zusammengetan hatten.

Da gab es die süße Emma, die Kyle sich geschnappt hatte, bevor der Rest von ihnen auch nur einen ordentlichen Blick auf sie hatte werfen können. Natürlich war sie so ein niedliches und entzückendes kleines Ding, dass Tully seinem Bruder keinen Vorwurf machen konnte. Er hätte definitiv sein Glück versucht, wenn es nicht Kyle gewesen wäre, der um sie herumscharwenzelte. Dann Seneca, die allzeit freundlich war, fast alle liebte, der nie jemand zu viel wurde und die unbedingt alle sichtbar glücklich machen wollte. Irgendwie fand sie sich bei den Bären zurecht, was nur bewies, dass sie ein echtes Schätzchen war, denn diese leicht zu erschreckenden, übergroßen Bastarde mochten niemanden außer sich selbst und frischen Lachs. Diejenige Hexe, an der er das geringste Interesse hatte, war Kendall, auch Kenny genannt. Sie war ein waschechter Yankee. Nicht einmal ansatzweise freundlich, misstrauisch, paranoid und auf eine beinahe trotzige Weise reizlos. Tagsüber sah man sie selten, aber wenn sie doch mal nach Sonnenuntergang herauskam, lief sie für gewöhnlich an den Stadtrand, wo ein paar Wildhunde einen Laden für Comic-Hefte und Computerspiele aufgemacht hatten.

Wesentlich interessanter fand Tully die extrem stattliche Mackenzie. Mac hatte ungefähr seine Größe, coole eins neunzig, und war eine ehemalige Feuerwehrfrau. Sie hatte ihre Zeit gebraucht, um mit den Einheimischen warm zu werden, aber es allein schon dadurch geschafft, dass sie anders war als ihre Cousine. Anders als Jamie Meacham.

Als Oberhaupt des Hexenzirkels der Dunkelsten Nacht war Jamie nichts anderes als entzückender Ärger, in braunem Zucker gewälzt und mit Arsen bestäubt.

Ja. Jamie war am unterhaltsamsten. Warum? Weil er, wenn er es nicht besser gewusst hätte, geschworen hätte, dass diese Frau keinen feuchten Kehricht auf irgendjemanden gab. Sie stolzierte durchs Leben und forderte das Schicksal und sämtliche Mächte heraus. In den Raubtieren um sie herum förderte sie das Schlimmste zutage. Sie nannte seine kleine Schwester wegen der Stellung ihrer Reißzähne in ihrer verwandelten Gestalt »Hasenzahn« und trug ständig eine Schusswaffe – als er das letzte Mal nachgeschaut hatte, war es eine Walther PK 380 gewesen. Und nachts lief sie auch mit einem Gewehr herum. Beides war nicht legal innerhalb der Grenzen von Smithville County. Doch wenn man sie darauf hinwies, lachte sie bloß.

Bear McMahon, Grizzly und Sheriff von Smithville, hatte es eines Tages besser zusammengefasst als jeder andere vor ihm: »Erst wenn diese Frau still wird, mache ich mir Sorgen.«

Tully sah zu, wie sie zum großen Tisch stolzierte, an dem sie ihre Zusammenkünfte abhielten, darum herum zu der kleinen Bühne hinter ihnen ging, sich dann umdrehte und sich hochstemmte. Sobald sie auf der Bühne saß, schlug sie ihre Beine übereinander und musterte die Anwesenden. Sie lächelte. Und alle bis auf ihn rückten ein wenig ab von diesem Lächeln.

Sie schaute zu Jack hinüber, der diese Zusammenkunft anberaumt hatte. Er war gleich nach Gwen, Bears Mom, der zweite Verantwortliche, und Jacks eigene Mom hatte sich angeblich einmal beklagt: »Als er aus mir rauskam, hat er den Doktor, der ihm einen Klaps auf den Po gab, angefaucht.« Und es war diese fauchende Katze, von der Jamie sich abwandte, als Jack den Mund öffnete, um zu sprechen, den Blick ihrer wunderschönen dunklen Augen auf Tully gerichtet, bevor sie mit seidenweicher Stimme sagte: »Tully Smith. Du hast gerufen?«

Warum bestehst du darauf, die Dinge zu tun, die du tust?

Das hatte ihre Mutter sie ständig gefragt, als sie noch miteinander gesprochen hatten. Aber Jamie Meacham, ehemaliger Detective von Nassau County und Hohepriesterin des Zirkels der Dunkelsten Nacht, kannte die Antwort auf diese Frage nicht. Sie wusste nur, dass sie Bilder nie innerhalb der Linien ausmalte, keine Begrenzungen mochte und Regeln und Vorschriften – bis auf die grundlegendsten – hasste. Jeder, der andere absichtlich verletzte, war im Unrecht. Egal ob Vergewaltiger, Mörder oder Dieb, sie brachte sie zur Strecke und sorgte dafür, dass sie verurteilt wurden, ohne sich lange den Kopf darüber zu zerbrechen. Das machte es so leicht für sie, ein Cop zu sein.

Aber wenn es um metaphysische Belange, um Macht und Wege, sie zu erlangen, ging … nun, in dieser Hinsicht war Jamie ein wenig flexibler. Und es schien, dass alle in der Stadt das begriffen hatten.

Sie wusste, dass sie sie nervös machte. Dass sie sie nicht mochten. Wenn einige von ihnen die Gelegenheit bekommen würden, sie zu jagen und ihr die Eingeweide herauszureißen, würden sie es ohne mit der Wimper zu zucken tun, das war ihr klar. Für die meisten wäre die Erkenntnis, dass sie in Gefahr schwebten, Grund zur Sorge gewesen, aber Jamie wusste, dass es Schlimmeres im Universum gab als Raubtiere, die bereit waren, sich an ihr gütlich zu tun. Sie war in der Hölle gewesen und wieder hinausgeworfen worden, denn Satan höchstpersönlich hatte gemeint: »Du kannst dich einfach nicht benehmen, oder?« Sie war schon so manchem abgrundtief Bösen entgegengetreten und hatte sich einmal am Jones Beach während eines Billy-Joel-Konzerts mit dem Erzengel Gabriel angelegt. Sie hatten sich angeschrien, bis die geflügelte Heulsuse in Tränen aufgelöst geflüchtet war.

Es jetzt also mit ein paar Hyänen, Löwen und Tigern aufzunehmen, die sie am liebsten töten würden? Keine große Sache für sie.

Doch von allen Bewohnern Smithvilles, von allen Raubtieren, Städtern und wer weiß was, war der Bürgermeister von Smithville der Einzige, den sie nie zu nerven schien. Tully Smith. Als sie ihm das erste Mal begegnet war, hatte sie ihn schrecklich jung gefunden, vor allem mit diesem dummen goldenen Ohrring, den er trug, als stecke er immer noch im Jahr 1985 fest. Tatsächlich war sie der Meinung gewesen, dass die Rolle des Bürgermeisters nicht mehr war als eine Repräsentationsfigur für die Einheimischen mit zu viel Geld. Denn was konnte schon groß dazugehören, eine Kleinstadt mitten im Nichts zu verwalten, von deren Existenz die meisten Amerikaner keinen Schimmer hatten? Es war nicht so, als könnte der Bürgermeister von Smithville irgendwann in höhere politische Arenen aufsteigen. Auf gar keinen Fall wollten die Einheimischen hier Kameras sehen, die Heimatstadt-Aufnahmen für ein CNN-Special über einen Gouverneurs- oder Senatskandidaten drehten. Den Leuten war ihre Privatsphäre sehr wichtig, und sie machten jedem, der den Posten des Bürgermeisters annahm, unmissverständlich klar, dass seine politische Karriere genau hier endete. Also, was versprach sich ein extrem attraktiver, irgendwie charmanter, gut dreißig Jahre alter Gestaltwandler-Wolf davon, Bürgermeister zu sein? Doch nachdem sie einige Monate zugesehen hatte, wie Tully Smith seinen lahmen – jedoch äußerst prächtigen – Hintern durch die Stadt geschoben hatte, dämmerte es ihr plötzlich … er war *glücklich* mit dem, was er hatte.

Was Jamie, um ehrlich zu sein, ziemlich faszinierend fand. Wie konnte sich irgendjemand mit dem, was er hatte, zufriedengeben? Wie war es möglich, dass er nicht mehr vom Leben wollte? Er war noch nicht einmal fünfunddreißig, und war glücklich darüber, in einer Kleinstadt zu leben, den ganzen Tag auf zwei Beinen herumzulaufen und die ganze Nacht auf vieren? Sie kapierte es nicht, doch das war eigentlich auch nicht nötig. Sein Leben war seine Sache und Jamie mischte sich nicht in das Leben andere Leute ein. Sie hatte genug Probleme, mit ihrem eigenen fertigzuwerden. Und obwohl sie Tully Smith nicht wirklich verstand, fand sie ihn unterhaltsam.

So wie jetzt. Statt Jack, seinen Stiefvater, dieses Meeting managen zu lassen, saß Tully entspannt auf seinem Stuhl, einen Arm über die Rückenlehne gelegt, während er lächelnd zu ihr hochschaute und sagte: »Ach, meine Schöne. Ich rufe jede Nacht nach dir, aber du tauchst nie auf.«

»Und ich dachte, du würdest mir nur ein Ständchen bringen.«

Sie lächelten sich an und Tully wollte gerade noch etwas sagen, als Jack Treharne mit der Hand auf den Tisch schlug. Alle zuckten zusammen, außer Tully, weil der Mann ihn großgezogen hatte und er daran gewöhnt war. Und Jamie, die nicht besonders schreckhaft war. Sie blieb für einen Moment still, ließ die Spannung ein wenig ansteigen, bevor sie lediglich den Blick auf Treharne richtete.

»Stimmt etwas nicht ... Jack?«

Sein Auge zuckte, verärgert darüber, dass Jamie darauf bestand, ihn beim Vornamen zu nennen statt »Mr Treharne«.

»Ihr kommt zu spät ... mal wieder.«

»Stimmt. Aber wir leiten ein Hotel. Ein ganzes Löwenrudel hat ausgecheckt, bevor wir herkommen konnten. Doch das ist sicher nicht der Grund, warum du uns sehen wolltest.«

»Du wurdest schon wieder nachts im Wald gesehen.«

»Mir war nicht bewusst, dass es eine Sperrstunde gibt.«

»Gibt es auch nicht. Aber du bist da draußen nicht einfach herumgelaufen. Du hast irgendein Ritual praktiziert.«

»Ich bin eine Hexe. Das ist es, was ich tue.«

»Ohne deinen Zirkel?«

Jamie spürte den Blick ihrer Cousine auf sich ruhen und wusste, dass sie später von Mac ein Wörtchen darüber zu hören kriegen würde. Als Jamie sich bereit erklärt hatte, das Leben, das sie in New York geführt hatte, aufzugeben und mit ihrem Zirkel nach Smithville zu kommen, hatte sie die Dynamiken eines Kleinstadtlebens nicht recht bedacht. Seit ihr ihre erste Mentorin ihr erstes Athame gegeben hatte, ein wirklich entzückendes Zeremonienmesser, hatte Jamie ihre eigenen Rituale und Zauber durchgeführt. Und zwar in der Ungestörtheit ihres Kellers oder ihres Gartens, unbemerkt von ihren Nachbarn auf Long Island, die sie stets auf Abstand gehalten hatte – sodass ihr Zirkel nie etwas von alledem mitgekriegt hatte. Das war ihr sehr wichtig gewesen. Denn die Arbeit, die sie mit ihrem Zirkel leistete, schenkte ihr zwar große Befriedigung. Aber die Macht, die sie allein erlangte, gab ihr etwas, das sie dazu antrieb, mehr und mehr davon zu suchen.

Doch am Ende ging es niemanden etwas an, was sie tat, wenn sie allein war. Bedauerlicherweise schienen die Bewohner von Smithville das nicht so zu sehen, ganz gleich, was sie gerade tat. Kaum dass sie ihnen den Rücken zukehrte, mischten sie sich in ihre Angelegenheiten.

Diese Leute wussten, wann sie Pakete von ihrem Vater bekam, wann ihre Allergien verrückt spielten, wann sie und Mac sich stritten. Und sie wussten es nicht nur, sie redeten ihr hinein. Wenn Einheimische auf sie zukamen, um ihr ihr Lieblingsantiallergikum zu geben, war das, gelinde gesagt, abstoßend. Wenn sie über »dich und deine Cousine« kicherten, als würden sie Mac und sie so verdammt gut kennen, machte sie das sauer. Und herauszufinden, dass sie, wann immer sie in den Wald ging, um eine kleine, persönliche Angelegenheit mit den Göttern zu regeln, die Ältesten darauf aufmerksam machten, gab ihr das Gefühl in einer Stadt zu leben, die nicht voller Raubtiere, sondern voller Ratten war. Große Ratten, die sich ständig in ihre Angelegenheiten einmischten und nie wussten, wann sie die Klappe zu halten hatten!

»Als ich herkam, hat man mir gesagt, dass wir getrost alles anbeten dürfen, was wir wollen.«

»Das Problem ist nicht, was du anbetest. Du bist das Problem.«

»Daran hättet ihr denken sollen, bevor ihr uns hier verpflichtet habt.«

»Und du solltest ein wenig Rücksicht auf diejenigen nehmen, die in dieser Stadt geboren und groß geworden sind. Du hast bereits einen unserer Seen vergiftet.«

»Das war ein Missgeschick und ich habe ihn wieder gereinigt.«

»Ich meine, wie sollen wir mit dem Bösen in einem unserer Seen umgehen? Solltet ihr nicht das Böse fernhalten?«

»Ich habe gesagt, dass ich ihn gereinigt habe. Und du musst es endlich gut sein lassen.«

»Was ist mit dem Wald, den du in Brand gesteckt hast?«

Waren sie schon wieder bei dem Thema angelangt? »Ich habe das Feuer gelöscht.«

»Was ist mit den Bäumen, die zerstört wurden?«

»Sie werden nachwachsen.«

Treharne schüttelte den Kopf. »Interessierst du dich eigentlich für irgendetwas anderes als für dich selbst?«

Jamie, die langsam genug von dieser Unterhaltung hatte, stieg von der Bühne und ging um den Tisch herum. »Ihr habt vollkommen klargestellt, dass ihr mich nicht mögt und mich nicht als Teil eurer Gemeinschaft haben wollt. Trotz dieses Wissens hat mein Zirkel sich jedoch den Arsch aufgerissen, um diese Stadt zu beschützen. Wenn euch das immer noch nicht genügt, dann kauft uns doch aus dem Hotel raus und wir gehen wieder unserer Wege. Aber denkt keine Minute lang, dass ihr mir vorschreiben könnt, wie ich mein Leben als Hexe zu leben habe.«

Jamie ging auf die Tür zu, und ihr Zirkel folgte ihr, als Treharne sagte: »Weißt du, kleines Fräulein, es ist wirklich schwer, irgendwo dazuzugehören, wenn man denkt, man sei etwas Besseres.«

»Ich habe nie gesagt, dass ich besser bin als ihr«, gab Jamie prompt zurück, bevor sie die Tür öffnete und in den Flur hinaustrat. »Aber andererseits habt ihr auch nicht unbedingt bewiesen, dass ich es nicht bin.«

Tully sah zu, wie die sexy Hexe die Tür lediglich mit einem erhobenen Zeigerfinger aufriss. Nachdem sie hinausgestürmt war, ihren Zirkel im Schlepptau, sagte er seufzend: »Ich mag sie ganz eindeutig.«

Das war der Moment, in dem sein Stiefvater sein Notizbuch nach ihm warf und ihn mitten im Gesicht traf. »Du bist der größte Idiot!«

Lachend legte Tully das Buch wieder auf den Tisch. »Was habe *ich* denn getan?«

»Es geht darum, was du *nicht* tust, Junge! Du kümmerst dich nicht um das, worum du dich kümmern solltest.«

»Ich bin Bürgermeister, kein Ältester. Und nach meinen letzten Informationen fallen Probleme mit dem Zirkel in den Zuständigkeitsbereich der Ältesten.«

»Nun, wie klug du doch bist.«

»Ich bin zumindest nicht blöd.«

»Dann solltest du sie im Auge behalten.«

Tully blinzelte seinen Daddy an, bevor sie sich beide zu Miss Gwen umdrehten, die mehr als fünfundzwanzig Jahre als Sheriff der Stadt gewirkt hatte, bevor sie Älteste geworden war. »Wie bitte?«, fragte er, davon überzeugt, dass er sie falsch verstanden haben musste.

»Komm mir nicht mit ›Wie bitte‹, Tully Ray Smith«, sagte sie ruhig. »Du spazierst durch diese Stadt, als hättest du alle Zeit der Welt.«

»Ich möchte dich wissen lassen, dass ich arbeite. Du weißt doch, dass ich nichts davon halte, den ganzen Tag hinter einem verflixten Schreibtisch zu sitzen und Dokumente zu unterschreiben. Um herauszufinden, was diese Stadt braucht, ziehe ich los und sehe mich um.«

»Genau mein Punkt. Also wirst du dich *umsehen* und herausfinden, was sie im Schilde führt. Und dann wirst du dem einen Riegel vorschieben.«

»Ich? Was bringt dich auf die Idee, dass sie auf mich eher hören wird als auf euch?«

»Wir alle wissen, dass du einen Weg finden wirst, sie zu stoppen. Darin bist du gut. Und deshalb wirst du das tun.«

Miss Gwen schlug mit ihrem Hammer auf den Tisch. »Sitzung vertagt.«

Niemand sprach ein Wort, bis sie die ruhige Cardinal Lane erreichten. Dann packte Mac ihre Cousine Jamie am T-Shirt und zog sie zurück.

»Du machst sie nervös.«

»Ich mache alle nervös.«

Mac ließ ihr T-Shirt los. »Du brauchst gar nicht so ein Gesicht zu machen, als wärst du auch noch stolz darauf.«

Jamie schaute zu ihrer viel größeren Cousine hoch. Abgesehen davon, dass sie schwarz waren – in einer überwiegend weißen Stadt –, gab es nur sehr wenige Hinweise darauf, dass Jamie und Mac Cousinen ersten Grades mütterlicherseits waren.

»Nicht stolz, Schätzchen. Ich nehme es nur, wie es ist. Nichts, was ich tue, wird dazu führen, dass sich diese Leute mir gegenüber besser fühlen.«

»Du könntest aufhören, mitten in der Nacht durch den Wald zu schleichen.«

»Ich habe zu tun.«

»Was denn?«

Sie konnte es ihnen genauso gut gleich erzählen. »Ich bin dazu aufgefordert worden, ein Champion zu werden.«

»Für wen?«

Als Jamie sie nur anstarrte, warf Mac die Hände in die Luft und ging ein Stück weg, während die anderen lediglich besorgt dreinschauten.

»Was ist das überhaupt mit dir und den keltischen Göttern?«, fragte Kenny. »Es ist schließlich nicht so, als wären sie besonders nett.«

»Sie hat gerufen. Ich habe geantwortet.«

»Sie hat dich schon immer gemocht«, warf Sen freundlich ein.

»Die Götter mögen wissen, warum«, murrte Mac.

»Mac, du weißt, was notwendig ist, um Champion zu werden. Also verstehe ich wirklich nicht, was das Theater soll.«

»Du machst sie eben nervös.«

»Na und?«

Emma runzelte die Stirn, die Arme vor der Brust verschränkt. »Magst du sie denn überhaupt nicht?«

»Ich mag sie nicht *nicht.*« Alle starrten sie an und sie fügte hinzu: »Das ist eigentlich schon ziemlich gut für mich.«

Mac trat auf sie zu. »Eines Tages wirst du es zu weit treiben.«

»Ich treibe es immer zu weit«, erwiderte Jamie schlicht, dann drehte sie sich um und ging. »Man sollte meinen, ihr hättet euch inzwischen daran gewöhnt.«

Tully saß auf dem Felsen auf dem Barrett Hill. Er befand sich immer noch in seiner menschlichen Gestalt, da er direkt von seinem letzten Meeting hergekommen war. Dass eine einfache, alljährliche Veranstaltung so viel Ärger machen konnte, erstaunte ihn. Der Bürgermeister-Frühlingsball. Die ganze Stadt war eingeladen und kam normalerweise auch. Abgehalten wurde der Ball alljährlich im Kristallsaal, in dem die meisten großen Partys für die wohlhabenderen Bewohner stattfanden. Tully hätte es wahrscheinlich mehr genossen, wenn die Verantwortung dafür nicht auf ihm lasten würde, aber so war es nun mal. Was jede Menge Treffen mit den Ältesten, dem Bürgermeisteramtsbüro und den Gewerbetreibenden bedeutete. *Laaangweilig.*

Normalerweise ging er nach einem besonders langen Meeting – und, lieber Gott, hatte sich das letzte Meeting hingezogen – nach Hause. Doch diesmal schlenderte er zum Hügel, der eine wunderbare Aussicht auf Jamie Meachams Hütte bot. Sie hatte eine der Blockhütten auf dem Grundstück der Hotelanlage bezogen. Er machte ihr keinen Vorwurf, die Hütten waren alle hübsch, aber sie verlor dadurch auch Geld, weil sie sie so nicht an Gäste vermieten konnte. Andererseits war nach allem, was er im Lauf der letzten Monate über Jamie erfahren hatte, Geld nicht wichtig für sie. Nicht so wie für die meisten. Nein. Sie wollte etwas anderes. Sie wollte Macht. Das beunruhigte ihn. Macht korrumpierte manchmal die besten Leute, und Jamie hatte bereits einen problematischen Hintergrund. Es brauchte nicht viel, um sie tief abrutschen zu lassen.

Er sah sie vor der Garage neben der Blockhütte vorfahren und aus ihrem SUV steigen. Mit einer kleinen Tüte von *Chandler's Grocery* ging sie auf das Haus zu. Bevor sie allerdings die erste Stufe zur Veranda erreichte, blieb sie stehen und fuhr herum. Sie ließ den Blick über die Umgebung schweifen, und Tully fragte sich, ob sie wusste, dass er sie beobachtete. Doch sie schaute nicht ein einziges Mal in seine Richtung.

Stattdessen ließ sie ihren kleinen Rucksack und die Einkaufstüte auf die Veranda fallen und hob die Hände, die Innenflächen nach oben gedreht, über den Kopf, schloss die Augen und bewegte die Lippen. Er wusste, dass sie sang, konnte die Worte jedoch nicht verstehen. Während sie mit erhobenen Händen dastand, kroch Energie aus dem Boden an ihren Beinen, ihrer Mitte, ihrem Brustkorb nach oben. Die Energie legte sich um sie wie eine Schlange und glitt in ihre geöffneten Hände. Schließlich ballte sie die Hände zu Fäusten, hob sie noch höher und schrie etwas, das er nicht verstand. Der Wind frischte auf und sie riss die Arme herunter. Blitze zuckten aus ihren Handflächen und rasten in einem großen Kreis um das ganze Haus herum. Als sie wieder bei ihr ankamen, lösten sie sich in Luft auf.

Tully wusste nicht, was genau sie getan hatte oder warum, aber er sah, dass es sie erschöpft hatte. Sie lehnte sich einen Moment lang schwer atmend an das Geländer der Veranda. Dann nahm sie ihren Rucksack und ihre Einkaufstüte wieder hoch und ging langsam die Treppe hinauf. Sie öffnete die Haustür, und bevor sie sie schloss, hörte er sie sagen: »Hey, Baby. Ich bin wieder da.«

Er wusste nicht, warum seine Augen sich verengten oder warum er am liebsten dort hinuntergelaufen wäre und Auskunft verlangt hätte, wer zur Hölle mit ihr in ihrem Haus wohnte, aber darüber würde er sich weiter keine Gedanken machen. Er machte sich mehr Gedanken darüber, was sie im Schilde führte. Wenn es eines gab, das er ernst nahm, dann war es der Schutz seiner Stadt und seiner Leute. Das war das Einzige, was ihm am Herzen lag.

Nachdem er beschlossen hatte, später wiederzukommen, nachdem er ein wenig gejagt hatte, rutschte Tully vom Felsen herunter und machte sich auf den Heimweg. Er war auf halbem Weg dorthin, als sein Handy klingelte.

»Jepp?«

»Junge.«

Er lächelte. »Hey, Onkel Bub.« Bubba Ray Smith vom Smithtown-Rudel in Tennessee. Er liebte seinen Onkel – auch wenn sie eigentlich Cousins waren – und würde es immer tun. »Was gibt's?«

Als sein Onkel ihm nicht sofort antwortete, blieb Tully stehen. »Was ist los?«

»Ich habe einen Anruf von deinem Onkel Darryl bekommen ... Buck ist auf dem Weg nach Smithville.«

Tullys Kiefer verkrampfte sich und seine Reißzähne schoben sich aus seinen Kiefern.

»In Ordnung«, sagte er langsam. »Ich werde mich darum kümmern.«

»Wenn du mich brauchst, ruf an. Aber unternimm nichts, bis du weißt, dass es sein muss.«

»Du meinst, bis du für den Rest der Familie begründen kannst, dass ich das Recht dazu hatte.«

»Du kannst sagen, was du willst, Tully Ray, aber so werden solche Dinge geregelt. Und unterm Strich ist Buck Smith nun mal von unserem Blut ... und er ist dein Daddy.«

»Nein, Onkel Bub. Mein Daddy ist das Letzte, was dieser Mann ist.«

Er beendete das Telefonat und wartete einen Moment, bevor er eine Nummer wählte, die er auf Kurzwahl hatte. Als er die brummende Stimme sagen hörte: »Bear am Apparat«, schloss Tully die Augen und antwortete: »Buck Smith ist auf dem Weg hierher. Sorg dafür, dass alle vorbereitet sind.«

KAPITEL 2

Nachdem er die halbe Nacht auf gewesen war und sich wegen seines Vaters Sorgen gemacht hatte, beschloss Tully, sich endlich um die eine Sache zu kümmern, die er im Moment tatsächlich in den Griff kriegen konnte … Jamie.

Okay. Vielleicht konnte er Jamie nicht in den Griff kriegen, aber sie war definitiv imstande, ihn davon abzulenken, was Buck Smith möglicherweise im Schilde führte, und warum er in eine Stadt zurückkehrte, von der er gesagt hatte, dass er sie nie wieder betreten werde. Obwohl Tully keinen noch lebenden Mann kannte, der keine Probleme mit seinem Vater hatte, wusste er, dass seine Probleme tiefer gingen als die der meisten anderen. Nach all den Jahren brachte der Mann noch immer Zorn und Angst in Tully zum Vorschein. Zorn, weil der Bastard ihm den letzten Nerv raubte, und Angst, weil Tully sich sorgte, dass er sein eigen Fleisch und Blut eines Tages würde umbringen müssen. Es war wirklich das Letzte, was er wollte, aber Buck hatte etwas in sich, das niemals nachließ. Er nervte einfach immer weiter. Und Tully bezweifelte, dass sich daran etwas geändert hatte.

Er hatte jedoch alles in seiner Macht Stehende getan, um vorbereitet zu sein. Bear und seine Deputies waren verständigt. Tully hatte seinen Daddy vorgewarnt, damit er es Tullys Mom möglichst schonend beibrachte, und die ganze Stadt war bereit, sollten irgendwelche Angriffe erfolgen. Abgesehen davon, herumzusitzen und sich nutzloserweise zu sorgen, gab es nicht viel mehr, was er tun konnte.

In diesem Wissen beschloss er, Jamie suchen zu gehen. Und er fand sie auch. Beim Frühstück im Smithville Diner. Die Hotelanlage bot ein umfangreiches Frühstück an, dort würde sie ihre Morgenmahlzeit umsonst bekommen. Aber er hätte Geld darauf gewettet, dass sie mal wieder Streit mit ihrer Cousine hatte. Gerüchten zufolge hatte der Zirkel sie nach dem Treffen der Ältesten in der Cardinal Lane zur Rede gestellt. Niemand wusste genau, worum es gegangen war, aber danach hatte Jamie sich abgesetzt.

Wenn schon ihr eigener Zirkel nicht zu ihr durchdringen konnte, dann war es Tully schleierhaft, was der Rest von ihnen ausrichten sollte. Sie war definitiv eine Frau, die niemanden besonders nah an sich heranließ. Natürlich war das bei dem ganzen Zirkel so gewesen, als er seinerzeit hier angekommen war. Sogar bei Emma. Aber irgendwann, nach und nach, hatten sie ihren Weg gefunden, Freundschaften geschlossen. Nicht so Jamie. Und das war seltsam, denn sie war so freundlich. Sie lächelte, sie plauderte, aber die Mauern waren definitiv da. Sie wollte niemanden zu nah an sich heranlassen und alle wussten das.

Also tat Tully etwas, das er in den zehn Monaten, seit sie hier war, noch nie getan hatte: Er setzte sich zu Jamie an den Tisch. Sie schaute von dem Buch auf, in dem sie gerade las, blinzelte ihn an und wandte sich wieder ihrer Lektüre zu. Er hatte seine liebe Not, nicht zu lächeln. Was konnte er sagen? Er bewunderte ihre Zurückhaltung, nicht einmal zu *versuchen* herauszufinden, warum er sich zu ihr gesetzt hatte.

»Morgen, Jamie.«

»Hey.«

»Wie geht es dir?«

Sie hob den Blick von ihrem Buch und konzentrierte sich auf ihn. Einen Moment später legte sie das Buch beiseite und lehnte sich auf ihrem Stuhl zurück. »Es geht mir gut. Möchtest du mit mir frühstücken?«

»Nun, mächtig nett von dir, dass du mich einlädst. Ich glaube, genau das werde ich tun.« Er winkte der Kellnerin und sie kam zu ihnen. »Das Spezialfrühstück, Schätzchen. Aber nur wenig Haferbrei.«

»Kaffee?«

»Bitte. Und Saft.«

Sie lächelte. »Sollst du haben, Tully.«

Die Kellnerin ging und Tully wandte seine Aufmerksamkeit wieder Jamie zu. Sie beobachtete ihn noch immer und grinste.

Er stützte die Arme auf den Tisch und fragte: »Also, was liest du da? Roman oder Sachbuch?«

»Keinen Roman. Geschichte.«

»Über?«

Ihr Feixen verwandelte sich in ein Grinsen. »Die Donnerparty.«

»Das sind die Leute, die …«

»Sich gegenseitig aufgegessen haben. Ja genau.«

»So etwas liest du kurz vor dem Frühstück?«

Sie zuckte die Achseln. »In den Diners daheim habe ich mir bei Pastrami auf Roggenbrot immer Tatortfotos angesehen. Stört mich nicht.«

»Na dann.«

Die Kellnerin kam zurück, stellte Tully einen Becher hin, schenkte ihm Kaffee ein und ließ die Kanne gleich auf dem Tisch.

»Was tust du eigentlich sonst so, wenn du nicht arbeitest?«, erkundigte er sich höflich.

»Fernsehen.«

Tully blies auf seinen Kaffee und nahm einen Schluck. »Ich habe nicht einmal einen Fernseher. Ich sehe den Sinn darin nicht.« Er stellte seinen Kaffee beiseite, und zum ersten Mal, seit er sie kennengelernt hatte, sah er einen Ausdruck der Verwirrung und des Entsetzens auf ihrem Gesicht.

»Was ist los?«

»Du hast keinen Fernseher? Wie lebst du ohne Fernseher?«

Wie ich lebe? »Ganz einfach. Ich habe ihn nie gebraucht.«

Jamie schüttelte den Kopf und ihr Gesicht übermittelte ihren

Abscheu über seine Einstellung, ohne dass sie ein Wort zu sagen brauchte.

Tully lachte. »Von all den Dingen, die in dieser Stadt so vor sich gehen, ist es *das*, was dich stört?«

»Ja genau. Wirklich, das tut es. Das ist *verrückt.*«

Die Kellnerin stellte einen vollen Teller vor Jamie ab. Sie griff sofort nach der scharfen Soße und durchtränkte ihre gebratenen Eier vollständig damit.

»Weißt du, ich kann nicht umhin zu bemerken, dass du das gleiche Frühstück auch in eurem Hotel bekommen könntest.«

»Ja, aber dann würde ich mich am Ende mit Mac streiten, statt zu essen, und ich möchte wirklich etwas essen.«

»Sie fügt sich sehr gut ein«, bemerkte Tully, nachdem die Kellnerin ihm sein Frühstück gebracht hatte. Das Spezialgericht wurde auf einer Platte serviert und hätte mühelos für zwei oder drei Vollmenschen gereicht. Aber er war kein Vollmensch, und der Elch, den er in der vergangenen Nacht erlegt hatte, hielt nicht länger vor. »Wie ich mitgekriegt habe, trainiert sie in dieser Saison die Mädchen-Softballmannschaft.«

»Jepp.«

»Und Seneca ist Trainerassistentin bei den Junioren und bei der Uni-Auswahl der Cheerleadingteams und Emma gibt den Kursus für Steuern und Buchführung am Seniorencenter.«

Jamie hob den Kopf, eine Scheibe Toast in der Hand. »Aha.«

»Und sogar Kenny hat sich erboten, ehrenamtlich in der Bibliothek zu arbeiten, mitzuhelfen, die Computersysteme auf den neusten Stand zu bringen und Kindern den Umgang mit dem Computer beizubringen.«

»Worauf willst du hinaus?«

»Ich schätze, mir fällt einfach auf, dass du dich noch nicht wirklich in der Stadt eingebracht hast.«

»Tatsächlich?«

»Natürlich musst du das auch gar nicht. Ich meine ja bloß, dass es einem manchmal guttut, anderen zu helfen. Und je mehr man anderen hilft, umso wohler fühlt man sich in seiner Umgebung.«

Sie hob den Zeigefinger. »Merk dir mal kurz diesen Gedanken.« Dann drehte sie sich nach hinten und streckte den Arm zu dem Tisch mit Männern hinter sich aus. Sobald sie sich ihnen näherte, lehnten die sich ängstlich nach hinten. Es waren Geparden und sie waren daran gewöhnt, vor gelangweilten Löwen und aufgeschreckten Bären zu fliehen, daher bewegten sie sich wirklich schnell. Vor allem jetzt.

Jamie streckte den Finger aus. »Was dagegen, wenn ich mir den Ketchup ausleihe?«

Der ältere Mann, der sie die ganze Zeit über genau beobachtete, nahm den Ketchup vom Tisch und reichte ihn ihr vorsichtig herüber. Sobald sie die Finger um den Hals der Flasche geschlossen hatte, riss er seine Hand zurück. Sie warteten, bis sie sich wieder umgedreht hatte, bevor sie sich vorbeugten und ihr Gespräch fortsetzten, als sei nichts geschehen.

»Also, wie, meintest du, würde ich mich hier wohler fühlen?«, fragte sie, während sie Ketchup über ihre Kartoffelpuffer schüttete.

Tully schüttelte den Kopf und wandte sich wieder seinem Essen zu. »Schon gut.«

Jamie ging die Main Street entlang, ihr Buch unter den Arm geklemmt. Es handelte sich tatsächlich um den jüngsten Roman von Stephen King, aber sie hatte die leise Hoffnung gehabt, dass ihre Lüge Smith verscheuchen würde – was nicht passiert war.

Was genau führt dieser Hund im Schilde?

Gute vierzig Minuten lang hatte sie ihn dabei beobachtet, wie er zwei Platten mit dem Spezialgericht des Diners verschlang und pausenlos redete über … sie wusste es nicht einmal. Die Leute in der Stadt. Die Geschichte der Stadt. Sie hatte keine Ahnung, warum er ihr das alles erzählte, und es war ihr auch egal. Sie genoss es, nichts über diese Leute zu wissen und fand es bedauerlich, dass die das nicht genauso sahen. Aber sie hoffte dennoch, mit gutem Beispiel voranzugehen.

Versuchte er, sie dazu zu bringen, etwas Bestimmtes zu empfinden? Was glaubte er, würde das ändern? Würde sie die Leute weniger nervös machen, wenn sie wie Mac ihren Bälgern half, ihre Ballwürfe zu verbessern und nach dem Training mit deren Moms plauderte? Bei dem Gedanken schüttelte Jamie sich vor Ekel. Sie verabscheute Kinder. Sie hatte sie schon verabscheut, als sie selbst noch ein Kind war, und dieses Gefühl hatte sich in zweiunddreißig Jahren nicht geändert.

Sie war schon fast an ihrem SUV, als sie mit jemandem zusammenstieß. Sofort hielt sie die Frau fest, bevor diese hinfallen konnte, aber sie verloren dabei beide die Kontrolle über ihre Einkaufstüten, und Äpfel rollten übers Pflaster.

»Tut mir leid«, entschuldigte Jamie sich sofort. »Ich habe nicht aufgepasst.«

»Es ist nur eine Kleinigkeit, Schätzchen. Machen Sie sich keine Gedanken.«

Jamie vergewisserte sich, dass die Frau, die sie festhielt, nicht umfallen würde, bevor sie sie losließ. »Sind Sie sich sicher, dass Ihnen nichts passiert ist?«

Millie MacClancy lächelte sie an. »Mir geht es gut, Liebes. Hervorragend. Sie sind so ein kleines Ding, ich habe es kaum bemerkt.«

Okay. *Das* war etwas, das sie an dieser seltsamen Kleinstadt liebte. Hier waren Seneca und Emma praktisch Hobbits, Kenny wurde als die »Kurze« bezeichnet, Jamie galt als »zierlich« und Mac war einfach nur durchschnittlich. Es war definitiv das denkbar beste Gefühl, vor allem für die Cousinen, die von ihren Verwandten vom Land so oft »grobknochig« genannt worden waren, dass sie bei Familienfesten nur teilnehmen durften, wenn sie sich an bestimmte Regeln hielten. Die wichtigste davon lautete: Schlagen verboten.

Millie machte Anstalten, in die Hocke zu gehen, um ihre Tüten aufzuheben, und Jamie hielt sie erneut an den Armen fest.

»Wagen Sie es nicht. Ihr Sohn würde mir sonst ewig damit in den Ohren liegen.«

Allein die Erwähnung Tullys entlockte der älteren Frau ein Lächeln. »Dieser Junge. Was hat er jetzt schon wieder angestellt?«

»Ich wünschte, ich wüsste es.« Jamie lachte leise, bevor sie sich hinhockte und das Obst und Gemüse aufsammelte, das aus den Tüten gekullert war.

»Also, wie sieht es aus bei Ihnen, Schätzchen?«, fragte Miss Millie.

»Bestens.« Jamie warf die letzten Äpfel und Kartoffeln in die braune Papiertüte.

»Läuft das Hotel gut?«

»Ja. Wir haben wirklich viel zu tun.«

Jamie stand auf, die Tüten in den Armen. »Wir mussten sogar neues Personal einstellen.«

»Gut. Freut mich zu hören.«

Millie fasste nach den Tüten, aber Jamie ließ sie nicht los. »Nein. Ich trage sie Ihnen zum Auto.« Sie runzelte die Stirn. »Miss Millie? Geht es Ihnen gut?« In den Zügen der älteren Frau spiegelte sich eine Anspannung, die Jamie noch nie dort gesehen hatte. »Soll ich Sie irgendwohin fahren?«

»Nein, nein. Mir geht nur so einiges im Kopf herum. Kein Grund zur Sorge. Das Einkaufen hat geholfen.« Sie zeigte die Straße hinunter. »Mein Wagen steht gleich da drüben.«

»Sind Sie sich sicher, dass ich Ihnen nicht irgendwie behilflich sein kann?«

»Nein, nicht nötig, Schätzchen. Aber danke für das Angebot.«

Sie gingen zusammen die Straße entlang. »Etwas verstehe ich nicht, Miss Millie. Sie haben so ein schönes Auto, aber Ihr Sohn ...«

Millie lachte. »Was soll ich dazu sagen? Er geht gern zu Fuß. Hat das Gefühl, mehr über das Geschehen in der Stadt zu erfahren, wenn er auf zwei oder vier Füßen unterwegs ist.«

Jamie wusste nicht, wie viel der Mann mitkriegen sollte, wenn er langsam durch die Stadt schlenderte, aber sie wollte Millie nicht widersprechen. Die ältere Frau hatte etwas an sich, das sie von den anderen unterschied. Etwas wirklich Süßes und einfach … Unschuldiges. Obwohl sie schon Ende fünfzig war, konnte Jamie sich sehr gut vorstellen, was die Aufmerksamkeit des ewig mürrischen Jack erregt hatte, aber dass Tully Smith ihr Sohn war, konnte Jamie fast nicht glauben. Ausgerechnet der sich langsam bewegende, nicht unbedingt immer besonders helle Tully, der alle Frauen stets auf eine Weise ansah, als hätte er sie gevögelt oder als würde er es gerne.

So viel dazu, dass der Apfel nicht weit vom Stamm fiel. Andererseits hatte Jamie mehr als einmal einen Freund ihrer Eltern über sich sagen hören: »Sie mag ja aussehen wie du, Mary. Aber davon abgesehen …«

Jamie wartete, bis Millie ihren Kofferraum aufgeschlossen hatte, dann stellte sie die Lebensmitteltüten in den Wagen. Sie schlug die Heckklappe zu und schüttelte wie immer den Kopf über das Auto, das Tullys Mutter fuhr.

»Stimmt irgendetwas nicht?«

»Nein, alles bestens.« Jamie stieß einen sehnsüchtigen Seufzer aus. »Aber ich kenne Leute, die für diesen Wagen morden würden.«

Millies hübsche braune Augen weiteten sich. »Wirklich?« Sie beugte sich vor und flüsterte: »Ich nehme an, als Polizistin kennen Sie solche Leute.«

»Ex-Polizistin, aber ja, durchaus.« Sie betrachtete den Wagen. »Man sieht nicht viele Camaros Baujahr 1966 in diesem Zustand.«

»Wirklich?«, fragte Millie wieder und würdigte das Auto kaum eines Blickes. »Ich versuche, es gut in Schuss zu halten. Um meinen Daddy zu zitieren: ›Man muss vorbereitet sein, weil man nie weiß, wann die Regierungsbeamten kommen.‹«

Jamie nickte langsam. »Ich verstehe … und die Regierungsbeamten sind ein großes Problem für Sie, Miss Millie?«

»Nicht mehr.« Sie zwinkerte ihr zu und ging um den Wagen

herum auf die Fahrerseite. Sie hatte gerade die Tür aufgeschlossen, als Katie auf sie zukam. Sie schaute unter ihrer aufreizend großen Kappe des Sheriff Department zwischen Millie und Jamie hin und her. Jamie hätte gedacht, sie könnten sich eine Kappe leisten, die auf den Kopf des armen Mädchens passte. Bei allen Göttern, es war nicht so, als hätte sie einen kleinen Kopf.

»Alles in Ordnung, Mom?«, fragte Katie und musterte Jamie anklagend aus zusammengekniffenen Augen. Mensch, man gab einem Mädchen einen Spitznamen, und dann benahm sie sich bis in alle Ewigkeit wie eine totale Idiotin.

»Natürlich«, antwortete Millie. »Warum?«

»Nur so.« Katie zwang sich zu einem Lächeln. »Jamie.«

»Hasenzahn.« Jamie sah einen Reißzahn aufblitzen, bevor sie sich umdrehte und Millie lächelnd zuzwinkerte. »Man sieht sich, Miss Millie.«

»Auf Wiedersehen, Liebes.«

Jamie ging wieder die Straße hinauf, musste aber lachen, als sie Millie zu Katie sagen hörte: »Hör auf zu knurren, meine Kleine. Ich bin mir sicher, Hasenzahn ist liebevoll gemeint.«

Tully saß in der Küche seiner Eltern und aß das letzte Stück Limettenkuchen, das irgendjemand ganz weit hinten in der Speisekammer unter einem Haufen Papiertüten und hinter mehreren Kisten Coors-Bier versteckt hatte, als sein Daddy hereinkam.

»Das war meins«, knurrte er, bevor er auch nur einen Schritt über die Türschwelle setzte.

»Ach wirklich?« Tully aß weiter. »Ich glaube nicht, dass ich deinen Namen darauf gesehen habe.«

Jack versetzte Tully einen Schlag auf den Hinterkopf und Tully zuckte zusammen. »Weißt du, die Krallen waren unnötig, Daddy.«

Bevor Jack ihn erneut angreifen konnte, kamen Millie und Katie herein.

»Was ist hier los?«, fragte seine Mom.

»Daddy hat angefangen.«

Der Kater fauchte, bevor er nach einer der Tüten griff, die Millie in der Hand hielt. »Krieg deinen Hintern hoch und hilf, Junge«, knurrte er.

»Ich esse gerade.«

Katie griff schnell nach der Tüte. »Ich mach das.«

»Er hat meinen Kuchen gegessen«, beschwerte Jack sich, bevor er die Tüte in die Speisekammer trug.

»Warum quälst du ihn so?«, flüsterte Millie Tully zu.

»Die Antwort ›Weil ich es kann‹ würde mir nur einen weiteren Schlag auf den Hinterkopf einbringen, nicht wahr?«

»Ja.« Sie legte ihm die Arme um die Schultern und küsste ihn auf die Stirn. »Wie war dein Tag bisher?«

»Gut.« Er streichelte ihren Arm. »Und Mom ...«

»Ich will nicht, dass du dich wegen deines Vaters sorgst, Kleiner.«

»Ich werde nicht zulassen, dass er herkommt und irgendetwas vom Zaun bricht. Ich werde nicht zulassen, dass er dir wehtut.«

»Pst, Kleiner.« Sie streichelte ihm über die Schultern. »Es ist nur eine Kleinigkeit.«

»Wohl kaum.«

»Lass Buck Smith das nicht mit dir machen. Du musst immer nur daran denken, dass du *mein* Sohn bist. Verstanden?«

»Jawohl.«

»Gut.« Sie küsste ihn noch einmal, bevor sie sich von ihm löste. Er schenkte sich ein weiteres Glas Milch ein.

»Ich habe übrigens gerade die süße Jamie Meacham in der Stadt getroffen.«

»Süß, dass ich nicht lache«, brummte Jack aus der Speisekammer.

»Ich weiß nicht, was du gegen sie hast, Jackie.«

»Sie ist die Tochter Satans. Und wann werden wir einen Bericht über sie bekommen, Herr Nichtsnutz?«

Tully antwortete nicht, bis eine Rolle Alufolie gegen seinen Hinterkopf knallte. *»Au!«*

»Ich habe dir eine Frage gestellt, Junge.«
»Ich arbeite dran.«
Millie lehnte an der Küchentheke. »Was für ein Bericht?«
»Daddy will, dass ich Jamie nachspioniere.«
»Weshalb das denn?«
»Er glaubt, dass sie irgendetwas im Schilde führt.«
»Ich bin mir sicher, dass sie das tut«, stimmte Millie gelassen zu. »Aber das heißt nicht, dass es nicht im besten Interesse der Stadt geschieht.«
»Das bezweifle ich«, knurrte Jack.
»Ich habe heute Morgen mit ihr gefrühstückt«, gestand Tully. »Sie hat die ganze Zeit gelesen und meinen Charme vollkommen ignoriert.«
»Ich hätte ihr einen besseren Geschmack zugetraut«, meinte Millie, was ihr ein Lächeln ihres Sohnes eintrug.
»Wenn ich irgendwelche Informationen über sie bekommen will, werde ich sie wohl weiter beschatten müssen.«
»Das ist eine Möglichkeit«, sagte Millie. »Oder du könntest versuchen, freundlich zu sein.«
»Warum sollte er das tun?« Jack kam aus der Speisekammer und sah sie an. »Willst du mir nichts zu essen machen?«
»Ich habe dir gerade etwas gemacht.«
»Das war vor Stunden!«
Sie schüttelte den Kopf, ignorierte ihren Mann vollkommen und trat neben ihren Sohn. »Nun?«, fragte sie drängend.
»Ich verstehe das Wort nicht, das du gerade benutzt hast. Ähm … frrrrrr …«
»Freundlich«, wiederholte sie und zog ihn lachend an den Haaren. »Im Gegensatz zum Rest von euch habe ich tatsächlich mit ihr *geredet.* Und sie ist unheimlich nett.«
»Sie nennt mich Hasenzahn«, warf Katie ein.
Tully wandte den Blick von seiner Schwester ab und ihr Daddy ging schnell zum Kühlschrank, um sich alles Notwendige für ein Sandwich herauszuholen und gleichzeitig sein Lachen zu verbergen.

»Sie zieht dich nur auf, Katie.«

»Klingt für mich nicht nach Aufziehen.«

»Versuch es einfach, Kleiner.« Millie umarmte Tully noch einmal. »Wenn du zu ihr durchdringen willst ... sei einfach nett.«

Tully zuckte mit den Achseln und trank den letzten Rest Milch aus. »Ich schätze, einen Versuch ist es wert.«

Jamie hob mit tränenden Augen die Hand. »Tut mir leid. Wenn Sie einfach ... ich ...« Kopfschüttelnd entfernte sie sich von der Rezeption und ging durch den Gastraum nach hinten in die Küche, wo sie ihren Zirkel vorfand.

»Irgendjemand muss an die Rezeption«, verkündete sie den Anwesenden.

Mac schaute nicht einmal von ihren Notizen für das Menü des heutigen Abends auf. Sie hatte das Smithville-Arms-Restaurant übernommen, ohne vorher auch nur mit dem Rest von ihnen darüber zu reden. Nicht dass es Jamie wirklich störte, doch es gefiel ihr nicht, wenn jemand anmaßend war. »Ich dachte, du bist an der Rezeption.«

»Hippie-Alarm.«

Ihre Cousine lachte. »Womit hat sie sich denn einparfümiert? Mit Rosenwasser oder irgendeinem obskuren Weihrauch?«

»Patschuli-Öl.«

»Ohhhh!«, sagten ihre Zirkelschwester einmütig.

»Doch nicht der Kuss des Todes?«, witzelte Kenny, während sie an ihrem Laptop weiterarbeitete.

»Du weißt, dass ich diesen Geruch nicht ertrage. Man ahnt sofort, dass sie auf diesen ganzen Mutter-Erde-Mist abfährt mit ihren Hanfschuhen und ihrem für ihr Alter viel zu langen Haar.«

»Du bist heute ja in Hochform.«

»Ich mein ja bloß. Igitt.« Sie bedachte Seneca mit einem flehenden Lächeln. »Bitte?«

»Na schön, na schön.« Seneca ging zu der Schwingtür, atmete mehrmals tief durch und schien den Atem dann anzuhalten. »Ich kümmere mich darum«, sagte sie, bevor sie davonstürmte.

»Wird sie wirklich die Luft anhalten?«, fragte Mac.

»Vielleicht hätte ich ihr sagen sollen, dass der Hippie ein ganzes Rudel Leute einchecken will.«

»Belästige sie nicht mit solchen nebensächlichen Details«, meinte Kenny, die wahrscheinlich hoffte, dass die arme Sen vom Sauerstoffmangel ohnmächtig werden würde.

»Jemand, den wir kennen?« Mac reichte die Speisekarte an ihren Beikoch weiter.

»Glaub nicht.« Jamie ging zur Hintertür. Sie stand tagsüber immer offen, selbst im Winter, weil es in der Küche wegen der Öfen so heiß wurde. »Der Name, den sie mir genannt hat, war Wanda Pykes. Danach konnte ich nicht länger dableiben und zuhören. Zu stinkig. Außerdem, welcher Zirkel würde es riskieren, hierherzukommen?«

Jamie trat auf die Veranda hinaus und blickte in die Ferne. Die pure Schönheit dieses Ortes erstaunte sie immer wieder.

»Wir gehen heute Abend mit Kyle und Emma aus. Willst du mitkommen?«

Sie schüttelte den Kopf. »Ich kann nicht. Habe ein Meeting.«

»Noch so eins, mit dem die Bevölkerung in Angst und Schrecken versetzt wird?« Mac hockte sich rittlings auf das Holzgeländer. »Was ist sonst noch so los bei dir?«

»Nichts. Warum?«

»Um ehrlich zu sein, du siehst … müde aus.«

»Vielen Dank.«

»Bist du dir sicher, dass der Titel eines Champions das alles wert ist?«

»Ist er nicht. Aber die Macht, die er mir bringt, ist es wert.«

Mac holte Luft und stieß sie wieder aus. Das tat sie nur, wenn sie mit Jamie zusammen war und versuchte, sich nicht aufzuregen. »Ich verstehe nicht, warum du mehr brauchst als das, was du hast.«

»Ich weiß. Das ist der Grund, warum diese Unterhaltung – wieder einmal – sinnlos ist.«

»Kannst du nicht einfach das Leben hier genießen? Ich weiß nicht, was du noch willst.«

»Es ist das Gefühl, das man hat, wenn unerschlossene Macht zum ersten Mal durch einen hindurchströmt. Wenn du weißt, dass du in dem Moment *alles* tun kannst.«

»Aber wie lange wird es dauern, bevor es zu viel ist?«

»Es ist nie zu viel.«

»Bullshit. Wir wissen beide, was mit denen passiert, die die Grenze überschreiten, Jamie.«

»Das werde nicht ich sein.«

»Was ist, wenn du keine Wahl hast?«

»Nichts und niemand kann oder wird mich dazu bringen, diese Grenze zu überschreiten. Nicht jetzt, nicht irgendwann in der Zukunft. Und das müsstest du eigentlich wissen.«

Mac rutschte vom Geländer und ging zurück in die Küche. »Ja, richtig«, sagte sie über ihre Schulter. »Ich müsste es eigentlich wissen.«

KAPITEL 3

Es ging auf elf zu, als sie ihr Haus verließ. Sie hatte sich ein schlichtes Kleid übergeworfen, trug aber weder Schuhe noch Jacke, obwohl es so nah am Meer ein wenig kühl war. Ihr Haar war nass und roch, als hätte sie es gerade gewaschen, und die sich bereits lockenden Strähnen fielen ihr über den Rücken. Meistens band sie sich einen Pferdeschwanz, doch nicht heute Abend.

Das Einzige, was sie bei sich hatte, war eine sehr kleine Tasche – und er weigerte sich, eine Vermutung anzustellen, was darin sein mochte –, sowie ein ledernes Schulterholster mit ihrer Pistole. Sie hatte sich gar nicht erst die Mühe gemacht, es richtig anzulegen, sondern es sich stattdessen wie eine Handtasche über die Schulter gehängt.

Jamie stapfte durch den Wald und Tully folgte ihr schweigend. Sie ging zu der Lichtung, die sie gern für solche Dinge nutzte, nachdem sie ihre frühere »versehentlich« niedergebrannt hatte. Er blieb im Wald und lief einen kleinen Hügel hinauf, wo er eine exzellente Sicht auf das hatte, was sie tat. Sie legte die in dem Holster steckende Pistole auf den Boden. Die Tasche noch immer fest in der Hand machte sie mehrere Schritte weg von ihrer Waffe und kniete sich ins Gras. Dann zog sie den Reißverschluss der Tasche auf und nahm eine Flasche heraus, die aussah, als sei sie mit Wasser gefüllt, außerdem ein Messer mit einem juwelenbesetzten Griff. Beide Gegenstände legte sie neben sich und warf die Tasche neben die Pistole.

Immer noch kniend schloss sie die Augen und atmete tief

durch. Das machte sie mindestens fünf Minuten lang, bevor sie sich bückte und nach dem Saum ihres Kleides griff. Sie hob den dünnen Stoff von ihrem Körper und Tully stieß ein leises Knurren aus. Verflixt, aber sie war einfach umwerfend. Wirklich kurvenreich, schwerer, als es der Allgemeinheit gefiel, aber genau sein Ding: schnell, gemein und ein Höllenritt. Zumindest vermutete er das.

Er schüttelte den Kopf und zwang sich, sich darauf zu konzentrieren, was sie im Schilde führte, statt sich zu fragen, wie gut ihre Muschi schmecken mochte. Für so etwas hatte er keine Zeit, nicht wahr?

Nicht wahr?

Sie zog den Korken aus der Glasflasche und goss den Inhalt vorsichtig in einem großen Kreis um sich herum aus. Dabei sang sie leise. Seine Wolfsohren konnten zwar ihre Worte ausmachen, aber er verstand sie nicht. Es war nicht Englisch oder irgendeine andere Sprache, die er kannte. Als sie die Flasche geleert hatte, stellte sie sie neben sich und griff nach dem Messer. Es war ein schick aussehendes Ding und sie benutzte es immer, wenn sie allein arbeitete. Wenn sie mit ihrer Cousine zusammenarbeitete, hatte sie ein anderes.

Mit beiden Händen umfasste sie das Heft des Messers und hob die Arme hoch über den Kopf. Ihr Gesang wurde lauter, was auch nötig wurde, weil der Wind um sie herum plötzlich auffrischte. Tully konnte ihn in seiner Nähe nicht spüren, aber er war definitiv in ihrer Nähe und ihr langes Haar wehte um sie herum. Und während der Wind wehte, loderten dort, wo sie die Flüssigkeit ausgegossen hatte, Flammen auf, sodass sie nun von einem Ring aus Feuer umgeben war. Er sorgte sich wegen der Waldbrandgefahr, doch nach dem ersten Auflodern wurden die Flammen schnell wieder ganz klein und erloschen dann. Jetzt konnte er deutlich sehen, dass sie sich in einem Kreis verbrannter Erde befand.

Inzwischen schrie sie die Worte tatsächlich heraus und rief nach denen, die sie anbetete. Sie streckte die Arme noch ein wenig weiter aus, bevor sie die Klinge in den Boden rammte und dann ...

Gott.

Und dann war sie verschwunden.

»Ich mische mich da nicht ein«, sagte sie noch einmal mit ihrem sanften irischen Akzent. »Ich habe dich gewarnt, ihn nicht zu verärgern. Du hast es getan. Jetzt wirst *du* die Konsequenzen tragen müssen.«

»Ich habe alles versucht.«

»Nein.« Sie schüttelte den Kopf. »Nicht alles.«

Jamie schloss kurz die Augen. »Willst du mir damit sagen ...«

»Wenn du diesen Weg einschlägst, gibt es kein Zurück. Vergiss das nicht.«

Jamie vergaß es ganz sicher nicht. »Das ist es, was er von mir will, nicht wahr?«

»Natürlich. Es amüsiert ihn zu beobachten, wie du dich in deiner selbst geknüpften Schlinge verfängst.«

Jamie warf die Hände in die Luft. »Du könntest mir aber auch helfen.«

»Ich stelle mich nicht zwischen dich und ihn. Du hast damit angefangen, du kannst es auch beenden. Oder ... es macht dir ein Ende.«

»Vielen Dank. Das ist sehr nett.«

»Ich gebe mir Mühe.« Sie stupste Jamie mit der Schulter an. »Du bist dran.«

»Kann ich nicht irgendetwas anderes machen?«

»Willst du dir den Titel als mein Champion verdienen oder nicht?« Jamie *wollte* diesen Titel – und die Macht, die damit einherging –, aber diese ... diese ... *Darbietungen* raubten ihr den letzten Nerv.

»Na schön.« Jamie stand da und starrte geradeaus auf die silberschwarze Halle der Dunklen Mütter, durch deren Tore nur auserwählte Krieger und Magier schreiten durften. Kaum dass Jamies Füße den Marmorboden berührten, wurde ihr nackter

Leib in die Gewänder jener gehüllt, in deren Reihe sie sich stellte.

Heute Nacht war es die Leder- und Kettenpanzerrüstung der keltischen Götter. Sie war von Boudica selbst, der Königin der Icener, trainiert worden und trug zwei an ihren Rücken gegürtete Schwerter. Sie konnte damit genauso gut umgehen wie mit ihrer Pistole – zumindest konnte sie es hier, in dieser metaphysischen Dimension der Existenz. Zu Hause neigte sie dazu, sich mit den langen Versandrollen, die sie im Hauptbüro des Hotels hatten, versehentlich auf den Kopf zu schlagen.

Jamie ließ die Knöchel knacken und beobachtete, wie der gegnerische Champion sich vor den Göttinnen verneigte. »Irgendetwas, das ich über den da wissen sollte?«, fragte sie die Göttin an ihrer Seite.

»Er kämpft mit Feuer.«

Jamie drehte sich zu ihr um. »Hä?«

»Er kämpft mit Feuer.« Die Morrighan, die keltische Göttin des Krieges, zog eine Augenbraue hoch. »Das ist doch kein Problem für dich, oder?«

»Schon wieder Feuer«, murrte Jamie und machte sich auf den Weg zu den Kampfgruben. »Langsam habe ich das Feuer satt.«

Tully fragte sich, wie lange er hier würde sitzen müssen. Er hielt nicht viel davon herumzusitzen, wenn er sich stattdessen bewegen konnte. Und obwohl erst fünf Minuten vergangen waren, wurde er bereits unruhig. Dann bebte die Erde unter seinen Füßen, ein heftiger Ruck, und im Kreis auf der Lichtung, der leer gewesen war, entdeckte er jetzt wieder Jamie Meacham. Sie war nackt und hockte auf allen vieren, ihr Körper bedeckt mit Blutergüssen und Schnittwunden, und sie spuckte … ähm … Feuer.

Also wirklich … es kommt nicht jeden Tag vor, dass man eine Frau Feuer spucken sieht.

Von der schrecklichen Angst gepackt, dass er gerade mit ansah, wie sie starb, rannte Tully den Hügel hinunter, auf dem er gestanden hatte, und lief direkt auf sie zu. Sie musste ihn ebenfalls gespürt haben, denn sie streckte die Hand aus dem Kreis heraus und griff nach ihrer Pistole. Sie riss sie so heftig aus dem Holster, dass es davonflog, und zielte damit direkt auf ihn.

Er kam schlitternd zum Stehen, den Blick fest auf die Pistole gerichtet. Bei jedem anderen Menschen hätte er sich keine allzu großen Sorgen gemacht. Aber bei ihr …?

Sie hustete noch immer, doch jetzt waren es keine großen Feuerbälle mehr, sondern nur noch schwarze Rauchwölkchen, die hervorkamen. Er ging langsam in die Hocke, um sie wissen zu lassen, dass sie von ihm nichts zu befürchten hatte. Zumindest nicht im Moment. Sie wartete eine Sekunde, zwei Sekunden, bis sie endlich den Arm sinken ließ. Als aber ein Brüllen aus dem umliegenden Wald ertönte, hob sie die Waffe sofort wieder, zielte jedoch nicht mehr in seine Richtung. Das war der Moment, in dem er die erste sah. Den ganzen Weg vor Entsetzen schreiend kam sie auf sie zugeflogen.

Jamie fiel automatisch nach hinten, die Waffe immer noch erhoben, obwohl er wusste, dass sie ihr nicht das Geringste nutzen würde. Er sprang auf, machte einen Satz auf sie zu und verwandelte sich blitzschnell von einem Wolf in einen Menschen. Er landete auf ihr und rollte sie beide aus dem Weg.

Die erste schlug an der Stelle ein, an der Jamie gerade noch gekniet hatte, sprang auf und lief davon. Dann folgte eine weitere und noch eine. Tully kam rasch auf die Knie und griff nach Jamies Hand. Bevor er sie jedoch außer Reichweite ziehen konnte, kam auf allen vieren ein Tier aus dem Wald direkt auf sie zugerannt. Vor Wut hatte es Schaum vorm Maul und die Angst machte es vollkommen kopflos.

»Scheiße«, murmelte Tully, zog Jamie auf die Füße und warf sie sich in einer fließenden Bewegung über die Schulter. Sie würde dem Tier niemals davonlaufen können, daher hatte er keine große Wahl. Er preschte los in den Wald, denn er wusste, dass es direkt hinter ihnen war. Verzweifelt stieß er einen kurzen Ruf aus und rannte weiter. Langsam holte es auf, kam immer näher. Er ging das Risiko ein, in einem Satz auf den Felsen zu springen, und dann gleich weiter auf einen höheren direkt daneben. Gerade rechtzeitig drehte er sich um, als Bear McMahon aus der Dunkelheit gestürzt kam und dem fremden Eindringling folgte. Auch ein Grizzly. Der Bär brüllte und stellte sich auf die Hinterbeine, während Bear das Gleiche tat. Sie knallten gegeneinander, rissen die Kiefer auf und versuchten, sich gegenseitig am Kopf oder am Hals zu fassen zu bekommen.

In dem Moment kam Tullys Rudel herangestürmt und heftete sich dem Eindringling an die Fersen … einem Yankee, Geschäftsmann aus Delaware, wenn er sich recht erinnerte – und drängte den Bären weg von Bear und, wichtiger noch, weg von Tully. Der von außerhalb erwischte zwar ein paar Wölfe, die ihm zu nah kamen, und schlug sie weg, doch die Wölfe waren ihm zahlenmäßig weit überlegen, und Bear ließ ebenfalls nicht von ihm ab. Plötzlich schien den Grizzly der Kampfesmut zu verlassen, und er drehte sich abrupt um und rannte zurück in die Richtung, aus der er gekommen war.

Tullys Rudel und Bear verfolgten den Bären, während eine kleine Hybride zu ihnen herüberkam. Sie hatte die Schnauze ihres Katzendaddys und die Ohren ihrer Hundemom … und diesen verflixten vorspringenden Zahn. Als sie zu dem Felsen trottete, auf dem Tully stand, verwandelte sie sich in seine wunderschöne kleine Schwester – glücklicherweise ohne den vorstehenden Zahn. Die Zahnspange hatte bei ihrer menschlichen Gestalt ihren Zweck erfüllt, aber bei ihrer Tiergestalt nichts ausrichten können.

Katie schaute lächelnd zu ihm hoch. »Alles klar, Tully?«

»Mir ging's schon mal besser.« Er stieß den Atem aus. »Die Hyänen haben den Bären anscheinend erschreckt. Er hat sie mir zugeworfen wie Hockeypucks.«

»Ich bin froh, dass wir in der Nähe waren und deinen Ruf gehört haben, aber, ähm …« Sie biss sich auf die Unterlippe, und er wusste, dass sie versuchte, nicht zu lachen.

»Aber, ähm, was?«

»Nun, du hast da einen hübschen Hintern.« Das war eine wirklich seltsame Bemerkung aus dem Mund seiner kleinen Schwester, weil sie beide nackt dastanden. Es gab gewisse Gestaltwandler-Gepflogenheiten zwischen Geschwistern und Blutsverwandten, um peinliche Momente genau wie diesen zu vermeiden. Dann lachte sie jedoch und fügte hinzu: »Hast du vor, ihn zu behalten?«

»Ob ich vorhabe ...« Peinlich berührt schaute er zu dem Hintern, der über seiner Schulter lag. Irgendetwas sagte ihm, dass es nicht gut gehen würde, allerdings musste er zugeben, dass seine kleine Schwester recht hatte – das war wirklich ein verdammt prächtiger Hintern, den er hier hatte.

»Ich lasse dich mal mit deinem Hintern allein und wir sorgen dafür, dass der Bärentourist zurück auf die Bärenseite des Flusses kommt, damit er sich ein paar frische Lachse fangen kann.« Sie zwinkerte ihm zu, verwandelte sich und ging, sodass Tully allein mit einer höchstwahrscheinlich sehr verärgerten Hexe zurückblieb.

Als ehemalige Polizistin hatte Jamie schon eine ganze Menge Demütigungen hinnehmen müssen. Zum Beispiel hatte sie vor anderen Cops die Kontrolle über einen Straftäter verloren, ein irrer Chrystal-Meth-Abhängiger hatte seinen Pitbull auf sie gehetzt, und ein Mann, den sie datete, war während eines Familienessens bei ihrer Mutter aufgrund einer Anklage wegen Veruntreuung verhaftet worden.

Das hier war jedoch eine ganz neue Art von Demütigung und eine, die sie nicht besonders prickelnd fand.

Sie sagte nichts, bis Tully sie wieder sicher auf die Füße gestellt hatte. Er schaute sie mehrere Sekunden lang an und fragte schließlich: »Alles okay?«

Und da packte sie ihn an diesem verdammten goldenen Ohrring, den er unbedingt tragen musste – selbst als Wolf – und drehte das Ding, bis er fast wieder auf den Knien lag. »Wenn alle darüber reden« – *und die Götter wissen, dass sie alle darüber reden werden* –, »werden sie sich nur daran erinnern, dass ich leicht wie eine Feder bin, und ich werde mich daran erinnern, dass du ein sehr mutiger und gut bestückter Wolf bist, der mich beschützt hat. Das ist die Story, Marmaduke, und sie sollte sich besser nicht verändern, oder ich sorge dafür, dass bei allem, das dir teuer ist, dein Leben zu einem unseligen, ewigen Albtraum wird. Hast du mich verstanden?«

Obwohl sie gefährlich nah daran war, ihm den Ohrring komplett herauszureißen, brachte der Mann es trotzdem fertig, sie anzugrinsen. »Ich denke, ich habe das alles verstanden.«

»Gut.« Sie ließ ihn los und ging gemessenen Schritts zu dem kleineren Felsen, dann sprang sie von diesem auf den Boden.

»Wirst du mir endlich verraten, was du hier oben getrieben hast?«, ertönte Tullys Stimme über ihr.

»Nein«, antwortete Jamie lässig, drehte sich um und fand den verdammten Wolf direkt hinter sich. Sie hob instinktiv ihre Pistole, die sie, wie sie mit Stolz sagen konnte, immer noch umklammerte, aber er griff nach ihrer Hand und hielt sie fest. Sie spürte die Kraft in dieser Hand und wusste, dass er ihr die Finger brechen konnte, wenn er wollte, doch er tat es nicht.

Stattdessen sagte er: »Ziel nicht noch einmal mit dieser Waffe auf mich, meine Schöne. Das mag ich nicht.«

»Dann solltest du mir nicht nachlaufen.«

»Wenn ich nicht gewesen wäre, wärst du mit den ganzen Hyänen bombardiert worden.«

Jamie hielt für einen Moment inne, um darüber nachzudenken. »Das waren fliegende Hyänen, die ich da gesehen habe, nicht wahr?«

»Mit ein wenig Hilfe von einem Bären von außerhalb … jepp.«

»Das ist etwas, das man eindeutig nicht jeden Tag erlebt«, murmelte sie und schüttelte dann den Kopf. »Wie auch immer. Ich muss nach Hause.« Sie war müde, tatsächlich fix und fertig, und ihr ging jetzt schnell die Energie aus. Sie brauchte eine kohlehydrathaltige Mahlzeit, und zwar in den nächsten zehn Minuten.

Als sie jedoch versuchte, ihm die Hand zu entziehen, hielt

Tully sie weiter fest. Er tat ihr immer noch nicht weh, ließ aber auch nicht locker. Nach mehreren Versuchen gab Jamie es auf und fragte: »Warum lässt du mich nicht los?«

»Weil du begreifen musst, dass dich immer irgendjemand beobachtet, bis die Leute hier anfangen, dir zu vertrauen.«

»Das ist nicht mein Problem, Tully. Ihr Leute habt mich selbst hergeholt, damit ich euch eine Fähigkeit zur Verfügung stelle, die euch fehlt. Ich habe nie gesagt, dass ich mich ändern würde, damit alle entspannt bleiben. Das ist weder meine Aufgabe noch meine Sorge.«

Er streichelte mit dem Daumen über ihre Hand. »Du verstehst es immer noch nicht, nicht wahr?«

»Was verstehe ich nicht?«

»Wir sind nicht ›ihr Leute‹, wir sind *deine* Leute.«

Jamie kaufte ihm das keine Sekunde lang ab. »Nach allem, was ich von meinen Cousins und Cousinen aus Alabama weiß, bleibt man, wenn man nicht im Süden geboren wurde, immer ein Außenseiter und ein Yankee. Also, lass uns dieses Spiel nicht spielen.«

»Aber irgendetwas, meine Schöne, sagt mir, dass du meinst, nirgendwohin zu gehören.«

»Ich gehe jetzt nach Hause«, antwortete sie, statt auf diese überraschend zutreffende Feststellung zu reagieren.

»Warum?«, fragte er leise. »Weil dir die Richtung, in die sich dieses Gespräch entwickelt, nicht passt? Oder weil ich nackt so verdammt gut aussehe, dass du deine wunderschönen braunen Augen nicht von mir abwenden kannst?«

»So unterhaltsam ich deine kleine Fantasiewelt finde, muss ich dennoch jetzt nach Hause, denn ich werde gleich …«

Und das war das Letzte, woran sie sich erinnerte.

Jamie fiel um wie ein Sack Kartoffeln, und Tully fing sie gerade noch rechtzeitig auf, legte die Arme um sie und hob sie hoch, bevor sie mit dem Kopf auf den Boden knallte.

»Was hast du mit ihr gemacht?«

Tully funkelte Kyle über seine Schulter hinweg an. Der Geruch der zu groß geratenen, streunenden Katze hatte ihn schon vor fünf Minuten auf seine Anwesenheit aufmerksam gemacht. »Gar nichts. Sie ist einfach umgekippt.«

Kyle trat neben ihn. »Wir können Jamie zu mir bringen. Emma würde sich um sie kümmern.«

»Nein. Ich bringe sie selbst nach Hause.«

Kyle musterte ihn einen Moment lang. »Ich bin mir nicht sicher, ob ich damit einverstanden bin.«

»Warum? Was denkst du denn, werde ich mit ihr machen?«

»Ich sorge mich nicht um das, was du vielleicht tust, Hund.«

Tully konnte sich ein Lächeln nicht verkneifen. »Ohhh, Kyle. Bedeutet das etwa, dass ich dir nicht gleichgültig bin?« Tully, der immer noch Jamie auf dem Arm hatte, fuhr zurück. »Nun, es ist nicht nötig, mich anzufauchen, Katze!«

KAPITEL 4

Jamie wachte auf ihrem eigenen Sofa auf, zugedeckt mit einer Steppdecke. Alle Lichter brannten und in ihrem Kamin prasselte ein Feuer. Eine offene Wasserflasche stand auf dem Couchtisch vor ihrem Sofa, zusammen mit einer Schale voller Weintrauben, die sie an diesem Nachmittag auf dem Markt gekauft hatte. Mit dem letzten bisschen Kraft, die sie aufbringen konnte, richtete sie sich auf, bis sie mit dem Rücken an der Armlehne saß. Sie griff zuerst nach dem Wasser und leerte die halbe Flasche, ihre Kehle wund von den Flammen, die sie hatte schlucken müssen, bevor sie die Schwäche ihres Gegners entdeckt und das Turnier gewonnen hatte. Nachdem sie mit Flüssigkeit versorgt war, stellte sie sich die Schale mit Trauben auf den Schoß und machte sich daran, sie herunterzuschlingen.

Als die Schale fast leer war und sie sich fragte, was sie sonst noch an Essbarem im Kühlschrank oder in der Tiefkühltruhe hatte, hörte sie einen lauten Knall irgendwo hinten im Haus, gefolgt von ausgiebigem Fluchen.

Sie wollte gerade aufstehen, als Rico ins Zimmer geflogen kam, gefolgt von Tully Smith, der versuchte, sie einzufangen.

»Komm her, du kleiner Bastard!« Er grapschte wild nach dem Jagdfalken, der zu den Deckenbalken hinaufflog. Einer der Gründe, warum Jamie diese Hütte als ihr neues Zuhause erwählt hatte, waren die extravagant hohen Decken.

»Glaub ja nicht, dass es mich aufhalten wird, wenn du da hochfliegst«, knurrte Tully.

Er hatte sich angezogen – tragischerweise –, und sie fragte sich, wie lange sie bewusstlos gewesen war, sodass Tully nach Hause gehen, sich umziehen und hierher zurückkommen konnte, ohne dass sie etwas davon mitbekommen hatte. Dann bemerkte sie auf dem Beistelltisch am anderen Ende ihrer Couchgarnitur nicht nur ihre Pistole, sondern auch das Kleid und die Tasche, die sie auf die Lichtung mitgenommen hatte. *Herr im Himmel, wie spät war es eigentlich?* Denn eines wusste sie über den Mann, nämlich dass er keinen Wagen hatte, um schnell von einem Ort zum anderen zu kommen. Wann immer sie ihn sah, ging er entweder auf zwei Füßen oder auf allen vieren, aber er ging immer langsam. Wenn er nicht zu Fuß ging, wurde er von irgendjemandem gefahren. Doch sie musste zugeben … all das Herumgerenne hatte bei dem Mann Wunder gewirkt. Er besaß einen wirklich erstaunlichen Körper. So einen, wie ihn die Supermodels auf den riesigen Reklametafeln auf dem Times Square zu haben *schienen*. Wenn Jamie sie jedoch tatsächlich einmal persönlich traf – für gewöhnlich während einer Drogenrazzia –, waren sie viel zu dünn und schmal. Aber nicht Tully Smith. Er war definitiv ein Mann, der ihr körperlich gewachsen war, was mal eine hübsche Abwechslung darstellte.

»Was machst du da?«, fragte sie schließlich, als sie sah, dass der Wolf in die Knie ging, damit er einen Hechtsprung in Richtung Vogel machen konnte. Obwohl es Jamie erstaunte, was Gestaltwandler körperlich schaffen – und aushalten – konnten, wusste sie auch, dass er niemals an den Vogel herankommen würde. Doch Hunde waren manchmal ziemlich begriffsstutzig.

Tully stieß den Atem aus, bevor er sich langsam zu ihr umdrehte. »Ich versuche, dir ein Frikassee zu machen.«

Jamie schnaubte und zuckte dann etwas zusammen, als der Laut ihre wunde Kehle und Nase brennen ließ. »Du solltest dich vielleicht lieber an Vögeln versuchen, die leichter zu fangen sind als Falken.«

»Ich dachte, das sei ein Habicht.«

»Nein. Ein Jagdfalke.«

»Ein was?«

»Ein Jaaagd-Falke«, sagte sie langsam, damit er die Aussprache verstand. »Ein Raubvogel. Ich habe es nachgeschlagen.«

»Du hast dir einen zahmen Raubvogel zugelegt?«

»Ich habe mir gar nichts zugelegt. Eines Tages habe ich meine Haustür aufgemacht, und da war sie. Ich nenne sie Rico, nach dem *Racketeer Influenced and Corrupt Organizations Act*, dem Gesetz gegen Korruption und organisiertes Verbrechen.«

»Weil Tweety zu offensichtlich war?« Er ging auf sie zu und Rico kam von den Deckenbalken herunter und landete direkt auf seinem Kopf. Der Wolf hielt inne und stieß einen sehr langen und sehr frustrierten Seufzer aus. »Er sitzt auf meinem Kopf.«

»Ja, sie sitzt auf deinem Kopf.«

»Warum sitzt er auf meinem Kopf?«

»Vielleicht weil du sie die ganze Zeit mit »er« anredest, obwohl sie eine »Sie« ist.«

»Sie bohrt ihre Krallen in meinen Schädel.«

»Sie versucht nur, mich vor Leuten wie dir zu beschützen. Sie ist mein Patron, also ist das ihr Job.«

»Ich dachte, du hättest gesagt, sie sei ein Falke.«

Da sie nicht in der Stimmung war, eine vollständige Erklärung der magischen Verbindung zwischen gewissen Tieren und Hexen abzugeben, hob Jamie den Arm, und Rico kam sofort zu ihr. Sie landete auf ihrem Unterarm, wo sie sich sanft mit den Krallen festhielt. Jamie lächelte den majestätischen Vogel an, der sie erwählt hatte. »Ist sie nicht wunderschön?«

»Oh, ich weiß nicht. Ich bin der Meinung, ich sehe hier in diesem Raum viel hübschere Dinge.«

Jamie schaute auf und stellte fest, dass der Wolf ihr direkt auf die Brust starrte, die jetzt entblößt war, weil die Steppdecke ihr bis zur Taille heruntergerutscht war und sie nichts anderes am Leib hatte. Überraschenderweise verlegen, da Jamie doch eigentlich, um Mac zu zitieren, »wo sie ging und stand die Hüllen fallen ließ«, wollte sie schon die Steppdecke hochziehen, als Rico die Flügel ausbreitete und Jamie abschirmte.

Tully funkelte den Vogel an. »Spielverderberin.«

Tully hörte den Timer losgehen und ging in die Küche zurück, um die Pasta, die er gekocht hatte, in das Abtropfsieb zu schütten. Er bereitete heute Abend nichts Großartiges zu, weil es ihm mehr darum ging, Jamie etwas zu essen zu geben, als sie mit seinen Kochkünsten zu betören. Er kippte eine gesunde Menge Spaghetti in eine Schale und goss Soße aus einer Flasche darüber. Dann schnappte er sich eine Gabel, geriebenen Käse aus dem Kühlschrank und ein paar Papierservietten. Das alles brachte er ins Wohnzimmer, wo Jamie auf dem Sofa saß, von der Brust bis zu den Füßen in die Steppdecke eingewickelt. Was ein Jammer war, da er es genossen hatte, ihren schönen Körper in all dem Licht zu betrachten.

Für einen Vollmenschen war sie ziemlich kräftig gebaut und zudem von Narben übersät. Keine Reißzahnmale, wie die meisten der Smithville-Frauen sie sammelten, sobald sie in die Pubertät kamen, sondern Schnittwunden von Messern und Einschusslöcher von Pistolenkugeln – mindestens zwei – und eine Narbe oben am Brustkorb, die wahrscheinlich mehr Stiche erfordert hatte, als er zu zählen Lust hatte. Und doch verbarg sie diese Narben weder vor ihm noch vor irgendjemandem sonst. Ebenso wenig lief sie herum und zeigte sie vor, damit alle bestaunen konnten, was sie erlitten hatte. Wie die schöne braune Farbe ihrer Haut und die Grübchen in ihren Wangen gehörten die Narben einfach zu ihr, sie akzeptierte sie, ohne sie infrage zu stellen.

»Hier.« Er stellte die Pasta vor sie auf den Tisch. »Iss.«

»Danke.« Sie machte sich über das Essen her, und Tully ging wieder in die Küche, um ihr noch ein Glas Wasser zu holen und etwas frisches Brot, das auf der Arbeitsplatte lag. All das brachte er ihr und stellte es auf den Couchtisch.

»Brauchst du sonst noch irgendetwas?«

Jamie, die mit Essen beschäftigt war, schaffte nur ein Kopfschütteln. Also ließ Tully sich auf die andere Seite der großen Couchgarnitur fallen, griff nach der Fernbedienung und schaltete den Fernseher ein, bevor er die Füße auf ihren Couchtisch legte und sich entspannt zurücklehnte. Nachdem er fünf Minuten lang versucht hatte, etwas Vernünftiges zu finden, das er sich anschauen konnte, hörte er ein zartes Räuspern. Er schaute zu Jamie hinüber und stellte fest, dass sie ihn beobachtete.

»Hast du es bequem?«, fragte sie.

Tully grinste. »Mächtig bequem! Vielen lieben Dank.«

Wie konnte er es auch nicht bequem haben, mit einer schönen Frau in Reichweite, die nur eine Steppdecke am Leib trug, und einem großen Flachbildfernseher vor sich, den er nach Herzenslust benutzen konnte – was wieder einmal bewies, dass er keinen eigenen Fernseher brauchte, wenn er Freunde hatte, die einen besaßen.

Als der große Klecks Vogelscheiße ihn mitten auf dem Kopf traf, wurde ihm klar, dass er auch noch ein gutes Gewehr mit Zielfernrohr brauchen könnte. War das vielleicht die Kreatur, zu der Jamie neulich »Schätzchen, ich bin wieder da« gesagt hatte? Denn Gott behüte, dass die Frau irgendetwas Normales tat.

Jamie lachte so heftig, dass sie vom Sofa fiel, und nur »Oh mein Gott! Sie *hasst* dich!« herausbrachte.

Ja, das spürte er. Und er hätte gelogen, hätte er gesagt, dass das Gefühl nicht auf Gegenseitigkeit beruhte.

Jamie sah zu, wie Tully mit frisch gewaschenem Haar aus dem Badezimmer kam. Er funkelte den Vogel an, als er an dem Bücherregal vorbeikam, auf dem Rico hockte.

»Ich rieche verdammt noch mal nach Honig«, beklagte er sich über ihr Shampoo und ihren Conditioner. »Noch drei Countys weiter wird mich jeder Bär kreuz und quer durch die Stadt verfolgen.«

»Ich mag rein natürliche Haarpflegeprodukte. Für mich keine Sulfate oder Silikone.« Als er sie anfunkelte, wie er zuvor Rico angefunkelt hatte, konnte Jamie nur lachen.

Tully rubbelte sich mit dem Handtuch das Haar trocken, bevor er sich auf das Sofa fallen ließ und sich mit ihrem Lieblingskamm die glänzenden braunen Locken aus dem Gesicht strich. Und die ganze Zeit über beobachtete er sie.

»Was?«, fragte sie schließlich.

»Ich will jetzt wissen, was los ist.«

Jamie, die sich nicht ganz sicher war, worauf Tully hinauswollte, antwortete nur: »Nichts. Warum?«

Er warf ihren Kamm beiseite, stützte die Ellbogen auf die Knie, beugte sich vor, faltete die Hände und sagte: »Es gibt nur zwei Möglichkeiten, wie wir das hier über die Bühne bringen können, meine Schöne. Entweder du erzählst mir, was heute Nacht passiert ist, und zwar sofort, oder du sammelst deinen Scheiß zusammen und verschwindest. Du und dein Zirkel ... Emma eingeschlossen.«

Die Panik ließ sofort wieder nach, als ihr klar wurde, dass er nach den vergangenen Stunden fragte und nicht nach dem, was sich während der letzten paar Wochen langsam aufgebaut hatte.

»Kyle würde das niemals zulassen«, antwortete sie selbstbewusst.

»Da hast du recht. Er würde es nicht zulassen. Aber Kyle hat nicht das Sagen in dieser Stadt. Trotz all der Tiger und der Löwen und der gottverdammten Bären haben in Smithville County immer nur die Smith-Wölfe das Kommando. Und nur Smith-Wölfe werden es jemals haben. Das heißt nicht, dass Kyle nicht dort hingehen wird, wo immer die kleine Emma hingeht. Das wird er. Aber wir wissen beide, dass der Junge nirgendwo anders als hier glücklich werden würde.«

»Und trotzdem willst du uns aus der Stadt vertreiben?«

»Ich will meine Stadt schützen. Das ist mein Job. Das wird auch immer mein Job sein. Und im Moment, meine Schöne, bedeutest du nichts als Ärger. Also, wenn du nicht sofort anfängst zu reden und wenn ich nicht jedes Wort glaube, das dir über die Lippen kommt, will ich, dass du bis Sonnenaufgang verschwunden bist.« Als sie den Mund zu einer Erwiderung öffnete, fügte er hinzu: »Und stell mich nicht auf die Probe, es macht mich bloß sauer, und wir wissen beide, dass ich tun werde, was ich gesagt habe.«

»Wissen wir das beide?«

»Ich bin ein Smith, meine Schöne. Es gibt nichts, das ich nicht tun würde.«

Müde, aber nicht mehr so erschöpft, lehnte Jamie sich auf dem Sofa zurück und musterte den Mann, der da vor ihr saß. »Ich bin auf der Suche nach Macht. Unverfälschter, unerschlossener Macht.«

»Ich dachte, die hättest du hier bei uns gefunden.«

»Habe ich auch. Aber es ist so, als hätte ich ein Gemeinschaftsbankkonto. Wann immer ich Macht von hier abziehe, weiß mein Zirkel das.«

»Und der stellt Fragen.«

»Jepp.«

»Also ist es das heute Nacht gewesen? Eine Suche nach mehr Macht?«

»Irgendwie schon. Ich versuche, der Champion einer meiner Göttinnen zu werden. Es ist harte, schmutzige Arbeit und verlangt häufig von mir, dass ich gegen griechische Riesen kämpfe, die gern Feuer als Waffe einsetzen.«

»Klingt nach einem ziemlichen Risiko für einen Yankee aus Staten Island.«

Sie funkelte ihn an, die Augen zu Schlitzen verengt. »Ich stamme aus *Long* Island, Marmaduke. Das ist ein Unterschied.«

»Und es klingt immer noch nach einem ziemlichen Risiko.«

»Stimmt. Aber wenn man der Champion eines Gottes wird, verzehnfacht das die eigene Macht. Also ist es das Risiko wert.«

»Ich verstehe dich nicht.«

»Was verstehst du nicht?«

»Du hast doch schon so viel Macht. Jeder in der Stadt weiß das, wir alle können es spüren. Aber deine Macht ist natürlich. Ein Teil von dir, so wie der Wolf ein Teil von mir ist. Ich verstehe nicht, warum du diese Macht noch verstärken willst.«

Verärgert über seine Feststellung – obwohl sie sich nicht sicher war, warum –, gab Jamie zurück: »Und ich verstehe nicht, wie du glücklich dabei sein kannst, jeden Tag in dieser Stadt herumzulaufen. Langweilt dich das denn nicht?«

»Nein. Hier ist immer irgendetwas Interessantes los.«

»Ich bin seit zehn Monaten hier und habe noch nichts besonders Interessantes gesehen. Es ist eine nette Kleinstadt, versteh mich nicht falsch. Aber …«

»Aber was? Nur zu, sprich es aus.«

»Sehnst du dich nicht nach *mehr*?«

»Nein.«

»Also gibst du dich damit zufrieden?«

»Ich schätze, wir haben unterschiedliche Ansichten zum Thema Zufriedenheit, meine Schöne.«

Sie hob die Hände, die Innenflächen nach oben gedreht. Sie wollte sich nicht mit dem Mann streiten, der sie vor fliegenden Hyänen gerettet hatte. »Hey, weißt du was? Jedem das Seine. Wenn du hier glücklich bist, ist das alles, was zählt.«

»Kannst du dir denn etwas Besseres vorstellen, als da glücklich zu sein, wo du gerade bist?«

»Ja.« Jamie lächelte. »Macht.«

Gott. Wie ein Hund mit einem Knochen.

»Etwas anderes wünschst du dir nicht? Nichts sonst, das dich glücklich machen würde?« *Und, so Gott es wollte, zufrieden.*

»Ich habe es mit beruflichem Aufstieg ausprobiert. Du weißt schon, die Karriereleiter bei der Polizei hinaufklettern. Aber … hm. Geld hat seine Grenzen, obwohl es immer nett ist, welches zu haben.«

»Was ist mit einem Mann?«

»Die Antwort auf alle Fragen im Leben einer Frau?«

Er grinste. »Für einige davon.«

»Ich hab's mit der Ehe probiert und es war extrem unbefriedigend.«

Tully versteifte sich. »Du warst mal verheiratet?«

»Das wusstest du nicht?«

»Nein.«

»Tja. Sieben Jahre meines Lebens, die ich nie wieder zurückbekomme.«

»Was ist passiert?«

»Nichts.«

»Es muss doch irgendetwas passiert sein. Es sei denn, du bist immer noch verheiratet.«

»O nein, nein, nein«, antwortete sie schnell. »Ich bin so was von *nicht* verheiratet.«

»Was war es dann?«

»Wie ich schon sagte. Nichts. Das war das Problem. Wenn wir uns gestritten haben, habe ich nichts empfunden. Wenn er mich wegen irgendeiner lächerlichen Kleinigkeit angebrüllt hat, habe ich nichts empfunden. Als er damit gedroht hat, mich auf der Wache als Hexe und Verrückte zu outen, immer noch nichts. Und als ich ihn mit einer Pseudofreundin von mir im Bett beim Vögeln erwischt habe ... überhaupt gar nichts. Tatsächlich hat er mir leidgetan, denn Gott weiß, er hat das alles für mich gemacht. Und ich habe immer noch nichts empfunden.«

»Du hast ihn nie geliebt.«

»Nein«, stimmte sie kopfschüttelnd zu. »Das habe ich wirklich nicht.«

»Warum hast du ihn dann ...«

»Ich hatte so eine merkwürdige Phase, in der ich normal sein wollte. Ehe gilt als normal. Meine Eltern waren glücklich. Die Leute, von denen ich so getan habe, als seien sie meine Freunde, waren glücklich. Ich war glücklich. Alle waren glücklich ... nur nicht mein Zirkel. Der war nicht glücklich.«

»Dein Zirkel hat gewusst, dass es nicht das Richtige für dich war.«

»Ja. Und sie haben versucht, es mir zu sagen. Ich schätze, ich hätte auf sie hören sollen.«

Obwohl er neugierig war, warum jemand sieben Jahre lang mit jemandem zusammen war, der ihm nichts bedeutete, beschloss Tully, bei ihrem aktuellen Gesprächsthema zu bleiben.

»Also, du bekommst all diese Macht«, sagte er. »Du schleckst sie auf wie den Limettenkuchen von meiner Mom. Was dann? Was hast du mit der ganzen Macht vor, wenn du sie erst hast?«

»Sie zu benutzen.«

»Um was zu tun? Die Welt zu zerstören? Die allmächtige Kaiserin des Universums zu werden?«

»Nein«, erwiderte sie und etwas an ihr verriet ihm, dass sie nicht log. »Das alles will ich nicht.«

»Nun, das ist die Sache mit Macht, meine Schöne. Sobald man sie hat, muss man etwas damit tun.«

Sie lächelte und zeigte ihm ihre perfekten Zähne. »Und ich bin mir sicher, dass ich das auch mache.«

Jamie hatte keine Ahnung, wann sie eingeschlafen war, doch sie bekam es mit, als Tully sie in ihr Bett trug. Er hob sie mühelos vom Sofa hoch und ging durch das dunkle Haus in das hintere Schlafzimmer. Er zog ihr die Steppdecke herunter, bevor er sie mit dem Laken und der Daunendecke zudeckte.

»Gehst du?«, hörte sie sich fragen.

»Gleich.«

»Okay.« Sie rollte sich auf die andere Seite und schob die Hände unter die Wange. Lippen streiften ihre Stirn, dann war er fort. Er machte dabei kein Geräusch, aber sie wusste trotzdem, dass er den Raum verlassen hatte und dann das Haus, weil sie spürte, wie diese faszinierende Energie mit ihm ging.

Und als seine Energie verschwunden war, kehrte die Energie der anderen zurück. Sie konnte sie an den Wänden kratzen hören, um hineinzugelangen, an den Türen und Fenstern. Immer versuchten sie, zu ihr reinzukommen. Es war mit jeder Nacht schlimmer geworden. Zuerst hatte ein simpler Zauber sie verscheuchen können, aber jetzt musste sie mehr einsetzen als das. Schlimmer noch, es ging so weit, dass sie jetzt ständig damit beschäftigt war. Ein simpler Zauber schützte sie nicht länger von Mond zu Mond oder wenigstens von Tag zu Tag. Aber sie hatten ja auch Hilfe. Sie wurden schließlich von dem unterstützt, der sie losgeschickt hatte.

Sie schnappte sich ein weiteres Kissen und zog es sich über den Kopf, in der Hoffnung, die Geräusche auszublenden, während Rico sich auf dem Kopfende ihres Bettes niederließ, um in der Nacht über sie zu wachen.

Doch die Möglichkeiten ihres Patrons hatten Grenzen. Wenn sie erst durch die Barrieren brachen, die sie erschaffen hatte, bezweifelte Jamie, dass irgendjemand sie würde beschützen können.

KAPITEL 5

Jamie gähnte gerade mit weit aufgerissenem Mund, als an ihre Bürotür geklopft wurde. Nachdem Tully gegangen war, hatte sie nicht mehr schlafen können und den Rest der Nacht damit verbracht, sich bis zum Morgengrauen schlechte Fernsehsendungen anzusehen. Dann rief die Arbeit, weil sie für die Zusammenkunft der Töchter des Bärenbundes noch rasch Gebäck zaubern musste.

Es kam noch schlimmer, denn ihre Cousine hatte sich wie ein nerviges Kalb aufgeführt, seit sie etwas später aufgetaucht war. Wenn Jamie es nicht besser gewusst hätte, hätte sie geschworen, dass Mac versuchte, einen Streit mit ihr vom Zaun zu brechen. Vielleicht war sie aber auch einfach nur neugierig wie so oft. Was immer sie für einen Schaden hatte, Jamie war ihrer Cousine aus dem Weg gegangen, indem sie sich in ihrem Büro versteckt hatte.

In der Hoffnung, dass ihre Cousine nicht zurückkam, um sie zu bedrängen, wischte Jamie sich über die müden Augen und rief: »Herein.«

Emma streckte den Kopf durch die Tür. »Hey.«

»Hey. Was gibt's?« Als Emma zögerte, winkte Jamie sie herein. »Was ist denn?«

Emma schloss die Tür hinter sich und setzte sich ihr gegenüber auf den Bürostuhl aus Leder. »Genau das wollte ich dich eigentlich fragen.«

»Nichts.«

»Jamie.« Emma stieß ein entnervtes Lachen aus. »Sieh dich an.«

»Hey. Ich habe gestern Nacht Feuer gespuckt. Ich habe es verdient, so müde auszusehen.«

»Denkst du, wir würden es nicht spüren? Jede Nacht? Dass sie zu dir kommen? Und ich spreche nicht von dem, was du tust, um Champion der Morrighan zu werden.«

Jamie entspannte sich auf ihrem Stuhl. Natürlich spürte ihr Zirkel es.

Schon bald würden sie es vielleicht sogar hören. Die Forderungen, eingelassen zu werden, wurden immer lauter, ärgerlicher, verzweifelter. »Lass es gut sein, Em.«

»Lass uns dir helfen.«

»Es gibt nichts, wobei ihr mir helfen könnt.«

»Du lügst!«

Emma zuckte beim Klang der Stimme, die durch die Tür kam, zusammen. »Würdest du mich das regeln lassen?«

Mac stieß die Tür auf. »Du regelst es nicht richtig.«

Erschöpft, ausgelaugt und einfach fix und fertig warnte Jamie ihre Cousine: »Halt dich gefälligst da raus, Mac. Halt dich einfach da raus.«

Ihre Cousine schnaubte. »Nein.«

Am frühen Nachmittag schlenderte Tully rüber zum *Smithville Arms*, um nach Jamie zu sehen. Er hatte sicher nicht die Verantwortung für sie, doch nachdem er in der vergangenen Nacht so lange mit ihr geredet hatte, fühlte er sich ihr irgendwie verbunden. Sie war ein süßes Ding, wenn auch ein wenig fehlgeleitet. Fehlgeleitet, denn er verstand einfach nicht, dass sie die Schönheit dieses Ortes nicht sah. Smithville war für ihn nicht irgendeine x-beliebige Kleinstadt. Er wusste, dass es keinen anderen Ort auf der Welt gab, an dem er so glücklich und – was noch wichtiger war – so *zufrieden* sein konnte, wie hier. Wenn sie sich bloß die Mühe machen würde, die Augen zu öffnen und zu sehen, was ihr geschenkt worden war. Dann, dass wusste er, würde sie hier ihren Platz finden. Sie würde etwas Besseres finden, als lediglich Macht anzusammeln.

Und wie immer hatte seine Mutter recht. Mit dem Versuch, Jamie etwas mit Gewalt aufzudrängen oder sie zu beschwatzen, würde er niemals Erfolg haben. Sie war viel zu schlau, um ihm das abzukaufen. Also würde er es mit Freundlichkeit versuchen, und er konnte nicht behaupten, dass ihm das etwas ausmachte. Er mochte sie.

Ihren Vogel allerdings hasste er.

Tully ging gemütlich die große Verandatreppe zum Hotel hinauf und öffnete die Fliegengittertür, dann blieb er auf der Schwelle abrupt stehen. Er sah Emma und Seneca, die die Arme unter Jamies Taille gelegt hatten und versuchten, sie zurückzuziehen. Auf der anderen Seite hatte die arme Kenny die Arme um Macs Taille, in dem Versuch, Mac zurückzuhalten. Die Cousinen hatten sich gegenseitig fest an den Haaren gepackt und schienen nicht gewillt, loszulassen, während sie einander Obszönitäten zubrüllten. Er war froh, dass seine Mom nicht in der Nähe war, um das zu hören, denn dann hätte sie kurzen Prozess gemacht.

Nachdem er zu dem Schluss gekommen war, dass es Jamie grundsätzlich gut zu gehen schien, und er sich überlegt hatte, dass er auch später mit ihr reden konnte, wenn sie die Blutergüsse versorgte, die ihre Cousine ihr verpassen würde, drehte Tully sich wieder um und ging die Treppe hinunter zurück auf die Straße. Er musste ohnehin mal wieder zwischen einem der Löwenrudel und einem der Clans vermitteln.

Nachdem er ungefähr eine halbe Meile weit gekommen war, blieb er stehen und hob den Kopf. Seine Nasenflügel bebten, während er nach einer Fährte suchte. Als er sie schließlich witterte, sich endlich daran erinnerte, wirbelte er herum und starrte den Wolf an, der ihn beobachtete.

Tully wappnete sich und sagte das Erste, was ihm in den Sinn kam. »Und die ganze Zeit hatte ich wirklich gehofft, du wärst tot.«

Jamie hatte Mac endlich auf dem Rücken und wollte ihr gerade ins Gesicht spucken, als eine starke Hand sie am Arm festhielt und sie von Mac herunterzog.

Sie schaute auf, in der Erwartung, Kyle oder Bear zu sehen – die hassten es wirklich, wenn die Hexen miteinander kämpften –, aber stattdessen erkannte sie Tully.

»Ich muss mit dir reden«, knurrte er und riss sie auf die Füße.

»Hey«, protestierte Emma, sprang vor und stolperte mit dem Rest des Zirkels sofort wieder zurück, als Tully sie anbellte und nach ihnen schnappte. Abgesehen davon, dass es sie anwiderte, wie leicht ihr Zirkel sich erschrecken ließ, war Jamie ebenfalls schockiert über Tully. Er brüllte Emma nie an. Oder, wie in diesem Fall, er bellte sie nie an. Er behandelte sie sonst, als sei sie aus Zucker. »Süße, kleine Emma«, nannte er sie immer, was Jamie bis zu diesem Moment nie gestört hatte.

Allerdings hatte sie keine Ahnung, warum ihr das ausgerechnet jetzt durch den Kopf ging, während er sie durch den Gastraum und die Küche hinaus auf die Veranda schubste.

»Warum ist Buck Smith hier?«, fragte er, sobald sie auf dem Rasen hinter dem Hotel standen.

Jamie schaute zu ihm hoch. »Wer?«

Es war faszinierend zu beobachten, wie sein Gesichtsausdruck sich vollkommen veränderte. Sie hatte ihn noch nie so gesehen. So zornig. Sie hatte ihn wahrscheinlich noch nie verstimmt, geschweige denn mordlustig gesehen. Selbst als sie den Wald in Brand gesteckt und den See vergiftet hatte, hatte er keinen so wütenden Eindruck gemacht.

Und Mann, er wirkte wirklich wütend.

»Ihr solltet diese Stadt doch beschützen«, stieß er hervor.

»Richtig. Und das tue ich … wenn ich mir eines Problems bewusst bin.«

»Wie konnte dir das nicht bewusst sein? *Er wohnt in eurem gottverdammten Hotel!*«

Donnerwetter. Er brüllte sie an. Normalerweise würde sie ihm die Lippen mit einem Hoodoo-Zauber verschließen, den sie genau für diese Art von Situation in petto hielt, aber sie hatte Tully vor sich, und das war kein normales Benehmen für ihn. Hier ging es um mehr, als dass sich jemand wie ein Blödmann aufführte, und nach der gestrigen Nacht hatte sie das Gefühl, dass sie es ihm irgendwie schuldig war herauszufinden, was … *bevor* sie ihm die Lippen versiegelte.

»Tully, ich weiß nicht, wer Buck Smith ist. Ich meine, ich nehme an, er gehört zur Familie …«

Für einen Sekundenbruchteil sah es aus, als würde er sie möglicherweise schlagen. Oder wölfisch ausgedrückt, sie zerfetzen. Stattdessen ließ er sie jedoch los und begann auf und ab zu laufen.

»Mom wird den Verstand verlieren, wenn sie herausfindet, dass er tatsächlich *hier* ist. Wir dachten alle, er sei nur in unsere Richtung unterwegs, und nicht schon *da.*«

»Ich verstehe nicht …«

»Und Daddy … Gott.«

»Tully?«

»Ich muss es dem Rudel mitteilen. Ich muss es allen mitteilen. Er ist *hier.*«

Jamies Frustration wuchs, doch sie wollte es sich nicht anmerken lassen, daher legte sie Tully sanft eine Hand auf die Schulter. Er drehte sich allerdings so schnell zu ihr um, dass sie von ihm wegstolperte, über ihre eigenen Füße, und sich direkt auf den Hintern setzte.

Tully schaute mit solchem Entsetzen auf sie herunter, dass sie, hätte sie es nicht besser gewusst, gedacht hätte, er hätte sie höchstpersönlich umgeworfen. Tatsächlich wusste sie, dass *er* das glaubte.

»O mein Gott. Jamie.« Er hielt ihr die Hände hin. »Es tut mir so leid.« Sie griff nach seiner Hand, und statt sich von ihm auf die Füße ziehen zu lassen, zog sie daran, bis er vor ihr kniete. »Jamie, es tut mir so leid.« Sie kniete sich hin und legte ihm eine Hand an die Wange. Tully schloss die Augen, und seine Augenbrauen zogen sich zu einem phänomenal schmerzvollen Stirnrunzeln zusammen. Wer immer Buck Smith war, er ging Tully so an die Nieren, wie es sonst niemand vermochte.

Jamie legte die Arme um Tullys breite Schultern und zog ihn an sich, bis sein Kopf an ihrem Hals ruhte. Als sie den Blick hob, sah sie ihre Cousine auf der Veranda stehen. Sie beobachtete sie voller Sorge. Jamie legte den Kopf schräg und nach einem kurzen Nicken ging Mac wieder ins Haus.

»Warum machen wir nicht einen Spaziergang?«, schlug Jamie sanft vor. »Dann sehen wir weiter.«

Nur sein Vater konnte ihn in diesen Zustand versetzen. So voll Zorn und mit unkontrollierbaren Gewaltausbrüchen ... *wie der Vater, so der Sohn.*

Nein. Nein. Er war nicht wie Buck Smith. Er würde *niemals* wie Buck Smith sein. Nicht wenn er es verhindern konnte. Und er würde es verhindern, und wenn es ihn jedes bisschen Willenskraft kostete, das er besaß. Doch es ließ sich nicht leugnen, dass sein Vater das Eine war, das ihn in Rage brachte und das Schlimmste in Tully Smith hervorholte. Nicht sein Daddy. Bei all seinem Geknurre und Gekläffe und seinen katzenhaften Angewohnheiten hatte Jack Treharne sich diesen speziellen Titel verdient, und trug ihn mit Stolz. Buck Smith hatte sich, was das anging, gar nichts verdient, außer Tullys Misstrauen und seine Paranoia.

»Buck Smith ist mein Vater«, erklärte er der Frau, die neben ihm herging.

»Ich dachte, dein richtiger Vater sei tot.«

»Nein. Ich habe gesagt, ich hoffte, er sei tot.«

»Verstehe.«

»Er hat behauptet, dass er in eurem Hotel wohnt.«

»Das tut er wohl auch, aber der Grund, warum es mir nicht in den Sinn gekommen ist, es zu erwähnen, war der, dass er nicht persönlich eingecheckt hat. Wenn ich das richtige Rudel dazu im Kopf habe, hat eine Frau ihn eingecheckt. Wanda irgendetwas.«

»Pykes. Ich habe gehört, er habe sich vor einigen Monaten mit einem Vollmenschen eingelassen. Doch ich kann nicht glauben, dass er sie hierher mitgebracht hat.«

»Warum?«

»Nach allem, was ich gehört habe, hat er sie nicht als seine Partnerin markiert. Wir vertrauen einem Vollmenschen eher, wenn er fest mit einem von uns verbunden ist, als wenn er ungebunden ist. Ein ordentlicher Streit, und sie rennt herum und erzählt aller Welt von Gestaltwandlern.«

»Darum kann ich mich kümmern, falls sie zum Problem wird. Erzähl mir von Buck.«

Tully zuckte zusammen. Er hätte es lieber nicht getan, doch nachdem er Jamie angebrüllt und auf den Hintern geworfen hatte, und das bloß, weil er ein verdammter Idiot war, war es das Mindeste, ihr alles zu erzählen.

»Meine engere Familie kommt aus Alabama. Die MacClancys sind meine Verwandten mütterlicherseits und sie gehören zu den Alabama-Smith. Mein Vater ist mit sechzehn aus der Stadt vertrieben worden, doch vier Jahre später, als sein Großvater starb, kam er zurück. Meine Mom war damals noch keine fünfzehn und er hat sich an sie geklebt wie eine Zecke an einen Hund. Die Situation zwischen meinem Vater und seinem verschlechterte sich wieder und Buck wurde mit Gewalt vertrieben ... noch einmal. Nur dass er diesmal meine Mom mitnahm, weil sie hochschwanger mit mir war. Als sie kurz davor war zu platzen, schafften sie es nach Smithville. Ich bin hier geboren, ungefähr eine Woche nach ihrer Ankunft. Dann fing es wieder von vorne an. Mein Vater stritt sich mit meinen Onkeln und Cousins und versuchte, die Kontrolle über das Rudel und schließlich über die ganze Stadt zu übernehmen. Sie haben ihn wieder vertrieben, doch diesmal ist Mom nicht mitgegangen.«

»Warum nicht?«

»Dafür würde sie dir eine Menge Gründe nennen. Sie hatte mich. Sie wollte mir Stabilität bieten. Sie war es leid, durch die Welt zu reisen. Und es gab jede Menge Gründe, die alle anderen in der Stadt hatten: Buck vögelte alles, was sich bewegte, sogar als sie mit mir schwanger war; nach fast zwei Jahren Zusammensein hatte er sie immer noch nicht markiert; er war ihr gegenüber eiskalt, grob. Und ich bin mir sicher, all das entspricht auch der Wahrheit. Tatsächlich weiß ich, dass es so war. Schließlich bin ich aber darauf gekommen, dass meine Mom hiergeblieben ist, weil sie nie gedacht hätte, er würde fortgehen. Nicht ohne uns. Sie dachte, er würde uns genug lieben, um ruhiger zu werden und zu warten, bis er wirklich bereit ist, die Kontrolle zu übernehmen. Zu der Zeit, denke ich, ist ihr nicht einmal in den Sinn gekommen, dass er sie verlassen könnte. Und ich glaube, dann ist es ihr nicht in den Sinn gekommen, dass er nicht zurückkommen würde.«

»Ich weiß nicht, was schlimmer ist«, überlegte Jamie leise. »So von der Macht der Liebe überzeugt zu sein, dass man bereit ist, sein Herz zu riskieren, oder zu wissen, dass Liebe nur ein grausamer Scherz der Götter ist, und nie etwas zu riskieren.«

»Ich würde sagen, Letzteres.«

»Trotz allem, was deine Mom durchgemacht hat?«

»Ja schon. Ich sage nicht, dass es leicht für sie war. Das war es nicht. Sechs lange Jahre hat sie auf ihn gewartet. Hat gewartet, während ich zu dem schrecklichsten Teufelskind diesseits der Mason-Dixon-Linie heranwuchs.«

Jamie lachte. »So schlimm, hm?«

»Ja, so schlimm. So schlimm, dass Miss Addie und ihr Zirkel die vorsichtige Vermutung geäußert haben, Buck würde mich nachts mittels Astralreise besuchen und mich verhexen.«

»Es scheint besser geworden zu sein.«

»Ich würde nicht sagen, dass es besser geworden ist, aber nichts dauert ewig. Und an einem kalten, dunklen Tag musste meine Mom in die Schule kommen, um sich mit meinem Lehrer aus der zweiten Klasse zu treffen, weil eine *Andeutung* gemacht worden war, ich hätte versucht, im Jungswaschraum einen anderen Schüler zu ertränken.«

»Eine Andeutung?«

»Ich habe keine handfesten Beweise gesehen, abgesehen vom Wort des kleinen Bastards und der Tatsache, dass er vom Kopf bis zu den Schultern klatschnass war.«

Jamie lachte und Tully stimmte in ihr Lachen ein. Eine schockierende Erfahrung, da die Erwähnung seines Vaters ihn normalerweise tagelang in eine seiner seltenen depressiven Phasen beförderte. Aber sie machte ihn ruhiger, holte ihn runter, einfach indem sie sie selbst war, sich wie eine Freundin verhielt. »Ich sage immer noch, dass sie die Situation falsch gedeutet haben«, fuhr er fort. »Wie dem auch sei, man hat meine Mom angerufen, und sie musste ihre Arbeit unterbrechen, um in die Schule zu kommen. Und während sie wartete, hat sie Daddy kennengelernt.«

»Liebe auf den ersten Blick?«

»Das sagen sie jedenfalls. Ich sage immer noch, dass der alte Bastard ihre Unschuld ausgenutzt hat.«

Jamie schnaubte, aber sie verschluckte sich daran, als Tully sie gespielt anfunkelte.

»Wie dem auch sei«, fuhr er fort, »Mom und Daddy lernten sich kennen, und ungeachtet der schweren Demütigung, die sie sowohl mir als auch Kyle zufügten, beschlossen sie zu heiraten. Sie hätten nicht zu heiraten brauchen, da dies schließlich eine Stadt von Gestaltwandlern ist, und wenn es eines gibt, das nur sehr wenige von uns interessiert, ist es die Ehe. Aber irgendwie kann ich verstehen, warum sie es getan haben, da sie unterschiedliche Spezies sind und so. Sie wollten allen zeigen, wie ernst sie es miteinander meinen, außerdem wollten sie, dass ihre Kinder das Gefühl haben, eine Familie zu sein.

Aber Buck bekam Wind davon, und wenn es eines gibt, das der Mann hasst, dann sind es Katzen. Also hat er die Tatsache ignoriert, dass er seit mehr als sechs Jahren nicht in der Stadt war und sich mit einem unterwegs aufgegabelten Rudel, das sich aus vertriebenen Smiths und streunenden Wölfen zusammensetzte, nach Smithville hineingeschlichen. Sein Plan war simpel: sich mich und meine Mom zu schnappen. Das hätte vielleicht auch geklappt, doch Buck hatte anscheinend vergessen, wie loyal die Smiths gegenüber ihren Welpen und den Weibchen, die sie geboren haben, sind. Obwohl keiner von ihnen besonders begeistert von der Idee war, irgendein Wolf könne sich mit einer Katze paaren, geschweige denn sie *heiraten*, wussten sie doch, wie sehr Mom Daddy liebte, und, wichtiger noch, wie schlecht Buck sie behandelt hatte. Außerdem wussten sie, was für ein Bastard er ist. Als mein Vater im Territorium auftauchte, waren die meisten Smiths bereits wegen der Hochzeit hier. Mich fand er zuerst. Hat mir erklärt, ich sei sein Sohn und er sei gekommen, um mich mit nach Hause zu nehmen.« Sie blieben an einem großen Felsen stehen und Jamie lehnte sich dagegen und betrachtete ihn aufmerksam.

»Weißt du …« Tully lehnte sich an eine Eiche, die Arme vor der Brust verschränkt. »Es ist eins dieser Dinge, auf die jeder Achtjährige wartet, wenn er ohne Vater aufgewachsen ist. Dass sein Daddy ihn holen kommt. Man hängt Tagträumen darüber nach, wünscht es sich, betet darum. Und dann stand mein Daddy direkt vor mir. Ich wusste, dass er nicht log, ich wusste, dass er mein Vater war.«

»Was hast du dann gemacht?«

Er zuckte die Achseln, nicht einmal heute sicher, ob er verstand, was er an jenem Tag getan hatte. »Ich habe nach Jack geschrien. Ich habe nach meinem Daddy geschrien und er ist herbeigestürzt. Nicht sieben Jahre später, sondern genau in dem Moment. Das ganze Smith-Rudel war bei ihm. Noch nie habe ich so viel Blut gesehen wie an diesem Tag. Mom ist ebenfalls verletzt worden, weil sie an Daddys Seite gekämpft hat. Als alles vorbei war, war zwar niemand tot, Bucks Rudel hatte jedoch ziemlich viel abbekommen und humpelte dorthin zurück, woher es gekommen war. An jenem Tag, als Jack mich in die Stadt zurücktrug und ich Buck uns vom Wald aus anstarren sah, bevor er für immer verschwand, wusste ich, dass ich jetzt sein Feind war. Dass ich bei ihm eine Grenze überschritten hatte und dass er mir das nie verzeihen würde.«

Es hörte sich an wie eine dieser alten Geschichten von ihrem Urgroßvater – den die ganze Familie »Big Daddy« nannte, obwohl der Mann nicht größer war als einen Meter fünfundfünfzig. Solche Stories erzählte er immer auf Familienfesten, nachdem ihre Mutter und Tante zwei Tage von Long Island nach Alabama gefahren waren, mit zwei streitenden Bälgern auf der Rückbank. Der einzige Unterschied war, dass die Leute in Big Daddys Geschichten stets Vollmenschen waren und Tully nicht jeden seiner Sätze mit »du weißt ja, wie diese Hinterwäldler sind« beendete.

Von der Geschichte fasziniert, arbeitete gleichzeitig schon ihr Verstand an dem Problem.

»Glaubst du, er ist zurückgekommen, um sich zu rächen?«, fragte sie, doch Tully schüttelte nur den Kopf.

»Buck Smith tickt nicht so simpel.«

»Er will irgendetwas.«

»Er will das hier.« Er betrachtete die Bäume und schaute dann zum wunderschönen blauen Himmel auf. »Er will dieses Territorium. Smithville ist für unseresgleichen ein hervorragendes Territorium, und der Wolf, der es vor mir geführt hat, war mein Onkel Tyrus Ray.« *Tyrus?* »Ein über zwei Meter großer und dreihundertachtzig Pfund schwerer, gefährlich labiler Wolf, aber er konnte auch ein riesiger alter Teddybär sein, wenn er in der Stimmung dafür war. Vor fünf Jahren starb er überraschend, und Johnny Ray, einer seiner Söhne, übernahm die Zügel, doch das ist nicht gut gegangen. Er war aufdringlich und reizbar, und eines Tages ist er mir so auf die Nerven gegangen, dass ich …«

»Dass du ihn windelweich geprügelt hast?«, ergänzte sie, als er nach den richtigen Worten zu suchen schien.

»Ich bevorzuge: ›Ich habe ihm etwas Vernunft eingebläut.‹ Wie dem auch sei. Es hatte zur Folge, dass ich, als ich am nächsten Tag aufwachte, Alphamännchen und Bürgermeister war.«

»*So* bist du Bürgermeister geworden?«

»Nein. Ich wurde zum Bürgermeister von Smithville gewählt,

aber Johnny Ray ist mir bei meiner Amtseinführungsfeier auf die Nerven gegangen.«

Verständlich.

Tully ließ den Blick in die Ferne schweifen und murmelte: »Ich muss Daddy sagen, dass Buck wieder da ist.«

»Und was dann?«

»Keine Ahnung.« Sein Blick wanderte zu ihr. »Was ist passiert, als sie eingecheckt haben?«

»Gar nichts. Abgesehen davon, dass ich weggehen und Sen das Einchecken übernehmen lassen musste.«

»Warum?«

»Wanda ... sie hatte dieses ...« – Jamie schauderte – »Patschuli-Öl aufgelegt.«

»Meine Güte, was ist denn dagegen einzuwenden?«

»Ich hasse es! Es ist mein Kryptonit. Neben Frauen wie Wanda.«

»Frauen wie Wanda?«

»Ja genau, diese New-Age-Hippies, denen ich immer am liebsten einen Dolch ins Gesicht rammen würde. Die Wahrheit ist, wenn ich nicht in der Junior High meinem Zirkel begegnet wäre, wäre ich zu einer allein Praktizierenden geworden. Genau wie Mac. Ich schwöre, nichts bringt mich schneller auf die Palme als diese Artemis anbetenden, Patschuli benutzenden, dringend einen Haarschnitt benötigenden, sich nur gelegentlich die Achseln rasierenden, immer noch im VW-Bus herumfahrenden, mich unbedingt Sister nennen müssenden Nervensägen.«

Tully starrte sie an. »Du hast nicht besonders starke Ansichten zu dem Thema, oder?«

»Vielleicht ein klein wenig. Aber solche Typen sind der Grund, warum mein Zirkel lebenslänglich vom Green Man Festival ausgeschlossen wurde.«

»Und ich bin mir sicher, es hatte nichts damit zu tun, was du wahrscheinlich damals so getrieben hast.«

»Ein bisschen eventuell.« Sie schüttelte den Kopf. »Aber ich sage immer noch, dass sie sich völlig übertrieben verhalten haben. Ich meine, sie sind alle immer so emsig dabei zu *sagen*, dass sie den Mond herunterziehen können, und dann flippen sie total aus, wenn jemand es tatsächlich tut.«

Tully blinzelte. »Du hast den Mond aus seiner Umlaufbahn geholt?«

Sie schnaubte. »Natürlich nicht.«

»Oh.«

»Ich habe lediglich die Erde ein wenig näher an ihn herangebracht.«

Tullys Arme sanken herunter. »Du hast *was* getan?«

»Werd nicht gleich hysterisch. Ich habe sie ja wieder zurückbewegt.«

Tully hätte es nicht für möglich gehalten. Hätte nicht gedacht, dass irgendjemand dazu imstande war. Aber Jamie Meacham hatte das Unmögliche geschafft. Sie hatte ihn dazu gebracht, über etwas *anderes* nachzudenken als über seinen Vater.

»Du bist ja verrückt«, bezichtigte er sie, etwas, das er in Anbetracht seiner eigenen Familiengeschichte nicht leichtfertig tat.

»Nicht verrückt. Nur eine kleine Angeberin. Ich hatte es so satt, dass sie immer nur redeten, redeten, redeten, aber nichts *taten*. Nicht nur davon *redeten*, den Mond herunterzuziehen. Es verdammt noch mal taten. Wenn das nicht funktionierte, halt die Erde näher an ihn heranbrachten. Keine Raketenwissenschaft.«

»Ist dir je in den Sinn gekommen, dass die Bewegung *irgendeines* Planeten aus seiner Umlaufbahn gewaltige globale Konsequenzen haben könnte?«

»Ich habe nie wirklich auf Naturwissenschaften gestanden«, antwortete sie abfällig.

»Oh. Na, dann …«

»Außerdem habe ich alles wieder an seinen Platz gebracht und die meisten Tsunamis, Tornados und Vulkanausbrüche gestoppt, bevor ich das Bewusstsein verlor.«

Gott, jetzt hatte sie ihn zum Lachen gebracht. Er lachte so heftig, dass er sich nicht einmal mehr aufrecht halten konnte.

Das hätte er wirklich nicht für möglich gehalten. Nicht solange sein Vater die Stadt, die er liebte, nicht verlassen hatte und hier alles wieder in Ordnung war. Aber irgendwie hatte eine einzige vollmenschliche Hexe es wieder einmal geschafft, das Unmögliche zu tun.

»Ja, sicher … lach nur. Aber lass es dir gesagt sein, all diese Hippiehexen mit ihren ›Liebe-löst-alle-Probleme‹-Plattitüden und ihrer ›Make-love-not-war‹-Philosophie sind in ihrem tiefsten Kern … total stalinistisch.«

Zehn Minuten später, als die Ältesten sie endlich aufgespürt hatten – sehr besorgt über das, was ihnen über die städtische Gerüchteküche zu Ohren gekommen war und auf der Suche nach ein paar Antworten zu der Frage, was Tully und Jamie jetzt vorhatten – waren sie wirklich besorgt. Sie fanden Tully nämlich sich vor Lachen auf dem Boden wälzend vor, daneben eine Jamie, die ihn anknurrte: »Das ist nicht witzig. Sie waren wirklich *gemein zu mir*!«

KAPITEL 6

»Kannst du mir noch mal sagen«, murmelte Jamie leise an seinem Ohr, während sie den Sitzungssaal der County Hall mit seinen prächtigen Kirschholzmöbeln und dem Konferenztisch überblickte, »warum die Ältesten immer darauf bestehen, sich in der Junior High zu treffen, wenn sie selbst solche Räume haben?«

»Weil es hier, wenn sie zu oft herkämen, nicht mehr so hübsch glänzen würde«, flüsterte er zurück. »Ist doch klar.«

Sie kicherten, ihre Blicke trafen sich kurz, und Tully konnte nicht erklären, was zwischen ihnen geschah, aber er spürte es so deutlich, als hätte sie ihn mit der Hand berührt.

»Seid ihr zwei dann fertig?«, knurrte Jack Treharne. Natürlich knurrte er meistens, aber bis alles geregelt war und seine Gefährtin sowie die Stadt, die er liebte, vor Buck Smith sicher waren, würde der Mann verdammt unerträglich sein. Doch Tully machte es nichts aus, weil sie einer Meinung waren, was die Stadt und seine Mom anging. »Denn dieser Wolfsbastard ist ein Problem, um das man sich kümmern muss.«

»Das ist mir klar«, sagte Jamie ruhig, »aber ich bin mir nicht sicher, was du von uns erwartest.«

Jack stieß sich von der Wand ab, an der er gelehnt hatte, und kam zu Jamie hinüber. »Und warum nicht, zur Hölle? Was nützt ihr hier, wenn ihr nicht das tun könnt, was wir euch auftragen?«

»Ich *arbeite* nicht für dich, Jack. Ich bin eher … zum allgemeinen Schutz da.«

»Könnt ihr nicht einen dieser Zauber oder wie auch immer ihr das nennt, einsetzen?«

»So etwas haben wir schon«, warf Mac von ihrem Platz auf der anderen Seite des Raums ein. »Und wir erneuern es bei jedem Vollmond, aber bei eurem speziellen Problem hilft das nicht.«

»Warum nicht?«

»Weil die Barrieren, die wir erschaffen haben, dazu dienen, Vollmenschen und das Böse fernzuhalten.« Jamie zuckte die Achseln. »Sie halten keine Tiere ab oder verletzen sie und das schließt euch so ziemlich mit ein.«

»Wir sind immer noch Menschen. Überwiegend.«

»Stimmt. Aber Gestaltwandler werden von denselben Göttern beschützt, die uns die Macht gegeben haben, diese Barrieren zu erschaffen. Auch Buck Smith.«

»Also gibt es nichts, was ihr tun könnt?«

»Das habe ich nicht gesagt. Wir können eine Menge tun. Und einiges davon würde nichts hinterlassen als verbrannte Erde und teure Erinnerungen. Aber wenn er nichts getan hat, das einen solchen Angriff von mir oder meinem Zirkel rechtfertigt, bringe ich nur unsere Macht in Gefahr.« Und Tully wusste, dass sie das niemals tun würde.

»Genau das habe ich dir auch schon gesagt, Daddy«, rief Tully ihm ins Gedächtnis.

»Du findest es gut, dass er hier ist, nicht wahr?« Und es hörte sich nicht nur so an, als würde Jack Tully beschuldigen … das tat er auch. »Damit du überall deinen Bullshit erzählen kannst, als wärst du in einer gottverdammten Therapiesitzung.«

»Mir fallen tausend Foltermethoden ein, mein Alter, die ich lieber aushalten würde, als mich mit Buck Smith abzugeben, aber das ändert nichts an der Tatsache, dass wir ihn nicht daran hindern können, mit seinem Rudel bei uns Urlaub zu machen.« Genau das hatte Wanda Pykes Seneca beim Einchecken als Grund für ihren Aufenthalt angegeben, doch Tully war nicht so dumm, es auch zu glauben.

»Und wenn sie beschließen zu bleiben?«, fragte Gwen McMahon.

»Das werde ich nicht dulden«, erwiderte Tully schlicht.

»Und wie willst du ihn daran hindern?«, fragte Jack.

Tully antwortete seinem Daddy auf die einzige Weise, die ihm einfiel. »Mit allem, was dafür erforderlich ist.«

»Ich könnte mit ihm reden«, erbot sich Jamie, und es erstaunte sie, wie still es im Raum wurde. So still, dass sie die Krähen und Blauhäher hören konnte, die draußen vor dem Fenster grimmig um Nistplätze in den Bäumen stritten.

»Worüber genau willst du mit ihm reden?« Und was Jamie kränkte, war der Umstand, dass die Frage von ihrer eigenen verdammten Cousine kam. Wo blieb da die Loyalität?

»Schätzchen, ich war jahrelang Cop. Ich weiß, wie man so etwas macht. Ich werde ihn aufspüren, mit ihm reden und herausfinden, was er im Schilde führt.«

Mac stand jetzt neben ihr, die Arme über ihren nicht existenten Brüsten verschränkt. »Oder du trittst damit irgendeinen Ärger los.«

Beleidigt, weil ihre Loyalität Tully gegenüber in weniger als vierundzwanzig Stunden sprunghaft angestiegen war und sie ihn niemals in Gefahr gebracht hätte, blaffte Jamie: »Ich werde keinen Ärger lostreten.«

»Du weißt doch gar nicht, wie man *keinen* Ärger lostritt.«

Jamie drehte sich um, sodass ihre Zehen beinahe die ihrer Cousine berührten. »Und du solltest mir vielleicht nicht so im Nacken sitzen, Cousinchen.«

»Und du musst mich vielleicht dazu zwingen.«

Jamie hob die Hand. Nicht, um ihre Cousine zu schlagen, sondern nur, um sie mit einem einzigen gut platzierten Zauber aus dem Raum zu werfen, als Tully sich vorbeugte, mit festem Griff ihre Finger umfasste und sie an seine Seite zog. »Ich fände es wunderbar, wenn du mit Buck reden würdest.«

»Also«, beschwerte Jamie sich, »das klingt schon wieder nach Ironie.«

»Es ist keine Ironie«, entgegnete Jack, der seinen Stiefsohn nicht aus den Augen ließ. »Der Idiot will wirklich, dass du das machst.«

»Ich gebe viel auf ihre Meinung, Daddy.«

»Wie gesagt«, murmelte der ältere Mann und wandte sich ab. »Ein Idiot.«

Tully ließ sich von Kyle zurück ins Hotel mitnehmen, wo Bear sie bereits draußen erwartete. Die Hexen stiegen gerade aus Jamies SUV, als Tully Bear fragte: »Wo sind sie?«

Der Grizzly, der imstande war, eine Fährte von bis zu zwanzig Meilen entfernt aufzunehmen, hob den Kopf. Er schnupperte. Einmal. Zweimal. Nach dem dritten Mal deutete er mit dem Kopf auf den westlichen Teil der Hotelanlage. »Auf dem Racquetballplatz.«

Tully und Kyle starrten Bear an. *Buck spielte Racquetball?*

»Ernsthaft?«, fragte Kyle schließlich.

»Ja. Ernsthaft.«

»Okay.« Tully drehte sich rechtzeitig um, um zu sehen, wie Jamie in diese Richtung davonging. Mit mehreren langen Schritten holte er sie ein. »Bist du dir wirklich sicher?«

»Ich dachte, du vertraust meinem Urteil.«

»Ich habe gesagt, dass ich auf deine Meinung vertraue. Und wir reden hier über keins von beidem.«

»Nun, du wirst mir vertrauen müssen, Marmaduke.«

»Du machst mir das unmöglich, wenn du mich so nennst.«

Sie schaute grinsend zu ihm hoch, zwinkerte ihm zu und marschierte weiter. Tully hielt mit ihr Schritt, als jemand ihn von hinten packte und zurückzog. Er drehte sich um und fand sich Auge in Auge mit Mac wieder. »Warum musst du mir wehtun?«, fragte sie.

»Ich wusste nicht, dass ich das tue, meine Liebe.«

»Das kann nicht gut gehen.«

»Das weißt du nicht.«

»Ich kenne meine Cousine.«

»War sie ein guter Cop?«

»Sie war ein herausragender Cop. Einer der besten.«

»Weshalb machst du dir dann Sorgen?«

»Sie hilft hier nicht irgendwelchen fremden Leuten.«

»Nicht?«

»Natürlich nicht. Sie tut das für euch, was nur zur Katastrophe führen kann.«

»Wirklich? Denn mir kommt es nicht so vor, als hätte deine Cousine sich bisher allzu sehr für die Leute hier erwärmen können.«

»Tatsächlich habe ich sie noch nie so freundlich erlebt.«

Tully blinzelte einige Male, bevor er wieder fragte: »Wirklich?«

»Ja. Wirklich.«

Er zuckte mit den Achseln. »Na schön.«

Mit einem übertrieben dramatischen Seufzer drängelte Mac sich an ihm vorbei. Tully folgte ihr, und sie holten gerade noch die anderen ein, bevor sie am Racquetballplatz ankamen.

Buck war nirgends zu sehen, dafür jedoch seine Söhne. Buck hatte mindestens drei Söhne – soweit alle wussten –, und keiner von ihnen war auch nur einen Pfifferling wert. Natürlich dachten sie das Gleiche von Tully.

Wenig überraschend fanden sie Bucks Söhne nicht auf dem Racquetballplatz, sondern auf dem Bogenschießstand direkt daneben. Der Gedanke, dass sein idiotischer Halbbruder Luther mit Pfeil und Bogen spielte, war für Tully ein Grund zu großer Sorge.

Jamie ging auf Luther zu und lächelte. »Ist Buck in der Nähe?«

»Nein.« Luther hatte bereits seinen Bogen gespannt und den Pfeil eingelegt.

»Weißt du, wann er zurückkommt?«

»Nein.«

Tully verdrehte die Augen. Gott sei gedankt für seine Mom, denn offensichtlich hatte er seine Fähigkeit zu denken, zu argumentieren und zu kommunizieren von ihr geerbt.

»Gibt es sonst irgendjemanden, mit dem ich reden kann?«, fragte Jamie. »Denn du erfüllst meine Anforderungen da nicht.«

Tully hörte ein Kichern und stellte zu seiner Bestürzung fest, dass es von Bear kam. Der Mann lachte nicht viel. Es lag nicht in seiner Natur.

Luther musterte Jamie eingehend, dann ließ er den Blick seiner großen, dümmlichen Augen über die übrigen Anwesenden schweifen. Das waren nur Luther und die beiden anderen Halbbrüder von Tully, daher war er vielleicht nicht in der Stimmung zu streiten, denn er sagte höflich: »Daddy ist in einer Stunde zurück. Dann kannst du mit ihm reden.«

»Wunderbar.« Jamie drehte sich um, um den Rückweg anzutreten, als Luther plötzlich seinen Bogen hob. Er zielte weder auf sie noch auf die Zielscheibe, sondern direkt nach oben. Tully hörte einen verräterischen Schrei und sagte schnell: »Luther. Nicht.«

Der blöde bissige Hund sah ihn direkt an – ein Lächeln auf seinem Gesicht, das solche Ähnlichkeit mit dem von Buck hatte – und ließ den Pfeil fliegen.

Tully ächzte, als er den Pfeil sein Ziel treffen hörte, und ein weiterer Schrei ertönte, während etwas zu Boden fiel.

Jamie blieb wie angewurzelt stehen und drehte sich um, den Blick auf den großen Vogel gerichtet, der nicht mehr als anderthalb Meter von Luther entfernt lag.

Weil sie sich nicht von der Stelle rührte und nur auf den Vogel starrte, nahm Tully an, dass sie unter Schock stand. Bis sie sich bewegte. Nein. Sie stürzte sich nicht auf Luther, obwohl Tully es liebend gern gesehen hätte. Stattdessen ging Jamie auf Seneca zu – die auf Luther zuging.

Jamie streckte die Hand nach ihrer Freundin aus, aber die kleine Hexe huschte unter Jamies Armen hindurch und lief direkt auf Luther zu. Sie sagte nichts, sondern versetzte ihm einen Schlag. Direkt gegen das Kinn, da sie höher nicht heranreichte. Knurrend legte Luther die Hand um Sens Kehle und hob sie vom Boden hoch.

Mac, Kenny und Emma gingen aufeinander zu, und Mac hob die Hände. Flammen und Blitze tanzten um ihre Fingerspitzen herum. Aber bevor sie irgendetwas entfesseln konnte, bevor sie Luther da, wo er stand, vom Erdboden verschwinden lassen konnte, wurde Jamie aktiv. Es war jedoch nicht die Art von Aktion, die Tully erwartet hätte.

Denn er hatte wirklich nicht erwartet, dass sie ihre Pistole an Luthers Hinterkopf drücken würde. Entsichert, den Finger am Abzug.

»Wir beruhigen uns jetzt erst mal alle«, sagte sie leise, ihre Waffe weiterhin an Luthers Kopf, den Blick aber auf ihren Zirkel gerichtet. »Wir atmen alle tief durch und beruhigen uns.«

Mac ballte die Fäuste und die Flammen und Blitze verschwanden in ihren Händen.

»Du wirst meine Freundin jetzt wieder auf den Boden stellen«, sagte sie zu Luther. Er tat es und ließ Seneca sofort los. Sie stolperte ein wenig, als ihre Füße wieder den Boden berührten, doch dann drehte sie sich schnell zu Jamies Falken um und ging neben ihm in die Knie.

Luther war ein verdammt guter Schütze, das musste Tully ihm lassen. Der Pfeil hatte den Körper des Vogels glatt durchbohrt.

Tullys Stimme blieb ruhig und beherrscht, als er zu Luther sagte: »Zielscheiben sind in Smithville klar gekennzeichnet, Luther Ray. Mit Pfeilen sollte auf nichts geschossen werden außer auf das Schwarze am anderen Ende dieses Schießstands. Wenn du jagen willst, dann verwandle dich und mach es richtig.«

»Ich wollte nur meine Geschicklichkeit testen, großer Bruder«, sagte Luther mit einer gehörigen Portion Hohn in der Stimme. »Das war nichts Persönliches.«

»Gut«, ließ eine leise, tränenerstickte Stimme hören, und Seneca sah Luther an. »Und das hier ist auch nichts Persönliches.«

Die zierliche Frau zog die Arme zurück und stieß sie dann nach vorn. Ein Gebrüll, das es mit jeder Löwin aufnehmen konnte, entwich ihren Lungen, und Luther flog durch die Luft, überschlug sich und knallte gegen die Betonmauer eines der Lagerhäuser. Die beiden anderen Idioten machten einen Schritt auf Seneca zu, und Jamie zielte mit ihrer Pistole auf den, der ihr am nächsten war. »Wagt es nicht ...«, warnte sie sie schlicht. Sie wagten es nicht, sondern blieben wie angewurzelt stehen, den Blick auf ihre Waffe gerichtet.

Seneca knurrte wie ein entzückendes Kätzchen, stand auf und ging auf Luther zu.

Ohne den Blick von Tullys Sippe abzuwenden, blaffte Jamie: »Kenny.«

»Ich hab sie.« Die dunkelhaarige Frau packte Seneca, indem sie der Hexe die Arme um die Taille schlang und sie hochhob. Kenny trug ihre Freundin zurück zum Hotel und Seneca fluchte während der gesamten Zeit.

Jamie warf einen flüchtigen Blick auf Tully und deutete auf den Vogel, der auf dem Boden lag. »Tully?«

Er kniete sich hin und besah sich das Tier. Er wäre der Erste gewesen, der zugegeben hätte, dass er nicht das Geringste über Vögel wusste, nur welcher gut mit Grillsoße und welcher mit Zitrone und Butter besser schmeckte. Aber immerhin konnte er sagen, wann etwas noch lebte und wann es tot war.

»Sie atmet noch, aber wir müssen sie zum Tierarzt bringen.«

Jamie nickte und sah dann Bear an.

»Fahrt nur«, sagte der Grizzly. »Ich kümmere mich um die Situation hier.«

»Brauchen Sie meine Pistole?«

Tully brauchte nicht einmal hinzuschauen, um zu wissen, dass Bear lächelte. »Schätzchen ... das ist das Letzte, was ich brauche.«

KAPITEL 7

»Das ist nicht so gut gelaufen, wie ich gehofft hatte«, bemerkte Tully schließlich, nachdem sie eine Stunde schweigend im Wartezimmer der Colton City Tierklinik gesessen hatten, ungefähr fünfundvierzig Minuten von Smithville entfernt. Er war überrascht gewesen, dass der Vogel die Fahrt überstanden hatte, Jamie aber fand das nicht weiter erstaunlich.

»Es tut mir leid«, sagte sie.

»Was tut dir leid? Du hast nichts falsch gemacht. Das waren die anderen.«

»Es ist nicht so, als würden sie die Beziehung, die ich zu Rico habe, kennen oder begreifen. Man kann ihnen nicht wirklich einen Vorwurf machen. Sie dachten, sie würden einfach auf irgendeinen Vogel schießen.«

»Genau. Das ist das Problem. Wir haben eine kooperative Beziehung zu Vögeln. Vor allem zu Krähen, doch sie sind ihresgleichen gegenüber wirklich loyal. Wenn wir anfangen würden, sie vom Himmel zu schießen, würden sie sich im Handumdrehen gegen uns wenden.«

»Das wusste ich gar nicht.«

»Dein Vogel hat mir auf den Kopf geschissen und es überlebt, um darüber zu krächzen. War das nicht Hinweis genug?«

»Ach, sieh mal an. Ich dachte, du hättest das auf sich beruhen lassen, weil du mich so magst.«

Er beugte sich vor, bis seine Schulter sich gegen ihre drückte. »Sie hat mir auf den Kopf *geschissen*.«

Jamie, die zum ersten Mal seit einer ganzen Zeit lachen musste, nickte. »Verstehe. Dann weiß ich Bescheid.«

»Dann ist es ja gut.«

Der Tierarzt kam lächelnd aus einem Hinterzimmer. »Nun, zu meiner großen Überraschung sieht es so aus, als würde Ihr Vogel es schaffen.«

Jamies Augen weiteten sich, und sie öffnete den Mund ein wenig, um den Eindruck zu erwecken, dass diese Information sie wirklich schockierte. »Sind Sie sich sicher?«

»Absolut!«, bestätigte der Tierarzt. »Aber sie wird in den nächsten Tagen viel Pflege brauchen.«

»Natürlich.«

»Und ich muss wirklich prüfen, ob Sie überhaupt eine Falknerlizenz haben.«

Jamie wusste nicht einmal, dass es so etwas gab. »Nun.« Sie beschloss, zumindest mit einer Halbwahrheit zu antworten. »Sie ist eines Tages bei mir aufgetaucht und nicht wieder verschwunden. Ich wusste nicht, dass ich eine Lizenz brauche.«

»Tatsächlich sollte einer von Ihnen eine haben. Ich werde allerdings keine große Sache daraus machen. Es ist nur etwas, über das Sie nachdenken sollten, falls Sie sie zu einem anderen Tierarzt bringen. Er könnte erheblich mehr Fragen stellen als ich.«

»Kein Problem.«

»Okay.« Der Tierarzt lächelte. »Wir haben sie gleich für Sie bereit und geben Ihnen dann auch noch die Medikamente mit, die Sie für ihre Pflege brauchen.«

»Das ist wunderbar! Vielen Dank!« Sobald der Arzt das Wartezimmers verlassen hatte, ließ Jamie ihr falsches Lächeln verschwinden. »Ich kann nicht glauben, dass ich so viel Geld für Müll ausgeben muss, den der Vogel nicht einmal braucht.«

»Und warum braucht sie ihn nicht?«

»Seneca. Sie ist unsere Heilerin vor Ort. Sobald dieser Pfeil Rico getroffen hatte, hat sie einen Zauber gewirkt, um sie zu heilen. Was auch erklärt, warum sie sich auf diesen Burschen gestürzt hat … wie war noch gleich sein Name?«

»Luther.«

»Ja. Luther. Es hat seine Nebenwirkungen, wenn man so schnell und ohne Vorbereitung so viel Magie einsetzt. Bei ihr ist es Zorn.« Jamie schüttelte den Kopf. »Ich brauche eine Falknerlizenz. Machen diese Leute Witze?«

Tully ließ ein Lachen hören, doch es erstarb in dem Augenblick, als die Eingangsglocke klingelte, die Tür sich öffnete und dagegenschlug. Sie schaute hoch und erblickte einen massigen, riesigen Mann, der direkt auf sie zusteuerte. Er blieb vor ihnen stehen und nickte Tully zu, bevor er sich auf Jamie konzentrierte.

»Miss Jamie«, sagte er und streckte die Hand aus. »Mein Name ist Buck Smith, und ich wollte mich für das, was heute passiert ist, entschuldigen.«

Tully wusste nicht, was sein Vater hier machte, aber als er beobachtete, wie Jamie ihre Hand in seine legte, hatte er nur den Wunsch, dem alten Wolf den Arm aus der Schulter zu reißen.

»Ich kümmere mich um meine Jungs, wenn ich zurückkomme, aber ich wollte, dass Sie von vornherein wissen, dass das, was geschehen ist, meiner Meinung nach nicht in Ordnung war.«

War es nicht? Seit wann das denn?

»Ich weiß es zu schätzen, dass Sie selbst gekommen sind, um mir das zu sagen«, antwortete Jamie. »Jetzt fühle ich mich insgesamt viel besser.«

Sie kann ihm das unmöglich abkaufen.

»Und ich weiß es zu schätzen, dass Sie mich haben ausreden lassen. Außerdem erwarte ich, dass Sie mir, was immer Sie hier bezahlen, in Rechnung stellen.«

»Das ist doch nicht nötig.«

»Für mich schon. Versprechen Sie mir, dass Sie das tun werden.«

»Okay.«

»Danke.« Er hielt noch immer ihre Hand fest und musterte

Jamie, bevor er sie losließ, ihnen beiden zunickte und hinausging.

Tully folgte ihm auf dem Fuße. Als sie sich dem Truck des alten Knackers näherten, fragte Tully: »Was zur Hölle führst du im Schilde, Alter?«

Buck blieb stehen und sah ihn an. »Ich führe gar nichts im Schilde. Und pass auf, wie du mit mir redest, Junge. Ich bin nicht diese Katze, bei der du aufgewachsen bist.«

Und da war er. Da war Buck Smith.

»Mich täuschst du keine Sekunde lang.«

Buck lächelte. »Ich weiß gar nicht, was du meinst ... mein Sohn.«

Tully knurrte, während Buck auf die Fahrerseite seines Pick-ups ging. Er stieg ein, schlug die Tür zu und legte den Arm in das offenen Fenster. »Weißt du, ich habe nachgedacht. Vielleicht ist es an der Zeit, dass wir die Vergangenheit hinter uns lassen.«

»Ach, echt?«

»Es würde meine Wanda wirklich glücklich machen. Sie mag diese ganzen Debatten nicht.«

»Kannst du Debatte überhaupt buchstabieren?«

»Witzig. Du warst schon immer wirklich witzig.« Buck ließ seinen Pick-up-Truck an. »Ich bitte nur um eine Chance. Eine Chance, alles in Ordnung zu bringen. Denk drüber nach.«

Tully wusste nicht, wie lange er auf dem Parkplatz gestanden hatte, nachdem sein Vater weggefahren war. Andere Patienten kamen an, und die Hunde knurrten und schnappten nach ihm oder gingen an ihrer Leine in Deckung, während die Katzen ihn aus ihren Transportkisten anfauchten. Ein Hengst trabte aus seinem Hänger, bevor seine Besitzerin aus ihrem Truck steigen konnte, und galoppierte die Straße entlang, die Hälfte der Tierarztbelegschaft hinter ihm her. Und die ganze Zeit über zuckte Tully mit keinem Muskel, bis Jamie mit der bandagierten Rico in einer behelfsmäßigen Kiste und einem Beutel Medikamente, der an ihrer Hand baumelte, herauskam. Sie blieb neben ihm stehen und musterte ihn wortlos.

»Er sagt, er wolle die Vergangenheit ruhen lassen.«

Jamie hob die Schultern. »Nun ...«

»Sag mir jetzt nichts, wovon du glaubst, ich wolle es hören, Jamie«, unterbrach er sie in dem verzweifelten Wunsch, die Wahrheit zu hören. Die absolute Wahrheit. »Sag mir, was du für ein Gefühl hast.«

»Was ich für ein Gefühl habe?« Sie stieß den Atem aus. »Ich habe das Gefühl, dass ich einen Schokomilchshake von *McDonald's* da hinten an der Straße will. Ich habe das Gefühl, dass Rico mein Mitleid ausnutzen wird, so lange sie kann. Und ich habe das Gefühl, dass dein Vater dir, wenn er auch nur den Hauch einer Chance hätte, die Kehle aufschlitzen und dich an dem See, den ich versehentlich vergiftet habe, verbluten lassen würde. Doch dein Vorteil ist, dass er etwas will. Und er wird nicht locker lassen, bis er es bekommt. Aber wenn du ihn jetzt wegjagst, wird er einfach später zurückkommen. Vielleicht zu einem wirklich üblen Zeitpunkt. Ich bin ein großer Fan davon, erst einmal abzuwarten, was Leute tun, statt einfach zu reagieren. Sorg du nur dafür, dass du auf ihn vorbereitet bist. Wie dem auch sei ... das ist meine Meinung.« Sie zupfte an seinem T-Shirt. »Komm mit. Holen wir uns den Milchshake.« Dann überraschte sie ihn – und sich selbst, wie er vermutete, ebenfalls –, indem sie sich auf die Zehenspitzen stellte und ihn auf die Wange küsste. Sie blinzelte mit ihren braunen Augen, dann bemerkte sie bemüht lässig: »Der war dafür, dass du heute mitgekommen bist. Und für gestern Nacht.«

Und zum ersten Mal, seit sein Vater weggefahren war, sah Tully plötzlich alles um sich herum in glasklarer Perfektion. Den blauen Himmel über ihm, die staubige Erde zu seinen Füßen, den Hengst, der auf der anderen Straßenseite zurückgaloppiert kam, die Assistenten des Tierarztes und die Besitzerin des Pferdes, die immer noch versuchten, es einzufangen, und den umwerfenden Hintern, der sich aus der hinteren Beifahrerseite des SUV reckte, als Jamie die Kiste mit ihrem Vogel in den Wagen stellte. Nach einige Sekunden, in denen er sie einfach nur unhöflich angaffte, hörte er Jamie einen verärgerten Seufzer aussto-ßen, und sie drehte sich zu ihm um. »Hättest du etwas dagegen, mir zu helfen, Tully?«

Er weigerte sich, sich zu bewegen, denn er wusste nicht, wobei sie seine Hilfe wollte.

»Sie wird sich hier hinten nicht beruhigen. Ich glaube, du musst sie vielleicht halten.«

Der Vogel. Sie redet von dem Vogel. Zum Glück, denn wenn sie von etwas anderem redete, würden sie diesen Parkplatz noch stundenlang nicht verlassen, und Colton City war eine Stadt, die den Schutz von Minderjährigen hochhielt. Doch es wäre einfach nicht richtig. Es würde Spaß machen … aber richtig wäre es nicht.

Zumindest jetzt noch nicht.

Kapitel 8

Jamie stellte ihren SUV ab und stieg aus. Sie hatte Rico bereits nach Hause gebracht, wo sie über die Möbel spaziert war und so getan hatte, als sei sie zu schwach zum Fliegen. Jetzt war Jamie wieder im Hotel, um nach ihrem Zirkel zu sehen. Vor allem nach Sen.

Sie ging die Verandatreppe hinauf und fasste gerade nach dem Türgriff, als sie jemanden sagen hörte: »Ich habe mit meinen Jungs geredet. Es tut ihnen wirklich leid, was passiert ist.«

Sie blieb stehen und drehte sich langsam zu Buck Smith um. Er saß auf einem der Schaukelstühle, mit denen die sich um das ganze Haus ziehende Veranda bestückt war. Mit Augen, die genauso aussahen wie die seines Sohnes, sah er sie aufmerksam an. Er war breiter gebaut als Tully, gefährlich breit. Die Sorte Mann, der sie nicht allein in einer dunklen Gasse begegnen wollte.

»Es war nur ein Missverständnis.« Sie schenkte ihm das gleiche Lächeln, mit dem sie früher Täter bedacht hatte, von denen sie sich sicher war, dass sie jemanden umgebracht hatten, obwohl sie noch keinen Beweis für ihre Überführung hatte.

»Ihr seid nicht wie die anderen Zirkel.«

Sie ging auf ihn zu, jedoch nicht zu nah heran. Es gab einfach einige Leute auf der Welt, denen sie nicht zu nahe kommen wollte. Buck Smith war definitiv einer von ihnen. »Das können Sie laut sagen.«

»Sie sind definitiv erheblich hübscher. Diese Mädels aus dem

Mittleren Westen, die sie in den letzten Jahren hier hatten, haben ausgesehen, als gehörten sie hinter einen Pflug.«

Jamies Lachen klang aufrichtig.

»Also, Sie und mein Junge sind ein Paar?«

Das schien eine seltsame Frage aus dem Mund eines lieblosen Vaters. »Nein. Nur gute Freunde.«

»Irgendetwas sagt mir, dass Sie nicht viele Freunde haben.«

»Und irgendetwas sagt mir, dass Sie gar keine haben. Aber hey«, fügte sie hinzu, bevor er antworten konnte, »das ist nicht der Grund, warum Sie hier sind. Sie sind hier, um ihren Sohn zu sehen. Um die Brücken, die Sie hinter sich abgebrochen hatten, wieder aufzubauen. Das haben Sie Tully doch gesagt, richtig?«

»Ganz genau. Richtig.« Er musterte sie und Jamie zuckte mit keiner Wimper und wandte auch den Blick nicht ab. Sie wusste nicht, was er sich anschaute oder wonach er suchte, aber sie wollte verdammt sein, wenn sie vor irgendjemandem zurückwich. Das war etwas, das sie als Cop gelernt hatte. Wenn man Schwäche zeigte, löschten die Schurken einen aus, bevor man den nächsten Atemzug machen konnte.

»Da bist du ja.« Wanda winkte vom Weg aus, der zum Hotel führte. Die Frau war keine zehn Schritte weit gekommen, als Jamies Augen anfingen zu tränen. *Badete sie in diesem Zeug?*

In einem Feuergefecht oder konfrontiert mit Tullys Samenspender würde Jamie vielleicht nicht zurückweichen, aber sie wollte verdammt sein, wenn sie in der Nähe dieses Geruchs blieb. Als Wanda die Veranda erreichte, verschwand Jamie im Hotel und schloss energisch die Tür hinter sich. Sie nieste zweimal und Emma grinste sie von der Rezeption aus an.

»Wanda?«, fragte sie.

»Wir werden definitiv ihr Zimmer ausräuchern müssen, wenn sie abreisen.«

Tully lehnte sich entspannt in der halbkreisförmigen Sitznische seiner Lieblingsbar zurück. Es war nicht die eleganteste in der

Stadt, aber die gemütlichste, und es gab dort sein Lieblingsbier und die beste Live-Reggae-Musik an der gesamten Ostküste.

Wie sich herausstellte, waren besänftigende karibische Klänge genau das, was er jetzt brauchte. Er brauchte Beruhigung. Entspannung. Gar nicht einfach, da er völlig verkrampft und gestresst war, weil sein Vater irgendetwas im Schilde führte.

Tully nippte an seinem Bier, lauschte der Musik und ließ seine Gedanken schweifen, bis Kyle und Katie sich rechts und links neben ihn setzten.

»Und, wie geht es dem Vogel?«, fragte Kyle und nahm Tully das Bier aus der Hand.

»Greift wahrscheinlich gerade im Sturzflug Eichhörnchen an.«

Katie lehnte den Kopf an Tullys Schulter. »Ich finde es so süß, dass du Jamie begleitet hast, um dich um ihren Vogel zu kümmern.«

»Ja«, murmelte Kyle, »laut ausgesprochen klingt es wirklich blöd.«

Tully küsste seine kleine Schwester auf den Kopf. »Ich habe getan, was richtig war.«

»Warum?«, fragte Kyle und drückte Tully die jetzt leere Bierflasche wieder in die Hand. »Es war doch nicht deine Schuld. Mir scheint, wenn irgendjemand sie hätte begleiten sollen, dann Luther.«

»Luther Ray Smith im selben Wagen wie Jamie Meacham?«

»Warum nicht? Wenn du für diese Fahrt eine Kamera im Wagen installiert hättest, hätten wir die ganze Geschichte ans Bezahlfernsehen verkaufen können.«

Die Brüder lachten, während Katie an Tullys langärmligem Shirt zupfte. »Was läuft da zwischen dir und Jamie?«

»Überhaupt nichts.«

»Bist du dir sicher? Denn wenn das was Ernstes zwischen euch wird, muss sie aufhören, mich Hasenzahn zu nennen.«

»Ich rede mit ihr«, versprach Tully schnell und laut, um Kyles Lachen zu übertönen.

Als Jamie die Bar betrat, blieb sie sofort stehen. »Eine Reggae-Bar mitten im Nirgendwo in North Carolina«, sagte sie zu ihrem Zirkel. »Ich finde das ein wenig beängstigend.« Sen drängelte sich lächelnd an ihr vorbei, mittlerweile wieder ein Ausbund guter Laune. Ihr Zorn vom Nachmittag war bereits vergessen. »Du hast ein paar Bands verpasst! Ich habe dir doch schon gesagt, dass du mit mir herkommen sollst, aber nein. Du hörst mir nie zu!« Sie ging weiter in die Bar und ein paar riesige Männer an einem Tisch riefen ihren Namen.

»Wir sehen uns später!« Sie lief davon und stürzte sich auf den größten der Männer dort.

»Bären«, sagte Mac neben Jamie.

»Eisbären, um genau zu sein«, ergänzte Kenny.

»Wo war ich, als das passiert ist?«

»Diese Frage haben wir uns in letzter Zeit öfter gestellt.«

Jamie stieß den Atem aus, viel zu müde für dieses Thema. »Fang nicht damit an, Mac.«

»Wollte ich gar nicht. Du hast eine Frage gestellt, ich habe sie beantwortet.«

»Ist es Liebe?«, fragte Jamie.

»Wenigstens vorläufig«, bestätigte Emma und schaute sich in der Bar um, bis sie Kyle entdeckte und davonging.

»Ich hoffe, es hält bis zum nächsten Winter«, seufzte Kenny, und beide Cousinen drehten sich zu ihr um.

»*Du* wünschst dir, dass Sen glücklich und verliebt ist?«, fragte Jamie.

»Bis zum Winter.«

Mac zuckte die Achseln. »Warum?«

»Weil … ich dabei sein will, wenn sie ihren Eisbärenschatz auf einem zugefrorenen Salzwassersee liegen sieht, wo er geduldig darauf wartet, dass ein Robbenbaby den Kopf hebt, damit er es sich aus dem kalten Wasser schnappen, aufreißen und verschlingen kann.«

»Sie macht dich wirklich verrückt, nicht wahr?«

»Ja! Denn niemand sollte so verdammt munter sein und es

ernst meinen!« Sie stieß den Atem aus und entspannte sich dann wieder. »Und in diesem Sinne werde ich jetzt nach Hause gehen.« Als Jamie die Stirn runzelte, fügte sie hinzu: »Zum Computerspielen.« Als würde das alles erklären, und für Jamie und Mac … tat es das.

»Bleibst du noch?«, fragte Jamie Mac.

»Ich könnte einen Drink gebrauchen.«

»Ja. Ich auch.« Jamie reichte Kenny die SUV-Schlüssel. »Nimm du den Wagen, wir gehen zu Fuß zurück.«

»Bist du dir sicher?«

»Jepp.«

Zusammen machten Mac und Jamie sich auf den Weg zum Tresen, aber Emma winkte sie zu sich. Als sie sie ignorierten, brüllte sie: »Hey!«

Jamie seufzte und sie wechselten die Richtung. »Erinnert du dich daran, wie es war, als sie noch so schüchtern und unsicher war, dass es schon wehtat?«

»Berauschende Tage.«

»Jetzt, wo sie regelmäßig einen Schwanz bekommt, ist sie extrem dreist und fordernd geworden.«

»Einen magischen Katzenschwanz«, flüsterte ihre Cousine ihr ins Ohr, was so komisch klang, dass Jamie immer noch lachte, als sie an die Sitznische kamen. Und als Kyle sagte: »Hallo, alle miteinander«, wurde das Gelächter nur noch schlimmer.

»Was ist so komisch?«, fragte Emma.

»Achte nicht weiter auf sie«, antwortete Mac und schob Jamie zu einem Sessel hinüber.

»Warte«, sagte Katie und glitt aus der Nische. »Ich will den Platz haben.«

Mac sah sie an. »Warum?«

»Streite nicht mit mir.« Katie fasste Jamie am Arm und schubste sie in die Sitznische. Jamie hatte endlich aufgehört zu lachen, doch dann sah sie, neben wem sie saß. Tully zwinkerte ihr zu und schenkte ihr ein breites, schmutziges Grinsen – was sie von Neuem zum Lachen brachte, und diesmal lachte Tully mit ihr.

»*Was?*«, fragte Emma aufgebracht.

»Ich kann nicht glauben, dass du tatsächlich einen Long Island Iced Tea bestellt hast«, bemerkte Tully zu Jamie, die an ihrem Getränk nippte. »Das ist so ein Klischee.«

Jamie beugte sich vor und griff nach seiner Bierflasche. Sie hielt sie hoch, sodass man das Coors-Etikett sah, und Tully hob die Schultern. »Wenn es gut genug für den NASCAR ist …«

»Ich weiß nicht einmal, was dieser Satz bedeutet.«

»Yankee.«

»Hinterwäldler.«

Tully funkelte sie an. »Weißt du eigentlich, wie daneben es ist, mich so zu nennen?«

»Ich meinte doch nicht …«

»Ich wohne nicht einmal im Wald.«

Jamie verdrehte die Augen, gab ihm sein Bier und lehnte sich zurück.

»Du siehst müde aus«, sagte er zu ihr.

»Puh, danke.«

Er lehnte sich ebenfalls zurück, bis ihre Schultern sich berührten. »Ich meine nicht, dass du müde und alt aussiehst und es Zeit für dich wird, in ein nettes Altenheim zu ziehen.«

»Ist das deine Vorstellung von einer aufmunternden Rede?«

»Ich meine nur, dass du ausgelaugt aussiehst.«

Sie nahm einen Schluck von ihrem Getränk. »Vielleicht bin ich das auch. Ein wenig. Kein Grund zur Sorge.«

Er war sich jedoch nicht sicher, ob er ihr glauben sollte.

»Schläfst du genug?«

»Fragst du mich ernsthaft nach meinen Schlafgewohnheiten, während wir uns ziemlich guten Reggae anhören, die Drinks genießen, die wir am liebsten mögen, und so viele Leute um uns herum haben, über die wir uns lustig machen können?«

»Ja. Das tue ich. Weißt du, ich kümmere mich gerne ein bisschen um dich. Putz dir die Nase, wenn du Schnupfen hast. Füttere dich, wenn du hungrig bist … Lass dich ein Bäuerchen machen, wenn du Luft im Bauch hast.«

»Dazu fällt mir nichts mehr ein.«

Sein Telefon klingelte, und während er es aus seiner Gesäßtasche zog, sagte er: »Wenn du mich einen Moment entschuldigen würdest, meine Schöne. Meine entzückende Wählerschaft ruft an.«

»Das ist deine Mutter.«

Ohne auf das Display zu schauen, sagte Tully in sein Telefon: »Mom?«

»Hi, Schätzchen. Hast du einen Moment Zeit?«

»Ja, Mom. Bleib dran.« Er legte eine Hand über die Sprechmuschel. »Du machst mir Angst.«

»Dir und vielen anderen.«

Kopfschüttelnd wandte er sich wieder seinem Telefon zu. »Was liegt an, Mom?«

»Ich muss mit dir über etwas reden.«

»Das war ich nicht«, antwortete er automatisch. So, wie er es in den letzten fünfundzwanzig Jahre getan hatte. »Das war Kyle. Er ist böse, weißt du? Er ist eine Katze.«

»Worüber redest du?«

»Ich schiebe die Schuld meinem idiotischen Bruder in die Schuhe. Das tue ich.« Tully grinste die Katze an, die ihn, die süße, kleine Hexe auf dem Schoß, anfunkelte.

»Lass du einfach deinen Bruder in Ruhe, Tully Smith«, sagte sie lachend. »Und es ist alles in Ordnung. Ich wollte aber mit dir reden, bevor ich mit deinem Daddy rede.«

»Worüber mit mir reden?«

»Über den Anruf, den ich vor einem Weilchen bekommen habe. Von deinem Vater.«

Alle Heiterkeit verließ ihn und er fragte: »Was wollte er?«

»Nun, mein Welpe, bevor du dich furchtbar aufregst, lass mich sagen, dass er unheimlich nett war.« Tully wusste es mit Bestimmtheit. Wusste, dass seine Mom die netteste Frau auf dem Planeten war. Es war die Südstaatenschönheit in ihr. Ihre betörende Liebenswürdigkeit brachte mehr als nur ein Raubtierweibchen dazu, sich zu fragen, wie Millie MacClancy es schaffte, in einem Haus mit Tully, Kyle und Jack zu leben, ohne einen von ihnen zu töten. Aber so war sie nun mal, und bei den meisten brachte ihre angeborene Freundlichkeit ebenfalls Freundlichkeit zutage. Sogar bei Jack Treharne. Aber Jack hatte sich Tully gegenüber hundertmal bewiesen. Im Gegensatz zu Buck. Und Tully wollte nicht, dass dieser alte Bastard um seine Mom herumscharwenzelte, bis er ihn eines Besseren belehrte.

»Da bin ich mir sicher, Mom, aber ich will trotzdem wissen, warum er dich überhaupt angerufen hat.«

»Er möchte ein Dinner.« Tully wusste nicht, dass er knurrte, bis ihm klar wurde, dass alle Hexen am Tisch ihn anstarrten. Mac und Emma sahen aus, als würden sie gleich die Flucht ergreifen. Jamie grinste nur. »Jetzt beruhig dich erst mal«, fuhr seine Mutter fort. »Er wünscht sich ein Dinner mit uns allen. Mit dir, mir, Jack, Kyle, Katie, seinen Söhnen und Wanda.«

»Mom, ich habe im Moment eine Menge am Hals. Der Bürgermeister-Frühlingsball kostet mich sehr viel Zeit, und …«

»Tully, ich weiß, dass du das nicht willst. Ich weiß es und verstehe es. Wirklich. Aber … es ist einfach … ich will nur …«

Als er sie um Worte ringen hörte, brach es Tully fast das Herz. »Du willst nicht, dass es so aussieht, als hättest du versucht, dich zwischen uns zu stellen.«

Dankbar stieß sie den Atem aus. »Ja. Genau. Ich verstehe es, wenn du Buck nicht zu nah kommen willst. Und am Ende ist es deine Entscheidung. Aber ein einziges Dinner, um sicherzugehen, dass es das ist, was du willst …«

Jedem anderen hätte er es rundheraus abgeschlagen. Jeden anderen hätte er ausgelacht und ihm gesagt, er solle sich um seine eigenen Angelegenheiten kümmern. Aber dies war nicht einfach irgendjemand. Das hier war seine Mom. Die Frau, die alles getan hatte, um ihn zu beschützen. Sie liebte ihn bedingungslos, und dafür hatte sie sich alles, was sie wollte, verdient. Vor allem da sie selten um irgendetwas bat, außer um den Hochleistungsstaubsauger zum letzten Weihnachtsfest und ein halbes Pfund Pralinen zum Valentinstag, denn, um sie zu zitieren: »Ich kann kein ganzes Pfund Pralinen essen! Ich muss auf meine mädchenhafte Figur achten.«

Ja, genau. Millie MacClancy Treharne hatte sich verdient, was immer sie wollte, jederzeit. »Natürlich, Mom. Es ist nur eine Kleinigkeit«, sagte er und benutzte einen ihrer Lieblingsausdrücke. »Ich komme definitiv zum Dinner mit Buck. Und Kyle und Katie werden das ebenfalls tun. Sie können es gar nicht erwarten.«

Über den Tisch hinweg funkelten ihn seine Geschwister wütend an und er zwinkerte ihnen lächelnd zu.

Er hörte seine Mutter einen leisen, erleichterten Seufzer ausstoßen. »Danke, mein Welpe.«

»Für dich alles, Mom. Das weißt du doch.«

»Und ich bin dankbar dafür. Jetzt muss ich nur noch deinen Daddy dazu bringen, zuzustimmen.«

»Was das betrifft, bist du auf dich gestellt, meine Liebe.«

»Bei Jack Treharne bin ich das doch immer.«

Sie verabschiedeten sich und Tully legte auf. Langsam steckte er sein Telefon wieder in die Gesäßtasche, schob sein Bier und die Schale mit Chips beiseite und ließ den Kopf dann auf den Tisch krachen.

Der Schmerz half, aber nicht so gut, wie er es sich gewünscht hätte.

Jamie legte Tully einen Arm um die Schultern, während sie sich fragte, wie der Holztisch die Attacke eines so bemerkenswert harten Kopfes überstehen konnte. »Na komm, Kopf hoch.«

»Ich könnte ihn auch töten, während er schläft, und dieses Dinner gänzlich umgehen.«

»Du hättest Mom absagen sollen«, tadelte Katie ihn.

»Kannst du Mom etwas abschlagen?«, fragte Kyle.

Sie verdrehte absichtlich die Augen und gestand widerstrebend: »Nein.«

»Ihr solltet das Dinner im Hotelrestaurant stattfinden lassen«, schlug Jamie vor.

»Warum?«, fragte Kyle.

»Wenn ihr euch mit Buck im Hotel trefft, in dem er bereits wohnt, könnt ihr gehen, wann immer ihr wollt. Wenn es gut läuft, könnt ihr bleiben und Macs erträgliches Essen genießen.«

»Erträglich?«, blaffte Mac.

»Wenn es *wirklich* gut läuft, könnt ihr meine exquisiten Desserts genießen.«

»Ich hasse dich mit jedem Tag mehr«, murmelte Mac.

»Aber wenn es schlecht läuft, lasst ihr Buck nicht irgendwo stehen, wo er nicht wegkann. Er und seine Söhne sind bereits dort. Ihr braucht euch keine Sorgen zu machen, wer bei wem mitfahren kann oder dass jemand eine Wegbeschreibung zurück zum Highway braucht, und so weiter und so weiter. Wenn ihr gehen wollt, geht ihr einfach.«

Tully setzte sich auf und seine gequälte Miene war verschwunden. »Weißt du … das ist eine wirklich gute Idee.«

Sie nahm einen Schluck von ihrem Drink, bevor sie zugab: »Was soll ich sagen? Ich habe jahrelange Übung darin, gut aus üblen Familienessen herauszukommen.«

Tully begleitete Jamie und Mac nach Hause, setzte zuerst Mac ab, und machte sich dann auf den Weg in den Wald in Richtung Küste. Weniger als eine Meile von ihrem Haus entfernt, blieb Jamie stehen. Als Tully sich zu ihr umdrehte, lächelte sie, und aus irgendeinem verrückten Grund dachte er, dass sie drauf und dran war, ihn zu küssen. Und er wollte wirklich, dass sie es tat. Er wollte so sehr, dass sie ihn küsste, dass er ihren Kuss tatsächlich schon auf den Lippen schmeckte.

Stattdessen sagte sie jedoch: »Danke, dass du mich begleitet hast.«

»Ich kann dich bis ganz zu dir nach Hause bringen.«

»Schon in Ordnung.«

Er trat näher. »Hast du Angst, mich mit zu dir zu nehmen, Jamie? Angst, dass ich vor morgen früh nicht wieder gehe?«

»So, wie es in dieser Stadt läuft?«, antwortete sie lachend. »Ich *weiß*, dass du nicht gehen würdest.«

»Wow. Du bist *eingebildet.*«

»Nicht eingebildet. Ich weiß nur, wie es in Smithville läuft. Eine Nacht führt zu einer weiteren und einer weiteren, bis ich mich eines Tages umschaue und all dein Scheiß in meinem Haus herumliegt und du mich fragst, wo dein Frühstück bleibt.«

»Ach, komm schon.«

»Ich habe diesen Tanz während der letzten zehn Monate, die ich hier war, wieder und wieder beobachtet, bei Paaren, von denen ich nicht in einer Million Jahren erwartet hätte, dass sie zusammenfinden würden. Tut mir leid, mein Hübscher, aber da mache ich nicht mit. Ich habe meine Strafe abgesessen, meine Schuldigkeit getan …« Sie tätschelte ihm die Schulter. »Aber danke, dass du an mich gedacht hast.«

Sie trat von ihm weg und war schon mehrere Schritte entfernt, als sie stehen blieb und ihn über ihre Schulter ansah. »Und lauf mir nicht nach, um dich zu vergewissern, dass ich zu Hause ankomme. Das ist einfach nur gruselig.«

Er fand es schrecklich, dass sie ihn so gut kannte.

Bevor sie das letzte Stück zu ihrem Haus ging, wartete Jamie. Sie wollte sichergehen, dass Tully ihr nicht gefolgt war. Ihr war klar, dass er es nur tun würde, um sie zu beschützen, und auch wenn sie die Geste zu schätzen wusste, wollte sie sich einfach nicht mit den Konsequenzen daraus abgeben. Und die Götter wussten, dass es alle möglichen Konsequenzen geben würde. Nachdem sie sich davon überzeugt hatte, dass der Wolf nach Hause gegangen war, holte Jamie tief Luft und hob die Hände. Sie drehte die Innenflächen nach oben und spreizte die Finger. Dann begann sie zu singen, während sie langsam die letzten

Schritte bis zum Haus ging. Als sie noch etwa zwanzig oder dreißig Meter entfernt war, wandten sich ihr alle zu. Die Macht, die sie zwischen den Handflächen heraufbeschworen hatte, blitzte heiß und hell auf, und sie ließ sie frei. Sie flog von ihr weg und peitschte einmal um das Haus herum. Danach war alles still, aber sie wusste, dass sie zurückkommen würden. Wusste, dass sie heute Nacht keine Ruhe finden würde, so wie sie schon in den letzten Wochen nur sehr wenig Ruhe gefunden hatte.

Mit einem erschöpften Seufzer betrat sie ihr Haus. Rico begrüßte sie an der Tür, der Jagdfalke war wieder ganz der Alte.

»Hi, Schätzchen. Ich bin zu Hause.«

Der Vogel kreischte, und Jamie drehte sich gerade rechtzeitig um, um zu sehen, dass der Zauber, den sie benutzt hatte – einer ihrer mächtigsten –, nur lange genug gewirkt hatte, um sie von der Straße zu ihrem Haus zu bringen. Was sie verscheucht hatte, war nicht nur zurückgekehrt, es waren jetzt noch mehr davon da.

Einer stürmte die Verandatreppe hinauf auf sie zu. Jamie schlug die Tür hinter sich zu und versiegelte sie mit einem Spruch. Aber sie hämmerten jetzt gegen die Wände. Gegen die Türen und Fenster. Sie wollten hinein, und sie würden nicht eher Ruhe geben, bis es ihnen gelang.

Jamie schluckte ein Aufwallen von Panik herunter, wich in ihr Haus zurück und sah sich um. Sie war hier sicher, obwohl sie bei all dem Getöse niemals würde schlafen können. Aber wenn sie schon nicht schlafen konnte, konnte sie zumindest recherchieren. Sie ging zum Bücherregal, wo sie ihr Grimoire und ihre Zauberbücher aufbewahrte. Während sie den Blick über die Titel wandern ließ, zog sie ihre Jacke aus. Ein Buch stach hervor, doch sie ignorierte es. Sie wusste, was es ihr raten würde, um den Ansturm draußen vor ihrem Haus zu stoppen. Und es würde funktionieren. Es würde das alles ein und für alle Mal beenden.

Doch sie hatte ihrer Cousine ein Versprechen gegeben. Verflucht, sie hatte sich selbst ein Versprechen gegeben Und dieses Versprechen würde sie jetzt nicht brechen.

Immer noch verzweifelt griff sie nach anderen Büchern, einem ganzen Armvoll, und ging ins Wohnzimmer. Sie schaltete den Fernseher ein, drehte die Lautstärke hoch und machte sich an die Arbeit, tat alles, was sie konnte, um auszublenden, was direkt außerhalb ihres Hauses vor sich ging.

KAPITEL 9

Während der folgenden zwei Tage verbrachte Tully ziemlich viel Zeit sowohl im Haus seiner Mom als auch im Hotel. Er konnte nicht glauben, dass er mehr Zeit darauf verwendete, dieses blöde Dinner zu organisieren, als den bevorstehenden Bürgermeister-Frühlingsball.

Wenigstens bekam er so die Gelegenheit, erheblich mehr Zeit mit Jamie zu verbringen. Bedauerlicherweise machte es ihm klar, dass er recht gehabt hatte. Sie verheimlichte etwas. Und was immer das war, es zehrte an ihr. Ihr großartiger Sinn für Humor und der natürliche Sex-Appeal, die ihn an den meisten Tagen total ablenkten, waren praktisch verschwunden. Ihre Gespräche über das Dinner waren nüchtern und sachlich, doch nichts an Jamie war nüchtern und sachlich. Deshalb verstanden sie sich ja so gut – weil er genauso war.

Selbst als er ihr gegenüber neckend erwähnte, dass sie sein Date für den Ball sei – ob er scherzte oder nicht, wusste er immer noch nicht –, reagierte Jamie in keiner Weise so, wie er es erwartet hätte. Statt ihm rundheraus einen Korb zu geben, oder besser noch, seine Neckerei zu erwidern, was sie normalerweise getan hätte, sagte sie – auf eine sehr sachliche Art und Weise mit großer Höflichkeit: »Nein, danke.«

Nein, danke? Wer war diese langweilige Frau? Nicht die scharfzüngige Giftschlange, die bei mehr als einer Gelegenheit seine Fantasie beschäftigt hatte, so viel stand fest. Und er wollte seine Giftschlange wieder haben. Sofort! Er hatte mit seinem Vater schon genug am Hals, und dass Jamie sich so verhielt, als hätten Körperfresser bei ihr das Kommando übernommen, konnte er gerade überhaupt nicht gebrauchen.

Er blieb mitten auf dem Schotterweg stehen, der zu seinem Haus führen würde. Normalerweise wäre er nach Hause gegangen, hätte sich verwandelt und hätte sein Rudel zu sich gerufen, um zu jagen. Aber nein. Er musste zu Jamie. Er schaute zum Himmel empor. Die Sonne war noch immer nicht untergegangen, daher würde er warten, bis es dunkel war. Es hatte keinen Sinn, sie unnötig zu verärgern, denn das machte absolut keinen Spaß.

Jamie nahm ihr eigenes Blut, um den Schutz rund um ihr Haus zu verstärken. Danach rückte sie die Möbel in ihrem Wohnzimmer an die Wand und schuf auf dem Dielenboden einen heiligen Ort. Ein weiterer Grund, warum sie dieses Haus ausgewählt hatte – der Fußboden in dem riesigen Wohnzimmer war perfekt für solche Situationen.

Der Kreis aus Meersalz und das gewaltige Pentagramm, das darin eingezeichnet war, beanspruchten den größten Teil des Bodens und bildeten das, was sie gern ihre »sichere Zone« nannte. Sie ließ ein kleines Fenster im Badezimmer offen, damit Rico herein und herausfliegen konnte, wenn sie es wollte, oder, wenn alles schrecklich schiefging, es tatsächlich musste. Nachdem sie ein Feuer im Kamin entfacht hatte, nahm Jamie eine Mahlzeit zu sich, die reich an Proteinen und Kohlenhydraten war, duschte und zog sich ihr Lieblings-Eishockeytrikot von den New York Islanders über den nackten Körper. Als die Sonne unterging, saß Jamie in der Mitte des Pentagramms.

Während sie ihren Geist reinigte und sich auf die Energie und die Kraft in ihrem Körper konzentrierte, rief Jamie nach den Mächten, die sie beschützen konnten. Sie spürte, wie diese Mächte aus der Erde, dem Wasser, der Luft und dem Feuer in und von diesem Ort zu ihr kamen. Sie würde niemals Kräfte rufen, die sie nicht bezähmen konnte.

Aber als jene Mächte, die sie rief, sich näherten und sich die

Dunkelheit herabsenkte, stürmten machtvolle Energien ins Haus, verjagten die Schutzmächte und überließen es Jamie einmal mehr, für sich selbst zu kämpfen.

Die Haustür wurde aufgerissen, und ohne sich von ihrem Platz auf dem Boden zu erheben, schlug Jamie sie wieder zu. Sie spürte Hände, die sie berührten, und sie riss die Arme auseinander, einen kurzen, aber mächtigen Zauber auf den Lippen. Die Energie um sie herum löste sich auf, doch das Hämmern begann von Neuem. Ein mächtiges, turbulentes Hämmern gegen die Wände, Fenster und Türen. Sie hielt sich die Ohren zu und versuchte, die Geräusche auszublenden, und die Haustür wurde abermals aufgerissen. Sie ließ sie zuschwingen, indem sie Mittel- und Zeigefinger durch die Luft zog.

Dann begann wieder das Hämmern.

Es hatte gerade erst angefangen, doch sie fragte sich bereits jetzt, wie viel sie noch ertragen konnte.

Tully wusste Bescheid, sobald er Jamies Territorium betrat. Wie bei jedem guten Raubtier ließen sich ihre Markierungen klar und deutlich ausmachen, auch wenn sie eher magisch waren als etwas, das sie aus ihren Drüsen absonderte. Kaum dass er einen Fuß auf ihr Grundstück gesetzt hatte, wusste er jedoch, dass etwas nicht stimmte. Als er ihr Haus sehen konnte, blieb er für einen Moment stehen und schaute sich um. Dann lief er näher heran. Eine lange Schlange stand dort – überwiegend Männer und nur wenige Frauen. Er näherte sich dem Mann ganz an deren Ende. Beschnupperte ihn. Er konnte die Energie riechen. Ein wenig so wie lebendige Elektrizität. Der Mann schaute auf ihn herunter.

»Verpiss dich«, blaffte er. »Husch.«

Husch?

Aus einer Eingebung heraus versuchte Tully, ihn zu beißen. Seine Kiefer gingen direkt durch das Bein des Mannes, dessen Ränder durchscheinend und leuchtend wirkten, bevor sie sich wieder schlossen. Der Mann lachte. »Dämlicher Hund.«

Tully, dem die Beleidigung ein Knurren entlockte, ging direkt durch die Schlange auf Jamies Haus zu. Die Wesen brüllten ihn an und versuchten, nach ihm zu schlagen. Obwohl er ihnen anscheinend ein gewisses Unbehagen bereitete, konnten sie ihm nichts anhaben. Auch wenn sie es versuchten. Als er den Anfang der Schlange erreichte, sah er einen Mann Jamies Haustür aufstoßen. Seine ätherischen Muskeln spannten sich an, während er schrie, als hätte er gerade ein Gewicht von tausend Pfund gestemmt. Aber kaum dass die Tür aufschwang, schlug sie auch schon wieder zu und ließ den Mann nach hinten gegen eine Baum fliegen, sodass er sich in einem Funkenregen auflöste.

Jepp. Das war definitiv ein interessanter Anblick. Es machte die ganze Sache mit den fliegenden Hyänen etwas weniger … schockierend.

Ein anderer Mann ging die Treppe hinauf, doch Tully spazierte mitten durch ihn hindurch – was ihm ein geknurrtes »Verflohter Bastard!« eintrug – auf die Veranda hinauf. Er schlug mit den Pfoten ein paarmal an die Tür und stupste mit der Nase dagegen, bis er die Schnauze endlich um den Knauf schließen konnte und ihn umdrehte. Die Tür war nicht verschlossen und ließ sich leicht öffnen. Er ging hinein, und als er eine Frau hinter sich herrennen sah, schloss er die Tür mit einem Tritt seiner Hinterbeine.

Sobald er drinnen war, ging Tully ins Wohnzimmer. Auf dem Boden befand sich ein großer Kreis mit einem riesigen Stern darin. Er setzte sich außerhalb des Kreises hin und musterte Jamie eingehend. Sie hockte im Schneidersitz in der Mitte des Sterns, den Kopf gesenkt, das Gesicht eingefallen und müde. Wie lange wollte sie noch gegen die Wesen da draußen kämpfen? Die ganze Nacht? Er war sich nicht sicher, ob sie überhaupt noch fünf Minuten durchhielt, vom Rest der Nacht ganz zu schweigen.

Er hob die Pfote und drückte vorsichtig gegen die Energie, die Jamie umgab. Er konnte die Energie zwar nicht sehen, wusste jedoch, dass sie da war. Spürte sie. Seine Pfote glitt jedoch mühelos hinein, ohne zu stören, was sie erschaffen hatte. Zufriedengestellt lief er auf sie zu. Er war nur noch dreißig oder sechzig Zentimeter von ihr entfernt, als sie aufschaute und blinzelnd die Augen öffnete. Er legte den Kopf schräg und sie stieß ein unsicheres Lachen aus. »Dieser verdammte Ohrring.«

Tully kam näher, stupste mit der Schnauze gegen ihre Wange und schob sich um sie herum. Als er sich hinter ihr niederlegte, hatte er sich bereits wieder in einen Menschen verwandelt.

Machtvolle Beine hatten sich um ihre gelegt und muskulöse Arme stützten sich auf ihre angewinkelten Knie. Er hatte ihren Kreis betreten und sich in einen Menschen verwandelt. Sie hatte keine Ahnung, warum.

Er griff nach dem Kelch, den sie mit in den Kreis genommen hatte, und hielt ihn ihr an die Lippen. »Trink, meine Schöne.«

Sie trank. Sie war so beschäftigt damit gewesen, ihr Territorium zu verteidigen, dass sie vergessen hatte, für ausreichend Flüssigkeit zu sorgen.

»Besser?«

Sie nickte. »Du solltest nicht hier sein«, sagte sie ihm.

»Warum nicht?«

»Weil es, wenn sie hier hereinkommen, nichts geben wird, das du tun kannst, und ich will nicht, dass du siehst, was als Nächstes geschieht.«

»Bist du dir so sicher, dass sie es schaffen, hier reinzukommen?«

»Wie spät ist es? Zehn Uhr? Vielleicht elf? Wenn es so weitergeht, halte ich niemals bis Sonnenaufgang durch.«

Er stieß einen Seufzer aus. Einen lauten, schweren Seufzer. »Es muss irgendetwas geben, das du tun kannst, denn ich gehe nicht weg.«

»Warum nicht?«

»Weil es noch nicht einmal acht ist, Liebling. Also müssen wir irgendeinen Weg aus dieser Klemme finden.«

Wenn Jamie näher am Wasser gebaut gewesen wäre, hätte sie

geweint. Sie hätte ohne Scheu geweint. *Noch nicht einmal acht? Scheiße.*

»Was genau ist hier los?«, fragte er dicht an ihrem Ohr. »Und Schluss mit dem Bullshit. Sag es mir einfach.«

Da sie keinen Sinn darin sah, ihm die Wahrheit vorzuenthalten, dachte Jamie einen Moment lang nach, auf der Suche nach dem besten Weg, es ihm zu erklären. »Hast du in der Highschool je einen Typen gekannt, der von einem Mädchen, das er mochte, einen Korb bekommen hat? Du weißt schon, er hat versucht, sie um ein Date zu bitten, und sie hatte rundheraus abgelehnt.«

»Ja. Sicher.«

»Und vielleicht hat dieser Typ, weil er so sauer war und sich an ihr rächen wollte, an die Wand der Jungentoilette geschrieben: ›Jenny bläst dir einen‹, und dann hat er ihre Nummer daruntergesetzt. Und eine Woche lang bekommt Jenny auf dem Telefonanschluss ihrer Eltern einen Haufen Anrufe von Leuten, die sie fragen, ob sie sich mit ihr treffen können, um Sex zu haben?«

Tully runzelte die Stirn. »Ja.«

»Nun, das ist so ziemlich die Situation, in der ich mich befinde.«

»Ich bin mir nicht sicher, ob ich das verstehe. Du hast jemandem einen Korb gegeben?«

»Ich habe ihm keinen Korb gegeben. Ich war nur in einer Sache nicht seiner Meinung.«

»Von wem sprichst du?«

»Von Aengus. Das ist der keltische Gott der Liebe und der Jugend.«

»Und du warst nicht seiner Meinung?«

»Nur in einem unwichtigen Punkt.«

»Und der wäre?«

»Dass Liebe nicht mehr ist als eine psychotische Reaktion auf wirklich guten Sex.«

»Du streitest, nur um zu streiten, nicht wahr?«

Jamie zuckte die Achseln. »Manchmal.«

»Und diese … Leute draußen, die versuchen, an dich heranzukommen, wollen … ähm …«

»Mich vögeln? Manche von ihnen vielleicht. Aber was sie wirklich wollen, ist meine Macht.« Aengus wollte, dass Jamie dafür bestraft wurde, es gewagt zu haben, ihm zu widersprechen. Er selbst konnte ihr nichts anhaben. Nicht, solange die Morrighan sie beschützte, daher hatte er lediglich jedem Magier, jeder Hexe und jedem Schamanen in einem Dreißig-Milliarden-Meilen-Radius einen Tipp gegeben. Als hätte er für jeden nach Macht Suchenden eine Zielscheibe auf ihren Rücken gemalt, um sich ihr zu nähern und sich an ihre Fersen zu heften. »Aengus will mich bestrafen. Um mich dazu zu bringen, eine Grenze zu überschreiten, die mich vernichten würde.«

»Und was willst du jetzt tun?«

»Um ehrlich zu sein, Tully … ich habe nicht die leiseste Ahnung.«

Im Ernst. Wer sonst geriet in Streit mit Liebesgöttern? Die meisten Frauen träumten davon, einen zu finden, versuchten, ihre Ehepartner oder Freunde zu einem solchen zu machen oder fiktionale Berichte darüber zu schreiben, einem Liebesgott begegnet zu sein und ihn verführt zu haben, um anschließend glücklich bis ans Ende ihrer Tage mit ihm zu leben. Aber nicht Jamie Meacham. Nein. Sie suchte Streit mit ihnen, und zwar einfach so.

Tully glaubte, dass er sie auch nicht anders haben wollte. Abgesehen von allem anderen, war sie verdammt unterhaltsam.

»Also, um eine lange Geschichte kurz zu machen … du steckst ordentlich in Schwierigkeiten.«

»So ziemlich.«

»Kann dir dein Zirkel nicht helfen?«

»Nicht ohne dass Aengus sie sich als Nächstes vornimmt.« War ihr bewusst, dass sie sich an seiner Schulter anlehnte? Hatte sie irgendeine Vorstellung davon, wie gut sich das anfühlte? »Aengus will, dass ich das alles allein durchstehe. Ohne jede Hilfe von ihnen oder von dir.«

Tully zuckte die Achseln und gab sich größte Mühe, unschuldig auszusehen. »Aber … er kennt mich doch gar nicht.«

Sie hatte keine Ahnung, wie es dem Mann gelang, sie gleichzeitig zu verärgern und zu beruhigen. Sie wusste nur, dass sie froh war, dass er bei ihr blieb, während sie sich gleichzeitig wünschte, er würde gehen. Es war ihr lieber, ihn nicht dabeizuhaben, wenn alles den Bach hinunter ging.

»Wir wissen beide, dass ich dich diesen Kreaturen nicht allein gegenübertreten lasse, meine Schöne. Wir könnten uns ihnen genauso gut auch gleich stellen.«

»Du kannst nicht bleiben, Tully.«

»Warum nicht?«

»Weil sie, wenn sie erst drin sind …«

»Das hört sich so an, als hättest du bereits aufgegeben.«

»Vielleicht habe ich das auch«, seufzte sie.

»Nun, tu es nicht. Komm schon, meine Schöne. Von deinem gerissenen Charakter muss doch noch irgendetwas übrig sein. Irgendetwas, das wir nutzen können.«

»Ja. Sicher. Ein Opfer«, fauchte sie. »Eine Gabe an Aengus: Blut von einem unschuldigen Opfer. Gewisse Tiere sind gut, Menschen sind noch besser.« Sie rieb sich über die Augen. »Aber das tue ich nicht.« Weil sie wusste, dass es das war, was Aengus wollte. Sie würde es ihm nicht geben. Sie würde ihm nicht ihre Seele geben, nur um ihren Körper zu schützen.

»Nun, ich will auch nicht, dass du das tust.«

Das Gehämmer begann von Neuem, und sie hielt sich die Ohren zu, nicht sicher, ob Tully es auch hörte. Er konnte sie ja auch einfach für eine Psychotikerin halten, die gerade einen »Schub« hatte.

»Aber es muss etwas geben, Jamie. Irgendetwas«, bedrängte er sie, schüttelte sie sanft und gab sich alle Mühe, ihr zu helfen, doch sie war so müde, und das Gehämmer …

Jamie hörte den unverkennbaren Schrei Ricos, und als sie aufschaute, sah sie sie über ihren Köpfen kreisen.

»Was hält dieser Vogel da in den Krallen?«

Bevor Jamie antworten konnte, duckte sie sich, weil Rico ein dickes Buch direkt auf Tullys Kopf fallen ließ.

»Au! *Dieser verdammte Vogel!*«

Sie wand sich sichtlich, obwohl sie versuchte, nicht zu lachen. »Tut mir leid.« Rico hasste ihn wirklich, und Jamie hatte keine Ahnung, warum.

Tully rieb sich die Stelle, an der das Buch ihn getroffen hatte, während er mit der anderen Hand nach dem Band griff. Jamie warf einen Blick auf das Buch, sah den Titel, verspürte ein jähes Aufbäumen von Energie und langte danach. Tully kriegte sie zu fassen, den Arm um ihre Taille gelegt, und hielt das Buch an einem ausgestreckten Arm weit weg von ihr.

»Was ist los?«, fragte er und behielt sie dabei fest im Auge.

»Gar nichts. Gib mir einfach das Buch.«

»Warum?«

»Weil ich dir sage, dass du *mir das Buch geben sollst.*«

Wenig überraschend tat er das nicht. Er war wahrscheinlich der widerspenstigste Hund, mit dem sie es je zu tun gehabt hatte. Er reagierte nicht gut auf Befehle. Stattdessen drehte er das Buch um und betrachtete den Einband.

»*Sexmagie*«, las er laut vor. »Also, meine Schöne«, und sie brauchte ihn nicht anzusehen, um zu wissen, dass der nichtsnutzige Bastard übers ganze Gesicht grinste, »du weißt, dass ich bereit bin zu tun, was immer notwendig ist, um dir zu helfen. So oft wie nötig.«

Tully musste zugeben, dass der dumme Vogel ihm langsam ans Herz wuchs. Und er würde sich auch keine allzu großen Gedanken machen, ob das Tier lesen konnte oder nicht, weil die verdammte Kreatur ausgerechnet *dieses* Buch aus Jamies umfassender Bibliothek ausgewählt hatte.

Er hielt das Buch hoch und fragte Jamie gerade heraus: »Kann das funktionieren oder nicht?«

»Ja schon«, seufzte sie. »Klar kann es funktionieren.«

»Warum hast du es dann nicht bereits getan?«

»Ich brauche einen Partner.«

»Nun, dafür kann ich sorgen. Was sonst noch?«

»Tully …«

»Was sonst noch?«

»Die Götter sind geborene Voyeure, doch es ist nicht leicht, sie zufriedenzustellen. Wir müssten« – sie räusperte sich – »unterhaltsam sein.«

»Kein Grund zur Sorge. Ich bekomme es hin, dass alle sich gut unterhalten fühlen.«

Sie schaute ihn über ihre Schulter hinweg an und zog eine Augenbraue hoch. »Ich sorge mich darum, wie ich *dich* unterhaltsam machen könnte.«

»Du brauchst mir nicht die Pistole auf die Brust setzen, damit ich mitspiele.«

Jamie lachte, schüttelte jedoch den Kopf. »Das ist ein sehr süßes Angebot, Tully, aber ich werde trotzdem Nein sagen.«

»Warum?«

»Weil es sich hier immer noch um Magie handelt, Tully. Und du bist ein nettes, christliches … Mann-Wolf-Wesen.«

»Hui. Vielen Dank.«

»Ich kann dich da nicht mit reinziehen«, fuhr sie fort. »Ich *werde* dich da nicht mit reinziehen.«

»Mir scheint, dass du nicht wirklich eine Wahl hast, da ich dich nicht allein hier zurücklassen werde, um mit was immer sich da draußen vor der Tür befindet, fertigzuwerden.« Er hasste es, fragen zu müssen, aber er tat es trotzdem. »Wenn es in der Stadt jemanden gibt, an dem du mehr interessiert bist, und wenn der Betreffende keine Partnerin hat, kann ich ihn anrufen und herausfinden, ob er … auuuu!«

Jamie zuckte zusammen. »Ich habe noch gar nichts gesagt!«

»Nicht du. Das war dieser verdammte Vogel. Sie hat mir fast die Haare vom Kopf gerissen.« Er funkelte den geflügelten Bastard an, der ihn jetzt seinerseits vom obersten Brett von Jamies

Bücherregal anfunkelte. »Was hat sie überhaupt für ein Problem?«

Jamie schloss kurz die Augen. Sie wusste genau, was los war. Als sie sprach, galten ihre Worte Rico. »Vergiss es.«

Der Vogel sträubte das Gefieder und Tully sagte: »Vielleicht solltest du sie nicht verärgern. Ich hab's gern, wenn meine Augen in meinem Kopf bleiben, vielen herzlichen Dank. Außerdem«, fügte er hinzu und beugte sich dicht zu ihr vor, »gefällt mir, wie sie tickt. Sie weiß, dass das hier die richtige Entscheidung wäre. Und du weißt es auch.«

»Hör mal, die meisten Sexmagie-Rituale sind für Paare, die schon eine Weile zusammen sind.« Verflucht, war das tatsächlich das beste Argument, das ihr einfiel? Und es würde wirklich helfen, wenn er die Lippen von ihrem Ohr nahm, weil es kitzelte.

»Ist das denn erforderlich?«

»Nein. Aber Paare, die sich noch nicht so gut kennen, müssen sich ... *testen lassen*. Weißt du, was ich meine? Um sicherzugehen, dass ...«

»Ja. Ich weiß. Nun, hast du etwas gegen Kondome?«

»Nicht in alltäglichen Situationen, aber Latex in meinem Machtzirkel? Warum bringst du nicht gleich auch etwas sauren Regen mit?«

Tully antwortete nicht, und für einen flüchtigen, überraschend traurigen Moment dachte sie, dass sie die Auseinandersetzung gewonnen hatte. Bis er sagte: »Hör mal, vertraust du deinem Vogel oder nicht?«

Langsam drehte Jamie den Kopf, um Tully anzusehen, und fragte: »Hast du mich das gerade laut gefragt?«

»Ja. Und es hat mir so gut gefallen, dass ich die Frage wiederhole. Vertraust du deinem Vogel?«

Jamie hob die Hände und ließ sie wieder sinken. Mittlerweile hatte sie aller Kampfesmut verlassen. Es war alles zu seltsam geworden – und ihre Brustwarzen waren hart. »Ja, Tully. Ich ... vertraue meinem Vogel.«

»Glaubst du, Rico würde irgendetwas tun, das dir schadet? Das dich in Gefahr bringen würde?«

Für einen flüchtigen Moment hasste sie diesen großen, blöden Bauerntrampel, weil er das perfekte Gegenargument für jedes Argument gefunden hatte, das ihr einfallen konnte. Ihre Verbindung mit Rico überstieg die zwischen einer Besitzerin und ihrem Haustier. Das Falkenweibchen hatte Jamie erwählt, hatte sie geleitet, sie unterstützt und tat, was sie konnte, um sie in allen magischen Belangen zu beschützen. Jamie wusste einfach, dass Rico ihr niemals Schaden zufügen würde und sie auch nie in eine Situation bringen würde, in der sie Schaden erlitt.

Und gemessen daran, wie Rico sich pausenlos aufplusterte, wollte der Vogel das hier offensichtlich für Jamie. Wusste, dass es die sicherste Entscheidung war, die sie im Moment treffen konnte. Vielleicht die einzige Entscheidung in diesem Moment, die ihre Seele schützen würde, und … nun ja … auch den Rest von ihr.

Die Haustür flog auf und Jamie schlug sie mit einem Knurren und einer Wischbewegung der Finger wieder zu.

Sie sah ihn an, und er bemerkte, dass sie nicht mehr ganz so schwach wirkte und viel weniger verhärmt. Wenn die Diskussion mit ihm ihr bereits half, konnte er sich gut vorstellen, was ordentlicher Sex zwischen ihnen bewirken konnte.

»Na schön«, blaffte sie endlich, »bringen wir es hinter uns – auuuu!« Jamie legte sich die Hand in den Nacken.

»Herrgott, seid ihr denn alle – *auuuu!*«

Schmerz schoss ihm durch den Hals und Tully funkelte wieder diesen verdammten Vogel an! Was zur Hölle dachte sie sich dabei? Er rieb sich die Stelle, auf die sie mit dem Schnabel gepickt hatte, und als er die Finger wegnahm, waren sie blutig.

»Dein Vogel hat den verdammten Verstand verloren!«

Das Falkenweibchen ließ sich vor ihnen nieder, außerhalb des Pentagramms, aber innerhalb des Kreises. Rico spuckte einen Klecks Blut auf den Boden – ihrer beider vermischtes Blut, vermutete Tully –, und zog mit den Krallen eine Linie aus Blut um das Pentagramm, bis sie einen weiteren Kreis erzeugt hatte. Als Rico fertig war, schaute sie zu ihnen hoch und bedachte Tully mit etwas, das er nur als Nicken interpretieren konnte.

»Weißt du«, sagte Jamie zu dem Vogel, »es gibt eine viel weniger schmerzhafte Weise, um ...«

Das Vogelweibchen stieß ein schrilles Kreischen aus, bevor es die Flügel aufspannte und auf sie zuflog, die Krallen voraus.

»Okay! Okay!«, sagte Jamie, als diese Krallen ihren Augen ein wenig zu nahe kamen, ihren Kopf an Tullys Brust vergraben. »Schrei mich nicht an!«

»Es war mehr ein Krächzen«, bemerkte Tully.

»Halt die Klappe.«

»Nicht nötig, garstig zu werden.«

Der Vogel flog zurück zu seinem Ausguck auf dem Bücherregal und beobachtete sie.

»Und das ist alles?«, fragte er.

»Bis auf die Hauptsache ... so ziemlich. Sie hat einen Schutzkreis erschaffen, daher brauche ich mir die Mühe nicht zu machen. Wie nett von dir«, sagte sie sarkastisch in Ricos Richtung.

»Mach diesen Vogel nicht böse, Frau. Sie ist psychotisch. Und kann sie für die Verhütung sorgen? Du weißt schon, auf magischem Weg?«

»Was?«

»Ich mag dich, Jamie, aber ...«

»Ich nehme die Pille, Häuptling.«

Er legte die Arme um sie und klatschte in die Hände. »Dann lass uns loslegen!«

»Zunächst einmal, sei so gut und brems deinen überschäumenden Enthusiasmus. Du machst mich nervös.«

»Tschuldigung.«

»Und zweitens, ich will morgen früh keine Reue von dir hören.«

»Reue?«

»Gejammer. Klagen. Tu nicht so, als hätte ich dich ausgenutzt, und entwickle *keine* Bindung. Verstanden?«

»Werde ich Hörner haben?«, fragte er.

Jamie massierte sich mit den Fingerspitzen die Schläfen. »Was?«

»Wenn wir fertig sind … habe ich dann Hörner?« Eine absolut legitime Frage seiner Einschätzung nach.

»Nein.«

»Bin ich noch am Leben, damit ich es in meiner Fantasie noch einmal nacherleben kann? Oder wird mein Gedächtnis gelöscht, sodass alles, was übrig bleibt, eine schöne, aber nutzlose Hülle meines früheren Ichs ist? Laufe ich dann den ganzen Tag ziellos durch die Stadt … und sabbere?«

»Das tust du doch sowieso schon die ganze Zeit.«

Dankbar dafür, den grausamen Spott von Jamie Meacham zu hören, fasste er sie um die Taille, um sie zu kitzeln, doch sie flehte: »Nicht kitzeln!«

»Und«, fuhr er fort, »habe ich dann immer noch alle meine wichtigen Körperteile, vor allem dasjenige, das sich gegenwärtig in deinen Rücken drückt? Denn das mag ich sehr.«

»Ja, du wirst immer noch all deine Körperteile haben.« Und er wusste, dass sie gern hinzugefügt hätte: »Du Arschloch.«

»Dann, denke ich, können wir starten.«

»Das ist kein Roadtrip, Tully«, und dabei klang sie genauso wie seine Mutter, wenn sie ihn tadelte. »Das hier ist Sexmagie. Das bedeutet, alles, was ich von dir brauche, ist ein harter Schwanz, anständige Ausdauer und genug Talent, um mich wenigstens einmal kommen zu lassen.« Nun … der *letzte* Teil klang gar nicht mehr mütterlich.

»Hmm …«, sagte er nachdenklich und gab sich große Mühe, nicht zu lachen, »Ich *denke*, das schaffe ich.«

Jamie konzentrierte sich auf die andere Seite des Raums und stieß den Atem aus. »Großartig.«

KAPITEL 10

Jamie wusste nicht, was hier geschah. Wie alles in so kurzer Zeit derart außer Kontrolle geraten konnte. Und jetzt schien es, als gäbe es nur eine einzige Möglichkeit, da rauszukommen. Sie betrachtete den Mann, der neben ihr saß.

Nun, es könnte definitiv schlimmer sein.

Zumindest sah er toll aus, und das Stahlrohr, das sich gerade in ihren Rücken drückte, ließ den Schluss zu, dass er mit den elementaren Dingen des Aktes klarkommen würde. Natürlich musste sie die Show leiten, denn die Unterhaltung von Göttern war für keinen Sterblichen ein leichtes Unterfangen. Nachdem sie jahrtausendelang auf Erden gewandelt waren, hatten sie alles gesehen und das sicher mehr als einmal. Es war nicht so, dass sie immer nur Unterhaltung in Pornoqualität wollten. Paare, die schon lange zusammen waren, hatten wegen der Gefühle beim Akt und der Liebe zwischen ihnen häufig den Segen der Götter. Da nichts von alledem gerade vorhanden war, würden Jamie und Tully sich auf ihr Talent verlassen müssen.

Es war mindestens ein Jahrzehnt her, vielleicht länger, seit Jamie so etwas gemacht hatte, aber es blieb ihr kaum eine andere Wahl. Vor allem da jetzt sogar der Vogel dafür zu sein schien.

Jamie, die bereits das Gefühl hatte, dass ein wenig von ihrer Energie zurückkehrte, beschloss, die Sache in Gang zu bringen. Sie versuchte, sich aufrecht hinzusetzen, damit sie sich zu Tully umdrehen konnte, doch mit dem Arm, den er ihr um die Taille gelegt hatte, hielt er sie fest. Mit den Fingerspitzen seines freien

Arms streichelte er ihr über die Wange, den Kiefer. Er fasste ihr Kinn und drehte ihr Gesicht zu sich. Dann sah er sie mehrere Sekunden lang an, bevor er den Kopf senkte und ihre Lippen mit seinen berührte.

Es war ein zärtlicher Kuss, was Jamie vollkommen überraschte. Und es war ihr auch unbehaglich, denn die Sache sollte nicht kompliziert werden. Sie hatten hier ein einziges Ziel, und sie war entschlossen, es so schnell und effizient wie möglich zu erreichen. Sie zog die Zunge über seine Lippen, und als er den Mund öffnete, tauchte sie sie hinein und erkundete ihn damit.

Er stöhnte, und Jamie versuchte erneut, sich aufzurichten, damit sie ihn auf den Rücken drücken und die Kontrolle übernehmen konnte. Doch er legte den Arm bloß noch fester um sie. Er wehrte sich gegen sie, und sie verstand nicht, warum. Sie hätte ihn ja gefragt, wäre der Kuss nicht von süß zu drängend gewechselt, hätte Tullys Zunge sich nicht an ihrer vorbeigeschoben, um in ihren Mund einzudringen.

Er begann sich zu bewegen, indem er auf die Knie kam und sie mit sich hochzog. Seine freie Hand glitt über ihren Oberkörper und hielt kurz inne, um ihre Brüste zu streicheln, bevor er sie weiter an ihrem Bauch hinabwandern ließ und sie zwischen ihre Beine schob. Jamie stieß ein Wimmern aus, als seine Finger sie liebkosten. Sie hielt seinen Arm fest, versuchte aber nicht, ihn zu stoppen. Sie wollte nicht, dass er aufhörte. Es fühlte sich wirklich gut an.

Wenn er damit versuchte, sie feucht zu machen, sie war so weit, aber wieder schien er es nicht eilig zu haben. Mit einem Finger drang er in sie ein, dann mit einem zweiten. Sie stöhnte und presste ihre Hüften seiner Hand entgegen. Dann löste er die Lippen von ihren und ließ sie lange genug mit der anderen Hand los, um sich in ihr Haar zu wühlen. Er packte es und zog ihren Kopf zurück. Dann küsste er sie wieder und sagte: »Ich kann es gar nicht erwarten, dich kommen zu sehen.«

Jetzt packte er sie noch fester im Nacken und sein Blick wanderte an ihr herunter.

»Zieh dein Shirt ein wenig hoch, meine Schöne. Ich will alles sehen.«

Sie befolgte seine Anweisungen und zog ihr Shirt hoch bis unter ihre Brüste.

»Du bist verdammt üppig, Jamie Meacham.« Darauf hätte sie vielleicht eine Antwort gehabt, wenn sie nicht so beschäftigt damit gewesen wäre, keuchend jedem Stoß seiner Finger entgegenzukommen. Er zog wieder an ihren Haaren, und sie bog sich noch weiter zurück. »Schieb dein Trikot noch ein wenig höher. Über deine Brüste.«

Auch dieses Mal befolgte sie seine Anweisungen, ohne sich nach dem Grund zu fragen. »Danke«, murmelte er, bevor sein warmer Mund sich um eine ihrer Brustwarzen schloss und er daran zu saugen begann.

Während sie ihr Shirt hochhielt und sich in dieser merkwürdigen Stellung nach hinten bog, begriff Jamie, dass sie im Moment nicht mehr tun konnte, als zu fühlen, was er mit ihr machte.

Und, uh ... was er mit ihr machte, fühlte sich *wirklich* gut an.

Selbst mit seinem Mund auf ihrer Brust konnte Tully den Blick nicht von seiner Hand abwenden, die in Jamies Muschi hinein- und wieder herausglitt. Noch nie hatte er etwas so Heißes und Feuchtes gespürt. So verdammt eng. Die Art, wie sie seine Finger zerquetschte, trieb ihn total in den Wahnsinn. Er hätte sie am liebsten genau so kommen lassen. Er wollte hier stehen und zusehen, wie sie sich über seiner Hand wand und krümmte. Aber der Zeitpunkt war noch nicht gekommen. Sie brauchte mehr.

Bevor er die Finger aus ihr zurückzog, streichelte er noch einmal langsam über ihre Klitoris, und er spürte, wie ihre Beine zu zittern begannen. Das war der Moment, in dem er aufhörte.

Sie stieß ein angespanntes Stöhnen aus, und er spürte, wie sie sich in seinen Armen verkrampfte. Bevor sie sich von ihm lösen konnte – etwas, das sie zu tun versuchte, seit sie angefangen hatten –, hob er ihr Shirt hoch, zog es ihr aus und warf es aus dem Kreis heraus. Dann legte er sie auf den Boden und legte sich ihre

Beine über die Schultern. Doch anstatt sich nun selbst zu ihr herunterzubeugen, zog er sie zu sich hoch, bis sie auf ihren Schultern lag. Er drückte die Nase gegen ihre Klitoris, hörte sie wimmern und wusste, dass sie immer noch viel zu nah dran war, zu kommen. Er senkte den Kopf und schob seine Zunge in sie hinein. Sie keuchte auf, schlug mit beiden Händen auf den Dielenboden und bog den Rücken durch, während er es ihr jetzt mit Mund und Zunge besorgte. Sie wand sich, und er hielt ihre Beine fest, weil er nicht wollte, dass sie sich bewegte, bis er es ihr erlaubte. Es gefiel ihm, sie in dieser Lage zu haben – gefangen, feucht und ihm ausgeliefert.

Er leckte und knabberte, bis sie die Fingernägel in den Boden krallte, saugte ihre Klitoris in den Mund und hielt sie zwischen den Lippen, sodass ihr Körper sich erneut verkrampfte –, und genau in dem Augenblick hörte er auf.

Jamie schlug mit den Fäusten auf den Boden. Das Geräusch schien verstärkt, raste durchs Zimmer direkt aus dem Haus. Er glaubte, von draußen Schreie zu hören, aber er war sich nicht sicher, und er scherte sich in diesem Moment auch nicht wirklich darum.

Als sie das hier begonnen hatten, wusste er noch, dass sie es aus einem bestimmten Grund taten, aber er wollte verdammt sein, wenn er sich jetzt daran erinnerte. Tatsächlich konnte er an nichts anderes denken als an die Frau in seinen Armen.

Tully ließ ihre Beine auf den Boden und beugte sich über sie, eine Hand an ihre Wange gelegt. Als er auf sie herunterschaute, schüttelte sie den Kopf. »Tu es nicht, Tully.« Aber er konnte sich nicht beherrschen. Und er wollte es auch gar nicht. Er ließ sich hinunter, legte sich aber nicht auf, sondern neben sie, sein rechtes Bein zwischen ihre Schenkel gedrückt, während er ihr Gesicht liebkoste.

»Verdammt, du bist so schön.«

»Das«, – sie schluckte und holte Luft – »das ist nicht hilfreich.«

»Hilfreich wobei?« Dann küsste er sie, langsam und sanft, als hätte er alle Zeit der Welt. Sie versuchte, sich wegzudrehen, aber seine Hand auf ihrer Wange fixierte sie dort, wo sie war, und das Knie, das sich gegen ihre Muschi drückte, hielt sie die ganze Zeit kurz vor dem Höhepunkt. Er küsste sie, bis sie seinen Kuss erwiderte, und in dem Moment war er sich seiner Sache sicher genug, um die Hand von ihrer Wange zu nehmen und an ihr hinunterwandern zu lassen. Er neckte ihre Brustwarzen und streichelte ihren Bauch, während er sie weiterküsste. Er verlor sich in ihrer Schönheit, schwelgte in ihr.

Als er wusste, dass er mehr brauchte, dass er nicht länger warten konnte, hatte sie bereits die Hände in seinem Haar vergraben, und ihre Hüften bewegten sich vor und zurück, während sie ihre Muschi an seinem Knie rieb. Er hatte keine Ahnung, wie lange sie so dalagen und einander einfach nur genossen. Doch er wusste, wann es Zeit war weiterzugehen, und er drehte sie auf den Bauch, schob die Arme unter sie und hob sie hoch, bis sie vor ihm kniete. Sie stützte sich mit den Händen ab, er wollte die Kontrolle über ihre Lust jedoch nicht abgeben, daher hielt er ihre Hände fest und zog ihr die Arme auf den Rücken. Er umfasste beide Handgelenke mit einer Hand, während er seinen Schwanz zu ihrer Muschi lenkte. Tully war noch nie ohne Kondom in eine Frau eingedrungen, nicht einmal als Teenager beim ersten Mal, und der Gedanke daran, dass er es gleich tun würde, und zwar mit Jamie, ließ ihn so hart werden, dass es schmerzte.

Er presste die Spitze seines Schwanzes gegen den Eingang ihrer Muschi, kriegte ihn weit genug hinein, dass er die Hand wegnehmen konnte. Dann richtete er sich auf und legte ihr die freie Hand auf den Rücken. Ihre Muschi krampfte sich heftig zusammen, und das Gefühl war so stark, dass Tully die Augen verdrehte. Er holte Luft, nahm sich einen Moment Zeit und stieß dann die Hüften nach vorn, rammte seinen Schwanz in sie hinein.

Sie keuchten beide auf, und Jamie wimmerte, als Tully einen Moment lang in ihr innehielt. Er warf den Kopf in den Nacken, seine Atmung ging stoßweise, und er musste zugeben, dass er nicht wusste, ob er jemals etwas Erstaunlicheres erleben würde, als in dieser Frau zu sein. Doch vielleicht redete da auch nur sein Schwanz, weil der so verdammt glücklich war.

Jamies Finger bewegten sich in seinem Griff, und er wusste, dass sie mehr als bereit war. Tully umfasste ihre Handgelenke fester und legte seine freie Hand auf ihre rechte Schulter, um sie ruhig zu halten. Er zog die Hüften zurück und ließ sie dann gleich wieder vorstoßen.

Jamie schrie auf. Und das tat sie jedes Mal, wenn er erneut in sie eindrang, jedes Mal, wenn er sie nahm. Als es sich so anhörte, als würde sie gleich kommen, hörte er auf zuzustoßen und fing stattdessen an, langsame, kreisende Bewegungen mit der Hüfte zu machen. Nach dem dritten Mal keuchte sie: »Tully, komm schon. Bitte!«

Außerstande, sich noch länger zurückzuhalten, ließ er ihre Schulter los und schob die Hand zwischen ihre Schenkel. Er streichelte mit den Fingern über ihre Klitoris und Jamie begann sofort zu zittern. Er hämmerte in sie hinein, während seine Finger ihr den Orgasmus entlockten.

Als der Höhepunkt kam, war er so machtvoll wie ein Hurrikan, und ihr ganzer Körper zog sich zusammen, bevor sie um ihn herum explodierte und ihre Muschi sich um seinen Schwanz schloss wie ein Schraubstock. Ihm entfuhr ein Schrei, und während er mit den Fingern Jamies Orgasmus in die Länge zog, kam er heftig in ihr. Seine Zehen verkrampften sich, sein Körper bebte über ihrem. Als er sich vollkommen verausgabt hatte, brach er auf ihr zusammen, und sobald ihre Haut sich berührte – er nahm an, dass sein Verstand ihm Streiche spielte –, explodierte überall um sie herum Licht, schoss aus ihren miteinander verbundenen Leibern durch das Zimmer und aus dem Haus heraus.

Und das war das Letzte, woran er sich erinnerte, bevor alles um ihn herum schwarz wurde.

KAPITEL 11

Jamie hörte das Hämmern an der Tür, bemerkte aber zu ihrer Erleichterung, dass nur ein Mensch vor ihrer Tür stand und nicht etwas … anderes.

Ein wenig verwirrt – zum Beispiel aufgrund der Tatsache, dass sie nackt in ihrem Wohnzimmer lag – schaute sie sich um, doch das grelle Licht, das von draußen durch die Fenster fiel, machte es ihren schlaftrunkenen Augen unmöglich, irgendwelche Einzelheiten auszumachen. Doch eine Sache fiel ihr auf – sie war nicht allein.

Sie schaute sich um und sah Tully Smith schlafend neben sich liegen. Er lag von ihr abgewandt und hatte sich die Arme um den Leib geschlungen, als sei ihm kalt. Andererseits … ihr war auch kalt. Eiskalt. Vielleicht war während der Nacht die Klimaanlage angesprungen. Sie wusste es nicht und scherte sich im Moment auch nicht wirklich darum, weil es schon wieder an der Tür hämmerte.

»Ja, ja. Moment.« Sie stand auf und wollte den Kreis öffnen, den sie am Abend zuvor gezeichnet hatte … doch er war fort. Das Blut, das Salz, die pure Macht. Alles fort. Das war seltsam. Meistens hielt die Macht ihrer Kreise vierundzwanzig Stunden an, es sei denn, jemand anders zerstörte ihn. Und die Linien, mit denen sie den Kreis sichtbar machte, hielten, bis sie sie wegwischte. Sie schaute sich im Raum um und sah nichts, das auf die schließen ließ, die versucht hatten, zu ihr hineinzugelangen. Sie nahm sich sogar einen Moment Zeit, nach innen zu gehen, und sie war sich ziemlich sicher, dass auch dort, in ihr drin, niemand war.

Sie kam auf die Füße und griff sich eine Decke vom Sofa, die sie sich um ihren nackten Leib wickelte, bevor sie zur Haustür ging. Allerdings brauchte das seine Zeit, da ihr ganzer Körper sich wund anfühlte, als sei sie am Tag zuvor einen Marathon gelaufen.

Als sie die Tür erreichte, räusperte Jamie sich und öffnete. Sie betrachtete die gewaltige Brust, die den Raum vor ihrer Tür ausfüllte, und hob den Blick zu dem gut zwei Meter aufragenden, mürrischen Mann.

»Hi, Sheriff.«

»Miss Jamie«, sagte er mit dieser unglaublich tiefen Stimme und mit einer Neigung seines Kopfes, während er mit den Fingern an den Schirm seiner Baseballkappe vom Sheriff's Departement tippte. Sie musste zugeben, ganz gleich, wie mürrisch der Mann wurde, er war immer so verdammt höflich. Der perfekte Südstaatengentleman.

Sie stieß den Atem aus, womit sie sich das Haar aus dem Gesicht blies. »Was kann ich für Sie tun?«

»Erklären Sie mir etwas.«

»Wenn ich kann.«

»Warum liegt hier Schnee? Und warum ist es so kalt?«

Jamie runzelte die Stirn. »Wie bitte?«

»Schnee, Miss Jamie. Mitten im Mai.«

Jamie zuckte die Achseln. »Ein verrücktes Unwetter?«

»Das würde ich ja glauben, nur dass ich« – er bewegte die Schulter, damit sie darüber hinwegspähen konnte – »nicht denke, dass ich je zuvor so viele Blumen während eines verrückten Schneesturms habe blühen sehen.«

Jamie trat auf die Schwelle und schaute zu den beiden Enden ihrer Veranda, da Bear nicht in der Stimmung zu sein schien, weiter aus dem Weg zu gehen, als er es bereits getan hatte. Sie war jetzt hellwach. Hellwach und erschrocken. Vor allem da sie gar keine Blumen in ihrem Garten hatte. Sie war nicht in der

Stimmung gewesen, es überhaupt zu versuchen, daher hatte sie sich die Mühe gespart. Jetzt hatte sie einen verdammten Garten vor ihrem Haus, an den Seiten, den Weg entlang bis zum Waldrand.

»Sie sind überall in der Stadt«, fuhr der mürrische Mann fort. »Blumen und Schnee fast überall. Ich hatte gehofft, Sie könnten mir das erklären.«

»Ähm ...« *Oh, Scheiße. Oh, Scheiße. Oh, Scheiße.*

»Was ist hier los?«, ertönte eine Stimme hinter ihr, und Jamie zuckte zusammen und fragte sich, warum der verdammte Wolf nicht hatte drinnen bleiben können, bis sie McMahon wieder los war.

Der Sheriff beäugte Tully, dann beäugte er Jamie. Dann beäugte er Tully, der nackt war bis auf eine ihrer Decken um die Hüften. Dann beäugte er wieder Jamie, die nackt war bis auf die Decke, die sie trug.

»Ich hoffe nur, dass es nicht die Art von Ärger ist, um die ich mich kümmern muss, Miss Jamie«, sagte Bear schließlich.

»Äh, nein. Der Schnee wird schmelzen, und, ähm, die Blumen kann man jederzeit entfernen. Oder sie behalten, falls jemand das will. Denen sollen sie jahrelang Freude schenken.«

Er grunzte – nein, wirklich, er *grunzte* – und wandte sich von ihr ab. Sie sah zu, wie er ihre Verandatreppe hinunterging, und je weiter er die Treppe herunterging, desto mehr sah sie von dem, was sich schon die ganze Zeit hinter ihm befunden hatte ... ihren Zirkel.

Ihre Blicke wanderten zwischen Jamie und Tully hin und her, doch dabei blieben ihre Mienen frustrierend leer. Sie trugen alle dicke Wintersachen und tranken *Starbucks*-Kaffee aus Pappbechern, bis auf Kenny, die als Kaffeejunkie ihren eigenen Becher aus Edelstahl für unterwegs hatte.

Bear nickte dem Zirkel zu, ging um seinen SUV herum, stieg ein und fuhr davon.

Tully trat hinter ihr in die Tür. »Dann hat es wohl funktioniert, was?«

»Scheint so.«

»Gut. Werden sie zurückkommen?«

»Das bezweifle ich.«

»Gut.«

Sie drehten sich beide gleichzeitig zueinander um und sahen sich an. »Jamie …«, hob er an.

»Danke«, sagte sie leise.

Dann stieß sie ihn auf die Veranda, zog die Tür zu, schloss ab und ging ins Bad, um zu duschen.

Tully kam schlitternd auf der Veranda zum Stehen und einige Splitter bohrten sich in seine linke Fußsohle. Die Tür schlug hinter ihm zu, und er wirbelte gerade rechtzeitig herum, um zu hören, wie Schlösser gedreht wurden. Mit offenem Mund starrte er auf die geschlossene Tür. Sie hatte ihn gerade aus dem Haus geworfen. Kein Frühstück, kein Morgensex, kein gar nichts! Da war er sogar von Löwinnen an einem Morgen nach zu viel Tequila und Grillfleisch beim jährlichen Picknick in Smithville am vierten Juli schon besser behandelt worden.

Nicht nur das – auf dem Boden lag Schnee! Sie hatte ihn in den Schnee hinausgeworfen!

Tully funkelte wieder die Tür an und rang mit sich, ob er einfach die Schlösser aufbrechen oder die verflixte Tür eintreten sollte. Bevor er jedoch das eine oder das andere tun konnte, stand Mac neben ihm, zog ihre eigenen Schlüssel aus der Tasche und öffnete die Tür. Sie trat ein und hielt die Tür auf, während der Rest des Zirkels hindurchging. Alle sahen ihn an, als sie an ihm vorbeikamen, aber nicht eine, nicht einmal die kleine Emma, sagte auch nur ein Wort zu ihm. Und als Kenny, die Letzte, schließlich im Haus war, starrte Mac ihn für einen langen Moment an, bevor sie den Kopf schüttelte und leise die Tür vor seiner Nase zuschloss.

Er war gerade einfach weggeschickt worden. Von Hexen! Hinausgeworfen wie Abfall von gestern. Und um ganz ehrlich zu sein, das Gefühl gefiel ihm überhaupt nicht.

Aber so simpel verhielt es sich nicht, oder? Es war Jamie, die ihn die Stirn runzeln ließ, etwas, von dem er mit Stolz sagen konnte, dass er es nicht oft tat, da die meisten Männer in seiner Familie – Blutsverwandte wie angeheiratete – stirnrunzelnd geboren worden zu sein schienen. Die Hohepriesterin weckte in ihm den Wunsch, diese Tür einzutreten, die anderen Hexen hinauszuwerfen, Jamie gegen die Wand zu stoßen und sie zu ficken, bis ihr Hören und Sehen verging. Sie kommen zu lassen, bis sie seinen Namen schrie, damit alle in der Stadt es hörten und wussten … wussten …

Gott.

Und wussten, zu wem sie gehörte.

Die eine Sache, von der sie gesagt hatte, dass sie sie nicht wolle. Die eine Sache, von der sie sagte, sie habe absolut kein Interesse daran. Sie wollte sich nicht an jemanden »binden«, so hatte sie es ausgedrückt.

Tully schüttelte den Kopf. Gütiger Gott, was machte er hier? Es war eine einzige Nacht gewesen. Ein einziges Mal.

Das Letzte, was er brauchte, war, auch nur einen Schritt in dieses Haus zu machen. Also hob Tully den Fuß und zog die Splitter heraus, verwandelte sich in einen Wolf und beeilte sich, aus dem Territorium der Hexen zu verschwinden.

Jamie kam aus der Dusche. Sie hatte sich jedes bisschen von Tully Smith weggeschrubbt, aber sie konnte ihn immer noch überall spüren. Innen und außen. Und es gefiel ihr nicht. Es gefiel ihr nicht, denn wenn sie mit etwas fertig war, war sie fertig. Selbst bei ihrem Exmann hatte sie nicht dagesessen und ihn *gefühlt*, nachdem sie ein oder zwei Nummern geschoben hatten. Kaum dass sie sich auf die andere Seite gedreht hatte, war er ihren Sinnen auch schon entschwunden gewesen – und das mochte sie. Tatsächlich hielt sie es für eine besondere Fähigkeit und wusste es als solche zu schätzen. Also, wo war dieses Talent jetzt?

Sie wickelte sich in ein Handtuch, ging in ihr Schlafzimmer und fand ihren Zirkel auf ihrem Bett, dem Boden und der Hexentruhe sitzend vor. Sen hielt ihr eine Tasse Kaffee hin und Jamie nahm sie dankbar entgegen. Alle sahen ihr zu, während sie an ihrem Kaffee nippte, und sie erwiderte ihre Blicke.

Wie lange das so ging, wusste sie nicht genau, doch schließlich sagte Jamie: »Nun?«

Mac, die auf der alten Hexentruhe mit Jamies meistbenutzten Hexenutensilien saß, zog das Bein hoch, bis ihr Stiefelabsatz auf dem Rand der Truhe lag, dann schlang sie einen Arm um ihr Knie. »Nun ... ich muss sagen, wir sind gerade verdammt stolz auf dich.«

Nichts hätte Jamie mehr überraschen können als dieser eine Satz, vor allem aus dem Mund ihrer Cousine. Glaubte sie zumindest. Auch mit dem Satz, der folgte, hätte sie nie gerechnet.

»Denn ich habe Geld darauf gesetzt, dass du einen Menschen opferst, um aus der Sache mit Aengus rauszukommen. Ich hätte nie gedacht, dass du dich für Sexmagie entscheidest.«

»Wir sind so erleichtert, dass wir dich nicht erst umbringen mussten!«, rief Sen und klatschte glücklich in die Hände. Und Jamie konnte sie alle nur anstarren, als sie in diese strahlenden Gesichter sah.

Tully lag lang ausgestreckt auf einem großen Felsbrocken, als er seine Eltern sah. Sie waren beide eingemummelt in ihre Wintersachen, und seine Mutter umklammerte mit einer Hand einen Blumenstrauß, während sie mit der anderen die seines Daddys hielt. Sie lachten und plauderten miteinander, genossen einfach den Tag, genau wie der Rest der Stadt. Auf dem Weg hierher hatte Tully seine Nachbarn Schneemänner bauen sehen. Andere hatten sich Schneeballschlachten geliefert, waren mit Schlitten Hügel hinabgesaust und hatten Elche gejagt, bis der Schnee an einigen der besten Jagdplätze blutgetränkt gewesen war. Falls irgendjemand sich wegen der Tatsache sorgte, dass es einen plötzlichen Schneesturm kombiniert mit der Blüte von sowohl für die Jahreszeit typischen wie auch untypischen Blumen gegeben hatte, war davon allerdings nichts zu merken.

Seine Mom entdeckte ihn als Erste und winkte lächelnd, als sie mit Jack auf ihn zukam.

»Morgen, mein Welpe.« Sie küsste ihn auf die Stirn und kraulte ihm den Hals, bis sein Hinterbein auf dem Felsen, auf dem er lag, Krallenspuren hinterließ. »Wunderschöner Tag, nicht wahr?«

Tully bellte zur Antwort, und sie küsste ihn erneut. »Ich werde da rübergehen, um mir ein paar von diesen blauen Blumen zu holen. Sie sind so hübsch!«

»Sei vorsichtig«, ermahnte Jack sie, bevor er sich an den Felsen lehnte und die Arme vor der Brust verschränkte. »Das alles ist einfach seltsam. Deine Mom liebt es, aber der Schnee und die Blumen ... ich finde es seltsam.«

Tully lachte und der Laut kam als leises Bellen heraus.

»Ich mochte diesen Hexenkram noch nie. Es ist unnatürlich, wenn du mich fragst.«

Aber die Verwandlung von einem Menschen in einen vierbeinigen Puma ... total natürlich.

»Doch sie haben ihre Aufgabe hier, daher will ich mich nicht beklagen.«

Du beklagst dich, wenn du nur atmest.

»Wie dem auch sei, als ich beim Aufwachen all das gesehen habe, habe ich die anderen Ältesten angerufen, und Miss Gwen hat Bear gebeten, der Sache nachzugehen. Hat mich irgendwie überrascht zu hören, dass du im Haus dieser Frau warst. Nackt.«

Ich war noch nie ein Fan davon, beim Sex angezogen zu sein.

Jack schaute ihn an. »Willst du mir antworten oder einfach nur dasitzen und wie ein großer dummer Hund aussehen?«

Tully verwandelte sich. »Ich weiß nicht genau, was du von mir hören willst.«

»Hattest du etwas mit dem Ganzen zu tun?«

»Ich war da, und habe meine Hilfe angeboten, und ...«

»Einen Schwanz?«

»Ich wollte sagen, meine Hand.«

»Ich bin mir sicher, dass beide Worte es treffen.« Jack schüttelte den Kopf. »Ich weiß nicht, was du dir dabei gedacht hast. Dich mit dieser Frau einzulassen.«

»Ich habe mich mit gar nichts eingelassen, Daddy. Sie hat mich hinausgeworfen, nachdem Bear gegangen war.«

»Das überrascht dich?«

»Ein wenig.«

»Sie ist ein kaltes Mädchen, ganz gleich, wie viel sie lächelt. Du kannst dich glücklich schätzen, dass sie dir nicht in den Hinterkopf geschossen hat, nachdem sie mit dir fertig war.«

»So schlimm ist sie nun auch wieder nicht.«

»Ich wette, du bist der Einzige, der so denkt.«

»Du hast sie noch nie gemocht.«

Er zuckte die Achseln. »Ich brauche sie auch nicht zu mögen. Es ist nicht mein Job, irgendjemanden zu mögen.« Jack sah ihn an. »Und du bist ein Narr, wenn du denkst, dass du derjenige sein wirst, der sie zähmt.«

»Wer sagt, dass ich das überhaupt vorhabe?«

»Es ist die einzige Möglichkeit, jemanden wie sie festzuhalten. Sie ist wie ein wilder Mustang, der dich nur an sich heranlässt, damit er dir gegen den Kopf treten kann.«

»Danke. Du sorgst dafür, dass ich mich gleich viel besser fühle.«

»Das ist auch nicht mein Job.«

»Komm schon, Jackie!«, rief Millie, deren Wangen von der Kälte leuchtend rot waren. »Lass uns in die Stadt gehen und eine heiße Schokolade trinken, bevor es wieder warm wird.« Stirnrunzelnd musterte sie ihren Sohn. »Gott, Tully! Zieh dir etwas an, bevor du dir den Tod holst!«

»Wird gemacht.«

Jack richtete sich hoch auf und betrachtete Tullys Mom auf eine Weise, mit der ihr Sohn sich immer noch nicht wohlfühlte. Die Katze könnte zumindest derartige Dinge vor ihrem einzigen Sohn verbergen!

»Bist du dir sicher, was dieses Dinner mit Buck betrifft?«, fragte Jack.

»Nein. Aber wir werden alle da sein. Ich sorge dafür, dass Mom sicher ist.«

»Dieser Mann ist aus einem bestimmten Grund hier, aber ich glaube nicht, dass es deine Mom ist. Diesmal nicht.«

»Er sagt, er wolle Brücken reparieren oder irgend so einen Bullshit.«

»Glaubst du ihm?«

»Sagen wir einfach, ich bin auf der Hut.«

Jack nickte und folgte Tullys Mom. »Ich bin froh, dass du *irgendetwas* tust.«

»Danke für die Unterstützung, Daddy.«

»Was auch immer.«

Eingemummelt in ihre Jeans, ihr New York Knicks-Sweatshirt, Stiefel und einen pelzgefütterten Parka stapfte Jamie durch den schneebedeckten Wald, ihren Zirkel hinter sich.

»Ich hätte nicht gedacht, dass du das so persönlich nehmen würdest«, rief Mac ihr nach.

»Du hast recht«, blaffte sie. »Warum sollte ich es persönlich nehmen, dass diejenigen, die mir am nächsten stehen, mich für eine mordlustige *Soziopathin* halten?«

»Wir halten dich nicht für eine mordlustige Soziopathin«, widersprach Emma.

»Ist doch keine große Sache«, log Jamie. »Tatsächlich erlaubt es mir, meinen wahren mörderischen Neigungen nachzugeben. Ich glaube, ich werde die Stadt auslöschen und mir dann den Rest der Welt vornehmen!«

»Jamie!« Mac griff nach ihrer Jacke und schwang sie herum. »Würdest du bitte stehen bleiben?«

»Ich will nicht stehen bleiben. Ich will weitergehen.«

»Können wir nicht einfach reden?«, flehte Sen. »Für eine Minute. Bitte?«

»Was gibt es da noch zu sagen?«

Mac warf die Hände in die Luft. »Hör mal, ich wollte damit nicht sagen ...«

»Dass meine eigene Cousine denkt, ich würde Unschuldige töten? Denn das ist so ziemlich genau das, was du gesagt hast.«

»Ich habe es nicht so gemeint …«

»Und du hast es gewusst!«, rief sie anklagend. »Du hast gewusst, was Aengus getan hat. Aber du warst so beschäftigt damit, mich auf die Probe zu stellen …«

»Ich musste wissen, was du tun würdest. Wie weit du gehen würdest.«

»Aaah!«, brüllte Jamie und erschreckte alle vier Frauen, während sie mit den Händen herumfuchtelte, als wolle sie ihren Zirkel abwehren. »Geht mir aus den Augen! Ihr alle!«

»Jamie …«

»Rico!« Der Falke ließ sich zwischen Jamie und ihren Zirkel fallen. »Lass nicht zu, dass sie mir folgen.«

Rico hob die Krallen und flog auf die vier Frauen zu. Jamie ignorierte die Schmerzensschreie und das Geräusch sich schnell entfernender Schritte, wirbelte auf dem Absatz herum und stampfte wütend durch den Schnee.

Sie wusste nicht, warum sie so zornig war, aber wow. Wow! Wie hatte sie es übersehen können? Wie hatte sie übersehen können, dass ihr Zirkel so wenig von ihr hielt? Nun, jetzt wusste sie es. Und sie war froh, dass sie es wusste. Denn das öffnete Türen für sie, nicht wahr? Sie brauchte sich keine Sorgen mehr um sie zu machen. Sie brauchte sich keine Sorgen zu machen, sie zu enttäuschen oder sie in Gefahr zu bringen oder sonst irgendetwas. Jetzt wusste sie, dass sie die ganze Zeit über eine Einzelgängerin hätte bleiben sollen. Sie hatten sie zurückgehalten! Nun, damit war jetzt Schluss!

Von diesem Tag an würde sie die Hexe sein, für die sie sie hielten. Sie würde grausam, gedankenlos und blutdürstig sein und alles und jeden, der sich ihr in den Weg stellte, vernichten!

Nichts würde sie aufhalten! Absolut nichts!

Und um es zu beweisen …

Jamie blieb stehen, weil sie ein junges Reh friedlich an hohen Gräsern knabbern sah, die durch den Schnee schossen. *Ein wür-*

diges Blutopfer. Zuerst würde sie ihm seine Seele rauben und dann sein Blut.

Sie trat näher und das Tier huschte nicht davon. Gut. Es war ein törichtes Tier, weil es ihr vertraute, aber na und? Sie war genauso töricht gewesen, ihrem Zirkel zu vertrauen. Doch sie würde auch diesen Fehler nicht noch einmal machen.

Sobald Jamie über dem Reh stand, hob sie die Hände und rief lautlos die Kräfte in sich auf. Das war alles, was sie brauchte, um es zu vernichten. Die Macht in ihr und den Willen, sie zu benutzen. Und sie hatte den Willen. Sie hatte ihn. Das konnte man sehen.

Jepp. Sie würde das jetzt tun.

Auf der Stelle.

Jeden Moment.

Die würden sich wundern.

Das Reh ging weg von dem Gras und noch näher zu Jamie. Es drückte sich an ihr Bein und wartete.

Ihre Schultern sackten nach unten und Jamie streichelte dem Reh über den Kopf. Es streckte den Hals nach oben, leckte ihr über die Hand und spazierte davon.

»Ich bin so nutzlos«, murmelte sie und drehte sich um, um dem Tier nachzuschauen, sah aber stattdessen, dass es von der anderen Seite niedergerungen und auf den Boden geschleudert wurde.

»Nein!«, schrie sie auf. *»Nein, nein, nein!«*

Der Wolf hielt inne, die Schnauze um das Genick des Rehs geschlossen, seine bernsteinfarbenen Augen vor Überraschung geweitet. Ein schlichter goldener Ohrring hing an der Spitze seines Ohres.

»Lass es los«, sagte sie, und Tullys große Augen verengten sich. »Bitte.«

Es war seltsam, einen Wolf in offenkundiger Verärgerung seufzen zu hören und die Augen verdrehen zu sehen. Nein. Es war nicht seltsam … es war *schräg.*

Tully ließ das Reh los und es rannte davon. Blut lief ihm den Hals hinunter.

Als sie sich sicher sein konnte, dass das Reh fort war, sagte Jamie: »Danke«, und setzte sich wieder in Bewegung. Aber sie kam nur einige Schritte weit, als sie innehielt und stehen blieb. Sie hatte keine Ahnung, wohin sie zuvor unterwegs gewesen war und keine Ahnung, wohin sie jetzt gehen wollte.

Zurück nach New York?

Natürlich würde sie es sich niemals leisten können, ihre Eigentumswohnung zurückzukaufen oder irgendeine andere Immobilie in diesem überteuerten Staat zu erwerben, und ein Zusammenleben mit ihren Eltern oder Geschwistern, und wenn auch nur vorübergehend, war genauso schlimm wie die kurze Zeit, die sie in der Hölle zugebracht hatte. Also, wohin sollte sie gehen? Was sollte sie tun?

Und dann dämmerte es Jamie ... dass sie sich zum ersten Mal in ihrem Leben einsam fühlte. Sie war immer allein gewesen, und ihr Wesen und ihre angeborene Macht machten das beinahe zu einer Notwendigkeit, daher war sie daran gewöhnt. Sie war jedoch nie einsam gewesen. Jetzt aber, mitten in einer Stadt, deren Bewohnern sie nicht besonders nahstand, mit einem Zirkel, der das Schlimmste von ihr dachte, und ohne Ablenkung wie Bücher oder Fernsehen, empfand Jamie nichts als schmerzhafte Einsamkeit. Und sie hasste es.

Sie blinzelte überrascht, als sie spürte, dass Zähne – genau genommen Reißzähne – nach ihrer Hand griffen. Zu ihrer Erleichterung stellte sie fest, dass Tully nicht versuchte, ihr den Arm abzureißen. Stattdessen zupfte er daran, was sie zunächst ignorierte. Tully war allerdings wie sie und ließ sich nicht leicht beirren, daher zog er noch einige Male an ihrem Arm, bis sie sich in Bewegung setzte.

»Gibt es einen Grund, warum du nicht deine menschliche Gestalt annimmst? Bist du plötzlich schüchtern?« Er schnaubte und ließ endlich ihre Hand los, als er überzeugt zu sein schien, dass sie ihn begleiten würde, wo immer er sie hinführte.

Sie sah sich in dem Schnee um und konnte sich eines schwachen Lächelns nicht erwehren. »Machst du dir Sorgen, dass die Kälte dich in meinen Augen weniger männlich wirken lässt?«

Er biss ihr spielerisch ins Bein, dann drückte er ihr seinen massigen Wolfskörper gegen die Hüfte und entlockte ihr ein kleines Lachen.

Kapitel 12

Jamie hatte keine Ahnung, wie lange sie unterwegs waren, aber sie merkte, dass sie müde wurde. Das bewies, dass es Zeit war, endlich mal wieder aufs Laufband zu steigen. Seit sie ihren Job bei der Polizei aufgegeben und den größten Teil ihrer Zeit in metaphysischen Dimensionen verbracht hatte, wo ihr Geist viel mehr Kontrolle hatte als ihr Körper, hatte sie sich um ihre physische Kraft gar nicht mehr gekümmert. Und zum ersten Mal spürte sie es.

Irgendwann kamen sie auf eine Schotterstraße. Sie war kaum groß genug für ein Auto, und Jamie vermutete, dass es die Straße war, die Tully Tag für Tag von seinem Haus aus nahm. Nach zehn Monaten fiel ihr auf, dass sie nie gesehen hatte, wo Tully wohnte. Sie stellte sich vor, dass sein Haus große Ähnlichkeit mit dem von Kyle hatte, einem extrem großen Blockhaus, das Emma absolut entzückend fand. Es war rustikal, aber ausgestattet mit allem Notwendigen, wie funktionierenden Toiletten und Strom. Andererseits wollte Tully vielleicht etwas weniger Dauerhaftes. Es gab zwei Wildhund-Rudel, die Smithville ihr Zuhause nannten. Ein Rudel lebte in einem riesigen, an eine Plantage erinnernden Gebäude am Stadtrand, aber das andere lebte in Wohnmobilen und Wohnwagen. Alle neun Monate oder so packten sie ihre Sachen zusammen und zogen los … ungefähr zehn oder zwanzig Meilen weit, dann ließen sie sich erneut nieder. Es war merkwürdig, aber um ehrlich zu sein … Wildhunde waren immer merkwürdig. Niedlich, aber merkwürdig.

Natürlich konnte sie sich bei der Art, wie Tully immer durch die Stadt zu schweifen schien, gut vorstellen, dass er ein Wohnmobil hatte, doch …

Jamie blieb stehen, als sie um die letzte Biegung kamen, und hob den Blick. Ihr klappte der Unterkiefer herunter.

Tully lief weiter, direkt zu der Haustür aus Glas. Er drückte mit der Pfote die Edelstahltürklinke herunter. Die Tür öffnete sich und er ging hinein. Jamie rührte sich jedoch nicht von der Stelle. Sie konnte nicht. Nicht, solange ihr Blick immer noch auf das gerichtet war, was sie vor sich hatte. Drei Stockwerke aus Glas, Stahl und Holz, kombiniert zum wahrscheinlich erstaunlichsten Werk moderner Architektur, das sie je gesehen hatte.

Nach ein paar Minuten streckte Tully den Kopf durch die Tür. Als er sie immer noch dastehen sah, kam er wieder herausgetrottet und strich um sie herum. Er stupste ihr mit dem Kopf gegen den Hintern, was Jamie ein überraschtes Quieken entlockte, bevor der fortgesetzte Druck sie veranlasste, das Haus zu betreten. Die Tür schloss sich hinter ihr, und Tully, jetzt in seiner menschlichen Gestalt, ging um sie herum.

»Fühl dich wie zu Hause, meine Schöne. Ich bin in ein paar Minuten wieder da.«

Er verschwand eine Treppe hinauf, und Jamie beschloss, sich an Tully ein Beispiel zu nehmen und ein wenig umherzustreifen. Alle Böden waren aus Holz und in jedem Raum gab es große Fenster. Die Küche mit den Arbeitsflächen aus glänzendem Chrom und Marmor ließ sie sabbern und auch das kleine Badezimmer im Erdgeschoss war mehr als exquisit.

Okay, sie wäre die Erste, die es zugab … Tullys Haus war umwerfend. Nicht nur nett oder hübsch oder schick. Es war mehr als das. Doch, und das fand sie am schockierendsten, es wirkte bewohnt. Ihr Wunsch, sich auf seiner erschreckend riesigen hellen Couch auszustrecken, überwältigte sie beinahe, und sie wusste instinktiv, dass er ihr erlauben würde, die Füße auf seinen gläsernen Couchtisch zu legen.

Als sie mit dem Erdgeschoss fertig war, ging sie in den ersten

Stock hinauf. Dort befanden sich mehrere elegante Schlafzimmer, jedes ausgestattet mit eigenem Bad, und am Ende des Flurs lag ein wirklich großes Arbeitszimmer. Es bot einen Blick auf das Meer und Jamie konnte bei der Aussicht nur aufkeuchen. Kopfschüttelnd wollte sie schon den Raum verlassen, als sie die Urkunden entdeckte, die Tully an seiner Wand hängen hatte. Sie ging hin und musterte sie eingehend, bevor sie das Zimmer verließ und in den zweiten Stock stieg. Hier oben gab es nur zwei Zimmer. Ein Schlafzimmer und ein Bad. Sie ging hinein und durchquerte es, um zur Dusche zu gelangen. Nicht gerade ein kurzer Weg.

Sie riss die Glastür auf und starrte Tully an.

Voller Seife und grinsend fragte er: »Gesellst du dich zu mir, meine Schöne?«

»Du warst in *Dartmouth*? Auf dem College?«

Er blinzelte überrascht. »Nur fürs Grundstudium.«

Sie trat einen kleinen Schritt rückwärts. »Und dann in Cornell?«

»Um meinen Master zu machen.«

»In …«

»In Architektur.« Sein Lächeln kam zurück. »Wie hast du das herausgefunden?«

Jamie musterte den Wolf vor sich. »Bist du T. R. Smith? Von der T. R. Smith Design Group?«

Sein Lächeln wurde ein wenig verschämt, und sie hätte ihm am liebsten eine Ohrfeige gegeben. »Ja. Der bin ich.«

Schockiert und angewidert schlug Jamie ihm die Duschtür vor der Nase zu und stürmte davon.

Tully hatte keine Ahnung, was geschehen war, aber er wollte verdammt sein, wenn er sie nach allem einfach so davonstürmen lassen würde. Sie war bereits draußen und stampfte seinen Schotterweg entlang, als er vor sie sprang. Er hatte sich wieder verwandelt und war nicht in der Stimmung zu frieren. Sein Fell war nass und er war verdammt noch mal nicht glücklich darüber.

Jamie blieb stehen, als er schlitternd vor ihr zum Stehen kam, aber sie versuchte, um ihn herumzugehen. Er knurrte und bleckte die Reißzähne. Sie schnaubte und verdrehte die Augen, was eine sehr typische Geste für einen Yankee zu sein schien.

»Lass mich einfach vorbei«, befahl sie und versuchte wieder, um ihn herumzugehen. Er rührte sich nicht von der Stelle und schüttelte dann sein nasses Fell. Jamie kreischte und hielt sich die Hände vors Gesicht. »Hör auf damit!«

Zwar ließ er es daraufhin bleiben, nahm sich aber den Moment Zeit, um sie hinten an der Jacke zu packen und sie zu Boden zu reißen. Dann, als er sie fest im Griff hatte, schleppte er sie zurück zum Haus.

Sie trat um sich und schrie, und er wusste, dass sie ihn verhexen wollte oder so etwas, aber er wusste auch, dass sie es nicht wagen würde, solange er sich in seiner Wolfsgestalt befand und er ihr keine blutende Wunde zugefügt hatte. Das versuchte er die ganze Zeit seinem Daddy beizubringen. Es war immer gut, eine Kleinigkeit über »all den Hexenkram« zu wissen, denn man wusste nie, wann man die Information brauchen würde.

Sobald er sie wieder im Haus hatte, kam er zu dem Schluss, dass es nur eine Möglichkeit gab, sie hier festzuhalten, bis sie mit ihrer Unterhaltung fertig waren. Er musste sie ausziehen. Was er daraufhin auch tat, indem er ihre Sachen mit den Pfoten und Reißzähnen zerfetzte. Als er fertig war, ihm klingelten ihre groben Flüche noch in den Ohren, saß sie auf dem Boden, die Knie angewinkelt und die Handflächen flach auf den Boden gelegt. Es gefiel ihm, dass sie sich nicht bedeckte, dass sie nicht versuchte, ihren Körper vor ihm zu verstecken. Aber trotzdem …

Gott, wenn Blicke töten könnten.

Er verwandelte sich noch einmal, und als er auf Händen und Knien vor ihr hockte, fragte er: »Also, ist es so nicht besser?«

Ihre Hand schnellte vor, und sie packte seinen Ohrring und drehte ihn, bis er flach auf dem Boden vor ihr lag. »Ich reiße dir dieses Ding heraus!«, knurrte sie.

Er kriegte sie um die Taille zu fassen, riss sie an sich und rollte sich mit ihr auf dem Boden herum. »Lass los«, befahl er, jetzt, da er sie auf dem Rücken liegen hatte.

»Nur über meine Leiche!«

Er wusste, wenn er seinen Griff lockerte, um ihre Hände zu packen, würde sie ihr Versprechen wahr machen und ihm den goldenen Ohrring abreißen. Verzweifelt legte er die Lippen seitlich an ihre Brust und fuhr die Reißzähne aus, bis sie ihre Haut berührten.

Jamie keuchte auf. »Denk nicht einmal daran!«

Er knurrte. Ein gutes, gesundes Wolfsknurren, das dafür sorgte, dass er all seine hübschen Reißzähne zeigte, die er zweimal am Tag mit Zahnseide bearbeitete.

»Okay. Okay.« Sie öffnete die Hand und ließ sein Ohr los.

»Danke«, sagte er, bevor er die Lippen auf die Stelle an ihrer Brust drückte, wo er sie gepackt hatte.

»Wohl kaum.«

Er lächelte und bewegte die Lippen näher an ihre Brustwarze heran. »Wohl kaum … was?«

»Wir wiederholen das nicht.«

Tully küsste sie auf die Brustwarze. »Sicher?« Er ließ die Zunge darum herumwirbeln und genoss es, dass ihr der Atem stockte. »Ich bin bis zum späten Nachmittag frei.«

»Es ist mir egal, selbst wenn du frei bist bis zum Ende …« Sie bog den Rücken durch, als er ihre Brustwarze in den Mund nahm und sanft daran saugte.

»Es gibt keinen Grund«, hechelte sie, »das noch einmal zu tun.«

»Wer braucht denn einen Grund« – er blies auf die feuchte Spitze –, »außer, dass man es will?«

»Ich … ich hatte einen schlimmen Morgen.«

»Meiner war auch nicht viel besser.« Er küsste sich ihren Oberkörper entlang bis zu ihrer anderen Brust. »Du hast mich rausgeworfen wie eine Fünf-Dollar-Nutte.«

»Also musst du jetzt etwas beweisen?«

»Nein.« Mit den Lippen zupfte und zog er an ihrer Brustwarze. »Ich muss etwas bekommen.«

Sie musste hier weg. Sie musste raus aus seinen Armen und raus aus diesem makellosen, feuchten Architektur-Traum, den er »sein Haus« nannte, so weit von diesem Mann weg, wie es ging, ohne den Anschein zu erwecken, sie würde rennen. Schließlich hatte sie immer noch ihre Würde.

Tatsächlich war es so, dass Jamie sich keinen Illusionen darüber hingab, wer sie war und was sie wollte. Ihr Zirkel kannte sie vielleicht nicht, aber sie selbst kannte sich. Wenn man über derartige Macht gebot wie sie, und dann sein wahres Ich nicht kannte, waren Katastrophen vorprogrammiert. Und am Ende wusste sie von sich selbst, dass sie sich nicht mit diesem Mann einlassen durfte. Sie durfte sich nicht dauerhaft an diese Stadt oder dieses Leben binden, nicht, wenn es noch so viel anderes da draußen für sie gab, das auf sie wartete.

Doch obwohl sie all das wusste, konnte sie sich trotzdem nicht dazu überwinden, sich von ihm zu lösen. Schaffte es nicht, ihren Körper unter seinem wegzuziehen, in den Schnee hinauszustapfen und diese verrückte Stadt für immer zu verlassen. Sie konnte überall neu anfangen. Sie brauchte nicht nach New York zurückzukehren. Verflucht, sie brauchte streng genommen nicht einmal in den Staaten zu bleiben. Machtquellen, die nur darauf warteten, dass sie sie anzapfte, gab es überall auf der Welt. Das Problem war, Macht aufzunehmen, fühlte sich nie so gut an wie das hier.

Tully bewegte sich an ihrem Körper nach unten, bis er ihre Beine greifen konnte. Er drückte sie nach hinten, sodass er ihr die Knie an die Brust presste, dann öffnete er sie weit, während er sie mit seinen starken Händen am Boden festhielt. Stöhnend schlug Jamie ihm mit beiden Händen auf die Schultern und versuchte, ihn wegzustoßen, aber er wich keinen Millimeter zurück. Stattdessen wühlte er sich tiefer mit seiner Zunge und streichelte ihre Muschi von innen, bis sie sich vor Lust unter ihm wand. An diesem Punkt hörten ihr Versuche, ihn wegzustoßen, auf und sie umfasste seinen Hinterkopf, verkrallte sich in den feuchten Strähnen seines Haares, während sie ihn näher zu sich herunterzog.

Tully saugte an Jamies Klitoris und spürte, wie sie fast vom Boden hochschoss. Grinsend nuckelte er an dem festen Nervenbündel und ließ ihre heiseren Schreie über sich hinwegfegen. Als sie ihn anbettelte aufzuhören, war er hart wie Stahl und konnte an nichts anderes mehr denken als an sein Verlangen, in ihr zu sein.

Er schob sich an ihr hoch und küsste sie dabei, bis er seinen Mund auf ihren presste und die Zunge zwischen ihre Lippen schob, während er mit seinem Schwanz in ihre Muschi drängte. Sie stieß ein ersticktes Schluchzen aus und erbebte am ganzen Leib, als er sie hart nahm. Sie hob die Hände und ohne einen Gedanken packte der Wolf in ihm instinktiv ihre Handgelenke und drückte sie neben ihrem Kopf auf den Boden. Das ließ nur noch mehr warme Feuchtigkeit um seinen Schwanz entstehen. Ihre Reaktion spornte ihn an, und er nutzte sein Gewicht, um sie festzuhalten, während er in sie hineinstieß, nahm, was sie widerstrebend anbot, und gab, was immer sie brauchen mochte.

Seine Eier verkrampften sich, sein Rücken spannte sich an, aber er wusste, dass er noch länger durchhalten konnte. Nämlich bis Jamie kam. Den Kopf in den Nacken geworfen, schrie sie auf und versuchte, sich noch immer aus seinem Griff zu winden, ihre Beine fest um seine Taille geklemmt, während ihre Fersen sich in seinen Hintern drückten. Es war hoffnungslos. Es gab keine Hoffnung auf Kontrolle mehr, als er den Kopf in die Kuhle an ihrem Hals grub und seinen Orgasmus herausknurrte, während sich sein Schwanz in ihr entlud, bis er völlig leer war und auf sie fiel. Er zitterte am ganzen Körper, so wie nach seiner ersten richtigen Verwandlung mit zarten dreizehn, als er nicht wusste, was er als Nächstes tun sollte. Natürlich wusste er auch jetzt nicht, was er als Nächstes tun sollte.

KAPITEL 13

Sie wusste nicht, was sie erwartet hatte, aber definitiv nicht, dass irgendjemand anders als sie selbst sie verwöhnte. Und doch wurde sie gerade zwei Treppenfluchten zu Tullys Badezimmer nach oben getragen. Auf dem Weg dorthin saugte Jamie das Licht auf, das von draußen ins Haus fiel. Sie war noch nie irgendwo gewesen, wo so viel Helligkeit durch natürliches Licht da war. Sie hätte nie gedacht, dass es ihr so gut gefallen würde. Die Energie dieses Lichts lud ihre Batterien wieder auf und ließ das Drama mit ihrem Zirkel von vorhin erscheinen, als sei es lange her und nicht wirklich wichtig.

Sobald sie im Bad waren – noch einem gleißend hellen Raum, nicht zuletzt wegen der weißen Marmoroberflächen, der weißen italienischen Bodenfliesen und der glänzenden Edelstahlarmaturen –, brachte Tully sie unter die Dusche und wusch sie. Zwei Duschen an einem Morgen und es kümmerte sie nicht wirklich. Er erlaubte ihr nicht, irgendetwas zu tun, und sie fragte ihn nicht, warum, sondern gestattete sich stattdessen, sich zu entspannen und zu genießen. Und obwohl er ihren Körper lange genug streichelte und liebkoste, dass sie ihn schon wieder wollte, hielt er sie zurück.

»Du hast mich dazu gebracht, auf mein Reh zu verzichten«, murmelte er dicht an ihrem Hals, während seine seifigen Hände über ihren Rücken wanderten.

»Ich musste. Ich war schuld daran, dass du es so leicht erwischt hast.«

»Ist schon in Ordnung. Aber es ändert nichts daran, dass ich Hunger habe.«

»Ihr braucht mehr Lieferservice hier in der Nähe.«

»Warum?« Er strich mit den Lippen über ihr Kinn, ihre Wange. »Ich habe doch eine Köchin direkt vor mir stehen.«

»Du hast ein Mädchen vor dir, das von seiner Großmutter gelernt hat, großartige Desserts zuzubereiten. Das macht mich noch nicht zur Köchin.«

»Wenn du mir etwas zu Essen machst, sorge ich dafür, dass es sich für dich lohnt.«

Weil sie fand, dass das gut klang – und weil sie ebenfalls schrecklichen Hunger hatte –, stimmte sie zu.

Glücklicherweise hatte der Mann eine Menge Pasta im Haus. Kombiniert mit Steaks, Öl, Knoblauch und Hartkäse aßen sie sie noch vor zwölf. Sie setzten sich an den Tisch in der Ecke seiner Küche. Wenn Jamie nach rechts schaute, sah sie Tully an. Schaute sie nach links, hatte sie eine atemberaubende Aussicht auf den atlantischen Ozean. Es fiel ihr wirklich schwer zu entscheiden, wovon sie mehr sehen wollte.

»Also«, hob Tully an, den Blick auf ihr Gesicht gerichtet, während sein nackter Fuß unter dem Tisch über ihr Bein strich, »was hast du für ein Problem mit Dartmouth?«

»Gar keins.« Sie hatte das schon wieder völlig vergessen, was seltsam war, weil sie sonst nie etwas vergaß. »Ich kann nur nicht glauben, dass du in Dartmouth warst.«

»Nur weil ich aus dem Süden komme, meine Schöne, bedeutet das nicht, dass ich dumm bin.«

»Ich weiß«, antwortete sie aufrichtig. »Du bist dumm, weil du nach Dartmouth gegangen bist … aber am Ende trotzdem hier festsitzt.«

Festsitze? Tully saß nirgendwo fest. Das war das Einzige, worauf er stolz war.

»Was bringt dich auf diese Idee?«

»Komm schon.« Als er ratlos die Achseln zuckte, sagte sie:

»Du bist nach Dartmouth gegangen und dann nach Cornell. Du hast einen Master in Architektur. Ich weiß nichts über Architektur, aber ich kenne deine Firma, weil mein Ex sich dringend gewünscht hat, dass sie sein Haus entwirft und baut – man muss nämlich die Nachbarn beeindrucken –, bis ihm klar wurde, dass wir uns das nicht leisten konnten, was mich zum Lachen gebracht hat. Meiner Mutter zufolge erklärt das, warum wir jetzt geschieden sind.« Sie schüttelte den Kopf. »Ich schätze, ich verstehe nicht, warum du all das aufgegeben hast, um hier zu leben.«

»Ich brauchte nichts aufzugeben. Ich suche mir die Aufträge aus, die ich haben will, erledige sie von hier aus und werde zusätzlich für Aufträge bezahlt, für die ich keinen Finger rühre, sondern die meine Firma abwickelt.«

»Ja, aber …«

»Alles, was ich will, ist hier, Jamie.« Und ihm war nicht klar, wie richtig das war, bis er in diese braunen Augen schaute.

Sie sah ihn an, als hätte er plötzlich angefangen, in einer fremden Sprache zu sprechen. »Ist das dein Ernst?«

»Die meiste Zeit jedenfalls.«

Jamie schaute sich um, und ihm wurde plötzlich bewusst, wie ängstlich sie wirkte. Als sei die Vorstellung, in Smithville zu bleiben, die beängstigendste Idee, die sie je gehört hatte.

»Weißt du«, sagte er behutsam und schob das, was von seinem köstlichen Essen noch übrig war, auf seinem Teller herum, »du hast dich als Teil unserer Abmachung dazu verpflichtet, in Smithville zu bleiben. Ändert sich daran gerade etwas?«

»Nein. Aber hätte ich die gleiche Entscheidung getroffen, wenn ich deine Möglichkeiten gehabt hätte? Das kann ich dir nicht sagen.«

Tully legte seine Gabel hin und lehnte sich auf seinem Stuhl zurück. »Ich fände es schrecklich, wenn ich denken müsste, du bist nur hier, weil du dich zufällig hier niedergelassen hast.«

»Ich habe nicht das Gefühl, mich niedergelassen zu haben. Aber wer weiß, was ich getan hätte, hätte ich Alternativen gehabt.«

»Hätte, könnte, würde, meine Schöne. *Wenn* meine Eltern Vollmenschen wären, würde ich mich vielleicht jung zu Tode schuften, würde mich dazu antreiben, all die Dinge zu erreichen, von denen man mir gesagt hat, ich müsse sie erreichen. Aber Gott sei Dank sind sie es nicht, und ich bin es nicht. Also tue ich, was mich glücklich macht, und sorge mich darüber hinaus um nichts. Und es ist wenig überraschend, dass ich einen hervorragenden Blutdruck habe.«

»Ich dachte, du wärst hierher zurückgekommen, weil dein Großvater gestorben ist.«

»Nicht Großvater. Großonkel. Einfach alle haben ihn Granddaddy genannt. Und ich bin tatsächlich zurückgekommen, weil er gestorben ist. Es wäre nicht richtig gewesen, nicht zur Beerdigung zu kommen.«

»Und dann hast du hier das Heft in die Hand genommen.«

Tully lachte. »Gott, nein. Ich bin am Ende nur hiergeblieben, weil mir wieder eingefallen ist, was ich an meinem Zuhause liebe.«

»Nämlich?«

Er sah aus den Küchenfenstern zum Strand, der nicht mehr als vielleicht hundert Meter entfernt war, und hob die Schultern. »Alles.«

Jamie konnte nicht umhin, Tully ein wenig zu beneiden. Er wirkte nicht so absurd glücklich, dass es sich nur durch die Einnahme irgendwelcher Medikamente erklären ließ, und doch schien er nicht auf einer nie endenden Suche nach *mehr* zu sein. Sie befand sich auf dieser Suche, obwohl die meisten außerhalb ihres Zirkels davon keine Ahnung hatten. Für die restliche Welt, sogar für ihren Ex, war Jamie die lockerste, anspruchsloseste Frau auf dem Planeten. Sie brauchte nicht das Neueste, Tollste und Teuerste, um glücklich zu sein. Damals hatte es das größte Problem zwischen ihr und ihrem Ex dargestellt. Sein einziges Ziel war gewesen, es zu etwas zu bringen.

Er wollte das größere Haus, den schickeren Wagen, das Beste

von allem. Jamie dagegen war, wenn es um materielle Dinge ging, mehr als glücklich mit dem, was sie hatte. Sie kaufte sich ein bekanntermaßen zuverlässiges Auto und behielt es zwischen zehn und fünfzehn Jahren. Ihr Ex leaste das heißeste Auto, das es gab, und tauschte es alle zwei oder drei Jahre aus. Hatte es etwas, ständig in einem neuen Wagen durch die Gegend zu fahren? Sicher, aber für sie war es viel wichtiger, so schnell und preiswert wie möglich von A nach B zu gelangen.

Und doch – während ihr Ex sie »knauserig« genannt hatte, weil sie nicht mehr im Leben wollte, hatte Jamie immer nach mehr Macht gestrebt. Denn wer brauchte einen riesigen Flachbildfernseher, wenn er mit ein wenig Übung einen solchen über dem Boden schweben lassen konnte? Wer brauchte das neuste, heißeste Auto, wenn Gegenstände einfach in Bewegung gesetzt werden konnten, von der schlichten Büroklammer über den Schreibtisch bis hin zu der Möglichkeit, das Haus deiner Feinde hundert Meter in einen Fluss zu schieben?

Seit sie denken konnte, war das Einzige, wonach Jamie sich wirklich gesehnt hatte, Macht.

Tully griff über den Tisch nach ihrer Hand, bis ihr Arm flach auf dem Tisch lag. Er streichelte ihr langsam über die Innenseite ihres Unterarms, während sein Blick weiter auf ihr Gesicht gerichtet war.

So eine einfache Berührung, und doch … und doch fühlte es sich an, als sei er wieder in ihr. Er zog sie nach vorn, und sie ließ es willig geschehen, landete auf seinem Schoß. Sie legte ihm gerade die Arme um den Hals, als sein Telefon klingelte.

»Verflixt.«

Er hielt sie mit einem Arm fest, griff über die Theke hinter sich und schnappte sich das schnurlose Telefon. »Hallo?«

Sie beobachtete, wie sein Gesichtsausdruck sich veränderte, spürte die Verkrampfung in seinem Körper und wusste sofort, dass irgendetwas nicht stimmte.

»Jepp«, sagte er. »Wir sind gleich da. Nein. Jamie ist bei mir. Ich bringe sie mit.«

Als er das Gespräch beendete, fragte sie: »Warum nimmst du nicht dein Megafon, um dem Universum zu verkünden, dass wir Sex haben.«

»Das hier ist eine Kleinstadt. Sie wissen es längst.« Er hob sie von seinem Schoß und stellte sie auf die Füße. Dann gab er ihr einen Klaps auf den Hintern und stand auf. »Es gibt ein Problem.«

»Das dachte ich mir.«

»Wir müssen nach …«

»Das wird nicht leicht werden«, unterbrach sie ihn. »Da du meine Sachen zerrissen hast.«

Er hatte den Anstand, das Gesicht zu verziehen und sogar ein wenig zu erröten. »Ja, das habe ich, nicht wahr?«

Jamie nickte.

Er griff nach ihrer Hand und führte sie zurück ins Schlafzimmer. »Wir lassen uns etwas einfallen.«

Obwohl die Ältesten immer genau informiert wurden, was los war, holte man sie für Derartiges nicht dazu. Es war wichtig, schnell reagieren zu können, ohne sich Sorgen um eine Genehmigung zu machen. Und bisher hörte es sich so an, als handelte es sich hier um eine »Situation«.

Kyle, die Arme vor der Brust verschränkt und die Beine weit auseinandergestellt, erklärte leise, was er gesehen hatte. »Es waren ungefähr dreißig, vielleicht vierzig Wagen. Größtenteils Wohnmobile.«

»Wie weit von der Stadt entfernt?«, fragte Bear.

»Nicht mehr als vierzig Meilen. Aber so nah bei Everettville, dass keiner von uns über sie gestolpert wäre.«

»Warum nicht?«, fragte Jamie. Sie hatte sich in einen von Tullys schwarzen Seemannspullovern, eine Jogginghose, die peinlicherweise viel zu lang war, und seine Lederjacke eingemummelt. Die Stiefel waren ihre, und sie sah in diesen zu großen Sachen dermaßen zum Anbeißen aus, dass er große Mühe hatte, sich auf eine so ernste Situation zu konzentrieren.

»Weil wir nie nach Everettville gehen«, erklärte Bear.

»Warum nicht?«

»Es ist keine gute Idee«, antwortete Kyle ihr.

»Warum nicht?«

Bear knurrte leise, aber Jamie zuckte nur die Achseln und verkündete: »Wenn du meine Frage beantworten würdest, könnte ich aufhören, ›Warum nicht‹ zu fragen.«

Tully schnaubte und jetzt wurde er von einer Katze und einem Bären angefunkelt.

»Was schaut ihr mich so böse an?«

»Kannst du sie nicht unter Kontrolle halten?«, blaffte Kyle.

Tully und Jamie sahen einander an und brachen dann spontan in Gelächter aus, sodass sie sich aneinanderlehnen mussten, bis Tully abrupt aufhörte und sagte: »Nein.« Woraufhin Jamie nur umso heftiger lachte.

Kyle kniff die Augen zusammen, und Jamie räusperte sich, klopfte sich ihre Kleider ab und wischte sich die Lachtränen aus den Augen. Dann sagte sie: »Also, warum geht ihr nicht nach Everettville?«

»Das ist Pferdeland«, blaffte Kyle. »Okay?«

»Ohhhh. Du meinst so etwas wie Zentauren!«

Tully krümmte sich vor Lachen, während sein Bruder neben ihm vor Zorn explodierte. *»Nein! Ich meine keine Zentauren!«*

»Was zur Hölle ist ein Zentaur?«, brummte Bear, woraufhin Tully nur noch heftiger lachte.

»Das sind zur Hälfte Männer, zur Hälfte Pferde«, erklärte Jamie mit honigsüßer Stimme, so süß, dass Tully wusste, dass sie vorhatte, Kyle richtig auf die Palme zu bringen.

»Welche Hälfte?«, fragte Bear.

»Würdest du bitte still sein?«, brüllte Kyle, aber als der Grizzly langsam den Kopf drehte, um unter dem Schirm seiner Baseballkappe hervorzufunkeln, räusperte die Katze sich und fügte hinzu: »Boss.«

Tully wischte sich die Tränen aus den Augen und erklärte: »Fast alle in Everettville besitzen entweder einen Pferdehof oder arbeiten auf einem. Du wirst wahrscheinlich mehr Pferde dort finden als Autos. Wenn einer von uns der Stadtgrenze zu nah kommt, bricht die Hölle los. Also gehen wir nicht mehr dorthin.«

»Aber würde nicht das Gleiche passieren, wenn …«

»Wenn Buck Smiths Rudel sich da drüben verschanzt hätte? Auf jeden Fall.« Und nach allem, was Kyle ihnen erzählt hatte, war genau das der Fall. Nicht Bucks ganzes Rudel machte Urlaub im *Smithville Arms*, wie sich jetzt herausstellte. Stattdessen hing die Mehrheit von ihnen auf ungenutztem Terrain in der Nähe von Everettville herum. Hätte es sich um andere Leute gehandelt, würden die Bewohner von Smithville sie einfach im Auge behalten. Aber wenn es um Buck Smith ging … war nichts jemals so, wie es zu sein schien. »Der Unterschied ist, dass es diesem alten Bastard total egal ist, was mit den Pferden ist.«

Kyle lehnte sich gegen einen Baum. »Die Chancen stehen gut, dass sie sich auf die Höfe geschlichen und ein paar Pferde gejagt haben, um sie aufzuessen.«

»Oder weil sie sich gelangweilt haben«, ergänzte Bear.

»Was nur weiteren Ärger für uns bedeutet«, sagte Tully. »Weil diese Leute ihre Pferde mehr lieben als einander, und die meisten von ihnen das notwendige Geld haben, um die Regierung dazu zu bringen, der Sache nachzugehen.«

»Und das Letzte, was wir wollen, ist die Einmischung der Regierung.« Kyle nahm seine Kappe ab und kratzte sich am Kopf. »Es wird immer ein wenig schmutzig, wenn das passiert.«

»Im Moment werden sie die Schuld bei den Rotwölfen suchen, die vor einer Weile wieder ausgewildert worden sind, aber die roten sind definitiv kleiner als wir. Ungefähr achtzig Pfund Lebendgewicht, während selbst meine Mom verwandelt gute hundertfünfzig wiegt.«

»Weiß Buck das alles über Everettville?«

Tully konnte nur kichern. »Glaub mir … er weiß es. Dieser Mann tut nichts, ohne genau zu wissen, worauf er sich einlässt. Es hat einen Grund, warum er sein Rudel hier stationiert hat.«

»Ein Angriff.«

»Wenn er Tully und ein paar seiner stärkeren Cousins ausschaltet, erlangt Buck die Kontrolle über diese Stadt.« Kyle setzte seine Kappe wieder auf. »Und glaubt mir, wenn ich sage, dass die anderen Smith sich das nicht gefallen lassen werden. Keine Sekunde lang.«

»Und das würde einen Bürgerkrieg unter den Smith auslösen. Wie ich meinen Vater kenne, hofft er, dass alles geregelt zu bekommen, bevor die anderen Rudel etwas unternehmen, aber ich glaube, er in seinem hohen Alter ist etwas realitätsfremd.«

»Warum?«

»Es wäre nicht das erste Mal, dass es bei den Smith zu internen Kämpfen kommt, meine Schöne. Einmal wurde es so schlimm, dass das Van-Holtz-Rudel sich eingemischt hat …«

»Und dann ist die Sache außer Kontrolle geraten.«

Tully nickte bei Kyles Worten. »Wir haben die Hälfte unserer Mitglieder verloren, einschließlich Welpen. Bei den Van Holtzens war es das Gleiche.«

»Sie sind nicht besonders stark, aber dafür gerissen.«

»Jepp. Doch wenn am Ende die Welpen zu Kollateralschäden werden …« Tully stieß den Atem aus. »Sie haben gewusst, dass der Krieg aufhören musste, wenn wir nicht Territorien von den Smithens und den Van Holtzens an der Ost- und Westküste an das Magnus-Rudel verlieren wollten. Denen lief schon der Geifer bei der Aussicht, hier einzudringen, sobald sich der Rauch gelegt hätte. Also wurde eine Entscheidung getroffen.«

»Und zwar?«

»Dass ein echter Waffenstillstand zwischen den beiden Rudeln ausgehandelt werden würde, keine Territorien aufgeben werden sollten und es keine Vergeltung für die verlorenen Rudelgefährten geben würde. Wir brauchten damals nur unsere Alphas auszuschalten. Und das ist genau das, was meine Vorfahren getan haben.«

Es erinnerte Jamie an die New Yorker Mafia-Kriege, die vor ihrer Geburt geführt worden waren. Eine »Familie« gegen eine andere, und jede Menge Leichen, als sich alles endlich wieder beruhigt hatte. Sie würde es vorziehen, das nicht miterleben zu müssen. Die wenigen Morde durch Mafiamitglieder, die sie im Laufe der Jahre gesehen hatte, waren ihr wenig nahegegangen, weil sie die Mistkerle, die es erwischt hatte, nicht persönlich gekannt hatte. Wenn überhaupt kannte sie ihre geschäftlichen Betätigungen, bei denen es im Allgemeinen um Drogen, Glücksspiel und Menschenhandel ging, was eine freundliche Umschreibung für »Sklaverei« war.

Niemand, dem sie bisher hier begegnet war, war jedoch mit denen vergleichbar. Das Schlimmste, das sie mit angesehen hatte, war ein idiotischer Kampf zwischen dem Smith- und dem Sahara-Rudel um einen verwesenden Elchkadaver. Es war nicht weit entfernt von ihrem Haus passiert, und Jamie hatte immer wieder die Lautstärke ihres Fernsehers hochdrehen müssen, um den Lärm zu übertönen. Als sie am nächsten Tag in die Stadt gekommen war … schien nie etwas passiert zu sein. Warum? Weil sie im Grunde nur hungrige Raubtiere waren, die nach Nahrung suchten, keine miesen Kreaturen, denen es um einen schnellen Dollar ging.

Trotzdem, so gern sie auch helfen wollte, angesichts der begrenzten Möglichkeiten ihres Zirkels konnte sie nicht viel tun.

»Mein Zirkel kann sich da nicht einmischen, solange ihr mit Fell bedeckt seid.«

»Das wissen wir.« Tully lächelte sie an und … wow. Wie unfair war *das* ihr gegenüber? »Aber mein Vater hatte einen guten Grund, sich direkt zwischen seine Feinde zu begeben. Er spielt aus gutem Grund dieses Spiel. Ich muss wissen, warum.«

»Das Essen mit dir, deinen Eltern und Buck findet heute Abend statt, richtig?« Tully nickte. »Gut. Der Zirkel wird ohnehin dort sein, um dafür zu sorgen, dass alles glatt läuft. Dann lasse ich Sen ein wenig Zeit mit ihm verbringen.«

»Sen?«

»Es ist eine ihrer Gaben. Sie kann mit fast jedem reden und sich eine gute Vorstellung davon verschaffen, was er im Schilde führt. Das ist einer der Gründe, warum es ihr hier so gut gefällt. Ihr führt selten etwas im Schilde, abgesehen von schlafen, essen, sich paaren und noch mehr schlafen.«

»Versuchst du zu sagen, dass wir faul sind, meine Schöne?«

Jamie schnaubte. »Ich *versuche* nicht, etwas zu sagen. Ich sage es einfach.«

KAPITEL 14

Sie wurden von Seneca in einem engen, bodenlangen Kleid am Eingang des Hotels empfangen und zu einem großen Tisch in der Mitte des Restaurants geführt. Irgendwie faszinierte es Tully, dass Seneca so ein süßes, beinahe engelhaftes Gesicht hatte und dazu diesen sexy, echt heißen Körper. Tatsächlich schien es nicht recht zu sein. Irgendwie irreführend.

Die Gruppe war nicht groß. Nur Tully, Kyle, Katie, Mom, Daddy, Buck, Wanda und Bucks drei Söhne. Okay, für die Südstaaten war die Gruppe nicht groß.

Seneca ließ sie alle Platz nehmen, reichte ihnen Speisekarten und machte sie mit den beiden Kellnern bekannt, die sich an diesem Abend um sie kümmern würden. Die ganze Zeit über stand sie neben Bucks Stuhl, die Hand erst auf der Rückenlehne, bis sie sie ihm schließlich auf die Schulter legte, die andere Hand in die Hüfte gestemmt. Sie lächelte und lachte die ganze Zeit, und als sie endlich ging, war auf ihrem Gesicht ein breites Lächeln zu sehen.

Zu sagen, dass es ihn irgendwie verwirrte, war eine Untertreibung. Vielleicht hatten sie doch keinen Grund zur Sorge, was Buck betraf …

Jamie schaute von der Bitterschokoladenganache auf, in der sie gerade rührte, als Sen durch die Doppeltür der Küche kam.

»Sie sitzen alle am Tisch«, verkündete sie gut gelaunt, bevor sie sich auf einen Hocker neben dem Hauptarbeitsplatz schob und sich an einem Teller mit Käse und Kräckern bediente, den Mac dorthin gestellt hatte.

»Und?«, fragte Emma, als Sen nichts weiter sagte.

»Patschuli-Alarm bei Bucks Date. Ich weiß, in was du dich manchmal reinsteigerst, Jamie, und ich wollte nicht, dass du den Dritten Weltkrieg anzettelst, wenn du dieses Zeug riechst.«

»Hippies und ihr verdammtes Patschuli-Öl«, knurrte Jamie scherzhaft.

»Was ist mit Buck?«, knurrte Emma überhaupt nicht scherzhaft.

»Oh.« Sen schaute zur Decke, biss in einen Kräcker und dachte gründlich über ihre Antwort nach. »Nun, gemessen an dem, was ich gesehen habe, ist er ein echtes Arschloch, und er würde jeden Einzelnen von uns umbringen, wenn er dadurch bekäme, was er will.« Sie schwieg einen Moment lang, lächelte und nickte, bevor sie hinzufügte: »Jepp! Das ist es, was ich gesehen habe, als ich in ihn hineingeschaut habe.«

»Könntest du noch … munterer schauen?«, bat Kenny.

»Es hat keinen Sinn, sich aufzuregen. Außerdem wird Jamie das schon regeln.«

»Ja sicher«, gab Jamie lässig zurück, »ich habe bereits eine männliche Jungfrau gefesselt und sie steht bereit, geopfert zu werden, also können wir loslegen.«

»Mein Gott!«, platzte es aus Mac heraus. »Kannst du das vielleicht langsam mal ad acta legen?«

»Nein, kann ich nicht, dumme Kuh.«

Mit ihren Kochgerätschaften in der Hand gingen die Cousinen aufeinander zu, aber Emma sprang dazwischen. »Hört auf damit! Alle beide!« Emma schickte mit einer Handbewegung zuerst Mac zu ihrem Arbeitsplatz zurück, dann Jamie. »Wir haben keine Zeit für so etwas.«

»Ich persönlich«, bemerkte Jamie, als sie wieder anfing zu rühren, »glaube nicht, dass Buck während Macs überkandidelten Gängen irgendetwas anzettelt.«

»Überkandidelt?«

Sie ignorierte das Kreischen ihrer Cousine und sagte: »Ich denke, er wird bis zum frühen Morgen warten, etwa bis zur Dämmerung, wenn er weiß, dass fast alle in der Stadt schlafen.«

»Und du weißt das, weil …«

»Sprich weiter in diesem Ton mit mir, Cousine, und ich werde dir ganz genau zeigen, was ich weiß.«

Tully, Jack und Kyle erhoben sich, als Bear mit seiner Mom das Restaurant betrat. Buck dagegen beäugte sie bedauerlicherweise nur, feixte und sagte: »Nun, hallo Gwenie. Du siehst immer noch verdammt gut aus.«

Wenn Miss Gwen eine Antwort darauf hatte, würden sie sie nie erfahren, da sie schnell nach dem Arm ihres Sohnes griff. Sie bestand darauf, dass er sie an den Tisch geleitete und nicht die Kellnerin.

Knurrend und den Arm seiner Mom fest im Griff folgte Bear der Kellnerin, hielt aber inne, als Mac aus der Küche geworfen wurde. Die hochgewachsene Frau landete genau vor seinen Füßen.

Kyle beugte sich zu Tully vor und flüsterte: »Was denkst du, wie lange er darauf gewartet hat?«

»Sein ganzes Leben lang?«

»Miss Mackenzie?«, sagte Bear leise.

»Hi, Sheriff.« Sie ignorierte die Hand, die er ihr hinhielt, und stand auf. »Wenn Sie mich entschuldigen würden.« Sie stürmte zurück in die Küche und kam drei Sekunden später wieder herausgeflogen, diesmal direkt in Bears Arme.

Inzwischen hatten sich die Übrigen wieder auf ihre Plätze gesetzt, von den Aktivitäten in und um die Küche herum bestens unterhalten.

»Dieses Miststück«, knurrte Mac leise. Sie löste sich von Bear, ließ Hals und Knöchel knacken und marschierte zurück zu der Schwingtür. Sie war nur noch wenige Zentimeter davon entfernt, als die Tür aufflog, ihr ins Gesicht knallte und sie direkt zurück zu Bear sandte.

An diesem Punkt schaute Bear wieder zu Tully und Kyle hinüber, als könnten sie ihm irgendwie sagen, was er tun sollte.

Mac war damit beschäftigt zu versuchen, ihr Nasenbluten zu stillen, als Jamie herauskam. Im Gegensatz zu ihrer Cousine war sie nicht wie eine Köchin gekleidet. Keine Kochjacke, keine Kochmütze. Sie hatte ihr dickes braunes Haar zu einem losen Pferdeschwanz gebunden und sich ein Tuch um den Kopf geknotet, nichts sonst ließ jedoch darauf schließen, dass sie Teil des Personals war. Nur lockere Jeans und ein schwarzer Pullover mit V-Ausschnitt, der wahre Wunder bei ihrer schönen Brust bewirkte.

»Oh, Schätzchen«, sagte sie mit honigsüßer Stimme zu ihrer Cousine. »Warst *du* auf der anderen Seite der Tür? Das tut mir ja so leid! Komm. Lass mich dir helfen.« Sie riss Mac von Bear weg, schob sie vorwärts und ließ sie gegen die Wand an der Tür krachen.

»Hoppala! Mein Fehler.« Jamie riss sie am Nacken zurück und stieß sie erneut vorwärts. Diesmal zielte sie richtig und bekam sie durch die Schwingtür, doch sie stieß sie so heftig dagegen, dass Mac den Schmerz noch tagelang spüren würde. Arme Vollmenschen. Wie sie mit dem Schmerz solcher kleinerer Wunden klarkamen, der tagelang – manchmal eine geschlagene Woche! – anhielt, würde er nie begreifen.

Nachdem die Cousinen in der Küche verschwunden waren, drang einiges an Geschrei und Getöse durch die Schwingtür, das sich so anhörte, als würden Dinge aus Metall geworfen. Nur Bear schien deswegen besorgt zu sein. Er stand immer noch da und wirkte so verwirrt, wie nur ein Grizzly es manchmal fertigbrachte, als Seneca herauskam. Sie schenkte ihm ihr breites, strahlendes Grinsen und sagte: »Sheriff! Warum stehen Sie denn hier herum?«

Der Grizzly zeigte auf die Tür, und Seneca ließ ein kurzes Lachen hören, griff nach seinem Arm und führte ihn an den Tisch, an dem seine Mutter bereits Platz genommen hatte. »Machen Sie sich wegen des Blutes an der Wand und an der Tür keine

Sorgen. Unser Personal wird das im Handumdrehen sauber machen.«

»Aber …«

»Genießen Sie einfach Ihr Essen und Ihren freien Abend mit ihrer Mutter. Hi, Miss Gwen.«

»Hallo, Seneca.«

»Ich empfehle den Lachs!«, erklärte sie gut gelaunt, bevor sie ihr Personal anwies, die Wand und die Tür abzuwischen.

Kyle schnappte sich ein Stück Brot von einem der drei Teller in der Mitte des Tisches. »Hat sie gerade Bären Lachs empfohlen?«

Das Abendessen lief besser, als Tully erwartet hatte. Er wäre nicht so weit gegangen zu behaupten, dass irgendjemand freundlich war, aber zumindest blieben alle höflich. Die Gespräche waren allerdings auch ziemlich ungefährlich. Jack plauderte mit Millie; Kyle, Katie und Tully plauderten miteinander; Wanda plauderte und Buck grunzte irgendwelche Antworten; und Bucks Söhne starrten Katie an, was bedeutete, dass sie sich gleich einen Arschtritt abholen würden, wenn sie nicht damit aufhörten.

Jepp. Es hätte schlimmer sein können.

Tully war fast fertig mit seinem Steak und lachte gerade über etwas, das Kyle geäußert hatte, als er nebenbei das Gezänk zwischen Buck und Wanda mitbekam. Er tat sein Bestes, es zu ignorieren – es ging ihn weiß Gott nichts an, was sein Vater und seine nicht von ihm markierte Frau machten. Doch es gelang ihm nicht, weil sein Vater sich auf seinem Stuhl zurücklehnte und erklärte: »Ich hole mein Rudel wieder hierher. Es ist ein guter Ort, um sich niederzulassen.«

Tully kaute weiter auf dem Bissen Steak herum, den er im Mund hatte, und starrte dabei seinen Vater an. Er wusste, dass alle auf seine Reaktion warteten, darauf warteten zu sehen, was er tun würde.

Vor allem Buck.

Wanda zeigte das steifste Lächeln, das Tully seit langer Zeit gesehen hatte. »Nun, Buck, ich dachte, wir hätten besprochen zu warten …«

»Still.«

Er brüllte sie nicht an, doch das war auch nicht nötig. Die Art, wie Millie errötete, verriet Tully, wozu dieser Ton führte, wenn Wanda nicht klein beigab. Sie tat es, doch es kostete sie Mühe, und sie ballte die Hände auf dem Tisch zu Fäusten.

Tully schluckte das Fleisch herunter und sagte einfach nur: »Nein.«

Sein Vater lächelte. Wahrscheinlich hatte er genau darauf gehofft. »Du glaubst, du kannst mich daran hindern?«

»Ich weiß, dass er es kann«, brummte Jack von der anderen Seite des Tisches.

»Ich habe nichts gesehen, das darauf schließen lässt. Mein Rudel ist stärker und …«

»Direkt draußen vor der Stadt.« Tully benutzte ein Stück Baguette, um aufzunehmen, was von der unglaublichen Soße übrig geblieben war, die Mac zu dem Steak zubereitet hatte. »Zumindest *waren* sie dort. Die prächtigen Gesetzeshüter von Everettville waren so freundlich, sie ihrer Wege zu schicken. Sie sehen es nicht gern, wenn eine Bande von Vagabunden ihren kostbaren Pferden zu nahe kommt.« Tully steckte sich das Stück Brot in den Mund und zwinkerte seinem Vater zu. »Der Rest deines Rudels ist ebenfalls aus der Stadt vertrieben worden. Ich schwöre, die Bären lieben es, Wölfe wegzuschicken. Es bereitet ihnen eine beinahe perverse Freude.«

»Du machst es immer auf die nette Tour, nicht wahr, mein Junge?«

»Ich brauche nicht unangenehm zu werden. Und wenn du nach diesem wunderbaren, aufregenden Abendessen verschwindest, muss ich es auch nicht. Aber das liegt bei dir. Tu es wenigstens für deine Frau.«

»Sie wird mit allem fertig. Sie mag ein Vollmensch sein, aber sie ist nicht schwach.« Und Bucks Blick wanderte zu Millie hinüber. »Ich hätte niemals Verwendung für eine schwache Frau in meinem Leben oder meinem Bett.«

Katie schlug mit der Faust auf den Tisch und unterband damit alles, was Tully, Jack oder Kyle sagen wollten. »Pass auf, was du redest, alter Mann.«

Plötzlich tauchte Seneca auf, kam schlitternd an ihren Tisch zum Stehen und klatschte in die Hände, ihr Lächeln viel zu breit und zu strahlend. »Alles gut bei Ihnen? Sind Sie bereit fürs Dessert?«

Jamie hätte es niemals laut zugegeben, aber ihre Cousine hatte einen verdammt beeindruckenden rechten Haken.

Und obwohl es einfacher gewesen wäre, die Desserts für Tully und seine Familie auf den Tellern anzurichten, wenn sie beide Augen hätte öffnen können, würde sie ihre innere Zähigkeit beweisen und die Schwellung ihres linken Auges ignorieren.

Sobald sie fertig war, griffen sich Jamie und Mac jeweils zwei Teller und die Kellner kümmerten sich um den Rest. Sie schlüpften durch die Schwingtür und hinüber zu dem großen Tisch in der Mitte des Raums. Soweit sie erkennen konnte, schien alles gut zu laufen – bis sie alle genau ansah. Sie wirkten … angespannt. Gefährlich angespannt. Es machte den Eindruck, als hätte die Situation sich erheblich schneller entwickelt als gedacht.

Zeit, dass Ganze hinter uns zu bringen.

Sie ging um den Tisch herum, um auf der windabgewandten Seite des Patschuli-Gestanks zu sein – Herrgott! Sie hasste diesen Geruch! –, und stellte ihr eigens zubereitetes Dessert vor Jack und Kyle, während die Kellner und Mac alle anderen versorgten.

»Hübsches Auge«, formte Tully mit den Lippen, als sie neben ihm stand, und sie bedachte ihn mit einem kurzen, ironischen Grinsen, das ihn zum Lachen brachte.

Sen, wie immer ausgesprochen charmant, klatschte in die Hände und erklärte: »Das hier ist Jamies Kuchen. Er heißt ›Schneise der Verwüstung mit dunkler Schokolade‹« – was Tully ein Kichern entlockte, während Buck Smith ihn von der anderen Seite des Tisches aus anfunkelte –, »aber wir nennen ihn der Kürze halber ›Schokolade bis zum Abwinken‹. Wir hoffen, dass er euch allen schmeckt und dass ihr euer Mahl genossen habt, und wir wollen euch dafür danken, dass ihr heute Abend hergekommen seid.«

»Es war ganz reizend, Schätzchen«, antwortete Millie, die allen ein tapferes, wenn auch ziemlich verzweifeltes Lächeln schenkte.

Jamie grinste und zwinkerte ihr zu. »Das Dessert ist ein Killer, Miss Millie, aber ich denke, Sie werden es lieben.« Dann schlug Jamie Buck beide Hände auf die Schultern. »Sie auch, Buck. Sie werden es einfach *lieben.*« Sie ging hinter ihrem Zirkel her davon.

Aber dann verringerte Jamie ihr Tempo und blieb stehen. Ihr war ganz schwummrig. *Es muss an diesem gottverdammten Patschuli-Mist liegen!* Dann schoss ihr ein Schmerz durchs Gehirn und alles um sie herum geriet außer Kontrolle ...

Tully war ganz kurz davor, einen Orgasmus von Jamies Kuchen zu bekommen – *hatte sie da irgendetwas anderes hineingetan als Schokolade und ein paar Nüsse? Heroin vielleicht? Crack? Verdammt!* –, als er Jamie plötzlich taumeln und stehen bleiben sah. Sie rieb sich mit einer Hand die Stirn und kehrte langsam an den Tisch zurück.

»Jamie?«

Sie schüttelte den Kopf und ging weiter. Ihr Zirkel, der im Begriff stand, durch die Schwingtür in die Küche zurückzukehren, blieb stehen und beobachtete sie genau. Sogar die kleine Seneca wirkte besorgt.

»Ist alles in Ordnung, Schätzchen?«, fragte seine Mom. Brauchen Sie ein Glas Wasser oder so?«

Jamie schüttelte wieder den Kopf und antwortete: »Nein, Ma'am. Ich muss nur ...« Sie blinzelte heftig, als versuchte sie, ihre Umgebung scharf zu sehen. »Ich muss nur ...«

Sie stand jetzt neben dem Tisch und nach einem Moment schaute sie Tully an.

»Meine Schöne?«, fragte er. »Was ist los?«

»Es tut mir leid«, sagte sie. »Es tut mir so, so leid.«

Und bevor er sie fragen konnte, was ihr denn leidtue, packte sie Wanda am Hinterkopf, schlang sich eine Handvoll ihres Haares um die Finger und schleuderte die Frau von ihrem Stuhl quer durch den Raum. Bear zog seine Mom aus dem Weg und zu Tullys Tisch hinüber, wo jetzt alle aufgesprungen waren und zuschauten, wie Jamie sich ein Steakmesser von einem der Tische schnappte und in langen Schritten auf Wanda zu kam. Ihr Zirkel schnitt ihr den Weg ab und Mac hielt sie an der Taille fest.

»Jamie, nicht.«

»So schlimm riecht sie doch gar nicht!«, wandte Seneca ein. Es war jedoch Emma, der Tullys Aufmerksamkeit galt. Sie beobachtete Wanda genau, als die Frau sich langsam erhob. Er war sich nicht sicher, was sie sah, was sie darauf brachte, aber aus Emma brach ein gequietschtes »Jamie!« heraus.

Jamie stieß ihre Cousine beiseite, hob die Hand und blockierte die Macht, die plötzlich in einer riesigen Welle von Wanda wegströmte.

»Raus hier!«, brüllte Jamie ihnen über das laute Tosen zu, doch sie waren nicht schnell genug, und Tully musste zusehen, wie Jamie mehrere Schritte zurückgestoßen wurde.

Knurrend hielt Jamie dagegen und die Macht wurde wiederum zurückgeschleudert. Die andere Frau stolperte, fauchte und flog auf Jamie zu. Und er meinte das wörtlich. Sie *flog*.

Wanda knallte gegen Jamie, die Hände fest um ihre Kehle gelegt, während der muffige Geruch Jamies zarten Geruchssinn blockierte. Sie würde das nicht hinnehmen! Aber sie hatte keine Chance, irgendetwas zu unternehmen, da Wandas Stärke und Macht Jamie zurück in die Küche, durch die Küche hindurch und zur Hintertür hinausstießen, während Wanda sie immer noch festhielt.

Sobald sie draußen waren, flog Wanda mit ihr zusammen hoch, bis Jamie mit dem Rücken gegen einen Baum knallte. Die Luft um sie herum hielt sie oben, und Jamie wusste, dass Wandas Göttin sie mit starker Macht ausgestattet hatte, wenn sich Jamie auch fragte, was Wanda dafür hatte hergeben müssen.

Die Hexe sang ihr etwas entgegen und Jamie konnte nur lächeln. »Da musst du schon Besseres aufbieten, Hippie«, spottete sie, löste ihren verzweifelten Griff um die Hände, die Wanda ihr um die Kehle gelegt hatte, und bohrte der anderen Frau die Daumen in die Augen und zwang sie nach hinten.

Sobald sie Wanda in einer vollkommen gekrümmten Körperhaltung hatte und die Hippiefrau vor Schmerz in ihren Augen schrie, riss Jamie die Macht aus Wanda heraus und machte sie zu ihrer eigenen. Dann schmetterte sie Wandas stinkenden Hintern zu Boden.

Alle rannten rechtzeitig durch die Hintertür, um zu sehen, wie Jamie und Wanda in die Krone eines der älteren Bäume flogen. Es gab Geraschel und dann Geschrei, aber Tully war zu durcheinander, um verstehen zu können, wer da schrie oder warum.

Typisch Buck. Er kam hierher, um den neuen Zirkel zu testen. Um zu sehen, ob sie so stark waren wie die Zirkel vor ihnen. Wenn nicht, würde er versuchen, seinen ältesten Sohn hinauszudrängen. Als würde Tully das jemals zulassen. Er mochte anders sein als der Rest seiner Smith-Verwandten, er war definitiv netter als die meisten von ihnen, doch das machte ihn nicht schwach. Ganz gleich, was Buck Smith dachte.

Tully hörte ein Brüllen aus dem Baum, gegen den Jamie und Wanda gekracht waren, dunkles Licht explodierte in den Blättern. Er wusste, dass »dunkles Licht« nicht wirklich Sinn ergab, es war ihm jedoch unmöglich, es anders zu beschreiben. Wenn er es aber nutzbar machen und es in einen seiner Hausentwürfe verwandeln würde … er war sich ziemlich sicher, dass nur jemand mit einem wirklich finsteren Sinn für Humor dort leben konnte.

Eine von beiden flog aus dem Baum und knallte auf den Boden darunter. Es gab eine Explosion aus Dreck und Erde, als ihr Körper in einer Spalte stecken blieb.

Tully trat vor, weil er wissen musste, ob es Jamie war, doch Jack hielt ihn am Arm fest.

»Misch dich da nicht ein, mein Sohn.«

Und bevor er widersprechen konnte, bevor er seinem Daddy sagen konnte, dass er sie nicht im Stich lassen konnte, landete Jamie neben dem sich jetzt bewegenden Körper. Sie landete mit der Sicherheit einer Katze und ließ Hals und Schultern knacken wie ein Boxer. Er fragte sich flüchtig, warum sie das tat, bis sie Wanda am Pullover packte, sie hochzog und ihr ins Gesicht boxte. Das tat sie dreimal. Kurze, schmerzhafte Schläge.

»Du wirst mir jetzt erzählen, wo dein Zirkel ist, Hippie.« Und ihre Stimme war so gelassen, dass Tully nur an Tod denken konnte. »Denn wir wissen beide, dass du nicht allein gekommen bist. Du hast nicht allein verborgen, wer du bist. Nicht vor mir.«

Während sie sprach, trat Jamies eigener Zirkel hinter sie. Mac stand ihr am nächsten. Ihre Gesichter waren hart, ihre Augen kalt. Sogar die der süßen Seneca und der kleinen Emma. Es schien, dass sie ihr Territorium genauso heftig verteidigten, wie jedes Raubtier, das er kannte.

Jamie holte erneut mit der Faust aus. »Du wirst es mir schon erzählen. Wenn ich fertig bin, wirst du mir alles erzählen.«

Sie hatte keine Chance, ihre Worte wahr zu machen, da jetzt Bucks heisere Stimme ertönte. »Lass sie los.«

Alle schauten im gleichen Moment auf, und wenn Bear nicht Tully gepackt hätte und Kyle nicht ihren Daddy, wäre in diesem Augenblick die Hölle losgebrochen.

Buck hatte Millie um die Kehle gepackt. Sie befanden sich zwar beide noch in ihrer menschlichen Gestalt, seine Krallen lagen jedoch direkt auf ihrer Halsschlagader. Und da war nichts in diesen Augen, das signalisierte, dass er auch nur einen Moment zögern würde, sie zu töten, selbst wenn ihm alle zuschauten. Hinter ihm standen seine Söhne, wie gewöhnlich bereit, ihm

Rückendeckung zu geben. Bereit zu genießen, egal was ihr Vater mit Tullys Mom machen würde.

Jamie, immer noch in der Hocke, wirbelte Wanda herum, bis sie sie mit dem Rücken vor sich hatte und sie ihr den Arm gegen die Kehle drückte. Jamie und Buck starrten sich an und Tully fragte sich, was der alte Bastard sah, denn er sah sie sehr seltsam an.

»Du lässt jetzt Miss Millie los«, sagte Jamie leise. »Und zwar sofort.«

Buck sagte nichts, sondern sah Jamie nur weiter an. Wartete ab.

»Du glaubst nicht, dass ich sie töte?«, fragte Jamie. »Da hast du irgendwie recht. Vielleicht töte ich sie nicht, weil ich es gar nicht zu tun brauche.«

Sie hob den Arm und ihre Cousine strich ihr kurz über die Hand. Eine Essenz wie reine Kristalle wurde zwischen ihnen ausgetauscht, und Jamie krümmte die Finger, bevor sie Wanda die Hand auf den Bauch legte.

»Also, die Frage, die du dir stellen musst, Buck … was werde ich *dann* tun?« Das war der Moment, in dem Jamie die Hand in die Frau stieß. Ihre Finger drangen durch Baumwolle, Haut und Fleisch, bis Jamie bis zum Handgelenk in der anderen Hexe steckte. Wanda schrie. Schrie, wie er noch nie ein lebendes Wesen hatte schreien hören. »Denn«, fuhr Jamie fort, »ich kann den ganzen Tag damit verbringen, ihr wehzutun.« Sie bewegte die Hand in Wanda. »Ich kann ihr wieder und wieder wehtun, und es wird mich nicht scheren.« Die Hand in Wanda bewegte sich nach oben, während Jamie mit dem anderen Arm die Hexe festhielt. »Und sobald ich ihr Herz erreiche, werde ich es zerquetschen« – wieder riss Jamie die Hand nach oben –, »zerquetschen, bis es in meiner Hand platzt wie eine reife Tomate. Wanda weiß, dass ich es tun werde. Wanda kennt meinen Ruf. Sie weiß, dass ich ihr Herz zerquetschen und ihre Seele in mich aufnehmen werde. Dann habe ich sie an der Leine … wie einen Welpen. Also, du denkst vielleicht: ›Na und?‹, und das ist vollkommen richtig. Ich meine, wie du den Gestank so lange ertragen konntest, kapiere ich nicht.« Sie bewegte den Arm hin und her, und Wandas Schreie hallten durch die Bäume hinauf in den Nachthimmel. »Aber dann werden alle es wissen, nicht wahr? Sie werden wissen, dass du zu schwach warst, deine Frau zu beschützen. Dass du einem anderen Vollmenschen erlaubt hast, sie zu foltern und sie zu töten und dass es nichts gab, das du dagegen tun konntest. Also, lass Millie los, bevor ich wirklich böse werde.«

Tully beobachtete Buck genau, verfolgte, was er als Nächstes tun würde. Wenn der alte Bastard seiner Mom irgendetwas tat, würde es das Letzte sein, was er überhaupt jemals tat.

Jamie sah Buck immer noch in die Augen und wandte den Blick nicht eine Sekunde von ihm ab. Als er Millie nicht losließ, riss Jamie den Arm noch einmal hoch. Wandas Schrei klang so qualvoll wie ihr erster und einfach so schob Buck Millie weg.

Tullys Mom wich vor ihm zurück und rieb sich die Kehle. Dann wirbelte sie auf dem Absatz herum und verpasste Buck einen Kinnhaken, der ihm das Gesicht zur Seite riss. Als er sich wieder umdrehte, zogen sich Krallenspuren an seiner Wange hinunter, und Blut tropfte von seinem Hals.

Seneca trat vor und streckte die Hand aus. Millie nahm sie und ließ sich von der Hexe zu Jack zurückleiten. Sie hielt sich an ihm fest, als er die Arme um sie schloss.

Buck trat vor und Jamie sagte: »Nun, nun. Wir sind noch nicht fertig. Sie muss immer noch meine Frage beantworten. Nicht wahr, Wanda?« Wanda nickte verzweifelt, obwohl sie Buck mit den Augen anflehte, etwas zu tun – *irgendetwas* –, um ihr zu helfen. »Wo ist dein Zirkel? Sag es mir, oder deine Schmerzen haben gerade erst angefangen.«

»Un...ungefähr zehn Meilen vor der Stadt«, stieß sie hervor. »Auf der Perkins Road.«

»Emma. Kenny. Los. Kyle, Katie, ihr begleitet sie.«

Jamie zog langsam den Arm aus Wandas Eingeweiden und lächelte Buck an, als Wanda sich keuchend wand und versuchte, bei dem entsetzlichen Schmerz nicht zu schreien, dann stand sie auf und zog Wanda mit sich. Bis sie sich zu ihrer vollen Größe aufgerichtet hatte, waren die anderen verschwunden. Sie ließ Wanda jedoch nicht sofort los.

»Sind wir fertig, Cousine?«, fragte sie Mac.

»Nein. Sind wir nicht.«

Jamie streckte die Hand aus, und Mac griff unter ihre Kochjacke und zog ein zwanzig Zentimeter langes Küchenmesser hervor, das sie unter dem dicken schwarzen Ledergürtel ihrer Jeans stecken hatte. Sie legte es in Jamies Hand, ohne Buck dabei auch nur für eine Sekunde aus den Augen zu lassen. Die Cousinen mochten sich bekämpfen wie zwei Pitbulls, die auf einem Schrottplatz zusammengekettet waren, doch sobald sie einen gemeinsamen Feind vor sich hatten …

Jamies Hand schloss sich um den Griff des Messers, und sie drehte es, bis sie es mit der Klinge nach unten hielt. Dann zog sie es über Wandas Schlüsselbein. Wanda schrie wieder auf und streckte die Arme nach Buck aus.

»Jetzt habe ich dein Blut«, erklärte Jamie Wanda, während sie Buck weiter anstarrte. Und mit der Hand immer noch in Wandas Haar zog sie das Bein zurück und versetzte der Frau einen Tritt. Wanda landete in Bucks Armen und Jamie hob die Faust. Eine Handvoll Haare waren fest um ihre Finger gewickelt. »Und dein Haar.« Sie legte den Kopf schräg. »Wir wissen beide, was ich damit machen kann, Hippie. Solltest du mich angelogen haben oder irgendetwas versuchen …«

Sie ließ die Drohung in der Luft hängen, grinste und wandte sich von Buck und den anderen ab. Mac ging ein kurzes Stück rückwärts, bevor sie Jamie folgte, und Seneca schloss sich ihnen an.

»Vielen Dank, dass Sie zu Gast im *Smithville Arms* waren«, sagte Jamie auf dem Weg die Treppe hinauf und klang dabei eher wie aus einer Reklame für eine Fluglinie und weniger wie die tödliche Hexe, die sie war. »Ich hoffe, Sie hatten eine wunderschöne Zeit und erinnern sich an uns, wenn Sie das nächste Mal eine Geschäftsreise, einen Familienurlaub oder nur einen kurzen Wochenendausflug mit Freunden raus aus der Stadt planen.«

Dann war sie wieder in der Küche und die kaputte Fliegengittertür klappte scheppernd hinter ihr zu.

Tully schaute wieder zu seinem Vater, aber der alte Mann, seine Söhne und seine verschlagene Gefährtin waren bereits fort.

»Er wird zurückkommen«, bemerkte seine Mom aus der sicheren Umarmung seines Daddys. »Du weißt, dass er zurückkommen wird, Welpe.«

»Ich weiß, Mom.« Er lächelte sie an und küsste sie auf die Stirn, bevor er seinen Daddy anschaute. »Aber das ist nur eine Kleinigkeit.«

KAPITEL 15

Jamie saß auf ihrem Sofa, die Füße auf dem Couchtisch, während Rico auf dem Regal mit all ihren Nachschlagewerken schlief. Im Fernsehen lief eine gute Folge von *Law & Order: Special Victims Unit*, und vor ihr stand eine schöne, große Schale Pasta zur Aufhellung der Stimmung.

Wenn schon sonst nichts, war es ein ruhiger Abend. Als sie nach Hause gekommen war, hatte sie dort nichts erwartet. Keine Schreie, kein Hämmern oder zuschlagende Türen. Und das hatte sie alles Tully zu verdanken.

Tully. Sie fragte sich, wie weit und wie schnell dieser Wolf laufen würde, jetzt, da er gesehen hatte, wie weit sie gehen würde. Eigentlich hätte sie sich schuldig fühlen müssen. Sie sollte *irgendetwas* fühlen. Abgesehen von leichtem Ärger darüber, dass sie duschen und sich das Haar waschen und einen Haufen Wäsche in die Waschmaschine werfen musste, um den verdammten Patschuli-Gestank rauszubekommen, empfand sie jedoch nichts. Darum war sie auch in dieser seltsamen Stimmung. Weil sie keine Reue darüber empfand, was sie getan hatte, und sie wusste, dass sie Reue empfinden sollte.

Oder etwa nicht?

Doch über all das würde sie sich morgen Sorgen machen. Nicht heute Abend. Heute Abend würde sie ihre köstliche Pasta essen, sich eine ihrer Lieblingsserien ansehen und sich ganz allein entspannen …

Jamie richtete sich auf, als sie hörte, wie ihre Haustür geöffnet und geschlossen wurde. Ihre *abgeschlossene Haustür*. Wenig später kam der Wolf ins Wohnzimmer. Sie erkannte Tully an dem Ohrring, aber sie hatte das Gefühl, dass sie es auch ohne den Ohrring gewusst hätte. Er lief ins Wohnzimmer, und sein buschiger Schwanz wedelte hinter ihm. Dann kam er direkt ans Sofa und ließ sich darauf nieder. Er rückte ganz nah an sie heran und drückte sie zur Seite. Und im selben Moment verwandelte er sich.

Sie verstand nicht, warum er hier war. Während sie in der Hotelküche gestanden und das Blut und die Haare von Wanda für spätere Benutzung in Tüten gepackt hatte – nur falls es nötig wurde, natürlich –, waren ihre Gestaltwandler-Gäste hereingekommen und direkt durch die Schwingtür wieder gegangen, ohne ein Wort zu ihr oder Mac zu sagen. Sie und ihre Cousine hatten kurze Blicke gewechselt und beide das Gleiche gedacht: *Wie lange wird es dauern, bis sie uns bitten zu gehen?* Keine von ihnen hatte es allerdings ausgesprochen. Warum sich die Mühe machen?

Aber jetzt war Tully hier und beäugte auf besitzergreifende Weise ihre Pasta. »Kann ich dir irgendwie helfen?«, fragte sie.

»Ich habe Essen gerochen.« Er beugte sich über ihre Schale mit in Butter geschwenkter Pasta. »Verflixt, riecht das gut.«

»Tut mir leid. Ich habe nur genug für eine Schale gemacht.«

»Kein Problem.« Er nahm ihr die Gabel aus der Hand und die Schale vom Schoß. »Wir können sie uns teilen.« Und dann begann er zu essen.

»Solltest du nicht draußen bei deinem Rudel sein … und irgendetwas töten?«

»Die können allein jagen«, sagte er mit vollem Mund. »Oder einfach zu *McDonald's* fahren. Wir brauchen nicht jede Nacht frisches Wild.«

»Ich verstehe.«

Nach viel zu kurzer Zeit kratzte seine Gabel über den Boden der Schüssel und mit seinen seltsam gefärbten Augen schaute er durch seine langen Wimpern zu ihr hoch. »Ich habe deine Pasta aufgegessen.«

»Ja, hast du.«

»Bist du dir sicher, dass nichts mehr da ist?«

»Fragst du für dich oder für mich?«

»Für uns beide. Ich habe immer noch Hunger.«

»Pech für dich. Das war alles.«

Er stellte die Schale auf den Couchtisch und machte es sich neben Jamie bequem. »Buck ist weg.«

»Vorläufig. Er wird zurückkommen.«

Aus dem Augenwinkel sah sie ihn lächeln. »Das wissen wir.«

»Er wird deinetwegen zurückkommen.« Sie wollte, dass er verstand, wie schlimm die Situation war. Er *musste* es verstehen. Der Gedanke, dass ihm etwas zustoßen könnte …

»Und deinetwegen«, sagte er beiläufig. »Ich schätze, er hasst uns jetzt beide.«

Sie holte Luft und stieß den Atem langsam wieder aus. »Hätte ich die Sache anders handhaben sollen?«

Er schüttelte den Kopf. »Nein. Wir mussten in Erfahrung bringen, wie weit er gehen würde. Jetzt wissen wir es.«

»Und du weißt, wie weit ich gehen werde.«

»Soll mich das stören?«

»Tut es das?«

»Du hast meine Mom, diese Stadt und deinen Zirkel beschützt. Das ist alles, was ich will.« Er entfernte sich plötzlich von ihr und stand auf. Doch er ging nicht. Stattdessen streckte er die Hand aus. »Ich bin müde, meine Schöne. Lass uns ein wenig schlafen. Die moralische Seite von Misshandlung von Eingeweiden können wir morgen erörtern. Nicht heute Nacht.«

Jamie ergriff seine Hand und ließ sich von ihm ins Schlafzimmer führen. Er kroch unter die Decke, zog sie an sich und schlang die Arme um sie. Dann schob er sein gebeugtes Bein zwischen ihre Schenkel und bettete ihren Kopf an seiner Brust. Sekunden später war sie eingeschlafen, in dem Wissen, dass sich alles geändert hatte … für sie.

Tully schlüpfte aus dem Bett, bevor Jamie aufwachte, fuhr nach Hause, duschte und machte sich dann auf den Weg zum Haus seiner Eltern. Seine Mom war in aller Herrgottsfrühe einkaufen gegangen, aber sein Daddy war zu Hause.

»Was ist los mit dir?«, fragte Jack.

»Ich liebe sie.«

Jack seufzte und verdrehte die Augen. »Wusst ich's doch. Sobald sie den Arm in diese Frau gesteckt und ihre Organe verdreht hat, als drücke sie auf Melonen zur Prüfung ihres Reifegrads, wusste ich, dass du sie behalten würdest. Denn Gott behüte, dass du dir ein nettes Mädchen wie deine Mom suchst.«

»Mom mag sie.«

»Weil deine Mom nett ist. Sie würde bei jedem einen Grund finden, ihn zu mögen.«

»Jamie sagt, sie wolle sich nicht binden. Dass sie das nicht noch einmal durchmachen wolle.«

Er sah Jack lächeln. »Deine Mom hat mir an dem Abend, an dem ich sie zum ersten Mal ausgeführt habe, die gleiche Ansprache gehalten.«

»Und du hast sie bekommen, trotz meiner ernsthaften Versuche, es zu verhindern.«

»Du warst wirklich ein kleiner Bastard«, murmelte Jack kopfschüttelnd, aber Tully wusste, dass es ein Kompliment war.

»Also, sag mir, was ich tun soll, Daddy. Sag mir, wie ich Jamie für mich gewinnen und sie behalten kann?«

»Nun ... Gott weiß, dass du nicht meinen Charme besitzt.«

»Oder deinen verstörenden Katzenblick.«

Sein Daddy fauchte leise und ließ einen Reißzahn aufblitzen, bevor er hinzufügte: »Aber ich werde dir helfen. Denn jede Frau, die verrückt und stark genug ist, es Buck Smith zu zeigen und das auch noch überlebt, sollte man definitiv nicht gehen lassen.«

KAPITEL 16

Sie wurde von der Straße in den örtlichen Friseursalon gezerrt, den sie nie betrat, weil sie wusste, dass sie dort niemals mit ihrem oder dem Haar ihrer Cousine fertigwerden würden. Und dort wartete ihr Zirkel auf sie, Katie, Miss Millie und die Bärin, die sie geschnappt hatte, Miss Gwen.

»Warst du wirklich so dumm?«, blaffte Miss Gwen sie an. Eine liebenswürdige Frau, es sei denn, man erschreckte sie oder machte nervige Geräusche.

»Es könnte sein, denn ich weiß nicht, wovon Sie reden.«

Das war der Moment, in dem Katie sich plötzlich auf sie stürzte und Miss Millie sie zurückreißen musste. »Süße«, sagte Millie zu Jamie, »wir verstehen ja, dass Sie ein wenig … durcheinander sind.«

»Bin ich das?«

»Es ist alles in Ordnung. Gwenie und ich haben das durchgemacht, Emma hat es durchgemacht. Jetzt sind Sie an der Reihe.«

Auf der Suche nach Hilfe sah sie ihren Zirkel an – Frauen, die so damit beschäftigt waren, über sie zu kichern, dass sie sich als überhaupt nicht hilfreich erwiesen.

»Vielleicht könnten Sie mir klar und deutlich sagen, wovon Sie reden.«

»Wenn wir es Ihnen sagen«, erklärte Miss Millie entnervt, »dann könnten wir Ihnen genauso gut sagen, was Sie tun sollen. Wir wissen ja gar nicht, ob Sie das wollen.«

Jamie holte tief Luft und entgegnete: »Aber mir ist nicht klar, wonach Sie mich fragen …«

»Was stimmt nicht mit dir?«, erklang Katies Stimme hinter Millie.

Jamie starrte Tullys Schwester einen Moment lang an, dann sagte sie: »Hasenzahn.«

»Oh!« Katie stürmte um ihre Mutter herum. »Lass mich sie nur ein ganz klein wenig ohrfeigen, Mom. Dann kapiert sie es schon!«

Miss Gwen packte Katie am Pferdeschwanz und zerrte sie zurück. »Prügel werden auch nicht helfen, wenn sie wirklich so dumm ist.«

Dann starrten sie sie alle wieder an und warteten. Und Jamie wusste immer noch nicht, wovon sie redeten. Sie wäre die Erste gewesen, die es zugegeben hätte. Sie *kapierte* Frauengespräche nicht. Filme mit einem Haufen Tussis, die herumsaßen und über das Leben und die Männer redeten, ergaben für sie keinen Sinn, und bis der Abspann über den Bildschirm lief, verdrehte sie die Augen oder schlief ein. Also schön, jede andere Frau hätte vielleicht gewusst, wovon sie alle sprachen, aber Jamie war keine andere Frau.

Sie wollte den Salon gerade wieder verlassen, als sie Bear draußen vor dem großen Fenster vorbeigehen sah. Sie öffnete die Tür, packte seinen gewaltigen Unterarm und zog ihn herein.

Okay. Was das anging, war es gelogen. Tatsächlich *versuchte* sie, ihn in den Salon zu ziehen. Am Ende lehnte sie sich so weit zurück, dass es aussah, als stünde sie mitten in einem Hurrikan. Bear starrte sie nur an. Dieses dauerhafte Stirnrunzeln, das auf seinem Gesicht eingemeißelt war, wurde irgendwie noch runzliger.

»Was tun Sie da?«

»Ich brauche Ihre Hilfe. Hier drin.« Also trat er ein und hielt sie dann fest, bevor sie hinfallen konnte.

Sobald er sie wieder auf den Füßen stehen hatte, strich sie

sich das Haar aus dem Gesicht und erklärte: »Sie brüllen mich an, und ich weiß nicht, warum. Sie wollen es mir nicht verraten. Ich verstehe es einfach nicht. Ich kriege langsam Panik ... aber ich weiß, dass es an Ihnen liegt.«

Bear schaute sich in dem Salon um, und sein Blick verweilte zwei Sekunden länger auf Mac als auf irgendjemandem sonst, bevor er sich wieder Jamie zuwandte und sagte: »Wahrscheinlich geht's hier um Tully.«

»Was ist mit ihm?«, fragte sie in aller Aufrichtigkeit, und Katie stürzte sich erneut auf sie. Diesmal hielt Bear die psychotische Hybride auf und drückte ihr eine Hand auf die Stirn, als sie wild nach Jamie schlug. Wenn Jamie nicht im Zentrum der Angriffe der irrsinnigen Streunerin gestanden hätte, hätte sie die ganze Sache verdammt witzig gefunden. *»Was habe ich jetzt schon wieder gesagt?«*

Bear seufzte. »Ihr macht das alles so kompliziert«, murmelte er, bevor er sich wieder Jamie zuwandte: »Was empfinden Sie für Tully?«

»Tully?«

»Ja. Tully. Ich spreche von dem Hund, der in der vergangenen Woche jede Nacht in Ihrem Haus geschlafen hat.«

»Das geht nur mich etwas an«, fauchte Jamie.

»Wenn Sie nicht wollen, dass ich die hier von der Leine lasse« – er deutete mit einer knappen Bewegungen seines großen Grizzlykopfes auf Katie –, »werden Sie meine Frage beantworten.«

»Na schön. Ich liebe ihn. Okay?« Und dann fühlte sie sich mies, als Miss Millie und Miss Gwen sich überglücklich ansahen, sodass sie schnell hinzufügte: »Aber ich glaube nicht, dass er genauso für mich empfindet.«

Diesmal musste Bear Katie um die Taille packen und sie auf die andere Seite des Raums bringen.

»Gott, bist du *blöd*!«, knurrte Katie. »Der blödeste Yankee diesseits der Mason-Dixon-Linie!«

»Katie, bitte!«, blaffte Miss Millie, bevor sie sich wieder auf

Jamie konzentrierte. »Also, Schätzchen, was bringt Sie auf die Idee, dass Tully nicht interessiert ist?«

Sollte Jamie wirklich seiner Mutter erzählen, dass der Mann sie seit mehr als einer Woche nicht mehr gevögelt hatte? Dass er sie seit der Konfrontation mit Buck wie eine gute Freundin behandelte? Sie war zu dem Schluss gekommen, dass der Anblick, wie sie eine Frau folterte, alle erotischen Gefühle, die Tully je für sie gehegt haben mochte, ausgelöscht hatte, die Rettung seiner Mutter ihm jedoch als Verpflichtung zur Loyalität erschien. Ihre Überlegungen gingen dahin, dass er den einfachsten Weg aus ihrem Leben suchte, und da sie diejenige gewesen war, die auf eine Affäre ohne Bindungen gepocht hatte, glaubte sie nicht, dass es richtig war, mit ihm zu diskutieren. Doch Jamie war sich ziemlich sicher, dass man es für unpassend halten würde, wenn sie irgendetwas von alledem zu Tullys *Mutter* sagte.

Und um dieses Gefühl zu untermauern, beugte Kenny sich vor und bemerkte: »Peinlicher Augenblick, Szene eins, Klappe, die Erste. Und Action!« Jamie funkelte die Idiotin an und schaute zu, wie sie hinter Mac sprang.

Nachdem sie sich geräuspert hatte, hob sie an: »Hören Sie, Miss Millie, ich weiß zu schätzen ...«

Miss Gwen tätschelte Millie den Arm. »Ich wette, er hat aufgehört, sie zu vögeln.«

Bear richtete sich ruckartig zu seiner vollen Größe auf, und sein Kopf kollidierte beinahe mit der Decke des Salons. *»Mom!«*

»Still jetzt, Bear«, tadelte Gwen ihn. »Ist es das, Kleines? Hat er Ihnen etwas ›Raum‹ gegeben?« Und sie benutzte Luftanführungszeichen.

Entsetzt über die Richtung, in die diese Unterhaltung sie geführt hatte, antwortete Jamie: »Ich habe nicht genau nachgefragt ...«

»Ich wette, das hat er von Jack«, bemerkte Miss Gwen an Millie gewandt.

Millie verdrehte die Augen. »Gott, sag mir, dass der Junge in Liebesdingen keinen Rat von diesem Mann annimmt. Verstehen Sie mich nicht falsch«, fügte sie an Jamie gewandt hinzu, »ich liebe Jack mehr, als ich es für möglich gehalten hätte. Aber nachdem ich Buck endlich aus meinem Leben verbannt hatte, war ich zunächst nicht bereit, einen anderen Mann hineinzulassen.«

»Jack hatte glücklicherweise genug Hirn, um allein dahinterzukommen.«

»Diese verschlagenen Katzen«, witzelte Millie, und die beiden Frauen kicherten wie Schulmädchen. »Also, liebstes Mädchen, Sie werden Folgendes tun. Sie fahren zu Tully nach Hause und machen ihm ein Abendessen. Etwas Herzhaftes, das ihm auf den Rippen kleben bleibt. Tun Sie so, als müssten Sie über etwas reden, und er wird denken, das sei der richtige Augenblick für ihn, alles offen auszusprechen, was Sie, glauben Sie mir, nicht erleben wollen. Zu viel Gerede ruiniert eine Beziehung nur.«

»Wenn das nicht die Wahrheit ist«, murmelte Gwen und klang dabei stark nach ihrem Sohn.

»Und dann, wenn er ganz entspannt ist und sich nach dem Essen so richtig wohlfühlt, werden sie zustoßen! Und Sie werden diesen Jungen vögeln, bis er nicht mehr weiß, wo oben und unten ist!«

»Mom!«, bellte Katie und schlug sich die Hände vor den Mund. Aller Kampfesmut hatte sie verlassen. Bear nahm seine Kappe ab und fuhr sich mit den Händen durchs Haar. Er sah sich mit großen braunen Augen im Raum nach Notausgängen um. Und Jamies Zirkel lachte. Offensichtlich amüsierten sie sich so gut wie noch *nie.*

»Halt jetzt den Mund, Katie.« Miss Millie griff nach Jamies rechtem Arm, und Miss Gwen griff nach ihrem linken, und sie zerrten sie zur Eingangstür, über der beim Öffnen die Glocke läutete. »Besorgen Sie jetzt alles Nötige und gehen Sie gegen sechs zu ihm nach Hause. Dann kommt er normalerweise von der Arbeit. Und Sie tun genau das, was wir Ihnen sagen. Sie *bearbeiten* ihn.«

»Bearbeiten ihn«, ergänzte Miss Gwen, »wie sie noch nie einen Mann bearbeitet haben. Hart. Richtig *hart.*«

»Ähm …«

»Gehen Sie jetzt. Lassen Sie meinen Jungen nicht warten. Das Leben ist zu kurz.«

Dann schlugen sie ihr die Tür vor der Nase zu.

Tully hatte ihr während der letzten paar Tage eine Menge Raum gegeben. Nun, so viel Raum, wie es ihm vertretbar erschien.

Jeden Morgen kam Tully ins Hotel, um mit Jamie und ihrem Zirkel zu frühstücken. Normalerweise bereitete Mac die warmen Speisen zu und Jamie das Gebäck. Normalerweise waren auch Kyle und Katie dort, und das sorgte mit dafür, dass Tully sich Jamie nicht einfach schnappen und mit ihr davongehen konnte. Nach dem Frühstück verschwand Tully und erledigte ein wenig Arbeit oder schlenderte durch die Stadt, um zu sehen, ob es irgendwo etwas zu tun gab. Wenn die Sonne unterging, nahm er sich etwas Zeit, um mit seinem Rudel zu jagen und vielleicht auch noch mit Kyle, bevor er zu einem späten Nachtmahl zu Jamie weiterzog. Er blieb jede Nacht, doch sie hatten keinen Sex. Noch nicht. Nämlich so lange nicht, bis sie sich der Wahrheit stellte. Bis sie begriff, dass sie sich genauso in ihn verliebt hatte wie er sich in sie.

Er wusste, dass es sie in den Wahnsinn trieb, und um ehrlich zu sein, sein Schwanz *hasste* ihn im Augenblick. Nicht dass er ihm einen Vorwurf daraus machte. Sein Verlangen nach Jamie zerriss ihn im Innersten. Aber Tully hielt stand, weil er wusste, dass er es tun musste, und weil sein Daddy ihm erklärt hatte: »Wenn du sie behalten willst, musst du sie für ein Weilchen aufgeben.« Und Tully verstand die Logik dahinter. Er wusste, wenn er sie in jener Nacht, nachdem sie Buck vertrieben hatten, genommen hätte, hätte sie das Ganze als »Hitze des Augenblicks« abgetan. Aber das war es nicht. Was immer zwischen Jamie und seinem Vater vorgefallen war, mochte Tully die Augen geöffnet haben, aber das war auch alles.

Trotzdem war Jamie genauso halsstarrig wie Tully. Sie weigerte sich, die Tatsache zu akzeptieren, dass sie sich Hals über Kopf in ihn verliebt hatte, und er weigerte sich, ihrer beider Verlangen nachzugeben, weil sie sich weigerte, die Tatsache zu akzeptieren, dass sie sich Hals über Kopf in ihn verliebt hatte.

Verstand sie überhaupt, wie sehr sich alles inzwischen verändert hatte? Nicht nur zwischen ihnen, sondern zwischen Jamie und der Stadt? Und es war aus einem einzigen simplen Grund anders. Weil sie es mit Buck Smith aufgenommen hatte, um Millie zu beschützen. Das würden seine Nachbarn niemals vergessen.

Es war witzig, am Tag, an dem er Jamie kennengelernt hatte, war ihm klar gewesen, dass ihre einzige Sorge zu der Zeit darin bestand, sich selbst und ihren Zirkel zu schützen. Doch zehn Monate später hatte die ganze Stadt Smithville getan, was nur wahre Südstaatler schafften, wenn sie es sich in den Kopf gesetzt hatten … sie hatten sich einen Weg in Jamies kaltes Hexenherz gebahnt und sich dort eingenistet. Jetzt würde sie jeden in Smithville auf die gleiche Weise beschützen, wie sie ihren Zirkel beschützte.

War ihr überhaupt klar, dass sie sich bereits »gebunden« hatte und dass nicht nur an ihn? Wahrscheinlich nicht. Für ein kluges Mädchen konnte sie manchmal ziemlich dumm sein, auch wenn etwas wirklich offensichtlich war. Doch ihr Zirkel hatte es durchaus mitbekommen. So, wie die Männer sich an den Hut tippten, wenn sie sie sahen, oder lächelten, wenn sie ihnen eine Tür öffneten. Wie die Damen mit ihnen im Café Klatsch austauschten oder ihr »geheimes Rudel-Rezept« für Kutteln weitergaben. Sie wussten, dass sich etwas Wichtiges verändert hatte, doch Jamie tappte immer noch im Dunkeln. Sie war wirklich hübsch, wenn es jedoch um ihre eigenen Gefühle ging, war sie dumm wie ein sechsbeiniger Piranha. Tully war aber entschlossen, sie dazu zu bringen es zu verstehen. Nicht schwer für ihn, nachdem er sich seine Meinung über sie bereits gebildet hatte. Er wusste bereits, dass er sie liebte.

Aber Gott … noch ein paar Tage in dieser Verfassung, und er würde durchdrehen. Er war einfach nicht stark genug, um ihren betörenden Reizen noch länger zu widerstehen.

Heute Abend würde er mit ihr reden. Er musste mit ihr reden. Bevor sein Schwanz eine Möglichkeit fand, ihn zu erwürgen.

In Sichtweite seines Hauses blieb Tully stehen, weil sein Telefon klingelte.

»Tully am Apparat«, meldete er sich.

»Junge.«

Tully lächelte. »Hey, Onkel Bub. Was kann ich für dich tun?«

»Für mich gar nichts, aber du musst die Augen offen halten. Es heißt, Buck sei mit seinem Rudel auf dem Weg zurück nach Smithville.«

»Dumm von ihm. Die Stadt ist bereit für ihn.«

»Gut.« Bub holte Luft, dann sagte er: »Und ich will dir das jetzt glasklar sagen, mein Junge. Damit es später keine Missverständnisse gibt. Wenn er tatsächlich wieder zurückkommt, wenn er einen Fuß auf Smith-Territorium setzt … tu dir keinen Zwang an und mach der Sache ein Ende, wenn es dazu kommt. Verstehst du mich?«

Tully schloss die Augen, antwortete jedoch: »Ja, Sir.«

»Keine Spielchen mehr und keine Schuldgefühle. Der Rest der Familie hat bereits zugestimmt und versteht es. Es ist nicht so, als hätte er dir eine Wahl gelassen, und manchmal muss es einfach sein. Verstanden?«

»Ja, Sir.«

Das Gespräch endete genauso abrupt, wie es begonnen hatte, und Tully öffnete die Haustür. Kaum eingetreten wusste er, dass sie da war. Er ging direkt in die Küche – da er Essensgerüche wahrnahm – und fand sie am Küchentisch vor, wo sie eine Zeitschrift las und einen klein geschnittenen Apfel aß.

Er blieb für einen Moment in der Tür stehen und fragte sich, wie viel länger er noch würde warten müssen, bevor er jeden Tag zu Hause diesen Anblick genießen durfte. »Das riecht gut«, bemerkte er.

Sie grinste, ohne von ihrer Zeitschrift aufzuschauen. »Rindfleischeintopf. *Viel* besser als der von Mac, obwohl sie das noch verdrängt.«

»Ihr zwei ... wie Katzen in einem Sack.«

»So bezeichnen es manche.« Sie legte die Zeitschrift beiseite und schaute zu ihm hoch. »Gehst du heute Nacht auf Jagd?«

»Noch nichts Genaues geplant. Warum?«

»Ich dachte, wir sollten vielleicht ... reden.«

Und in dem Moment klingelte schon wieder sein Telefon. »Verflixt!« Er ging dran. »Ja?«

»Ich bin's, Kyle ... Buck ist wieder da.«

Allein an dem Ausdruck auf Tullys Gesicht erkannte Jamie, dass es um Buck ging. Sie wusste, dass er zurückkam, um seinen Sohn zur Rede zu stellen. Sie verstand es nicht und würde es auch gar nicht versuchen. Väter und Söhne hatten ihre eigenen Sprache, und sie gehörte nicht zu den Frauen, die das Verlangen verspürten, sie zu verstehen oder zu analysieren. Ernsthaft, hatte sie nicht genug zu tun?

»Jepp.« Tully beendete das Gespräch und sah sie an.

»Ist schon in Ordnung«, sagte sie. Wenn es eines gab, das sie immer verstand, war es das Bedürfnis, sich um einen Notfall zu kümmern. Man konnte nicht bei der Polizei oder im Krisenmanagement tätig sein und es nicht verstehen. »Das Essen ist ohnehin noch nicht fertig. Eintopf dauert immer eine Weile, also wird er fertig sein, wenn du zurückkommst.«

»Ich will reden.«

»Wir werden reden.« Das war sie ihm schuldig. »Wenn du wieder da bist.«

Tully nickte und zog seine Sachen aus. »Kommst du denn hier allein zurecht?«, fragte er.

Sie grinste. »Würdest du bitte endlich gehen?«

Er wandte sich um, um den Raum zu verlassen, doch dann drehte er sich genauso schnell noch einmal zu ihr. Er legte ihr eine Hand fest in den Nacken. Der Kuss war nicht sanft. Weit gefehlt. Aber er ließ das, was seine Mutter ihr erzählt hatte, umso realer erscheinen.

Jamie erwiderte seinen Kuss und sorgte dafür, dass ihre Zunge und ihr Mund klarmachten, dass Schluss war mit dem ganzen Bullshit, wenn er heute Nacht zurückkam. Sie hatte keine Ahnung, wie lange sie sich küssten, aber als er sich endlich von ihr löste, keuchten sie beide, und sie wusste, dass sie die Sekunden zählen würde, bis er wieder bei ihr war.

Er leckte sich die Lippen. »Apfel.«

Jamie lächelte und sah zu, wie er sich vom Menschen zum Wolf verwandelte, beinahe schneller, als sie es mit den Augen verfolgen konnte. Er leckte ihr über den nackten Fuß und ging zur Haustür.

»Tully.«

Tully blieb vor der Haustür stehen und schaute über seine Schulter, als Jamie um die Ecke kam.

Sie kniete sich vor ihn hin und rieb sich fast eine Minute lang die Hände. Als sie damit aufhörte, strich sie von seiner Schnauze über seinen Kopf und seinen Rücken entlang. Sie zog die Hände über seinen ganzen Körper, bis er sich an sie drängte und sich mit seinem massigen Wolfsleib an sie schmiegte. Er spürte die Energie, die sie ihm ins Fell strich. Es fühlte sich gut an, bedeutete ihm aber noch mehr, weil es von ihr kam. Von seiner Jamie.

»Es soll dir Glück bringen … und dich beschützen«, erklärte sie, als sie fertig war. »Meine Götter werden heute Nacht über dich wachen.« Sie küsste ihn auf die Stirn und stand auf, während Tully sich an ihre Hüfte presste, den Kopf hob und die Schnauze an ihre Brust drückte, bevor er durch die Tür trat und sich aufmachte, um ein letztes Mal seinem Vater entgegenzutreten.

KAPITEL 17

Der größte Teil der Stadtbewohner war zu diesem Ereignis gekommen. Diejenigen, die es nicht getan hatten, waren größtenteils Bärinnen – Grizzlys, Eisbären und Schwarzbären –, weil sie zu Hause blieben, um ihre Jungen zu beschützen. Sonst fehlten nur noch Welpen und ältere Gestaltwandler. Selbst wenn die Stadt heute auf dieser Anhöhe scheiterte, gab es keinen Zweifel daran, dass die Bärinnen niemals zulassen würden, dass den Kindern der Stadt etwas geschah. Ihre Kraft und Energie würden bei dem Kampf fehlen, aber es war es in jedem Falle wert, wenn die Bärinnen dafür die Nachkommen aller Beteiligten beschützten.

Kyle stand auf einer Seite von Tully, Jack auf der anderen, Katie neben Jack und Bear direkt dahinter. Der Grizzly hatte sich auf die Hinterbeine gestellt, schnupperte und ließ sich dann mit einem dumpfen Aufprall fallen, sodass der Boden unter ihren Füßen bebte. Er hatte sie entdeckt. Das wusste Tully, weil Bear sich jetzt an ihnen vorbeidrängelte und den Hügel in Richtung der Lichtung hinuntertrottete. Auf halbem Wege fing er an zu rennen, die anderen direkt hinter sich. Er schaffte es gerade auf die Lichtung, als Bucks Rudel explosionsartig unter den Bäumen hervorbrach.

Tully bleckte die Reißzähne und schmeckte bereits das Blut auf den Lippen, als er vorstürmte und sich an die Arbeit machte.

Jamie schaltete die Herdplatte unter dem Eintopf aus und legte den Deckel darauf. Tully war schon eine ganze Weile weg, und sie gab sich wirklich große Mühe, sich keine Sorgen um ihn zu machen. Immer wieder sagte sie sich, dass sie ihre Seele und ihre Macht nicht riskieren durfte, indem sie zu seiner Rettung eilte. Vor allem weil sie gar nicht wusste, ob er gerettet werden musste.

So war es also? So fühlte es sich an, verliebt zu sein? Panik, Übelkeit und ein ganz schwaches Gefühl von Verhängnis. Sehr schön. Da würde es ihr als Streifenpolizistin in der südlichen Bronx besser ergehen.

Sie hörte, wie die Seitentür geöffnet wurde, und stieß den Atem aus, von dem ihr gar nicht klar gewesen war, dass sie ihn angehalten hatte.

»Perfektes Timing«, sagte sie, noch nicht bereit, ihm zu zeigen, welche Angst sie um ihn gehabt hatte. »Der Eintopf ist gerade fertig geworden.« Sie wandte sich vom Herd ab und hatte nur eine Sekunde Zeit, das Fell zu registrieren, das auf sie zusprang. Etwas, das zweihundertfünfzig Pfund Wolf sein musste, krachte in sie hinein und ließ sie gegen die Theke knallen, sodass sie mit dem Kopf gegen den Edelstahl schlug.

Tully riss irgendjemandem ein Bein aus und schleppte es zu Dr. Dale Sahara, der darauf herumkaute, bevor er sich jemand anderen vornahm.

Irgendetwas stimmte hier nicht. Tully hielt inne, schüttelte sich das Blut aus den Augen und betrachtete das Schlachtfeld vor sich. Kyle drückte sich an ihn und sie betrachteten es zusammen. Sein Bruder spürte es ebenfalls. Irgendetwas war nicht so, wie es sein sollte.

Tully verfolgte, wie einer seiner Halbbrüder durch einen einzigen Hieb von Bears Klaue quer über die Lichtung flog – und das war der Moment, in dem er es begriff.

Wo war Buck?

Jamie wusste, dass sie ohnmächtig gewesen war, denn in der einen Sekunde hatte sie auf den Herd hinuntergeschaut, und jetzt lag sie auf dem Boden und schaute von unten dazu auf. Ihr dröhnte der Kopf und sie war völlig durcheinander. Ein Gesicht tauchte vor ihr auf und sah auf sie herunter.

»Da bist du ja«, sagte das Gesicht. »Ich war schon in Sorge, ich hätte dich zu heftig geschlagen. Das war nicht meine Absicht.«

Das Gesicht musterte sie. »Du wirst schon wieder. Ich werde dir ein Kissen für deinen Kopf holen. Mein komischer Sohn hat wahrscheinlich jede Menge Kissen.«

Er trat über sie hinweg und verließ die Küche. Jamie, die immer noch nicht wieder ganz bei sich war, wusste nur, dass sie nicht dort liegen bleiben konnte, und rappelte sich hoch. Das war nicht leicht. Alles drehte sich und wirkte verschwommen.

Wenn es nur nicht ihr Kopf gewesen wäre. Mit jeder anderen Verletzung wäre sie fertig geworden. Ein gebrochener Arm, angeknackste Rippen, eine Messerwunde im Rücken, ein Pistolenschuss in den Hals. Sie wäre für jede einzelne davon dankbar gewesen, solange es sie nicht direkt umgebracht hätte, denn es hätte ihrem Geist ermöglicht zu tun, was er am besten konnte. Die Macht zu beschwören, die sie besaß, und sie zu benutzen, um die Situation in den Griff zu kriegen. Sie hätte gewettet, dass nicht das Gesicht auf die Idee gekommen war, sie benommen und verwirrt zu machen, aber dieses Miststück, ähm ... seine Freundin ... W-irgendwas. Sie hatte ihm wahrscheinlich gesagt, dass er das tun solle. Jetzt konnte Jamie nur aus dem Haus stolpern, weg von diesem Gesicht. *Wie war noch sein Name?*

Sie hatte keine Ahnung, wo sie hinwollte – *obwohl dieser Baum da drüben irgendwie bekannt aussah* – wusste nur, dass sie wegmusste. Am liebsten wäre sie aber eingeschlafen. Sie wünschte sich so sehr, schlafen zu können.

Luther stürzte sich von hinten auf ihn und Tully schüttelte ihn einfach ab. Er hatte weder die Zeit noch die Geduld, gegen einen von Bucks Söhnen zu kämpfen. Er wollte Buck.

Luther rappelte sich hoch und griff ihn erneut an. Tully versetzte ihm einen Schlag auf die Schnauze, sodass er durch die Luft flog, und dann sah er sich noch einmal um.

Irgendetwas stimmt hier nicht.

Hatte Buck je in seinem Leben einen Kampf ausgelassen? Vor allem einen, den er selbst angezettelt hatte?

Tully hörte ein Kläffen und schaute zu seiner kleinen Schwester hinüber. Sie beobachtete ihn eingehend, ihre dunkelgoldenen Augen besorgt. Er legte den Kopf schräg und winkte Luther zu sich, der schon wieder auf Tully zustürmte. Katie verfolgte das Ganze, dann untersuchte sie die Umgebung, und ihre Katzenaugen verengten sich. Tully bellte und deutete mit dem Kopf in die Richtung, die er meinte. Sie nickte und rannte los. Wenn Buck in der Stadt war, würde Katie ihn finden. Sie war die beste Fährtensucherin, die sie hatten.

Er sah zu, wie seine Schwester über die Lichtung sprintete und zwischen den Bäumen auf der anderen Seite verschwand. Und das war der Moment, in dem seine drei Halbbrüder gesammelt von hinten in ihn hineinkrachten.

Sie stolperte zwischen den Bäumen herum und versuchte, die Augen klar zu bekommen. Alles war verschwommen. Nichts ließ sich scharf stellen. Sie ging jedoch trotzdem weiter. Setzte einen Fuß vor den anderen, einfach immer weiter. Sie durfte nicht stehen bleiben. Doch selbst dieser eine, überwältigende Gedanke konnte sie nicht daran hindern zu merken, dass er direkt hinter ihr war. Sie drehte sich um und er stürzte sich auf sie. Instinktiv wich sie ihm aus, daher flog er an ihr vorbei. Er verwandelte sich vom Tier zum Menschen und wirbelte zu ihr herum.

»Also, hör mal«, sagte er zu ihr, während er sich auf sie zubewegte, »ich versuche hier, es dir leicht zu machen. Aber wenn du weiter wegläufst, wenn du dich wehrst, werde ich mir einfach nehmen, was mir gehört. Und vertrau mir, Kleine – ich werde dafür sorgen, dass es dir keinen Spaß macht.«

Sie hatte keine Ahnung, wovon er redete. Ihr Kopf tat weh. Sie war müde. Und die Vögel waren zu laut. *Waren die immer so laut?* Er befand sich jetzt direkt vor ihr. »Gib mir, was ich haben will, Kleine, und ich werde dir alles geben, was du brauchst. Zusammen setzen wir uns an die Spitze des Rudels und dann übernehmen wir hier *alles.*«

Ein Angebot. Ein Angebot von Macht. Als er die Hand nach ihr ausstreckte, um sie ihr an die Wange zu legen, packte sie seine Finger und verdrehte ihm den Arm, während sie ihm gleichzeitig kräftig auf den Fuß trat. Er schrie auf, und sie drehte sich so, dass sie nun mit dem Rücken an seiner Brust stand. Dann riss sie den linken Ellbogen hoch und rammte ihn ihm direkt in die Kehle. Er taumelte rückwärts und sie wirbelte herum und schlug ihm mit der Faust ins Gesicht.

Er fiel auf die Knie und sie ging davon. Sie schaute auf ihre Hände. Sie waren blutig. *Wann ist das passiert? Blute ich? Muss ich ins Krankenhaus?* Sie ging weiter. Irgendwie hatte sie das Gefühl, als sollte sie rennen, aber sie wusste nicht, warum. Also ging sie weiter, wenn auch schnell, vorbei an herabhängenden Ästen und um riesige Eichen und Kiefern herum.

Es wäre allerdings echt schön gewesen zu wissen, wohin sie ging.

Tully und Kyle wehrten Bucks Söhne ab und drängten sie zurück, bis noch mehr Leute aus Bucks Rudel herbeiliefen, um ihnen zu helfen. Es kam Tully nicht seltsam vor, dass er mit einer Katze an seiner Seite gegen andere Wölfe – Blutsverwandte – kämpfte. Kyle war für ihn immer mehr Bruder gewesen als jeder einzelne von Bucks Söhnen. Sie mochten sich streiten, vor allem um das letzte Stück des Pekannusskuchens ihrer Mom bei jedem Thanksgivingessen, aber er vertraute der Katze. Kyle gehörte zur Familie. Er hatte immer zur Familie gehört.

Er schüttelte Luther ab – ja, schon wieder –, folgte ihm aber nicht, sondern machte stattdessen einen Schritt nach hinten und schaute hoch.

Die Krähen beklagten sich ganz eindeutig über den Kampf. Sie veranstalteten einen Mordslärm.

Kyle verwandelte sich und blickte ebenfalls zum Himmel. »Was zur Hölle ist da los?«

Tully wünschte, er hätte es gewusst.

Jamie blieb stehen, während die merkwürdig aussehende Katze sie anstarrte. Ihre Reißzähne waren seltsam. Sie war seltsam. Oder vielleicht war es auch ihr eigener Kopf. Alles um sie herum pulsierte und ihre Kopfschmerzen wurden immer schlimmer. Doch trotz all dem konnte sie es sich nicht verkneifen zu versuchen, die Katze oder was auch immer es war dazu zu bringen wegzulaufen. Sie wusste, dass die Katze in Gefahr war.

»Husch«, sagte sie zu ihr. »Husch. Lauf.« Sie wedelte mit den Händen in ihre Richtung. »Lauf. Er wird dich töten. Lauf!«

Etwas Großes und Kraftvolles krachte von hinten in sie hinein und riss sie zu Boden. Jamie landete auf der Erde, fing mit den Händen ihren Sturz ab. Aber er war jetzt über ihr und drehte sie auf den Rücken.

»Wir können das auf jede Weise tun, die du dir wünschst, Kleine. Sogar auf diese Weise.«

Sie holte aus und traf ihn mit der Faust am Kinn. Seine Augen blitzten auf, während er von einer Spezies zur anderen wechselte. Dann schlug er zurück. Sie spürte, wie etwas in ihrem Gesicht nachgab, und ihre Zähne passten plötzlich nicht mehr aufeinander. Sie hätte am liebsten vor Schmerz geschrien, war aber außerstande, den Mund zu öffnen.

»Viel besser«, murmelte er. Er hockte sich hin und sah sie an. »Das wird dafür sorgen, dass du still bist, bis wir fertig sind. Bis ich dich gefickt und als meine markiert habe.« Er bewegte seinen eigenen Kiefer und schenkte ihr ein kurzes Lächeln. »Mein Sohn würde nie und nimmer mit einer Frau wie dir fertigwerden.« Er lächelte. »Aber ich schon.«

Das war der Moment, in dem die seltsame schwarze Katze angriff, gegen ihn krachte und ihm die Pfoten um Kopf und Hals schlang. Knurrend wehrte er die Katze ab. Sie flog durch die

Luft und knallte gegen einen Baum. Aber schon stand sie wieder und wechselte jetzt in Menschengestalt. »Jamie, lauf!«

Jamie rollte sich mühsam auf die andere Seite und versuchte davonzukriechen. Er sah ihr dabei zu. Sie spürte tatsächlich, dass er lächelte, während sie sich langsam und unter Qualen von ihm wegbewegte.

»Wo willst du denn hin, Liebling? Wir wissen doch beide, ein Arsch wie deiner braucht jemanden.«

Tully wartete nicht, bis seine Schwester zurückkam. Er rannte los. Je näher er der Stadt kam, umso lauter wurden jedoch diese verdammten Vögel. Er blieb stehen, drehte sich um und begriff schnell, dass er Kyle, Bear, Daddy und die halbe Stadt im Schlepptau hatte. Dann schaute er wieder in die Richtung, in die er unterwegs war, aber dort befanden sich jetzt Krähen. Wie ein Tornado wirbelten sie herum und versperrten ihm offenkundig den Weg. Sie versperrten auch den Weg nach Süden und Westen und ließen nur den Osten frei, ein Weg, der tiefer in den Wald und zum Meer führte.

Da er keine andere Wahl hatte, als ihnen zu vertrauen, lief er in diese Richtung und hoffte das Beste.

Sie hörte, wie die Katze und der Wolf miteinander kämpften. Hörte, dass die Katze Prügel bezog. Sie war kleiner als der Wolf, und obwohl sie schneller war, profitierte er von jahrelanger Kampferfahrung.

Jamie schaffte es endlich, den großen Ast, der auf dem Boden lag, zu greifen. Sie schloss die Augen und kam dann auf die Füße. Der Schmerz in ihrem Kinn ließ sie beinahe wieder ohnmächtig werden, aber sie kämpfte mit aller Macht dagegen an. Sie hätte gern den Kopf geschüttelt, aber bei dem bloßen Gedanken liefen ihr Tränen die Wangen hinunter und fielen auf die Blätter um sie herum.

Sie drehte sich um und ging zurück zu der Katze und dem Wolf. Dann wartete sie, bis der Wolf die Katze auf den Rücken geworfen hatte, bevor sie den Ast über den Kopf hob. Sie ließ ihn nach unten sausen, wobei sie auf den Kopf des Wolfes zielte, aber auf halbem Weg zum Ziel blieb der Ast in der Luft stehen. Sie zerrte daran, doch der Ast ließ sich nicht bewegen, dann wurde er ihr aus der Hand gerissen.

Als sie herumwirbelte, standen dort drei weitere wie der, der sie gepackt hatte.

Der, der nach dem Ast griff, packte sie im Genick und hielt sie fest.

»Daddy«, sagte er, »wir sollten uns besser beeilen. Ein ganzer Haufen von denen ist plötzlich durchgedreht und losgelaufen.«

»Nein.« Er drückte die jetzt menschliche Katze auf den Boden, die verzweifelt versuchte, sich zu befreien. »Ich beende das hier. Sobald sie markiert ist, gibt es nichts, was sie dagegen tun können.«

Er fasste die Katze im Nacken und kam auf die Füße. »Ich habe ihr etwas von ihrem Kampfesmut genommen«, erklärte er und warf die Katze dem Mann zu, der Jamie festhielt. »Benutze sie, wie du willst, während ich mich um die da kümmere.«

Er packte Jamie an den Haaren und stieß sie vorwärts. »Lass es uns hinter uns bringen, Liebling. Gott weiß, ich habe lange auf dich gewartet.«

»Daddy?«

Knurrend hielt Buck inne und wandte sich dem anderen Mann zu. Die beiden neben ihm traten mit weit aufgerissenen Augen zurück und er hatte die Katze fallen lassen. Sie zischte und bog den Rücken durch.

»Was zur Hölle ist denn los?«

»Daddy?«, sagte er noch einmal. Und dann begann er zu schreien. Schrie, während Flammen ihn verschlangen. Er fiel zu Boden, wälzte sich herum und versuchte, die Flammen zu löschen.

Die vier Frauen, die hinter dem Mann gestanden hatten, schauten schweigend zu, wie er brannte. Dann richteten sie den Blick auf Jamie. Sobald sie sie sah, hörten ihre Kopfschmerzen auf, und ihr Geist klärte sich. Sie wusste, wo sie war, was sie war und was Buck mit ihr zu tun versucht hatte.

Sie schaute zu Buck hoch und der Wolf ließ sie los und trat von ihr weg. Dafür war es jedoch zu spät. Es war zu spät, um einfach zu gehen.

Jamie hob die Hand und schnippte mit den Fingern und Buck flog durch die Luft.

Tully hatte gerade die Bäume hinter sich gelassen und die Lichtung betreten, auf der er Jamie vor den fliegenden Hyänen gerettet hatte, als etwas von der anderen Seite geschossen kam.

Mit weit aufgerissenen Augen kam er schlitternd zum Stehen, als Buck Smith über den Boden kullerte und schließlich liegen blieb. Zwei von Bucks Söhnen folgten ihm, rannten, als sei der Teufel selbst hinter ihnen her. Sie blieben neben Buck stehen und starrten Tully und die anderen an.

Links und rechts neben Tully kam der Rest von Bucks Rudel an. Alles befand sich in einem seltsamen Stillstand. Niemand bewegte sich vor und zurück. Er hatte das Gefühl, als warteten sie alle auf etwas, auch wenn er nicht wusste, was das war.

Tully sah, dass Mac Jamie auf die Lichtung half. Jamie hatte den Arm um den Hals ihrer Cousine gelegt, und sie war von oben bis unten voll mit Erde und Blutergüssen. Aber selbst von der anderen Seite der Lichtung aus konnte er erkennen, dass sie große Schmerzen hatte, und ihr Gesicht sah seltsam aus. Geschwollen … als sei etwas gebrochen.

Tully wurde zuerst kalt, dann heiß. Er begann zu zittern und alles färbte sich irgendwie rot. Dann kam seine Schwester zwischen den Bäumen hervorgelaufen, ihr menschlicher Körper bedeckt mit frischen Krallen- und Reißzahnabdrücken. Sie zeigte auf Buck und brüllte: »Das war er, Tully! Buck hat Jamie das angetan. Es war Buck!«

Sein Vater erhob sich auf seine Wolfsfüße und sah seinen Erstgeborenen wachsam an. Er knurrte, forderte ihn heraus. Er hätte sich die Mühe jedoch sparen können. Die Sache war gelaufen.

Tully stürmte über die Lichtung auf Buck zu, seine Familie und seine Nachbarn hinter sich, und er wusste, dass nichts ihn mehr daran hindern würde, diesen alten Bastard zu töten.

Jamie und ihr Zirkel bewegten sich durch das Kampfgetümmel auf der Lichtung hindurch. Niemand kam in ihre Nähe, und niemand versuchte, sie aufzuhalten. Sie stützte sich auf ihre Cousine, und Mac hatte ihr ihren starken Arm um die Taille gelegt. Schließlich erreichten sie den Kreis, den sie vor ein paar Tagen erschaffen hatte, als alles noch so einfach gewesen war, und Mac half ihr, in der Mitte niederzuknien.

Sen kniete sich vor Jamie, und ihre Augen füllten sich mit Tränen. »O mein Gott, Jamie. Was hat er mit dir gemacht?«

Jamie nahm Sens zitternde Hände, legte sie auf ihr geschwollenes Gesicht und kämpfte gegen den Drang, vor dem Schmerz dieser einfachen, sanften Berührung zurückzuzucken.

»Es wird wehtun«, warnte Sen sie, und unterdrückte ein Schluchzen. »Es wird wirklich schlimm wehtun. Mehr als es jetzt wehtut.«

Jamie drückte sich Sens Hände mit flehendem Blick auf ihr Gesicht. Sie fürchtete sich nicht vor mehr Schmerz. Es gab Schlimmeres als Schmerzen. Aber der Schmerz lenkte sie davon ab zu tun, was sie tun musste. Es war wichtig, dass er nachließ.

Sen stimmte mit einem Nicken zu. »Halt einfach durch. Okay, Jamie?« Sie betrachtete den Rest des Zirkels. »Euch brauche ich ebenfalls. Gebt mir, was ihr könnt, aber nicht alles. Verstanden?«

Die anderen nickten und stellten sich mit gefalteten Händen um sie herum. Und außerhalb des Kreises dauerte der brutale Kampf fort. Es fühlte sich an, als befänden sie sich hinter Glas. Geschützt. Und das waren sie in gewisser Weise auch. Ihre Göttinnen, die Dunklen Mütter, schützten sie, sodass sie ihre Arbeit tun konnten.

Sen schloss die Augen und konzentrierte all ihre Energie auf Jamie, und die anderen taten das Gleiche. Während sie an ihr arbeiteten, schaute Jamie zu dem Kampf hinüber, der um sie herum tobte.

Sie beobachtete, wie Tully und sein Vater miteinander rangen und übereinander herfielen. Zwei Männer griffen Tully an, rissen ihn zu Boden und versuchten mit Reißzähnen und Krallen, Stücke aus ihm herauszureißen.

Und Buck blickte jetzt starr zu ihr hinüber. Sie verkrampfte sich, aber nicht wegen des Schmerzes, der von dem, was Sen tat, durch sie hindurchjagte. Sondern weil sie Sen nicht aufhalten konnte, um mit allen zusammen gegen Buck zu kämpfen. Wenn sie die Heilung jetzt stoppte, würde ihr Gesicht für immer zerstört sein. Das war eine lange Zeit, um mit einem Kiefer zu leben, der sich weder öffnen noch schließen ließ.

Buck wusste das ebenfalls. Er konnte es in ihren Augen sehen, verstand es, weil sie sich nicht von Sen entfernte. Sie konnte erkennen, dass er grinste, obwohl er sich immer noch in seiner Wolfsgestalt befand. Er duckte sich und stürmte dann direkt auf sie zu.

Jamie wartete, spannte die Muskeln an. Der Schmerz wurde schlimmer, genau wie Sen sie gewarnt hatte.

Er hatte sie schon fast erreicht, war nur noch wenige Schritte entfernt, als ein plötzlicher Wirbel von Federn sie und Buck erschreckte.

Rico fuhr die Krallen aus und attackierte Bucks Gesicht, wobei sie direkt auf seine Augen zielte. Tully schüttelte die beiden Wölfe, die ihn festhielten, ab und schmetterte sie zu Boden, bevor er zu Buck hinüberstürmte und seinen Vater brutal zu Boden riss. Auch Kyle schloss sich ihm an und konzentrierte sich auf die Hüften und den Schwanz des alten Wolfs.

Jamie war dankbar dafür, dankbar, dass sie ihren Zirkel nicht an ihrem gegenwärtigen Tun hindern musste. Dankbar, obwohl der Schmerz sehr, sehr schlimm wurde.

Nichts würde ihn jetzt noch aufhalten. Nichts würde ihn daran hindern, den einen Wolf zu töten, der es wirklich verdiente.

Wenn Buck lediglich versucht hätte, Tully zu töten, wenn er nur versucht hätte, das Alphamännchen des Smithville-Rudels zu werden, hätte Tully die Sache auf sich beruhen lassen können. Er hätte weggehen und seinen Vater davonhumpeln lassen können, um sich seine Wunden zu lecken und es ein andermal erneut zu versuchen. Wie Buck es sein Leben lang getan hatte.

Aber Buck Smith hatte eine Grenze überschritten, die kein Gestaltwandler, der etwas auf sich hielt, jemals überschreiten würde. Erzwungene Paarungen waren eine Sache. Vor einigen Jahrzehnten waren sie noch gang und gäbe gewesen. Aber das war es nicht, was sein Vater im Begriff gewesen war zu tun. Er wusste das, weil er Buck kannte. Wusste, was der alte Mann tun würde, um die Hexe zu seinem Besitz zu machen. Er würde seinem Rudel erlauben, in seinem Namen bis auf den Tod zu kämpfen, während er die Schlacht nutzte, um seinen Erstgeborenen zu beschäftigen, während er Tullys Auserwählte vergewaltigen und markieren konnte.

Das Wissen, welchen Schmerz Jamie erlitten hatte, welche Angst sie gehabt haben musste …

Allein dafür würde der alte Mann sterben, und Tully würde derjenige sein, der ihn tötete.

Er hatte gerade die Kiefer um Bucks Kehle geschlossen, war nur Sekunden davon entfernt, Fleisch und Fell und eine schöne, dicke Arterie herauszureißen, als er hörte: »Tully. Tu das nicht.«

Ohne loszulassen, schaute Tully auf und sah Jamie vor sich stehen. Ihr Gesicht war nicht länger geschwollen, ihre Blutergüsse und Platzwunden waren fast nicht mehr zu sehen. »Tu das nicht«, wiederholte sie.

Knurrend grub er die Reißzähne tiefer hinein, biss fester zu, schmeckte bereits Blut. Wie konnte sie von ihm verlangen, dass er aufhörte? Wie konnte sie Buck Smith davonkommen lassen wollen, nach allem, was er getan hatte, und was er zu tun versucht hatte?

»Denk daran, Tully. Es gibt Grenzen, die du nicht überschreiten darfst. Sobald du es tust, gibt es kein Zurück mehr. Tu diesen Schritt und du wirst wie er. Ich liebe dich zu sehr, um das zuzulassen.«

Er starrte sie an. Durchdringend. Er erkannte die Wahrheit ihrer Worte darin, wie sie ihn anschaute, in ihrem sanften Lächeln.

»Bitte, Tully.«

Es war seltsam, wie der Kampf irgendwie zum Erliegen kam. Alle zogen sich zurück und sahen ihn an … warteten ab.

Mit einem Nicken in Kyles Richtung traten Tully und sein Bruder von Buck weg. Und wie alle anderen warteten sie ab.

Jamie kniete sich neben den verletzten Buck. Sie streichelte sein Fell und Kyle sah Tully an und dachte wahrscheinlich das Gleiche wie er: *Was macht sie da?*

Jamie legte eine Hand auf Bucks Seite und eine auf den Boden und ihre Finger gruben sich in die Erde. Sie schloss die Augen, die Brauen in tiefer Konzentration zusammengezogen. Ihr Zirkel stand hinter ihr, und Mac stützte jetzt Seneca. Das arme Ding sah aus, als sei es kurz davor, in Ohnmacht zu fallen.

Licht brach durch den Boden, wirbelte um Jamie herum und ließ sie von Kopf bis Fuß erstrahlen. Sie keuchte, sie hechelte. Sie warf den Kopf in den Nacken, wie sie es oft tat, wenn sie gerade einen Orgasmus hatte. Die Luft knisterte und Blitze schossen über den Himmel.

Am ganzen Körper zitternd riss sie sich von Buck los. Kenny und Emma fingen sie auf und hielten sie aufrecht, während Tully seinen Vater ansah. Er lag immer noch da, bewusstlos, nur dass er sich wieder in einen Menschen verwandelt hatte.

Immer noch zitternd, als friere sie bitterlich, sagte Jamie mit klappernden Zähnen: »Das ist besser, Baby. Schlimmer als der Tod. Versprochen.«

Ohne ein weiteres Wort drehte der Zirkel sich um und ging, alle aufeinandergestützt, um sich gegenseitig Kraft und Unterstützung zu geben.

Alle Anwesenden, Ansässige wie Eindringlinge, sahen zu, wie

die Vollmenschen davongingen. Doch sobald sie fort waren, konzentrierten sich alle auf Buck.

Er sah nicht anders aus als vorher. Er hatte keine Hörner und auch keinen spitzen Schwanz. Er atmete noch, obwohl er von oben bis unten mit frischen Wunden übersät war.

Da Tully wusste, dass alle etwas von ihm erwarteten, trat er vorsichtig vor. Er bückte sich und versuchte, einen Blick auf etwas zu erhaschen ... *irgendetwas,* das sich an dem alten Bastard verändert haben mochte. Etwas, das beweisen würde, dass Jamie dem Wolf, der sie überfallen hatte, irgendetwas angetan hatte.

Je genauer er aber hinschaute, umso weniger sah er. Bis ihm plötzlich die Augen anfingen zu tränen und er zurücksprang, niesend und immer weiter niesend, während er versuchte, diesen Geruch aus der Nase zu bekommen.

»Was?«, fragte Kyle, wechselte zurück in Menschengestalt und beobachtete ihn. »Was ist los?«

Tully verwandelte sich, wie auch fast alle anderen, und er beobachtete, wie Buck langsam aufwachte und mühsam den Kopf vom Boden hob.

Außerstande, an sich zu halten, lachte Tully. Nur ein ganz klein wenig. »Schlimmer als der Tod«, wiederholte er.

Kyle schüttelte den Kopf. »Wovon redest du?«

Tully zeigte auf Buck. »Sie hat ihn ... sie hat ihn zu einem Vollmenschen gemacht.«

Jack ging um Kyle herum und starrte Buck mit purem Entsetzen an. »Das ist unmöglich.«

»Nicht für sie«, korrigierte Tully ihn. »Nicht hier.«

Buck sah wütend zu ihm hoch, das Gesicht von Ricos Krallen verunstaltet. »Falsch. Du irrst dich.«

»Ich weiß, was ich rieche, alter Mann. Und ich rieche einen Vollmenschen. Sie hat dich zu einem Vollmenschen gemacht.« Und Jamie hatte recht. Für sie, für Gestaltwandler, ganz gleich welcher Gattung, war ein Leben als Vollmensch schlimmer als der Tod. Es *war* der Tod. Ganz besonders für jemanden wie Buck.

Für jemanden, dessen ganze Existenz von der Kraft und Energie gespeist wurde, die er aus dem Wolf in sich zog.

Buck schloss die Augen, und sie beobachteten, wie er sich abmühte zu tun, was ihnen seit der Pubertät so leicht fiel. Sich in einen Wolf zu verwandeln.

Aber nichts geschah.

»Es wird nicht von Dauer sein«, sagte Buck verzweifelt.

»Es *riecht*, als würde es von Dauer sein«, höhnte Jack.

»Sie hat dich erwischt, Buck«, sagte Tully und wich vor ihm zurück, genau wie alle anderen, sogar seine Söhne. Buck hatte sie dazu erzogen, dass ihre Loyalität immer dem Stärksten ihres Rudels galt. Ein Vollmensch konnte niemals der Stärkste sein. Es sei denn, es war jemand wie Jamie … und Jamie gehörte zu ihm.

»Sie hat dich erwischt«, wiederholte Tully und diesmal lachte er. Das Gleiche taten auch sein Rudel, seine Familie, seine Nachbarn. Alle lachten. Und er wusste, dass das für Buck noch viel schlimmer war als der Tod.

Tully kehrte Buck den Rücken, etwas, das er vor nicht einmal zehn Minuten niemals getan hätte, und ging davon.

»Wag es nicht, einfach wegzugehen, Junge!«

Aber Tully tat es und er lachte dabei. Schaute kein einziges Mal zurück.

Kapitel 18

Emma traf vor Tullys Haus auf Kyle und Tully. Sobald sie sie sah, bemerkte sie: »Ich kann nicht glauben, dass das dein Haus ist!«

Kyle verwandelte sich und funkelte sie an. »Könntest du dich etwas genauer ausdrücken?«

»Es ist umwerfend! Warum hast du hier noch nie eine Party gegeben?«

Grinsend küsste Tully sie auf die Wange. »Vielen Dank, Liebes.« Er schaute zum Haus und dann zurück zu Emma. »Wie geht es ihr?«

»Sie schläft. Was sie getan hat … hat sie sehr viel Kraft gekostet.«

»Wird sie wieder?«

Emma lächelte. »Absolut. Sie braucht nur Schlaf.«

Mac und Kenny kamen heraus, Seneca auf Macs Armen, wo sie an ihrer Schulter schnarchte. »Genau wie die hier.«

»Er hat Jamie den Kiefer gebrochen«, erklärte Kenny, die Tully eine Hand auf die Schulter legte, als er bei ihren Worten aufstöhnte. Er hatte es bereits gewusst, aber es schmerzte trotzdem, es zu hören. Schmerzte immer noch zu wissen, wie sehr Jamie gelitten hatte. Es war ihm einfach nie in den Sinn gekommen, dass sein Vater so weit gehen würde. Jetzt wusste er es besser.

»Der Bruch ist verheilt«, berichtete Kenny weiter. »Sen hat da Unglaubliches geleistet.« Sie zwinkerte ihm zu und flüsterte:

»Aber erzähl ihr nicht, dass ich das gesagt habe. Sie wird mir sonst ewig damit in den Ohren liegen.«

»Sorg dafür, dass sie etwas isst, wenn sie aufsteht«, erklärte Mac, als Kyle Seneca aus ihren Armen nahm.

»Mach ich.«

»Ich habe dein Handy gefunden und meine Nummer eingespeichert. Wenn es irgendwelche Probleme gibt, rufst du an. Okay?«

»Das werde ich auf jeden Fall tun. Vielen Dank euch allen.«

Mac versetzte ihm einen sachten Stoß gegen die Schulter, bevor sie zu Kyle sagte: »Kannst du uns zurück in den Wald bringen?«

»Wozu?«

»Wir müssen da etwas wegräumen. Ein paar ... ähm« – sie sah Tully an – »verbrannte Überreste. Nichts, worüber man sich Sorgen machen müsste.« Sie gingen zu Emmas leuchtend rotem Jeep, und Kyle schaute sich zu Tully um, bevor er ihnen folgte, Seneca noch immer auf dem Arm. »Was für verbrannte Überreste?«, fragte Kyle Mac. »Was soll das überhaupt heißen?«

»Wirst du zurechtkommen?«, fragte Emma Tully.

»Auf jeden Fall. Er wollte sich Jamie schon die ganze Zeit schnappen, nicht wahr, Em?«

»Das glaube ich nicht. Ich bin geneigt zu denken« – sie grinste ihn an – »diese Ausdrucksweise habe ich von Kyle übernommen.« Sie kicherte, bevor sie hinzusetzte: »Ich bin geneigt zu denken, dass er glaubte, Wanda und ihrem Zirkel, Die zarteste Morgenröte« – sie verdrehte bei dem Namen angewidert die Augen – »würde es gelingen, uns zu besiegen. Ich meine, sie waren nicht schlecht. Sie haben ihre Anwesenheit und die Identität Wandas verschleiert und das erheblich länger, als die meisten das könnten. Die Verwendung von Patschuli war wirklich schlau. Jamie hasst dieses Zeug so abgrundtief, dass sie ständig versucht hat, Wanda aus dem Weg zu gehen, statt sich auf ihre Energie zu konzentrieren. Aber als er sah, dass Wanda nicht stark genug war, um eins zu eins gegen Jamie zu kämpfen, hat Buck, wie ich annehme, seine Interessen … verlagert.«

»Das könnte stimmen. Er hatte immer schon eine Schwäche für starke Frauen, aber am Ende haben sie immer versucht, ihn im Schlaf umzubringen.«

Emma kicherte und tätschelte ihm die Schulter. »Hör mal, mach dir keine Sorgen um Jamie. Es wird ihr bald wieder gut gehen. Sorg nur dafür, dass sie schläft und isst, in welcher Reihenfolge auch immer sie das tun will.«

»Okay.«

»Und Tully« – sie holte Luft – »was sie mit Buck gemacht hat … das ist nichts, worüber ihr euch Sorgen zu machen braucht. Sie kann nicht, wo sie geht und steht, DNA in Fetzen reißen.«

»Das brauchst du mir nicht zu erklären, meine Liebe.«

»Ich will nur nicht, dass alle Angst vor ihr haben, weil sie denken, sie wird *das* tun, wenn sie sich ärgert, weil ihr jemand nicht genug Wechselgeld gegeben hat oder mit ihr zusammengestoßen ist.«

»Keine Sorge, Liebes. Ich werde darauf achten, dass alle es verstehen.«

»Okay.«

»Jetzt bring dieses hübsche Gesicht nach Hause und lass Kyle über seine lächerlichen Verletzungen jammern.«

»Ihr zwei seid derart hoffnungslose Fälle«, neckte sie ihn, stellte sich auf die Zehenspitzen und küsste ihn auf die Wange.

Er schaute ihr nach, als sie die Treppe hinunterging und auf den Beifahrersitz stieg. Sobald der Jeep die Straße entlangfuhr, öffnete Tully die Tür und trat ins Haus.

Jamie lag bewusstlos in seinem Bett, genau da, wo sie hingehörte. Er dachte daran, zuerst zu duschen, aber er verspürte das Bedürfnis, sie zu berühren, sie im Arm zu halten, sich davon zu überzeugen, dass es ihr gut ging.

Als er neben sie unter die Decke schlüpfte, gab sie im Schlaf leise, klagende Laute von sich. Nachdem er erst beruhigend auf sie einredete und mit beiden Händen über ihr Haar und ihren

Körper streichelte, machte er es sich hinter ihr bequem und schmiegte sich eng an sie. Sie griff nach seiner Hand, hielt sie in ihrer fest, seufzte noch einmal und schlief friedlich weiter.

Tully küsste sie auf die Stirn, dankte jeder stärkeren Macht unabhängig von ihm selbst, die ihm in den letzten Stunden möglicherweise geholfen hatte, und dann war auch er eingeschlafen.

Als Tully die grelle Sonne, die ihm ins Gesicht schien, nicht länger ignorieren konnte, wachte er auf. Seine Mom hatte recht gehabt. Er brauchte verdammt noch mal Rollläden. *Die Ästhetik ruinieren, dass ich nicht lache.*

Jamie hatte behaglich Arme und Beine um ihn geschlungen, schlief aber immer noch tief und fest. Darauf bedacht, sie nicht zu wecken, schob er sich unter ihr hervor. Sein Körper murrte über den Verlust ihrer Wärme. Aber er wollte nicht, dass sie neben einem schmutzigen Mann voller Blut aufwachte. Das hatte sie wirklich nicht verdient. Also ging er lautlos ins Bad, um zu duschen, und zudem hatte er vor, ihr ein Frühstück zu machen, bevor sie ein nettes kleines Gespräch über ihre gemeinsame Zukunft führten.

Tully war gerade dabei, sich das Haar zu waschen und mit sich zu ringen, ob es Pfannkuchen oder Waffeln oder sogar beides geben sollte, als die Tür zur Dusche geöffnet wurde und gegen die Wand knallte. Der Lärm ließ ihn herumwirbeln, bereit zum Kämpfen, bis er Jamie da stehen sah … die ihn anstarrte.

»Jamie?«

Ihr Blick wanderte zu seinen Füßen und dann langsam wieder hinauf, bis sie ihm ins Gesicht schaute. Tully tat instinktiv einen Schritt zurück. »Jamie?«

Sie leckte sich die Lippen und kam in die Dusche. Wasser strömte über sie hinweg und sie strich sich mit beiden Händen das Haar aus dem Gesicht.

»Geht es dir gut?«

»Ja, schon.« Sie starrte unverhohlen auf seinen Schwanz, und das verdammte Ding nahm ohne direkten Befehl von ihm Habachtstellung an. »Ich fühle mich großartig.«

»Bist ... bist du dir sicher? Denn du scheinst nicht ganz du selbst zu sein.«

Sie trat näher, und Tully begriff, dass er jetzt mit dem Rücken zur Duschwand stand – und seine Dusche war nicht unbedingt klein.

»Wenn man« – sie leckte sich erneut die Lippen und atmete lange, verzweifelt aus – »so viel Macht einsetzt, wie ich gestern Nacht, hat das seine ... Nebenwirkungen. Erinnerst du dich? Wir haben über Nebenwirkungen gesprochen.«

»Richtig. Sen wird zornig, und du wirst ...«

»Geil.«

»Geil?«

Sie presste die Hände gegen die Duschwand hinter ihm, beugte sich vor und schnupperte lange, bevor sie ein Stöhnen hören ließ. »Ja. Normalerweise kümmere ich mich mit meinem Vibrator ein bis sechs Stunden darum.«

Er schluckte. »Sechs?«

»Aber er ist hinten im Haus, und du, o Gott, du riechst so gut.«

»Aber ...« Er brach ab, räusperte sich, weil er einen Frosch im Hals hatte, und versuchte es noch einmal. »Aber wir wollten doch reden.«

»Reden?« Sie funkelte ihn an. »Ich will nicht reden. Ich will ficken.« Sie legte die Hände um seinen Schwanz.

Tully bekam schwache Knie, und wenn das noch schlimmer werden sollte, würde er gänzlich zu Boden gehen.

Mit sanften Fingern streichelte Jamie ihn langsam. »Willst du mich nicht ficken, Tully?«

Tully nickte. »Doch, schon.«

»Oft?«

»Ja, doch.« Er schluckte wieder, und er merkte, dass er schielte, während er verzweifelt versuchte, scharf zu sehen. »Aber wir müssen reden.«

»Über?«

Keuchend stieß er hervor: »Über … ähm … uns.«

»Was ist mit uns?«

»Ich erinnere mich nicht.«

Sie lächelte, das süßestes Lächeln, das er je gesehen hatte. »Dann reden wir, wenn es dir wieder einfällt.«

»Aber«, wandte er schnell ein, während sein Verstand versuchte, das auszublenden, was ihre Hand so beharrlich mit ihm machte, »du hast letzte Nacht viel durchgemacht. Ich muss mich um dich kümmern, dich verwöhnen, dir zeigen, dass ich sensibel bin oder was auch immer.« *O mein Gott! Was macht sie da für verschlungene Bewegungen mit ihrer Hand?*

»Tully«, schnurrte sie, »ich will, dass du dich um mich kümmerst und mich verwöhnst und mir zeigst, dass du sensibel bist und all den anderen Bullshit, den die Leute brauchen. Und ja, manchmal brauche ich ihn auch. Aber im Moment ist alles, was ich brauche, ein guter, anständiger, *harter*« – sie drückte die Lippen fest gegen seine Brust – »Fick. Denkst du, du könntest mir da helfen?«

»Bist du dir – Gott, das fühlt sich gut an – sicher?«

Ihre Zunge wirbelte um seine Brustwarze herum, während ihr Daumen um die Spitze seines Schwanzes herumkreiste. »Ich bin mir sicher.« Sie schaute mit ihren dunkelbraunen Augen zu ihm hoch. »Ich bin mir verdammt sicher.«

Er zuckte die Achseln. »Nun … also gut.«

Sie hatte ihm ziemlich zugesetzt und verlangt, was sie von ihm wollte und brauchte. Sie musste jetzt wissen, ob er mit dieser Seite von ihr klarkam. Es passierte ständig, dass sie so viel Macht aufrief, dass sie diese Menge an Energie verbrauchte. Das, was sie am vergangenen Tag getan hatte, hatte als Erstes ein Bedürfnis nach Schlaf ausgelöst. Bei anderen Gelegenheiten galt ihr erstes Bedürfnis dem Essen. Und manchmal war alles, was sie brauchte, Sex. Diesmal brauchte sie alles drei, aber ihr Körper schrieb ihr die Reihenfolge vor. Schlaf zuerst, ficken als Zweites und als Drittes essen.

Aber Jamie wusste, dass es nicht so einfach war. Ihre heftigen Bedürfnisse nach dem Hexen hatten schon mehr als einen Mann verschreckt. Alle Männer behaupteten, sie wollten eine Sexmaschine … bis sie tatsächlich eine bekamen. Dann war es ihnen plötzlich zu viel, sie verlangte zu viel von ihnen, und wie konnte irgendjemand von ihnen erwarten, so zu leben? Wenn Tully es nicht verkraftete, musste sie das wissen. Würde sie es beenden? Auf keinen Fall. Sie liebte ihn. Aber sie würde ihren Zeitplan umstellen müssen und dafür sorgen, dass die Tiefkühltruhe immer gut mit Unmengen leicht zuzubereitenden Mahlzeiten gefüllt war und dass sie weiter ihre Monatslieferung an Batterien für ihre ganzen Vibratoren erhielt. Sie würde nicht die gleichen Fehler machen wie bei ihrem Ex. Nicht bei ihren Gefühlen für Tully. Sie liebte ihn so sehr, dass es wehtat. Und sie würde nicht riskieren, das zu verlieren, weil er vielleicht nicht damit klarkam …

Tully hob sie hoch, drehte sich um und presste sie gegen die Wand. Mit einem einzigen harten Stoß war er in ihr, und Jamie schrie auf, als er in sie eindrang und sie mit der Kraft seines Körpers und der Energie seines Schwanzes an die Wand nagelte. Und er war gnadenlos, sein Mund fand ihren, seine Zunge streichelte ihre, und seine Hände drückten sich fest in ihr Fleisch.

Es war zu viel. Es war nicht genug.

Jamies Beine schlossen sich um Tullys Taille, ihre Fersen gruben sich in seinen Hintern, und mit den Armen umklammerte sie seine Schultern, als der Orgasmus ihr die Wirbelsäule hinaufschoss und sie explodieren ließ. Tully folgte ihr gleich darauf und als er sich in sie ergoss, den Mund auf ihren Hals gepresst, zitterte er am ganzen Körper. Sie standen da, wie lange, wusste sie nicht, und hielten sich aneinander fest.

Schließlich beugte Tully sich vor und drehte das Wasser ab. Ohne sie loszulassen und immer noch tief in ihr, verließ er die Dusche und ging mit ihr ins Schlafzimmer zurück. Bei jedem seiner Schritte durchströmte sie das unglaubliche Gefühl von seinem Schwanz in ihr, und sie wusste, dass sie noch nicht fertig war. Wusste, dass sie mehr brauchte. Das Schöne an der Sache? Sie musste kein Wort sagen. Tully blieb neben dem Bett stehen und dann drückte er sie auf die Matratze. Als sie die Decke an ihrem nackten Hintern spürte, war Tully schon wieder hart und stieß in sie hinein.

Die Sorgen, Wege zu finden, mit den Stunden direkt nach dem Hexen umzugehen, lösten sich in Luft auf, als ihr plötzlich klar wurde, dass sie das gar nicht nötig hätte. Nicht mit ihrem geilen Wolf. Er war genauso unersättlich und fordernd wie sie. Und er gab genauso viel, wie er nahm. Sie hätte sich nicht mehr wünschen, nicht mehr erhoffen können.

Sie war nicht imstande, sich das Lächeln zu verkneifen, und Tully, der in seinen Stößen nicht nachließ, sagte: »Man sehe sich dieses Lächeln an. Sag mir, was ich tun muss, meine Schöne, damit du jeden Tag so lächelst.«

Jamie lachte und drückte Tully fest an sich. »Nun ... ähm ... das hier funktioniert.«

Sie verschliefen den größten Teil des Nachmittags, beide völlig erschöpft. Als Tully aufwachte, war er jedoch allein, und das gefiel ihm gar nicht. Er ging ins Erdgeschoss hinunter, und als er das Meer hörte, lief er weiter in die Küche. Die Schiebetür stand offen, was das Meeresrauschen erklärte, das er hörte, aber er warf kaum einen Blick darauf wegen all der Speisen, die sich auf dem Küchentisch türmten.

»Ich bin hier heruntergekommen«, bemerkte Jamie, »und habe das so vorgefunden.«

»Natürlich hast du das.« Er nahm sich einen der großen Pappteller, die irgendjemand aufmerksamerweise dazugestellt hatte, und löffelte Mac and Cheese darauf, das irgendjemand zubereitet hatte. »Wir kümmern uns hier um unsere Leute. Und jeder wusste, dass du viel zu müde warst, um für mich zu kochen.«

Jamie lehnte sich an den Rahmen der Schiebetür aus Glas. Sie hatte nur ein Laken um sich geschlungen, und Gott wusste, dass sie nichts anderes brauchte. »Ich koche jetzt für dich?«

»Wenn du mich liebst …«

Er ließ die Worte in der Luft hängen und erwartete ihre unmittelbare Reaktion. Als die nicht kam, warf er sein Essen auf den Tisch und kam in langen Schritten zu ihr. »Du liebst mich. Das hast du gesagt.«

Sie wandte den Blick ab und Tully schenkte ihr sein schönstes Basset-Gesicht. »Liebst du mich denn nicht?«

»Das ist ein erbarmungswürdiger Gesichtsausdruck.«

Er schob die Unterlippe so weit wie möglich vor, und Jamie lachte schallend und drückte sich an ihn.

»Sag mir, dass du mich liebst, meine Schöne.«

»Natürlich liebe ich dich.«

Er küsste ihren lächelnden Mund und schob sie zum Küchentisch. Dann setzte er sich hin, zog sie auf seinen Schoß und griff um sie herum, um an seinen Teller mit Essen heranzukommen.

»Auf keinen Fall können wir das alles aufessen«, stellte sie fest.

»Sprich für dich selbst, Yankee.«

»Muss ich jetzt irgendetwas tun?«

Die Gabel vorm Mund: »Wie bitte?«

»Ich meine … all dieses Essen. Sollte ich ihnen Geld schicken oder irgendetwas? Ihnen den Rasen mähen? Auf ihre Kinder aufpassen?«

Tully stellte seinen Teller wieder auf den Tisch, davon überzeugt, dass er in absehbarer Zeit nicht zum Essen kommen würde.

Er streichelte ihr über die Arme. »Hör mal, du müsstest vielleicht mal einen Kuchen backen, wenn die Mom von jemandem das Zeitliche segnet. Oder back eine Torte für einen Geburtstag. Und du wirst es tun, weil es nett ist und weil du weißt, dass du, wenn du irgendetwas brauchst, immer jemanden haben wirst, der dir hilft. So funktioniert das nun mal hier. Du wirst dich schon daran gewöhnen.«

»Muss ich dann plötzlich weniger sarkastisch sein? Oder spöttisch?«

»Niemand erwartet mehr von dir, als du geben kannst, meine Schöne. Halt dich an die Torten und Kuchen, spotte bei Beerdigungen nicht über die Toten, hör auf, auf unserem Territorium auf die Hyänen zu schießen – denn wir alle wissen, dass du das getan hast –, und du machst alles richtig.«

Sie nickte, dann fügte sie hinzu: »Aber wenn sich die Hyänen *illegal* auf meinem Grundstück aufhalten …«

»Jamie.«

»Na schön, in Ordnung.«

»Danke.« Er küsste sie auf die Schulter und griff nach seinem Teller, aber sie hielt ihn am Handgelenk fest.

»O nein, das wirst du nicht tun.«

»Frau, ich habe Hunger!«

»Du bekommst keinen Bissen von diesem verdammten Essen, bis du es sagst.«

»Na schön. Du bist leicht wie eine Feder.«

Jamie rammte ihm den Ellbogen in die Brust.

»Au!«

»Sag es.«

Er lachte, noch während er sich die Stelle rieb, an der sie ihn mit ihrem spitzen Ellbogen erwischt hatte. »Ich liebe dich.«

»Und?«

Und? Er lächelte. »Und du bist leicht wie eine Feder.«

Sie grinste. »Vielen Dank.« Sie legte ihm die Arme um den Hals. »Also, was passiert jetzt?« Als er die Stirn runzelte, fügte sie hinzu: »*Nachdem* du gegessen hast.«

»Wir schlafen noch ein Weilchen? Oder wir turnen noch ein wenig auf der Matratze?«

»Ich meinte, was haben wir jetzt vor?«

»Oh, das ist einfach. Wenn du bei der Arbeit bist, werde ich deine Sachen herholen. Zuerst wirst du es gar nicht bemerken, und bis du es tust, ist auch schon alles hier. Jeden Abend wirst du murmeln, dass du nach Hause musst, aber du wirst nicht hingehen. Und eines Tages wachst du auf, während ich an deiner Seite schlafe, und dir wird klar, dass dreißig Jahre vergangen sind, und dich fragen, wie du nur so ein Glück haben konntest, mich all die Zeit an deiner Seite zu haben.«

»Also hatte ich recht? Eine einzige Nacht, und jetzt sind wir unwiderruflich aneinander gebunden.«

»Ja genau. Aber du hattest das große Glück, *mich* zu bekommen.«

»Stimmt. Und du hattest das große Glück, mich zu bekommen.« Ihr Grinsen wurde breiter. »Und Rico.« In dem Moment flog der Vogel durch die offene Tür, landete auf seiner Schulter, und Krallen bohrten sich in Tullys Fleisch. Rico drehte ihren kleinen, geschnäbelten Kopf in seine Richtung.

»Großartig«, log er. »Denn ich liebe deinen Vogel so sehr.«

Jamie griff nach seinem Teller und hielt ihn dem krächzenden Frikassee hin, damit es sein Mac and Cheese fressen konnte. »Und ich kann diese Liebe auch ganz deutlich erkennen«, sagte sie lachend.

EPILOG

Tully zog sein Handy aus der Jackentasche und entfernte sich von der kleinen Gruppe, mit der er gesprochen hatte, bis er in einem schmalen Flur war.

»Hallo?«

»Junge.«

Tully musste lächeln, aber er war froh, dass Bub Ray es nicht sehen konnte. »Hi, Onkel Bub.«

»Geht es dir gut?«

»Versuchst du, mir hinterherzuspionieren?«

»Ich habe dir eine Frage gestellt, Junge.«

Tully unterdrückte ein Lachen. »Es geht mir gut, Sir.«

»Deine, ähm, Tante Janie hat sich Sorgen um dich gemacht, das ist alles.«

Tully musste zugeben, dass ihm warm ums Herz wurde, angesichts der großen Anteilnahme seiner Familie. Es mussten mehr als drei Wochen vergangen sein, seit man Buck Smiths Leiche gefunden hatte. Gerüchten zufolge hatten sich zwei seiner Söhne – Luther war verschwunden – gegen ihn gewandt. Sie hatten sogar damit geprahlt und versucht, ihr Streuner-Rudel zusammenzuhalten. Vielleicht in der Hoffnung, sich in eins der anderen Smith-Rudel drängen zu können. Aber Tully kannte die Wahrheit, hatte sie von Kyle gehört, der sie von einer Katzenverwandten, einer Baumbewohnerin aus Alabama, gehört hatte.

Es waren die Frauen, die Buck Smiths Leben ein Ende gesetzt hatten. Einige Reeds, ein paar von den Lewis' und viele Smiths. Allesamt Wölfinnen.

Als sie gehört hatten, was Buck Jamie anzutun versucht hatte, waren sie wie der Zorn Gottes über ihn gekommen. Es war die eine Sache, die Gestaltwandlerinnen sich nicht von den Männern gefallen ließen, und wenn die Wölfinnen sich nicht selbst darum gekümmert hätten, hätten die anderen Gattungen es getan. Was zu Spott geführt hätte ... und Wölfinnen hassten es, wenn man sich über sie lustig machte.

Er sollte angesichts des Todes des Mannes wahrscheinlich etwas empfinden, und er fühlte sich tatsächlich etwas schuldig, dass er das nicht tat. Doch Buck Smith hatte geerntet, was er gesät hatte. Am Ende zählte für Tully nur, dass seine Mom die Hand dieses Mannes nie wieder um die Kehle spüren würde, und Jamie würde sich ebenfalls keine Sorgen zu machen brauchen, dass er ihr noch einmal Schaden zufügte. Andererseits hatte er das Gefühl, dass Jamie ein wenig enttäuscht darüber war. Sie hatte noch alle möglichen »Sachen« für ihn in petto gehabt.

»Nun, sag Tante Janie, dass es mir gut geht.«

»In Ordnung. Schön. Wenn du irgendetwas brauchst, ruf an.«

»Mach ich. Schönen Abend noch.«

»Jepp.« Damit endete das Gespräch so abrupt, wie es begonnen hatte.

Nachdem Tully das Telefon in seine Gesäßtasche zurückgeschoben hatte, rückte er seine Fliege zurecht und kehrte zurück zum Bürgermeister-Frühlingsball. Der Ball war ein Erfolg, doch Tully langweilte sich tödlich. Er war glücklich, aber gelangweilt. Er schaute durch die große Glastür und sah eine schlanke Person in rote Seide gehüllt vorbeischlüpfen.

»Hi, Tully.«

Ein langer Arm schlang sich um seine Schulter und er grinste. »Hey, Mac.«

»Brauchst du uns, damit wir die Menge ablenken und du von hier verschwinden kannst?«

»Nein. Ich habe meine Rede gehalten, dafür gesorgt, dass es reichlich zu essen und zu trinken gibt und dass alle sich gut amüsieren.«

»Dann geh. Sie wartet draußen auf dich.«

»Danke, meine Liebe.« Er musterte Mac für einen Moment. »Das Kleid steht dir gut.«

»Danke.«

»Ich glaube, Bear gefällt es auch.«

Mac blinzelte und wirkte leicht panisch. »Ähm … hä?«

»Er beäugt es schon den ganzen Abend. Vielleicht will er es sich ja ausborgen.«

Sie stieß ein mächtig erleichtertes Lachen aus, bevor sie ihn wegschob. »Geh. Oder ich verpetze dich bei deiner Mutter.«

»Verräterin.«

Tully schob sich durch die Menge und zur Tür hinaus und winkte seiner Mom zu, bevor er nach draußen trat. Mit breitem Lächeln winkte sie zurück und zwinkerte ihm zu, einen Arm um die Taille seines Daddys gelegt. Sie sah glücklicher aus als je zuvor. In dem Wissen, dass Millie sich in guten Händen befand – selbst wenn es Katzenhände waren –, schlüpfte Tully nach draußen.

Er sah Jamie an einem Baum lehnen, vollkommen unbesorgt, was das trägerlose Fünftausend-Doller-Designerkleid betraf, das er für sie hatte anfertigen lassen. Wie er würde sie gerade lieber Jeans und ein T-Shirt tragen. Ha. Wie er wäre sie lieber nackt. Er ging auf sie zu, hielt aber neben einem der großen Büsche inne, die den Kristallsaal umgaben.

»Was tust du hier?«

Sein Bruder trat hinter den Büschen hervor. »Gar nichts.«

»Stimmt das, Emma? Geht da hinten gar nichts vor sich?«

»Verschwinde«, erklang Emmas Stimme hinter den Büschen.

»Bist du dir sicher, dass du keine Hilfe brauchst?«

»Tully!«, quiekte sie.

Kyle schüttelte den Kopf. »Du bist so ein Bastard.«

»Seit meine Mom deinen Daddy geheiratet hat, nicht mehr.«

Er trat auf Jamie zu und staunte darüber, wie schön sie im Mondlicht aussah. Er küsste sie auf die Wange und zeichnete mit den Fingern den schwarzen Keltischen Knoten an ihrem Bizeps nach, der eines Morgens, als sie aufgewacht waren, auf ihrer Haut geprangt hatte. Der Beweis dafür, dass sie ein mächtiger Champion der Göttin geworden war. Es bedeutete ihm nicht viel, aber Jamie war darüber wirklich glücklich gewesen. Und verdammt angeberisch damit – zum großen Ärger ihrer Cousine.

»Du warst toll heute Abend«, eröffnete er ihr. »Wer hätte gedacht, dass du so ein Naturtalent als Politikergattin bist?«

»Beiß dir auf die Zunge.«

»Es wäre mir lieber, wenn *du* mir auf die Zunge beißen würdest.«

»Das sagst du, aber dann beißt du zurück.« Sie zog einen Schmollmund. »Und ich bin so verletzlich.«

»Ha.«

Der Parkdiener fuhr Tullys Wagen vor und Jamie schüttelte den Kopf. Sie hatte das Gleiche getan, als er damit vor dem Haus vorgefahren war.

»Ich kann nicht glauben, dass du ein Auto hast.«

»Natürlich habe ich ein Auto. Wir sind schließlich keine Wilden.«

»Aber du benutzt es doch nie.«

Er zuckte die Achseln. »Ich habe es nicht eilig. Und alles, was ich will, befindet sich in Gehweite.« Er zwinkerte ihr zu. »Sogar du.«

»Aber es ist ein … ein Lamborghini …«

»Gefällt er dir nicht?«

»Machst du Witze?« Sie betrachteten den Wagen, bis Jamie sagte: »Du würdest lieber zu Fuß nach Hause gehen, nicht wahr?«

Er konnte sie nicht anlügen, daher erwiderte er: »Ja, schon.«

Sie verdrehte die Augen, und Tully sah das Grizzlyjunge an, das er engagiert hatte, um den Wagen für ihn zu parken. Ein netter, verlässlicher Junge. Und Bears Sohn.

»Denkst du, du kannst den Wagen zu mir nach Hause fahren, wenn du heute Abend hier fertig bist, Luke?«

Luke schaute ihn mit großen Augen an. Wie sein Vater war er wahrscheinlich ein Spätzünder. Fast siebzehn, aber kaum eins siebzig groß. Das machte ihn bei den anderen Bärenjungen und bei den Welpen zur Zielscheibe, doch er ging gut damit um und ließ sich nicht unterkriegen. Wenn er auch nur ein bisschen nach seinem Vater kam, würde er eines Tages aufwachen und doppelt so groß und viel weniger tolerant sein.

»Bist … bist du dir sicher, Onkel Tully?«

»Jepp. Und lass es dir von Kyle nicht ausreden. Ihm werde ich nie erlauben, damit zu fahren.«

»Okay.«

»Und keine Beulen oder irgendwelche Hinweise, dass Mädchen da hinten gesessen haben.« Er beugte sich vor und flüsterte: »Keine *Hinweise*. Du weißt, was ich meine.«

»O mein Gott«, blaffte Jamie. »Können wir jetzt bitte gehen?«

»Siehst du, wie sie sich aufführt, Luke? Sie will unbedingt mit mir allein sein.«

Jamie machte Anstalten wegzugehen, aber er hielt ihre Hand fest. »Noch nicht.« Er ging vor ihr in die Hocke und zog ihr die High Heels aus. »Du wirst keine Meile weit kommen, bevor du dich wegen deiner schmerzenden Füße beschwerst.«

»Ich hasse diese Schuhe.«

Tully hielt die Schuhe mit der linken Hand an den Riemchen hoch und griff mit seiner rechten nach Jamies Hand. Sie gingen nach Hause und dabei ließen sie sich Zeit und genossen die Nacht. Sie beschwerte sich über schrecklich viele Dinge, aber Tully war aufgefallen, dass Jamie es heutzutage immer lockerer anging. Und es tat ihr gut. Ließ sie schätzen, was sie bereits hatte, statt immer damit beschäftigt zu sein zu bekommen, was sie nicht hatte. Und je wohler sie sich in ihrer Umgebung fühlte, umso weniger verspürte sie den Drang, nach immer mehr Macht zu suchen. Irgendwie hatte Jamie, ohne viel darüber zu reden, ihr Gleichgewicht gefunden. Das Gleichgewicht zwischen dem, was sie hatte, und dem, was sie haben wollte. Und das Witzige war … indem sie dieses Gleichgewicht gefunden hatte, blühte mehr Macht in ihr auf völlig natürliche Weise auf.

Er war sich nicht einmal sicher, ob sie es schon begriffen hatte – sie konnte ziemlich dumm sein, was das Offensichtliche betraf. Schön, charmant und tödlich – aber dumm.

Doch er liebte sie trotz allem.

Jamie machte seine Tage hell und seine Nächte … unglaublich.

»Musst du demnächst mal wieder hexen, meine Schöne?«

Den Kopf in den Nacken gelegt lachte Jamie. »Das fragst du mich jede Nacht.«

»Ich versuche nur, zu helfen.«

»Oh. Okay.«

»Morgen ist Sonntag«, erinnerte er sie überflüssigerweise. »Ich nehme an, wir können ausschlafen.«

»Du nimmst eine Menge an. Ich finde, wir sollten um sechs aufstehen und uns dem Tag in aller Frühe stellen.«

Tully hielt inne und zwang Jamie, ebenfalls stehen zu bleiben. »Sag mir, dass das ein Witz war.«

»Ich habe nicht gesagt, dass wir tatsächlich in aller Frühe das Bett verlassen oder uns anziehen müssen.« Ihre Hand immer noch in seiner, trat sie dicht neben ihn und drückte ihren perfekten, kurvigen Körper an seinen. »Ich würde es vorziehen, genau dort zu bleiben, wo wir sind.«

»Also, das klingt mehr nach meinem Rhythmus, meine Schöne.« Er küsste sie aufs Kinn und drückte dann seine Nase auf ihre. »Nicht zu langsam, nicht zu schnell.«

»Einfach nur den Morgen vertrödeln?«, seufzte sie.

»Fällt dir etwas Besseres ein?«

Sie umfasste zärtlich seine Wange und antwortete leise: »Ausnahmsweise einmal … nein. Mir fällt nichts Besseres ein.«